人模猫样

RENMU MAOYANG

周仕凭 / 著

时代出版传媒股份有限公司
安徽文艺出版社

图书在版编目(CIP)数据

人模猫样/周仕凭著.—合肥:安徽文艺出版社,2016.1
(2016.6 重印)
ISBN 978-7-5396-5619-9

Ⅰ.①人… Ⅱ.①周… Ⅲ.①长篇小说-中国-当代
Ⅳ.①I247.5

中国版本图书馆 CIP 数据核字(2015)第 290789 号

出 版 人：朱寒冬
责任编辑：汪爱武　　　　　　　　装帧设计：徐　睿

出版发行：时代出版传媒股份有限公司　www.press-mart.com
　　　　　安徽文艺出版社　www.awpub.com
地　　址：合肥市翡翠路1118号　邮政编码：230071
营 销 部：(0551)63533889
印　　制：合肥创新印务有限公司　(0551)64456946

开本：700×1000　1/16　印张：20.5　字数：380千字
版次：2016年1月第1版　2016年6月第2次印刷
定价：40.00元

(如发现印装质量问题,影响阅读,请与出版社联系调换)

版权所有,侵权必究

目录

引子 / 001

第一章　花狸与主人 / 001

第二章　睁眼看世界 / 009

第三章　捕食秘籍 / 018

第四章　传言与现实 / 027

第五章　懒惰的舅舅 / 035

第六章　骗子的演技 / 043

第七章　尾巴啊尾巴 / 052

第八章　狐狸与白猫 / 060

第九章　乐观与狡诈 / 068

第十章　饥饿时的表现 / 076

第十一章　圈套下的意外收获 / 084

第十二章　信口雌黄的骗局 / 092

第十三章　善良的主人 / 100

第十四章　官员视察之后 / 109

第十五章　市长、老公与猫咪 / 117

第十六章　猫咪与金钱 / 126

第十七章　酒店开业与金砖 / 134

第十八章　失踪的二狸 / 142

第十九章　集体大逃亡 / 150

第二十章　舅舅与妈妈 / 157

第二十一章　爱猫的人 / 164

第二十二章　折磨猫咪的人 / 173

第二十三章　市长的赚钱术 / 181

第二十四章　白猫设计的陷阱 / 189

第二十五章　副市长病了 / 197

第二十六章　白猫的歌声 / 205

第二十七章　被识破的骗局 / 213

第二十八章　四狸与猫头鹰 / 221

第二十九章　猫头鹰的舞蹈 / 229

第 三 十 章　救救舅舅 / 237

第三十一章　花狸遇上小霸王 / 246

第三十二章　市长的"爱心" / 253

第三十三章　流浪的四狸 / 261

第三十四章　三狸的巧遇 / 268

第三十五章　冒名顶替 / 276

第三十六章　善良的五狸 / 283

第三十七章　老鼠该不该吃 / 291

第三十八章　三只猫巧遇黄鼠狼 / 299

第三十九章　有情的猫与无情的人 / 307

第 四 十 章　大结局 / 316

引　子

　　很多人都知道京城有"四多",就是做官的多、高楼多、天桥多、汽车多。其实,只要你在北京住的时间长了,就会发现还有一多:流浪猫特别多。

　　白天也就罢了,一到夜晚,这些流浪猫就开始烦人了。他们有时用爪子在窗外"哗里哗啦"地抓着塑料纸或其他什么东西,有时在窗前"喵喵"地叫,让人难以入睡。

　　但时间一长也就习惯了,到了晚上,窗前一旦没有了流浪猫的"说话声",还真有点睡不踏实。

　　记得有一天夜里,我在睡得半梦半醒的时候,听见两只流浪猫在我的窗前说着悄悄话:"我们家的主人那才叫牛,整天和那些明星大腕泡在一起。你知道谁谁谁吗?就这么一个牛人,见到我家主人都要称老大。"这是一只母猫的声音。

　　"那算什么呀,我们家主人,每天吃的都是山珍海味。据说他和国家领导人某某某是好朋友。"这是一只公猫的声音。

　　我是最讨厌吹牛的,听到窗外有一公一母两只猫在胡吹,十分地生气,于是爬起来对着窗外大声说了一个"滚"字。两只猫走了,人也醒了。

　　后来,我已经对在我窗前说话的流浪猫麻木了。因为他们除了相互吹牛,就是说一些张家长李家短的见闻,用时下流行的话来说,他们所提供给我的,都是一些信息的"碎片"。

　　再后来,我突然发现自己能在似睡非睡间听懂猫咪的语言。那些来自全国各地的猫和京城的本地猫一样,过着流浪的生活。每一只猫的背后,都有一个甜蜜或辛酸的故事。

有一次，我因为喝多了酒，在床上辗转反侧。就在这时，一只大猫在我的窗前给另一只猫讲起了发生在他家乡的故事，这个故事深深地吸引了我，使我不得不静心聆听。

故事大体是这样的：一只名叫花狸的母猫生下了六只小猫，小猫在她的照料下慢慢长大，也学会了很多本事。就在这时，主人家拆迁了，真可谓家破猫亡，花狸就带着这六个子女流浪起来。

流浪肯定很辛苦，主人的日子稍微安稳一些的时候，又将这一老六小七只猫找了回来。可好景不长，这六只小猫被副市长喜欢上了并抱回了家里。被副市长抱去的六只猫咪紧接着又被市长和企业家等人抱走，由此引发出很多荒诞离奇的故事。

围绕着十来个人和八九只猫，故事几乎是讲了一夜。由于故事真的很感人，只听得母猫时而悲悲戚戚，时而放声大笑，时而骂骂咧咧，时而扼腕长叹。

也许是这个故事过于精彩，就在那天夜里，公猫在外面小声地讲，我就在屋里偷偷地记，等公猫讲完的时候，已是黎明。

难道是在做梦么？但我清晰地记得，猫咪讲了一夜的故事，我还做了将近一本的笔记。如果不是做梦，那么我夜里记的笔记在哪里？

在床头柜的香烟盒下，还真的放着一本笔记和一支笔。我打开笔记，就见从第一页开始，密密麻麻，一直记到最后一页。

我真的记不清记录时有没有开灯，只见本子上的文字十分潦草，有的还重叠在一起，很难辨认。

为了将其整理出来，我用了近两个月的时间。而这些文字，就是现在你手中捧着的这本书。

第一章　花狸与主人

她趴在屋顶上，黄宝石般的两只眼睛注视着东方。

天快亮了，要不了多长时间，一轮蛋黄般的太阳就会从地平线上升起来，这个晨晖映照下的村庄就会喧闹起来，人们将和往常一样，开始一天的劳作。

她已经趴在这个屋顶上有一会儿了，这也是她的一大爱好和习惯。每当她在黎明前捕到老鼠，她都会这样蹿上二楼的屋顶，将捕捉到的战利品吃完，然后用前爪将脸、嘴巴、胡须清理干净，接下来就趴在这里，一会儿注视着前方，一会儿站起来，弓起腰，前爪尽全力地前伸，屁股尽全力地后移，翘起长长的尾巴，伸一个长长的懒腰，然后环顾四周。

这是一个居住着上百口人的村庄，虽然在黎明前夜色的笼罩下，显得朦朦胧胧，但这只居高临下的黄色短毛大狸猫，却看得清清楚楚。这时，吃饱了鼠肉的她再一次站起来，环顾四野，突然从内心深处产生了君临天下的感觉。此时此刻，只要她在屋顶上"喵"的一声长啸，整个村庄都会骚动起来。

日常生活中，这只黄色短毛花狸猫确实也是这样。在方圆几公里范围内，她是一只猫品极好、猫缘极好、长相极好的猫。由于她喜欢夜里活动，深居简出，很多猫都以认识她为荣。

天刚放亮，楼下的门"吱呀"一声，开了。大花狸知道，她的主人起床了。她迈开矫健的四腿，悄无声息地从二楼的屋顶一瞬间蹿到楼下，轻轻地用身体紧贴着这位开门老人的裤腿蹭一下。

老人则弯下腰来，将黄色花狸抱了起来，轻声说道："花狸，又出去打猎了？"

花狸眯起双眼，用圆圆的脑袋在主人的胸前蹭了蹭，低声地拉着长音：

"喵——"

老人边往屋里走边说:"我叫你不要出去,家里有的是吃的,你偏要出去。走,去看看你的小乖。"

花狸还是眯着眼睛,以一声长长的"喵"来回答。

这是一个用白色纸板做起来的纸盒子,纸盒被剪去了一大截,里面铺着柔软的棉花,在棉花上面,铺着一层黄色的布,六只可爱的小猫咪还在这层黄布上面呼呼地睡着大觉。

花狸从老人的手中跳了下来,轻轻地蹿进舒适的猫窝里,躺下来。六只黑白相间的小猫咪开始骚动起来,他们纷纷颤巍巍地爬来爬去,"喵喵"地叫起来。

老人弯下腰,将四处乱爬的小猫咪一个个拿起来,放在花狸的肚子下面,然后忙自己的事情去了。而此时此刻,六只小猫咪也安静了下来,"吱吱"地吮吸着奶汁,大花狸则用一只爪子轻轻地抚摸着胸前的子女,内心温馨而甜蜜。

"妈妈,你去哪里去了?"不知是哪一只猫咪边吃着奶边问。

"妈妈呀,到外面逮老鼠去了。"花狸回答。

"老鼠是什么呀?逮老鼠干吗?"一只小猫咪边吃边问。

"小傻瓜,老鼠是我们猫类最好的食品。你说逮老鼠干吗呀?逮老鼠吃呀。我告诉你们,等你们长大了,都是要学会逮老鼠的。老鼠肉特别鲜美,比鱼虾的肉都要鲜美,只是你们现在还体会不到。"花狸低声说。

"妈妈,老鼠长什么样子呀?我现在也就只能靠鼻子感觉到你身体的温暖,也是不知道你长什么样子。"一只猫咪吃饱了奶,爬到花狸面前问。

花狸用爪子抚摸着这只猫咪,低声地说:"再过两三天,你们就会知道妈妈长什么样子了。"

吃饱喝足了的猫咪们纷纷爬到花狸圆圆的脑袋边,有的用爪子挠妈妈的耳朵,有的用嘴巴啃妈妈的脸,有的在妈妈的脑袋上爬上爬下。他们边折腾边七嘴八舌地问妈妈:

"妈妈,再过几天我们就能看见你长什么样子?为什么?"

"妈妈,老鼠肉比你的奶水还好吃吗?"

"妈妈,我半夜的时候醒了,爬了很长时间,也没有找到你,你是去逮老鼠了吗?"

花狸边用爪子抚摸着这些调皮的儿女,轻声说:"孩子们,别闹了,行吗?我告诉你们,再过几天,你们不仅可以看到妈妈长什么样子,还可以看到这个世界上的一切东西。因为你们的眼睛啊,再过几天就可以睁开来了。"

"哈哈哈哈,眼睛? 睁开? 妈妈,什么是眼睛啊?"一只猫咪问。

"眼睛啊,怎么说呢,眼睛就是眼睛,妈妈现在也说不清。妈妈只能告诉你们,眼睛是长在我们脑袋上,每一个猫咪的脑袋上都有两只眼睛,圆圆的,晶莹剔透,很漂亮,像宝石。"花狸想把眼睛的模样告诉自己的子女,但她难以描述。

一只猫咪用爪子在自己的脑袋上摸来摸去,然后问妈妈:"圆圆的? 两个? 妈妈,我摸来摸去,只摸到了两块皮,哪有圆圆的东西啊?"

"傻孩子,那不是两块皮,那是你们的耳朵,懂吗? 那是耳朵,你们都摸一摸,就在脑袋的两边。"花狸边说边用爪子摸着一个个小脑袋,告诉他们耳朵长在什么位置。

"孩子们,眼睛是圆圆的,都长在你们的脑袋上,你们现在是摸不到的,到时候就会知道的。"花狸说。

"圆圆的,长在脑袋上,又摸不着,妈妈真会骗我们。"一只猫咪在脑袋上摸了半天,然后悻悻地说。

"妈妈真会骗我们吗?"几只猫咪同时问。

"傻孩子,妈妈真的不会骗你们。妈妈怎么会骗你们呢? 有些事,靠语言是说不清楚的。再过几天,等你们睁开眼睛,就会知道一切。"花狸说。

"好吧,好吧,再等几天。"

"几天是多长时间?"

"几天,就是几天嘛。"

"又累了,我们睡觉去。"

猫咪们自言自语,七嘴八舌。

"孩子们,睡觉去吧。睡觉可以让你们长得更快哦。"花狸说。

"长得更快,哈哈。"

"长得更快是有多快呢?"

"只要长得有妈妈那么大就行了。前天,我从妈妈的尾巴爬到妈妈的脑袋边,四条腿都爬酸了。"

"别吵了,妈妈刚才出去了那么长的时间,估计四条腿早就酸了。我们静一静,也好让妈妈休息一下。"

听着孩子们的对话,花狸心里想笑,但又不敢笑。如果她告诉孩子们:妈妈走路不是爬的,估计孩子们又要问:不爬怎么走啊?想着想着,花狸也甜甜地进入了梦乡。

……

可以这么说,这只花狸是幸运的。之所以说幸运,还得从一年前说起。

一年前,这只花狸还很小,也就是刚刚断奶,一个多月大小吧,她被一个人从妈妈的身边抱走了。当时,妈妈撕心裂肺地叫唤,花狸也喊得嗓音嘶哑。但仍不管用,她还是被一个人从主人家抱走了。

花狸离开妈妈,吃不好睡不好,没日没夜地想找妈妈,也就两三天吧,花狸就再也喊不出声音来。而抱养花狸的女主人对花狸几乎是毫不关心,除了给一点饭团,连一口水都不给。

到第四天,花狸实在渴得难受,在女主人家的厨房里上蹿下跳,四处找水喝。这时,抱养她的主人显得有点不耐烦了,拿起苍蝇拍对着花狸劈头盖脸地一阵猛打,直打得花狸眼冒金星。

说来也真的怪花狸运气不好,也就在这时,一个黑瘦黑瘦的猫贩子路过这里,看到主人正在追打着很小很小的花狸,猫贩子一看就知道主人是不喜欢这只小猫的。于是他停下车,拿出一支烟点了起来,问主人是不是不喜欢这只小猫,如果不喜欢,可以卖给他。

主人也二话没说,直奔主题:"这只猫咪卖给你,能值多少钱?"

猫贩子顺手抱起有气无力的花狸,从脑门一直摸到尾巴,然后又仔细地端详了一番:"瘦成这个样子,十块钱吧。"

主人倒很干脆:"二十,你拿走。"

猫贩子从油乎乎的黑色腰包里摸出十五块钱,递到主人手里:"就这个数!你如果愿意卖,我就拿走;如果你不愿意,咱就走人。"

主人直接接过钱,对猫贩子说:"你算捡了一个大便宜。这样的猫咪,如果到城里卖,至少也要卖个七八十块钱。"

"哪有这么贵啊?至多也就是卖个三四十块钱。现在的生意不好做。"猫贩子说。

花狸被猫贩子买走后,被放在人来人往的大街边卖。十来只差不多大小的猫挤在一只铁丝编制的笼子里,几乎无人问津。

天热,笼子里很臭,再加上猫贩子的生意不好,挤在一起的猫咪连喝一口水都是奢望。在猫贩子回家途中,花狸的一条腿不知道怎么就伸出了铁丝笼子外,突然又被什么东西碰了一下。就这样,花狸的一条腿被生生折断了。

断了腿的花狸在笼子里哀号,猫贩子看了看,见花狸的一条后腿流着鲜血,就顺手将其从笼子中拾出来,扔了出去。

此时此刻,花狸哀号得有气无力,深信自己的生命就要这样结束了。但她又不甘心这样放弃自己,她的嗓子眼干渴得冒火。为了生存,她拖着一条已经断了的腿艰难地爬行。

也不知爬了多久,花狸昏死过去了。等她醒来,发现自己躺在一位老奶奶的怀里。她隐隐约约地听到老奶奶说:"作孽啊,作孽啊!是哪个杀千刀的把你弄成这样的啊?走,跟奶奶走,到奶奶家去,奶奶帮你治疗。"

就这样,花狸就来到了这位老奶奶家里,成了老奶奶家的家庭成员之一。

这位老奶奶姓李,周边的邻居们都叫她李三奶。李三奶不仅心地善良,人缘也极好,在东西三庄上百户的村子里,口碑极好。

李三奶的老公去世早,和儿子李大伟、儿媳王玉秀以及小孙女圆圆一起生活。刚到李三奶家,花狸的胆子很小,因为她担心自己再次受到伤害。

但通过几天的观察,花狸发现李三奶的家人对她都特别友好,经常围到她

的小窝边看她。而老奶奶则是一天三次地将买来的小鱼,用火烤熟后喂她。与此同时,老奶奶还四处寻找,找来了一些黑黑扁扁的虫子喂她。

烤熟的鱼的确很香,但又黑又扁的虫子实在难以下咽。因为花狸从来没有吃过这样的虫子,也是第一次看到这样的虫子。这种虫子外壳比较硬,一口咬下去,口感怪怪的。她想拒绝,但李三奶硬是喂她吃。她还边喂边说:"乖,多吃点,多吃点你的腿就会好得快一些。"

花狸不知道这种虫子的名字,三奶的小孙女圆圆也不知道这种虫子的名字,就问奶奶:"奶奶,这是什么虫子呀?为什么要喂给猫咪吃?"

奶奶说:"你看呀,这只猫咪的后腿不是受伤了吗?这种虫子呀,叫土鳖,可以治疗跌打损伤。不仅断了腿的猫吃了管用,就是人,只要是跌打损伤,吃了也管用。"

孙女圆圆听明白了,原来奶奶给猫咪喂这种虫子是为了治病。花狸也明白了:"怪不得这位老奶奶天天喂我这种虫子吃,原来是为了治疗我受伤的腿啊。"

就这样,半个月过去了。花狸受伤的腿不仅被治好了,精神也比以前好多了。她经常跑来跑去,一会在李三奶的腿边蹭几下,一会到李三奶的孙女圆圆腿边蹭几下。

有时,她还会躺在地上,肚皮朝上,四脚朝天地对着天空乱抓,逗圆圆开心。有的时候,她也会用牙齿轻轻地咬住圆圆的裤脚,将这位可爱的小姑娘在院子里拖来拖去。

花狸深知,这个家庭的所有人都是爱她的。

记得有一次,老奶奶的小孙女圆圆正在吃一种塑料袋包装的烤鱼,一边吃一边用红布条逗花狸。说句实话,这种烤鱼奇特的香味,对花狸的诱惑还是很大的。

突然,圆圆手中的烤鱼掉了大约米粒大小,小姑娘也没有捡,花狸就试探着用爪子将这粒很不起眼的鱼片捞到面前,用鼻子嗅了嗅——真的很香,花狸禁不住流下了口水。她索性低下头来,将这一小块烤鱼用舌头舔了起来,仔细地嚼着,津津有味。她嚼了好长时间,也舍不得下咽。

此时，圆圆还在用一根红布条逗花狸，此时的花狸已经不再配合小姑娘，只见她的眼睛已经不再盯着红布条，而是紧紧地盯着小姑娘手中的一大块烤鱼。趁小姑娘不注意时，只见花狸举起爪子，一跃而起，将那片散发着诱人香味的烤鱼抓了下来，并迅速叼起烤鱼片跑了出去。

圆圆见此情景，哇哇大哭，哭声很大。

听闻哭声，老奶奶跑了过来，圆圆的爸爸李大伟和妈妈王玉秀也跑了过来。

圆圆哭得很伤心，眼泪鼻涕都下来了，抽抽噎噎地说："我的鱼片被花狸抢走了。花狸坏，不跟我玩了，我要打死这个花狸。"小姑娘的爸爸、奶奶、妈妈在低声地说着什么。

花狸被这突如其来的场面惊呆了。她在想，不就是这点鱼片嘛，你吃到现在，吃得也不认真，怎么我刚抢来，你就哭得这么厉害？她想不通。但她也深知，自己犯了大错，不该从小姑娘的手里抢东西吃。

花狸的确闯下了祸，她的心里忐忑不安，只好躲在外面，探着脑袋打听屋里的动静。她真怕主人会因为这件事情，让刚刚过上几天好日子的她再次流离失所。

可现实并没有花狸想象的那么可怕。时间不长，小姑娘不哭了。

只听见小姑娘的妈妈说："你和花狸是好朋友吗？"

小姑娘答道："是的。"

妈妈又说："既然是好朋友，有好东西吃的时候，就要和好朋友分享。知道吗？"

小姑娘答道："知道了。"

圆圆的爸爸李大伟用毛巾将圆圆脸上的眼泪和鼻涕擦干净后，小姑娘又蹦蹦跳跳地来到心里还在忐忑的花狸身边。圆圆蹲下身子，将鱼片捡起来，放到花狸的嘴边："快吃啊，快吃啊，等你吃完，我们再一起玩。"

从此以后，花狸再也不敢抢小姑娘手里的好吃的，而小姑娘只要有好吃的，就会和花狸一起分享。

花狸记得很清楚，有一次，小姑娘将白色长条状的薄片片放在嘴里，没完没

了地嚼着,并不时地吹着白色的泡泡。她见花狸盯着她的嘴看,就随手从口袋里掏出一块,剥开纸皮,放到花狸的嘴边。

这种东西闻起来的确很香,于是花狸便将其放到嘴里,也学着小姑娘的样子,慢慢地嚼着,可怎么也嚼不烂,花狸干脆将其直接咽到肚子里。

见此情景,圆圆可慌了神。

她一路小跑到奶奶面前,带着哭腔告诉奶奶:"花狸将口香糖直接咽下去了。"

奶奶说:"乖,别哭,没事的,花狸吃了口香糖,没事的,一种可能是直接随着大便排出来,还有一种可能,如果口香糖在她的胃里让她不舒服,花狸便会自动将其吐出来。"

圆圆不怕了,可时间不长,花狸就觉得胃里翻腾起来。她迅速跑出来,躲在屋后的草地里,"哇哇"地将堵在胃里的口香糖吐出来。每每想到这件事,花狸就会提醒自己:不是人类能吃的东西自己都能吃。

第二章　睁眼看世界

有一天上午,花狸喂完六个孩子的奶,正想休息,一只猫咪爬过来,对花狸奶声奶气地说:"妈妈,我这里不舒服,感觉很痒。"

花狸坐了起来,用爪子在这只猫咪的脑袋上抚摸着,边摸边说:"孩子,你可能要睁眼了,在痒痒的地方使点力气,给妈妈看看。"

小猫咪使劲地动了动粘在一起的上下眼皮,就是睁不开眼:"妈妈,我使劲睁了,有点疼。"

"孩子,别怕,再使点劲给妈妈看看。"花狸说。

只见小猫咪又使了一下劲,就听得"吧嗒"一声微响,小猫咪的双眼忽闪忽闪地睁开了。只见他将小脑袋凑近花狸正在摇动的黄色尾巴,说道:"妈妈,我看见你了!"

花狸见孩子睁开了眼睛,很高兴。但她听了孩子刚才说的话,简直就要笑出声来:"傻孩子,这哪是妈妈啊,这是妈妈的尾巴,你看看。"花狸边说边摇动自己粗壮的尾巴,"你往后退,往后退十几步,就能看见妈妈了。"

小猫咪闻听妈妈的话,问道:"妈妈,什么叫作往后退啊?"

"就是你要离我远一点。"花狸说。

小猫咪很听话,屁股坐在猫窝里的黄布上,一步一步往后退,直到退到纸箱的一个角落,他才微微地睁开眼,此时此刻,他真的看到了端坐于猫窝里的妈妈高大的身躯,只见妈妈圆圆的的大脑袋上,支棱着两只大大的耳朵,耳朵下面,两只晶莹剔透、慈祥温柔的眼睛炯炯有神。

"妈妈,你来看看,我这里也有点不舒服。"又有一只猫咪叫了起来。

这时，这只刚刚睁开眼睛的小猫咪迅速跑了过来，用两只前爪抱起这只摇头晃脑喊着不舒服的小猫咪的脑袋说："你要睁眼了，你要睁眼了！"

"你睁开眼了吗？快告诉我呀，你睁开眼了吗？"猫咪迫不及待地问。

"我刚刚睁开眼睛。"猫咪答道。

"你骗我，你骗我。我们都没有睁眼睛，你凭什么先睁眼啊？妈妈，他睁眼了？是真的吗？"猫咪大声地问。

猫窝里也一下骚动起来，五六只小猫咪爬来爬去。

"孩子们，不要吵，也不要闹，告诉你们一个好消息，的确有猫咪睁开眼睛了。现在啊，我要将你们按照睁开眼睛的先后排序，先睁开眼睛的，就是老大，依次排序。"花狸说完，将先睁开眼的猫咪抱了起来，在屁股上看了一眼，然后说："你们要记住了，现在我宣布，第一个睁开眼睛的，是你们的大哥哥。"

"那么我呢？"

"凭什么他是哥哥呀？"

"妈妈为什么不当我们的大哥哥？"

"我也要当大哥哥。"

"……"

五六只小猫咪七嘴八舌。

就在这时，又一只小猫咪对花狸说："妈妈，我看到你了！"

花狸顺爪将这只猫咪抱起，看了看屁股："我宣布，这位是你们的二哥哥。"

"二哥是什么呀？"

"为什么不是屁哥呢？"

"你就是个屁哥！"

"哈哈哈哈……"

"……"

猫窝里乱哄哄的，六只小猫咪爬来爬去。

李三奶家的小孙女圆圆听到响动，快步走到猫窝边。她蹲下身子，用两只小手抱起了一只正想往纸箱外爬的猫咪，当她见到这只猫咪水汪汪、清亮亮的眼睛时,高声喊道:"奶奶,猫咪睁眼了!猫咪睁眼了!"

听到喊声,李三奶也大步流星地走了进来。她用手将猫咪一只一只地拿起又放下,对孙女说:"已经有两只猫咪睁眼了,估计猫咪的眼睛今天都会睁开。你去玩去吧,不要在这儿打扰猫咪睁眼睛。"

"奶奶,我在这里,看着猫咪睁眼睛。"圆圆说。

"不行的,只要人在猫窝边,猫咪是不会睁眼的。听奶奶的话,出去玩去吧。"奶奶哄骗着孙女。而小孙女真的是很不情愿。

见老人也走了出去,花狸便问:"还有谁要睁眼的?从现在开始,睁眼的有奖励啊。"

"妈妈,奖励什么呢?"

"奖励我当大哥吗?"

"奖励我当妈妈的大尾巴吗?"

"奖励我美美地睡一觉吗?"

"从现在开始,谁先睁开眼睛,就让他吃奶;没有睁开眼睛的,不许吃奶。"花狸说。

"我还以为奖励什么呢。"

"我这么多天没有睁眼,奶水照样喝。"

"整天喝奶水,有意思吗?你吃的鱼,怎么就不舍得给我们吃一口?"

"我还以为要奖励老鼠肉呢。"

四只没有睁眼的猫咪抱怨着。

花狸只当没有听见他们的抱怨,高声喵了一下:"老大,老二,妈妈的奶子涨得酸酸的,快过来吃奶。"

听到妈妈的叫声,老大、老二两只猫咪快步跑了过来,趴在花狸的肚皮下。他们刚要吃,又突然觉得不好意思。兄弟俩望着妈妈粉粉的乳房发呆,原来吃了那么多天的如此熟悉的乳房,现在却有了怪怪的感觉。

听到妈妈叫大哥二哥吃奶,其他四只猫咪也爬过来。老三边爬边说:"妈妈,我们也要吃奶。吃完奶,我们好有力气睁眼啊。"

老四一边爬,一边附和道:"是啊,是啊,吃完,我们就使劲睁眼睛。"

他们颤颤巍巍地爬到妈妈的肚皮下,贪婪地吮吸着妈妈的乳汁。

而此时的老大和老二,却好像忽然长大了,谁也不肯再去吸一口妈妈的奶水。

花狸见此情景,急忙对老大老二说:"孩子们,吃吧,妈妈小时候,也有过这样的感觉,只要眼睛一旦睁开,就发现自己好像长大了。你们再吃一次,兄妹六个今天喝一个团圆奶,下次啊,你们就可以独立吃食了。"

听了妈妈的话,老大和老二好像想起了什么,慢慢地低下头,和其他四个兄妹一起吃起奶来。

那四只还没有睁眼的小猫咪,听见两个哥哥的吃奶声,不时地边喝边说着话。

"大哥,你睁开眼睛后,妈妈有没有奖励老鼠肉给你吃?"

"二哥,你睁开眼睛是先看到大哥,还是先看到妈妈?"

大哥二哥只顾喝奶,什么话都不回答。

这时,正在喝奶的一只猫咪用屁股碰了碰身边的大哥,他放下口中的奶子,问道:"大哥,你睁开眼时,看到的妈妈是什么样子?是不是软绵绵、毛茸茸、暖烘烘的一个肉球?"

"肉球?什么肉球?我第一眼看到妈妈,是在我面前摇来摇去的毛棍棍,我就抱着这个毛棍棍叫妈妈。妈妈说,你看错了,这是妈妈的尾巴。"

"哈哈哈哈!哈哈哈哈!笑死了。"

"把我笑呛着了。哈哈哈哈。"

"哈哈哈哈,大哥真逗。"

在一片欢笑声中,猫咪们很快就吃饱了。

他们吃完奶,精神多了,一只只猫咪的眼睛,都陆续地睁开来了。

花狸一个一个地按照睁眼先后编号:第三个睁眼的,也是一个小哥哥,而从第四个开始到第六个,都是小妹妹。

为了便于记忆,花狸将这六个子女除了按照睁眼时间依次排序外,还通过这六只猫咪身上的花纹排序。

"你们记好了:老大,两只耳朵上有一撮白色的毛;老二,脸上有一撮白色的毛;老三,脖子上有一撮白色的毛;老四,两只前爪上有一撮白色的毛;老五,腰部有一撮白色的毛;老六,两只后爪上有一撮白色的毛。你们记住了没有?"花狸高声问孩子们。

"记住了!"猫咪们朗声回答。

"从现在开始,妈妈就带你们离开这个窝,到外面晒太阳去!"

"妈妈,太阳是个什么东西?"

"妈妈,太阳好吃吗?"

"妈妈,太阳是你的朋友吗?"

六只小猫咪跟在花狸的身后,一边走,一边问。

"太阳啊,就是妈妈放在外面的屁,今天要靠你们六个兄妹,把它找回来。"花狸和猫咪们边开玩笑,边朝屋外走去。

"找屁去喽!"

"能找到吗?"

"妈妈的屁不会被别的猫偷走?"

"哈哈哈哈……"

猫咪们玩得十分开心。

……

自从猫咪们睁开眼睛,李三奶就每天买来小鱼小虾,烤熟了喂它们。在老奶奶的精心照料下,猫咪们长得很快。

也就是从猫咪们吃小鱼开始,李三奶的邻居们就不时地走过来,抱起活泼可爱的小猫咪,嘴里不停地夸赞猫咪真漂亮,言下之意就是想抱养这些已经能独立生活的小猫咪。花狸也知道,子女一旦断奶,是迟早要被人抱走的。

可李三奶坚决不同意,她真的是害怕这些可爱的猫咪被别人抱去后会受罪。她常对儿子和儿媳妇说:"谁家能像我们家这么仔细,每天烤着小鱼喂

他们?"

　　再说了,老奶奶的孙女圆圆也不肯让这些可爱的猫咪被别人抱走,只要有人抱起猫咪,小孙女就又哭又闹。

　　就这样,这六只小猫咪整天围在花狸的身边,他们在妈妈的带领下,不是玩捉迷藏,就是玩布条。有时候,花狸还会抓一只半死不活的老鼠回来,教他们如何捉老鼠。

　　就这样,猫咪们无忧无虑,其乐融融地生活着。

　　……

　　有一天,大约是周末,李三奶的儿子李大伟、儿媳王玉秀、孙女圆圆全部在家吃午饭,花狸则带着六只小猫咪在桌子下捡着他们扔下来的鱼头、肉片。

　　小女孩对爸爸妈妈说:"爸爸妈妈,猫咪们能吃辣椒吗?这么辣,他们吃了嘴巴不会疼吗?"

　　爸爸说:"不会的,如果辣了,他们就不会再吃的。你看,我们夹给他们的肉片不都吃完了吗?你看看,这只小猫咪还和花狸抢着吃肉呢。"

　　小女孩与爸爸妈妈的对话,被正在吃肉的猫咪们听得一清二楚。老大边吃着肉,边问:"妈妈,这个小女孩不仅有妈妈,还有爸爸。爸爸是什么呀?"

　　"对啊,我也经常听到这个小女孩叫那个短毛的人叫爸爸。爸爸是什么呀?是这个女孩的大哥吗?"老二也接着问。

　　"妈妈,快告诉我们嘛,爸爸是大哥哥的意思吗?为什么我们家只有大哥哥二哥哥,却没有爸爸啊?"几只小猫咪几乎是异口同声。

　　子女们提出的这个问题,可难倒了花狸。该怎么回答呢?

　　"你们先吃,等你们吃饱了,我们再回去讨论这个问题,因为这个问题啊,一时半会说不清楚。"花狸敷衍着子女们。

　　可子女们却是不依不饶,不将这个问题问得水落石出,决不罢休。他们边吃着肉,边在桌下"喵喵"地问着,问得花狸有点不耐烦,直至没有了食欲,悻悻而去。

　　猫咪们也看出来了,妈妈被他们问得很不高兴。但究竟是为什么啊?六个子女也是一头雾水。

他们匆匆地吃完后,便都围拢到妈妈的身边。只见妈妈一副闷闷不乐的样子。

老六对老大说:"哥哥,不要再问妈妈这个问题了,好吗?你看,妈妈不高兴了。"

"嘘!"老大也竖起爪子,对五个弟弟妹妹说:"你们以后不许再问妈妈这个问题。也许,妈妈在嫌弃我们无知。爸爸,就是大哥哥的意思,也许,妈妈的身体有点不舒服。"

听了哥哥的话,五只猫咪纷纷在花狸的身边安静地躺了下来,不敢发出任何声响。一是怕影响妈妈休息,二是怕妈妈生气。

其实,此时此刻的花狸并没有睡着。

猫咪们也知道,妈妈一旦睡着了,就会发出轻微的鼾声。

花狸的心情很复杂。孩子们刚才问的问题,该用什么样的方式去告诉他们?如果不告诉他们,孩子们将来也要走入社会,也要有自己的孩子的。如果就这样隐瞒着不说,就是对孩子们的不负责任。

想到这里,花狸决定告诉孩子们一个正确的答案。

只见她用爪子将六个子女一个个搂到自己的身边,一边用舌头舔着他们的脑门,一边轻声地讲着关于"爸爸"的事情——

"孩子们,我告诉你们,哥哥,就是哥哥,肯定不是爸爸。所谓哥哥,就是妈妈生的。而爸爸则是和妈妈共同生了你们的一只猫。如果没有爸爸,你们也就不会出生。"花狸先来了几句开场白。

"妈妈,你说是你和爸爸共同生了我们,那我们怎么没有见过爸爸啊?"老大问。

"妈妈,爸爸是不是偷吃了老奶奶家的东西,被老奶奶赶出去了?"老二问。

"妈妈,爸爸是不是都是在我们睡着了才回来?我看到小女孩的爸爸也经常半夜才回来。"老三问。

"妈妈,爸爸是不是嫌弃我们太吵,不要我们了?"老四问。

"妈妈,爸爸是不是还没有睁开眼睛,不好意思见我们?"老五问。

"你们别吵了,给妈妈休息一会儿好吗?"这时,连老六都觉得有点不耐烦。

"孩子们,你们说的都不对。我们猫和人类是不一样的。"花狸说。

"人真的和我们不一样。你看人,整天穿得很好看,衣服一旦脱掉,难看死了,就头上和屁股上有两撮黑毛,余下的就是光溜溜的皮。"老大插嘴道。

"你怎么知道人类就是光溜溜的皮?"老二问老大。

"我有一次看到小女孩的爸爸在往身上冲水,白白的皮,有点瘆得慌。哪像我们猫啊,浑身上下都覆盖着毛。"老大答道。

"你们能不插嘴吗?听妈妈讲好不好?讨厌!"老六用爪子使劲地推了一下老大。

"老大,你是大哥哥,就要有大哥哥的样子。要记住这样一句话:无聊常思己过,闲谈莫论他非。这两句话的意思就是:当你们没有事情做的时候,要常常想想自己有没有什么过错,如果有,就得改;当你和猫们聊天的时候,不要议论别的猫的是非,乱议论会惹得别的猫不高兴。你们对人了解多少?所以,也不要乱议论一个人。"花狸批评了老大,老大老实了许多,其他猫咪也就跟着老实起来。

花狸继续说:"我跟你说,人与人和猫与猫一样,是不一样的。有的人好,有的人坏,有的猫好,也有的猫坏。"

老三用爪子挠了挠花狸的脸,问道:"妈妈,什么样的人是坏人呢?"

"坏人与长相没有关系,坏人的主要特点是没有人味。"花狸说。

"人味?哈哈。"

"什么叫人味?"

"妈妈,要吃人才知道人味吗?"

猫咪们又有点兴奋。

"妈妈说的不是这个意思。好人是有好人的味道的,当然,坏人也有坏人的味道。好人的味道啊,清新、淡雅。坏人的味道除了浑浊、腥臭,是绝对闻不到清新、淡雅的味道的。"说到这里,花狸也不知道该怎么形容好人与坏人味道的不同。

"妈妈,你说我们住的这家人,是不是都有人味?"老五问。

"是啊,老奶奶,儿子,儿媳妇,小女孩,他们都有人味。人一旦有了人味,他们的行为才会正派,做事才会善良,我们才会有安全感。"花狸说到这里,突然想起一年前的那个卖猫人,想起卖猫人发自骨头里的臭味,不禁打了一个寒战。

"孩子们,关于一个人有没有人味,你们没有经历过,妈妈是说不清楚的。有些事,只有你们经历了,才会印象深刻,刻骨铭心。"说到这里,花狸不由得又为子女们的前途和命运担心起来。六个孩子也默默不语。

第三章 捕食秘籍

有一天早晨,李大伟牵着圆圆的手,来给猫咪们喂食,并说他们今天要到外公家去,中午不回来。

此情此景,又让猫咪们想起了自己的爸爸,因为这个话题,一直没有答案。

还是老大率先向花狸提起了这个话题:"妈妈,你给我们说说爸爸吧。你先给我们讲讲,爸爸究竟长得是什么样子啊?"

"妈妈,说说吧,爸爸长得是不是和你一样高大?"

"爸爸的毛色是不是跟你的毛色一样,黄黄的毛,带着深黄色的条纹?"

猫咪们又骚动起来,在花狸的身上爬来爬去。

当孩子们说起爸爸这个话题时,花狸的眼神明亮了许多,说话的声音也明显地温柔起来。

"你们爸爸的毛色,可不像我,我是个典型的黄猫。而你爸爸的毛色和你们兄妹六个一样,墨灰色底色上带有黑色和白色条纹。怎么说呢,总之是十分帅气。"花狸的口气好像有点自豪。

"爸爸身材威武吗?"老四问。

"爸爸和你一样也生很多孩子吗?"老三问。

"你们爸爸是不能自己生孩子的。我和你们爸爸相识以后,妈妈就怀孕了,肚子里就有了你们。这时候,你们爸爸就做自己的事情去了。"花狸说。

"我们的毛色都和爸爸一样,这样找爸爸就容易了。"老二说。

"傻孩子,并不是毛色一样的猫就是你们的爸爸,不是这么回事。"花狸解释道。

"妈妈,当时你是怎么认识爸爸的?"老六好奇地问。

"你们别吵吵,安静下来,妈妈将这件事完整地讲给你们听听。"花狸用爪子摸了摸老六的头。

"我们猫类,并不是像我们现在这样,吃完就玩,玩完就睡。我们也会定期地参加一些猫类的活动。我就是在一次活动上,认识你爸爸的。

"大约是今年春天吧,我刚吃完晚饭,就有一只猫咪在窗外叫,哇呜——哇呜——孩子们,你们可以听得出来吧?这样的叫声和平时的叫声是不一样的。猫一旦发出这种叫声,就是在通知猫类:参加集体活动的时候到了。

"这时,我害怕窗外的猫叫声把正在睡觉的主人吵醒,便急忙轻轻地从屋里溜了出来,跟着这只猫走了很长时间,来到了一处空旷的地方。我到这里一看,已经有几十只猫到场了。

"时间不长,就见一只白色大猫走到中间,隆重地介绍了一只身材魁梧的狸花猫。

"狸花猫上场就问:住在东南角的花狸在我们本地的猫界口碑挺好,我经常听到别的猫夸她,不知她今天有没有来参加这个活动?"

"妈妈,这只狸花猫说的花狸,就是你吧?"老大迫不及待地问。

"是的,狸花猫嘴里说的花狸,就是我。于是我从猫群中摇着尾巴来到狸花猫身边,自报了家门。也就在那天晚上,我喜欢上了这只狸花猫。而这只狸花猫,后来也就成了你们的爸爸。"花狸说到这里,用爪子挨个在孩子们的脑袋上摸了一下。

"由此看来,爸爸在猫界的口碑也不错哦。"老大说。

"哇喔,妈妈和爸爸的故事好浪漫哦。"老六说。

"你们爸爸不仅在本地猫界口碑不错,还有很多知识哦。他懂得很多。那天晚上,他就告诉我们——你们不是喜欢吃鱼吗?你们不是喜欢吃老鼠吗?但你们千万记住两条:到河边抓鱼,一定要抓活鱼,死了的鱼千万不要吃;到外面逮老鼠,一定要逮活老鼠,死了的老鼠千万不要吃。"花狸说。

"妈妈,为什么死了的鱼和死了的老鼠不能吃呢?"老三好奇地问。

"这也正是妈妈要告诉你们的。据你们的爸爸狸花猫说,现在,人类在用毒药来毒死很多庄稼上的虫子,有的老鼠饿极了,也会吃一些被毒死了的小虫子,这样的话,老鼠也就会被毒死。你们想想,我们一旦吃了已经被毒死的老鼠,结果会怎么样?"花狸问。

"我们也会被毒死!"六只猫咪异口同声地回答。

"对!我们也会被毒死。所以,你们一定要记住了:已经漂在河里的死鱼和已经死在田间的老鼠,千万不要吃,吃了这些已经死了的东西,会丧命的。"

"妈妈,今天主人都不在家,你教我们捉老鼠的本领吧。"老大说。

"妈妈,教我们吧,以前你都是用已经半死不活的老鼠来锻炼我们,肯定学不到真本事啊。"老三说。

"妈妈,教我们吧。"

"妈妈,教我们吧。"

猫咪们有的在推花狸的后背,有的在推花狸的屁股,有的直接用爪子拉花狸的爪子。

"好,好,好,妈妈今天就教你们如何捉老鼠!"花狸边说边站了起来。

花狸领着猫咪们来到屋外的一处空地上,叫猫咪们排好队,老大、老二、老三一组,老四、老五、老六一组。

六个猫咪排好队后,花狸高声教起了捕鼠口诀:"'屏呼吸,别放屁;低下腰,肚贴地;步伐轻,用肉垫;有耐心,观动静;鼠出现,爪如电;一拍一抓一张口,老鼠定把阎王见。'孩子们,跟着我念。等你们会背了,我再来讲解,讲解完,我们就练习。孩子们,准备好了吗?"

"喵!"猫咪们答应的声音很高。

"屏呼吸——"

"屏呼吸!"

"别放屁——"

"别放屁!"

"低下腰——"

"低下腰!"

"肚贴地——"

"肚贴地!"

"步伐轻——"

"步伐轻!"

"用肉垫——"

"用肉垫!"

"有耐心——"

"有耐心!"

"观动静——"

"观动静!"

"鼠出现——"

"鼠出现!"

"爪如电——"

"爪如电!"

"一拍一抓一张口——"

"一拍一抓一张口!"

"老鼠定把阎王见——"

"老鼠定把阎王见!"

花狸领着六只猫咪念了几次,猫咪们已经全部会背了,接着花狸开始讲解。

"'屏呼吸,别放屁',就是要尽量屏住呼吸,呼吸的声音不要太大,更不能放屁,也许你放一个屁,就把老鼠吓跑了。'低下腰,肚贴地',就是在准备逮老鼠前不要暴露自己,尽量让自己的腰部低下来,肚皮要贴着地面。'步伐轻,用肉垫',我们的爪子一定要轻轻地着地,怎么样才能轻轻地着地呢?孩子们,你们看看自己的四只爪子,前肢五趾,后肢四趾,趾端都有锐利而弯曲的爪,爪能伸缩,便于伏击猎物,趾底有脂肪质肉垫,用肉垫着地,老鼠就不会惊跑。'有耐心,观动静',就是说看到了老鼠的行踪后,不要着急,慢慢等,因为老鼠好动,不

可能待在一个地方不动。'鼠出现,爪如电',就是说,老鼠一旦出现在你们的面前,爪子的速度要像闪电那样快。'一拍一抓一张口,老鼠定把阎王见',这两句的意思是说,老鼠一旦出现在你的面前,爪子不仅要稳、准、快,而且要掌握技巧,这个技巧就是'一拍一抓',先用一只爪子对准老鼠猛拍,拍完再用另一只爪子猛抓,这样的话,老鼠的性命起码去掉了一半,剩下的事情,就是看你们怎么吃了。"

"孩子们,听懂了吗?"花狸高声问道。

"喵!"猫咪们斩钉截铁地回答。

"现在,你们再跟我念一遍,念完,就自己训练去。听懂没有?"

"喵!"

"屏呼吸——"

"屏呼吸!"

"别放屁——"

"别放屁!"

"低下腰——"

"低下腰!"

"肚贴地——"

"肚贴地!"

"步伐轻——"

"步伐轻!"

"用肉垫——"

"用肉垫!"

"有耐心——"

"有耐心!"

"观动静——"

"观动静!"

"鼠出现——"

"鼠出现!"

"爪如电——"

"爪如电!"

"一拍一抓一张口——"

"一拍一抓一张口!"

"老鼠定把阎王见——"

"老鼠定把阎王见!"

"当然,我们捉的不一定都是老鼠,只要能吃的,都可以捕。"花狸补充道。

猫咪们跟着妈妈念完,便都跑走了。他们有的在屋后的草地里,有的在屋前的树荫下,有的跑到了猫窝边,一边念着如何抓老鼠的口诀,一边按照口诀的要求操练起来。

在屋后草地里练习的,是老五和老六,她们姊妹俩屏住呼吸,蹑手蹑脚地在草地中寻找猎物。

突然,老五放慢了脚步,并将肚皮紧贴着地面。老六知道,姐姐发现猎物了。于是她也学着姐姐的样子,伏下身子。

只见这只猎物,身上无毛,灰色的皮肤上长着很多疙疙瘩瘩的乌点点,肚子很大,扁平的身体上长着四条腿,乌亮的圆眼下有一张很大很大的嘴巴。它正一步一步、不紧不慢地爬着,而爬行的方向,就是老六蹲守的方向。老六当然也看到了。

老五见这个猎物朝着老六的方向爬去,有点着急,于是她挪动了一下尾巴。这尾巴一动,便将一片非常干燥的落叶弄翻了,发出"窸窸窣窣"的声响。

而猎物听见了响动,便直接往前跳跃起来,一边跳跃,还一边发出"呱呱"的叫声。

老六眼看着猎物朝自己的方向跳来,她瞅准机会,猛地向前一跃,两只前爪一拍一抓,将猎物打得紧贴在地面上,一动不动。

老五见状,也迅速跳了过来,她也不管是什么猎物,张开嘴巴就将其叼起,一路小跑,直到跑到妈妈面前才将其放下。

而老六则跟在老五的后面一路小颠,边跑边喊:"姐姐逮到一只猎物!姐姐逮到一只猎物!"

听到老六的叫声,猫咪们纷纷围拢到花狸跟前,仔细地看着这只伏在地面一动不动的猎物。

看到猎物,花狸哈哈地笑了:"孩子们,你们知道这是什么东西吗?"

"不知道!"猫咪们回答道。

"孩子们,妈妈要告诉你们,这个猎物叫癞蛤蟆,我们不能吃,一旦你吃下去,就会中毒的。有一次,妈妈也是出于好奇,吃了一只,然后眼睛都肿得睁不开。据说,这种东西的体内,有一种毒素。以后,你们可千万别碰这种猎物啊。"花狸说。

"知道了。"猫咪们回答。

"老五,这只癞蛤蟆是你逮住的?"花狸问。

"不是我逮住的,是我先发现的,然后它就往老六面前跳,老六用'一拍一抓',就将它拍扁在地,我跑过去把它叼起来,送到这里。"老五说。

"你们配合得不错,但是以后啊,谁发现猎物,就谁逮,这样的话,成功的机会会更大一些。"花狸说。

"妈妈,我的嘴里又苦又涩,怎么回事啊?"老五突然问妈妈。

"这是因为你刚才用嘴巴咬着癞蛤蟆,癞蛤蟆皮肤上的白色毒汁很可能接触到了你的口腔。你快去嚼一些青草,青草嚼烂后,再吐出来,反复多嚼几遍,就会好的。"花狸对老五说。

看到孩子们都围着癞蛤蟆看,花狸说:"你们还去训练吧,看谁今天能最先抓到猎物。"

原先结伴而行的猫咪们,这次都单独行动,四下散去。

老大来到一片小树林,蹲下身子,心中默默地念叨妈妈教的口诀:"屏呼吸,别放屁;低下腰,肚贴地;步伐轻,用肉垫;有耐心,观动静;鼠出现,爪如电;一拍一抓一张口,老鼠定把阎王见。"念着念着,他突然发现一只绿色的虫子从一棵小树上往下爬,只见这只虫子长着三角形的头,两只巨大的前腿,身上披着绿色的外衣。趁这只虫子进入适合的高度，老大纵身一跃，一拍一抓，就将猎物打翻在地，一动不动。

老二来到一块石头旁，静静地等着猎物。说来也巧，正当老二注视着石头下面的一个小洞口时，一只灰色的小老鼠探出头来。只见这只老鼠忽闪着鼻孔，贼溜溜的小眼睛东张西望一番后，径直跑出了洞口，跑到了老二的眼皮下停了下来。说时迟，那时快，只见老二双爪并用，连拍带抓，小老鼠就一命呜呼了。

老三离开妈妈后，悄悄地来到了一棵月季花下。只见这棵月季花开满了粉红色的花朵，几只白色的蝴蝶在花间上下飞舞。老二的双眼紧紧地盯着上下翻飞的蝴蝶，当一只蝴蝶飞到他的伏击范围内时，他一跃而起，举起两只爪子向蝴蝶拍去。由于老三用力过大，这只白色的蝴蝶几乎被拍成白色的粉末。

老四来到一个空旷地带，只见一种红色的物体正被小风吹得上下起伏。这个红色物体飞得慢，老四就走得慢，红色物体被风吹得快，老四就一路小跑。过了一段时间，风突然停了下来，而那个原来飘来飘去的红色物体也晃晃悠悠地从空中落下，正好落到老四的眼前。老四就用爪子一拍一抓，擒住了这个红色的物体。

老五由于刚才用嘴巴叼过癞蛤蟆，嘴里苦涩难当，她按照妈妈的方法，来到屋后的一大片青草地里，大口大口地嚼起了青草。草很嫩，嚼起来汁很多。几口嚼下来，就觉得口腔里清爽了许多。正当她准备往回走的时候，一条青青的、长长的虫子向她游了过来。此时的老五，并没有多想，举起爪子在这条青色的虫子头上猛拍猛抓，直到这条虫子先盘成一团，后软弱如一条毛线，老五才叼起虫子向妈妈面前跑去。

老六离开妈妈后，独自来到了主人家的草垛边。她伏在草垛边的一个箩子旁一动不动，因为她知道，这里经常有小鸟起起落落，飞来飞去。老六的运气也真算好，她刚伏下身子时间不长，就见一只小鸟飞落在她的面前，趁着小鸟立足未稳，她便一爪拍了下去，并趁势用嘴巴咬住了小鸟的脖子，此时的小鸟还在扑棱着翅膀。

时间不长，六只猫咪都回到了妈妈的身边，他们将战利品一一摆放在花狸

的面前,等待着妈妈来评点。

"老大,你捉到的这个虫子叫作螳螂,这种虫子味道鲜美,但在捕捉时一定要当心它长着锯齿的两只前腿;老二,你捕捉到的这个是田鼠,味道嘛,就不用说了;老三,你捕捉到的猎物,是蝴蝶,基本不能吃,但你在捕捉过程中,锻炼了跳高的能力;老四,你捕捉的东西根本就不能吃,它只是一只红色的塑料袋;老五,你捕捉的这个猎物叫作蛇,蛇是很凶猛的虫子,下次再抓蛇,一定要记住了:一是可以咬蛇的尾巴,二是可以咬蛇的头;老六,你捕捉的猎物名字叫麻雀,因为麻雀会飞,用这么短的时间,就能将其捕获,很不错!"

这一天,猫咪们过得很充实。因为他们不仅掌握了捕获猎物的技巧,而且玩得很开心。

第四章　传言与现实

　　有一天晚上,花狸和猫咪们正在熟睡,突然,外面响起了"哇呜——哇呜——"的猫叫声。花狸知道,这是一只猫在外面通知她参加本月的聚会。

　　花狸轻手轻脚地从猫窝内爬起,正想往外走,猫咪们也纷纷爬了起来,要跟着妈妈一起参加聚会。花狸心想,也好,让孩子们参加猫类的聚会,也是让他们见见世面。

　　于是,在月色的笼罩下,花狸在前,六只猫咪在后,一路小跑,不一会儿就到了一个空旷地带。花狸和子女们赶到这里时,这里已经聚集了近百只猫。

　　一只白色的大猫首先来了一段开场白:"各位同胞,各位朋友,今天将大家召集到一起,是因为有一件重要的事情要告诉大家。下面,请狸花猫讲话。"

　　"狸花猫?是我们的爸爸吗?"老大问。

　　"是吗?妈妈快说啊。"老六也说。

　　"是的,是的,他就是你们的爸爸。不过,现在你们不要说话,看你爸爸要说什么。"花狸低声地说。

　　只见狸花猫走到猫们中央,高声地说:"同胞们,告诉你们一个非常难过的消息,我们现在所看见的村庄,马上就要被拆掉了。村庄一旦被拆,也就意味着,我们将流离失所,背井离乡,四处流浪。"

　　"这么好的村庄为什么要拆呢?住在这里的人类能同意吗?"一只猫这样问。

　　"你是怎么知道的?造谣可是要负法律责任的。"一只猫表示怀疑。

　　狸花猫清了清嗓子,高声说:"我知道你们肯定要问这样的问题,我来给你

们答案。我先来回答第一个问题：为什么要拆掉这个村庄？因为这个村庄属于城市的郊区，据说现在城里的房价很高，拆掉这里的房子，用于商品房开发，村主任能赚一大笔钱。在金钱面前，就不是同不同意的问题了，而是谁能挡得住的问题了。关于第二个问题，我是怎么知道的？老实告诉大家，我虽然是一只猫，但我是住在村主任家里的一只猫，所以我的消息来源肯定可靠。因为我亲眼见到一个胖子，有一天晚上，他拿着很多红色的纸票子，和我家主人——也就是村主任，商定拆房子的问题。而那个胖子走后，那么多红色的纸票子，也就是人类说的钱，就放在我家主人的阁楼上，也就是我住的窝旁边。你们知道，主人已经将那么多的钱收下了，这意味着什么？"

"那我们今后怎么办啊？你是村主任家的猫，知识肯定比我们丰富得多，见过的世面肯定也比我们多，你给我们出出主意吧。"一只猫高声喊道。

"我能出什么主意啊？我就是想利用这个机会告诉大家，这里一旦拆房子，就会有很多危险，请大家一定要注意自身的安全。"狸花猫说。

听到这里，猫们开始窃窃私语，议论纷纷。

站在花狸身边的老大终于憋不住了，他高声地对着站在猫中央的狸花猫喊道："你是我们的爸爸吗？"他这一嗓子，也正是代表了五个弟弟妹妹的声音。

而花狸则从内心深处感到不安，也怪自己没有跟孩子们讲清楚。

猫群中一下骚动起来。

狸花猫也听到了一声幼稚的叫喊。他顺着喊声望过来："什么？爸爸？爸爸？哈哈哈哈。"他大笑着朝着花狸的老大走来。而四周也传来了"哈哈哈哈"的嘲笑声。

狸花猫径直走到花狸面前，用爪子摸了摸老大的头说道："孩子，我们猫类，和人类是不一样的。人类的爸爸是要和妈妈、孩子住在一起的。而猫类，只有妈妈带孩子，这是传统。我虽然是你们的爸爸，但有或者没有，对于你们来说，无所谓，猫类就是这样。但这样并不代表我无情。傻小子，你长大就会知道的。"

狸花猫说完，再次走到场地的中央，朗声说："说一句实话，我的孩子很多。

你们仔细想一想,你们谁家没有过我的孩子?只因为有这样的感情,我才将你们召集到一起,将我知道的情况告诉大家,这样也好让你们有一个心理准备。"

"狸花猫,谢谢你!你长期住在村主任家里,以后啊,我们干脆就叫你村主任算了。"不知是哪一只猫在下面喊了一嗓子。

"对啊,我们以后就喊你叫村主任。哈哈哈哈。"猫们嘻嘻哈哈,场面顿时活跃起来。

这时,一只小母猫来到狸花猫面前,嗲声嗲气地问:"如果这里的村庄真的拆了,你怎么办?"

"一旦开始拆了,我要看主人对我怎么样。如果主人还是对我和以前一样好,我就还住在主人家。如果主人对我不冷不热,我肯定会离开他家的。"狸花猫说完,高声喊道,"同胞们,我给大家一个建议:如果这里的村庄拆迁,你们要看主人的脸色行事。如果主人顾不上你们了,或者说也不喜欢你们了,你们就尽快离开这里,另谋高就。一旦你们遇到了好一点的地盘,有可能的话就通知一下大家。毕竟大家都是在一个地盘上混过的。"

这次活动传递的消息,还真是有点突如其来。

回家的路上,花狸心事重重,而儿女们也闷声不响地跟在妈妈后面,一言不发。

……

过了几天,这个村庄还是如以前一样平静。

也许是村主任家的狸花猫在造谣,住在这里的猫们都这样认为。

花狸和六个孩子也是这样认为的。

想起那天夜里狸花猫趾高气扬的样子,花狸觉得他好像变了,不像以前追求她的时候那么诚实。怪不得有的猫拿他开玩笑,称他为"村主任"。

想到这里,花狸的心里倒踏实了下来。

接下来的几天,花狸还是带着六个子女,教他们如何捕捉猎物,告诉子女们捕捉猎物时要注意哪些事情,哪些猎物能捕,哪些猎物不能捕,哪些猎物能吃,

哪些猎物不能吃。

就在花狸照旧做着生活的美梦时,这里已经发生了微妙的变化。

有一天,主人家里来了很多人,他们有的手拿本子,有的手拿尺子,好像在丈量主人家的房屋面积。

后来,有一辆装着高音喇叭的汽车,在村子前的道路上开来开去,喇叭里传出刺耳的声音,好像在反复说着一件事情。

再后来,主人家的生活好像也不正常起来,晚上没有了电灯,连原来的自来水也没有了。老奶奶、儿子、儿媳整日愁眉苦脸,就连原来活泼的小姑娘也失去了欢笑声。

这里的一切真的都在变,花狸和六个子女们不得不承认,现在发生的事情,被狸花猫不幸言中了。

有一天天刚亮,一辆庞大的黄色挖掘机轰轰隆隆地开到了主人家门口,同时还来了一大群人。

花狸和六个子女被这巨大的声音吓坏了,他们纷纷逃出猫窝,躲在不远处的草堆旁,看着这里发生的一切——

李三奶坐在挖掘机前,痛哭流涕。老奶奶的儿子李大伟手拿棍棒,和这群人说着什么。小姑娘圆圆则躲在妈妈的怀里,呜呜地哭。

突然,原来的一群人,分成了两群人。一群人抱住了老奶奶的儿子,将他按倒在地。一群人则将坐在挖掘机前的老奶奶抬了起来。

这时,挖掘机朝着主人家的两层楼房移动过来,并发出刺耳的轰鸣声。只见一只黄色的臂膀从挖掘机前面缓缓升起,猛地落下,两层小楼的屋顶顷刻间被戳了一个大洞。再后来,黄色的臂膀在挖掘机前做着同样的动作,只几下,主人家的小楼便轰然倒塌。

老奶奶家的儿媳王玉秀见此情景,向正在坍塌的房子冲了过去……

那声音,那场面,吓得花狸和六只猫咪心惊肉跳。

自此以后,花狸发现,主人不知道到哪里去了,周围的房子都这样一座座被推倒。

没几天,这个村庄便被夷为平地。

主人去哪里了?难道他们真的不要这个家了?花狸的心里很纳闷。

花狸和猫咪们在这个废墟旁一直蹲守了一个多月,也没有等到主人。

离开,还是不离开?花狸在思考着。

不管离开还是不离开,总之是要吃食的。想到这里,花狸决定带着儿女们去找点吃的。

花狸走着走着,忽然被一种特别熟悉的味道所吸引,但她又想不起这究竟是什么味道。

就这样顺着这股特殊的味道,花狸带着孩子们顺着一条小道,来到了旷野里的一堆土前。这堆土,明明就是刚刚堆起不久。

在这堆土前,花狸看到了一些刚刚烧过的纸,还有一堆烧焦了的衣服的碎片。花狸突然想起,刚才在路上闻到的,是主人家小姑娘吃的烤鱼的味道,她也在一块已经烧焦了的衣服边,发现了一小块烤鱼。

莫非老奶奶不在了?花狸的脑子里闪过了一丝不祥的预兆。她呆坐在这堆土前,六神无主。而六只小猫咪,此时也显得无所适从。

不远处,走来两个人,一个大人,一个孩子。

花狸和猫咪们都认出来了,他们就是老奶奶的儿子李大伟和老奶奶家的孙女圆圆。

花狸和猫咪们迎了上去,小姑娘也跑着过来,抱起了花狸,眼泪禁不住夺眶而出。见此情景,小女孩的爸爸也抽泣不止。

此时此刻的猫咪们,也如同受了极大委屈的孩子,静静地不敢出声,他们有的趴在这堆新土上,有的蹲在一旁,心里很不是滋味。

圆圆抱着花狸,边哭边说:"花狸,你知道,奶奶是最喜欢你们的,可是,她现在已经不在了。她是被坏人活生生气死的。妈妈也是喜欢你们的,可是她被坏人打断了双腿。"

小女孩的爸爸一边哭,一边跪了下来,在这一堆新土前放上了几只苹果,几个馒头,然后点上了蜡烛,烧了纸。

小姑娘抱着花狸不放。

烧完纸后,李大伟开始犹豫了——花狸和这六只猫咪,是带走还是怎么办?如果带回去,住在哪里?花狸和猫咪们都看出了主人的心思,趁着小主人放下她的一瞬间,花狸便带着六只猫咪一路狂奔,在这片土地上消失得无影无踪。

过了好长一段时间,天已经快黑了,花狸带着猫咪们按原道返回,重新来到了老奶奶的坟前。他们趴在老奶奶的坟前,一言不发。

到了大约半夜的光景,老大开始说话了:"妈妈,难道我们就要在这里守着老奶奶吗?"

这的确是一个非常现实的问题,花狸的心里也在想。

"妈妈,我们走吧。这个村庄虽然被拆了,但肯定不是所有的村庄都会被拆。我们现在就行动,出去找找吧。"老大说。

"傻孩子,我们即使离开这里,也不是为了找什么村庄。现在的关键是要找到可以收留我们的好主人。村庄易找,主人难寻啊。像老奶奶这么好的人家,能有多少啊?"

"那刚才我们怎么不跟着主人回去啊?"老大反问妈妈。

"孩子啊,你们不懂。主人家现在都成这个样子了,我们怎么好意思回去呢?如果我能帮助主人,我保证会跟他们回去的。现在的情况是,我们如果回去,肯定是给主人家添乱啊。我们现在都不知道,主人的一家三口今后会住在哪里?"

说到这里,花狸不禁伤心起来。她想起了自己去年被猫贩子扔掉时的情景,如果不是这位好心的老奶奶又是烤小鱼又是找土鳖虫喂她,自己的命早就没有了。

正在花狸黯然神伤的时候,一只白猫走了过来。这只白猫好像就是以前经常主持猫咪们聚会的那只猫。只见他径直朝坟前的馒头走去,边走边说:"嗨,你们真的很幸福啊,竟然放着这么多的馒头不吃。"

此话一出,花狸突然感到自己真的饿了。但当她见到这只白猫直接吃起了馒头,不禁怒火中烧,爪子向这只白猫劈头盖脸就打了下来。

"你干吗？干吗打我？我可是村主任家猫的助理！"白猫捂着脸，委屈又傲慢地问花狸。

"你知道我为什么会打你吗？我告诉你，这里埋着我家主人。我和我的子女一直守护在这里，我们将近一天没有吃东西了，但就是没有打这里馒头的主意。你知道为什么吗？"

"不知道为什么啊？"这只白猫委屈地问道。

"为什么，我告诉你，这个馒头，是我们家的小主人放在这里，留给老奶奶吃的。哪怕老奶奶不吃，馒头烂在这里，你也休想吃一口。"花狸气愤地说。

"唉，你早说嘛，我怎么知道这个馒头是你家主人的祭品啊？如果你早说，我肯定是不会吃的。"白猫委屈地说，"我跟你们说声对不起还不行吗？"

"算了，算了，就是一场误会，没什么对不起谁的问题。"老大站起身，用如同大猫一般的口气说道。

"算了，我是不会跟你计较的。况且，你原来也不知道这个馒头是干什么用的。"花狸说。

听了花狸平缓的声音，这只白猫立马跳着走过来："你是花狸？"

"是啊，是啊，我就是花狸啊。你怎么知道我的名字？"花狸感到十分惊讶。

"我怎么不知道啊？我早就知道你啊，而且认识你。每次猫咪聚会，都是我主持的。如果算起亲戚来，我应该是你的亲哥哥。"白猫激动地说。

"怎么会是这样呢？真的假的啊？你不会骗我吧？"花狸的声音激动得有些异常，反复追问。

白猫说："你记得你刚出生的时候，有兄妹几个？"

"五个。我排行老小。"花狸答道。

"对啊，你排行最小。我是老大，我刚刚学会吃饭的时候，就被一户人家抱走了。你还有印象吗？"白猫问。

花狸突然想起来了，自己小的时候，的确有一个浑身白毛的哥哥，她问白猫："你说的都是真的吗？"

"我有必要骗你吗？"白猫答道，"我真的就是你的亲哥哥。有一次参加猫们

的聚会,连村主任家的猫都夸你善良,心眼好。从今天这个吃馒头的事情上来看,你还真是一个非常善良的猫。"

见到这只被打的猫和妈妈谈得很亲热,猫咪们纷纷围拢上来,问妈妈是怎么回事。

还是老大嘴巴快,开门见山:"妈妈,这只猫是谁啊?你们原来认识?"

花狸立马叫孩子们仔细听好记好了:"孩子们,这位原来是你们的舅舅。什么是舅舅呢?也就是说:他原来是妈妈的亲哥哥。"

"舅舅?哈哈哈哈,半夜里捡了一个舅舅,妈妈真逗。"老二说。

"如果不是想吃这个馒头,他永远也不会承认他是我们的舅舅。哼!"老四说。

"孩子们,你们不要这样说舅舅行吗?如果你们不相信,我撒一泡尿给你们闻闻,就知道是真的还是假的。"白猫说。

"哈哈哈哈,撒尿给我们闻?我还拉屎给你闻呢。"老大有点生气了。

"我也拉一泡尿给你闻闻。"老五生气地说。

听到这里,花狸有点不高兴:"孩子们,他,的确是你们的舅舅,千真万确。舅舅说撒泡尿给你们闻一闻,不是逗你们玩的。咱们猫的尿里,传递着一种身份信息,相同家族出生的猫,气味是一样的。"

直到这时,猫咪们才恍然大悟,原来妈妈和白猫说的都是真话。

……

第五章　懒惰的舅舅

没有了固定的住所，花狸只能带着猫咪们在空旷的原野上四处游荡。最要命的是，刚刚认识的白猫哥哥，也就是孩子的舅舅走一会儿就要休息一下，他说他的腿受过伤，不能长途跋涉。

这几天，一直吹着西北风，天气也渐渐冷了下来。一些能吃的虫子也不知道躲到哪里去了，仿佛一夜间就消失得无影无踪。要想找一些食物充饥，比前几天难多了。没办法，花狸最大的愿望就是就近找一个安身的地方。

猫咪们跟在花狸后面，被冻得瑟瑟发抖，这些小家伙边走边回头望着一瘸一拐的舅舅。

前面不远处，就是一段高高的土围子。花狸招呼孩子们，到了土围子那里，就可以停下来避避风了。

等花狸和猫咪们来到这段高高的土围子下面，白猫舅舅已经被落下很远。花狸立起身望去，只看到远处有一个缓慢移动的白点。

这里的风比旷野上小多了。

花狸坐下来，用爪子使劲地在脸上搓揉，她的脸几乎被冻僵。

当花狸揉完脸，回望孩子时，心突然提到了嗓子眼——六个孩子一个都不见了。

花狸几乎立起身子，紧张地四处张望，"喵哦"地叫了一声。

此时，只见老大从土围子的拐角处跑了过来，他边跑边说："妈妈，那边有一个窝，窝里面比外面暖和多了。"

花狸跟在老大后面，很快就看到了孩子们正在"窝"里嬉戏。

原来这个所谓的"窝"就是被废弃多年的水泥管子,这个水泥管被横埋在土围子里,一端已经被泥土堵死,而另一端只是露出一个半圆形的口,水泥管上方是厚厚的一层土,水泥管里面,则是空空荡荡。

花狸走进"窝"里,这里真的很暖和,空间也很大。"这里的确是个好地方。"花狸感叹道。

等花狸和猫咪们的身体暖和过来,舅舅终于一瘸一拐地出现在洞口。当他喘着粗气往洞里爬时,几乎就是头冲下顺着洞口泥土的坡度滑下来的。他已经真的是有气无力。

"我的外甥们,我快饿死了,你们能给我找点点心吗?"这是白猫进洞后说出的第一句话。

"点心?啥叫点心?"老大问。

"点心?是不是恶心的意思?"老二也来搭讪。

"舅舅,你走得慢,我们不恶心你,你放心吧。"这是老六的声音。

"我说的是——点心。点心,你们听不懂?"白猫又重复了一遍。

"点心是什么?"花狸也觉得纳闷。

"啊呀,你们真是没有见过世面,连点心都不知道。"白猫总算缓过来一口气,有气无力地坐了起来。

他歪着头,耷拉着眼皮,想抬起爪子,又觉得使不上劲,只好用两只前爪撑着地面,等歪歪扭扭地端坐好后,他才说:"点心,就是小吃嘛。如包子、饺子、糕点、麻团、鸡油卷、烧饼、桃酥、面条、米饭、皮蛋瘦肉粥,都是点心嘛。"

"舅舅啊,我们哪有这些啊。不要说你饿,我们也饿啊?"老大说。

见到老大说话的口气有点不对劲,花狸立刻制止:"不许用这样的态度跟舅舅说话!"

"也怪我,就是一个要饭的命,还要摆官员的谱。"白猫叹了一口气。

"舅舅肯定是个见过大世面的人,连说话都和我们不一样。你说的东西,很多我们都是第一次听。"老三爬到舅舅的身边,想跟舅舅套近乎。

"算你小子有眼光,你舅舅啊,不是吹牛,不仅见过大世面,还做过大事情呢。不说了,留点力气过这个冬天。"说完,白猫趴倒在地,眯上了眼睛。

六个猫咪毕竟年纪小,精力充沛,他们一个个爬到舅舅面前,连推带晃,非要舅舅讲他见过的大世面,做过的大事情。

白猫被闹得心烦,但又不好当着妹妹的面发火。于是他心生一计,睁开眼睛对老大说:"你要叫我讲,除非叫你妈妈到外面找好吃的,我才能提起精神,不然的话,我讲完了,还得去找食物。"

听到这句话,花狸心里有点生气,但又不便说,谁叫他是自己的哥哥呢。再加上小家伙们推推搡搡,叫她出去找吃的,她只好走出洞外,寻找食物。

"舅舅,妈妈出去了,你给我们讲讲你的经历吧。"老大有点迫不及待。

"好,舅舅跟你们讲讲我见过的世面,你们不要眼红啊。"白猫说。

"不会眼红的,你讲吧。"不知是哪一只猫咪说。

"舅舅啊,很小的时候就到了一户非常有钱的人家。你们知道这家人是做什么的吗?他们家开了好大的一个工厂,雇了几百号人。我到他们家后,他们家的女主人对我特别好,每次吃饭都在桌上给我留一个位置。他们家吃饭,什么山珍海味呀,鸡呀,鱼啊,几乎顿顿都有。但后来一件事情,就让这家彻底地败了。"白猫说到这里,故意停顿了下来。

"什么事情啊?"老大问。

"讲嘛,舅舅,究竟是什么事情啊?"老三也迫不及待。

"究竟是遇到什么事情呢?其实在我看来,也不是一件什么大事情。有一天晚上,女主人不在家,男主人带了一个女人到他们家里。因为我从来没有见过这个女人,就觉得很好奇,进屋看了一眼。"讲到这里,白猫停了下来,故意卖了个关子。

"你看到什么了啊?"

"舅舅,快讲嘛。"

猫咪们推搡着躺在地上的舅舅。

"其实,我什么都没看见。但我是一只非常勤快的猫,我看到床下有一条内裤,我就将内裤叼起来,送到了卫生间的洗衣机里。"白猫说。

"嗨,这有什么呀。"猫咪们有点失望。

"但后来事情就闹大了,女主人回家后,发现了洗衣机里的内裤,就和男主人大吵起来,还哭得稀里哗啦。后来,女主人和男主人离婚了。再后来,我被男主人赶了出来。"讲到这里,白猫叹了口气。

"唉,原来你是被人赶出来的啊,我还以为你有多光荣呢。"老六说。

"怎么不光荣啊?我即使是被人赶,也是被有钱人赶的!"白猫有点不服气。

"有钱怎么啦?人家有钱,又不是你有钱,跩什么跩?你有本事再回去啊?看人家要不要你!哼!"老五也在一边帮腔。

看到两只猫咪一本正经地讲着理,白猫再一次叹了口气:"回不去啰,是真回不去啰。我被赶出来的第二天,男主人家的工厂就爆炸了,死了几十个人。男主人不仅工厂破产,而且要面临牢狱之灾。"

"看来舅舅的男主人也挺可怜的。"老大说。

"也不一定,依我看,如果不是舅舅将人家内裤藏起来,就不会发生这一连串的事情。"老五说。

"看来舅舅是个扫把星,哈哈哈哈。"老六大笑。

"有这么白的扫把星吗?哈哈哈哈。"

"那舅舅就是白眼狼,哈哈哈哈。"

"白眼狼?舅舅是白眼狼?你们这些小东西,你们知道白眼狼是什么意思吗?等你们妈妈回来,我叫她收拾你们。"白猫真的生气了。

"舅舅,我们只是说说而已,不是故意的。我们看到你浑身的白毛,就想说你白,一下就说成白眼狼了。"老大害怕舅舅生气,就在一边求情。

"好了,好了,你们别再埋汰舅舅了好不好?舅舅已经饿得前胸贴后背了。"白猫有气无力地说。

……

不一会儿,洞外传来花狸的脚步声,很重,很沉。

猫咪们纷纷跑出洞口,他们看见妈妈的嘴里叼着很大的一条鱼,累得嘴里直冒白汽。

猫咪们欢呼雀跃起来:"有大鱼吃喽,有大鱼吃喽!"

"大鱼?不是在做梦吧?"此时的白猫一骨碌坐了起来,立马来了精神。

只见猫咪们七手八脚地将一条一尺来长的鱼拖到洞里,浑身冒着热气的花狸也跟了进来。

"大鱼!"白猫的眼睛亮了起来。只见他的两只前爪下意识地朝着大鱼的方向挠了几下,口水也顺着胡须流了下来。

"妈妈,这么大的鱼是怎么逮到的?"老大问。

"妈妈,快说说,这么大的鱼是怎么逮的?"猫咪们都想知道这个答案。

"别问了,还是先吃吧?要不,舅舅先吃,你们听妈妈讲逮鱼的故事。"白猫有点迫不及待。

"这鱼啊,不是妈妈逮到的,是妈妈在路上捡来的。"花狸说。

"捡来的?孩子们,你们先尝尝,看看这鱼的味道怎么样?"白猫突然想起,毒死的鱼不能吃,于是他留了个心眼。

"我们不吃,还是先请舅舅吃。"老大想起了妈妈说的不能吃死鱼的事。

"你们放心,这条鱼不是从河里逮的死鱼,这条鱼啊,是从一辆装着鱼的车上跳下来的。掉到地上还活蹦乱跳的,你们放心吃。"

听到这里,白猫终于忍不住了,率先在鱼肚子上啃了起来。猫咪们也不甘示弱,围拢在大鱼边,你一口我一口地撕咬起来。

不一会,白猫舅舅打着饱嗝,躺了下来。而猫咪们也撑得东倒西歪,好长时间没有吃这么饱过了。

从老奶奶家房子被拆开始,花狸和猫咪们就饥一顿饱一顿,从来就没有吃好过。现在,终于吃了一顿饱饭。但也只是赶巧了,冬天才刚刚开始,往后的日子还长着呢。花狸的心里这样想着。她累得没有食欲,只吃了几口就停下了。

而白猫吃饱了,一下便来了精神。他一会儿要讲故事给猫咪听,一会要和猫咪们做游戏。可猫咪们就是不搭理他。

这时,白猫想起了劳累了半天的妹妹:"妹妹啊,你撑起这么一个家,真的不容易啊。现在,又多了我一张嘴,生活就更不易了。"

"也没有什么,即使没有你,我们也是要吃饭的。我现在最为担心的是,等这些猫咪长大了,也就是到了明年春天,他们就要走上社会,命运就不是我能够把控得了的了。"

"每只猫都要走上社会,这个你不用担心。"白猫说着说着,就把嘴巴凑到了花狸的耳边,"我最担心的是,这些小家伙不懂事啊。你不在家的时候,他们对我说话,没轻没重,油嘴滑舌。"白猫在花狸面前上着猫咪们的眼药。

"哥哥,你不要跟他们一般见识,他们还小。如果他们真的做错了什么,我给你赔个不是。"花狸说。

"对了,妹妹,你有没有给这六个小家伙取个名字啊?"白猫也觉得自己这样说欠妥,连忙换了话题。

"有啊,老大、老二、老三、老四、老五、老六,这些就是他们的名字,按照睁眼先后排序的。"花狸回答。

"啊呀,傻妹妹啊,这那叫什么名字啊?这就是个排行嘛。"白猫感到有点惊讶。

"那现在起名字还来得及吗?"花狸问。

"来得及,来得及!我来想想,用什么样的方法变通一下最省事。"白猫边说边用一只爪子抚摸着胡须。

白猫思索了半天:"这样,为了方便记忆,直接将老大、老二、老三、老四、老五、老六改为大狸、二狸、三狸、四狸、五狸、六狸就可以了,这样叫起来也顺口。"

"大狸、二狸、三狸、四狸、五狸、六狸,好!这个名字还真不错,比老大老二的叫法要好多了。"花狸自言自语。

"大哥,你在外面见多识广,我问你一件事情。"花狸说。

"哥哥在外面这几年,实实在在见足了世面,可以说没有什么不知道的事情,你尽管问。"一旦吃饱饭,白猫喜欢吹牛的禀性又暴露出来了。

"有件事我一直想不通,就是我们主人家的房子被拆了,据说就是村主任决定的。村主任这个官,在人类里面算个大官吗?"花狸还是对主人家的遭遇耿耿于怀。

"这个嘛?"白猫迟疑了一下,立马就接着说,"村主任嘛,对于人类来说,还是不小的。你想啊,就如我们猫类,一般也就百十来只猫里面,有一个两个人缘好,有威信。你看那个村主任,管着几百口上千口人呢,这个官能小得了?"白猫也不知自己说得对不对,他用眼睛的余光打量着妹妹的脸。

"怪不得呢,那么大一片村庄,村主任一下令,就全部拆了,那么多人今年都和我们一样,无家可归了。"

猫咪们听到舅舅和妈妈在议论村主任,还以为又在议论他们的爸爸呢,立马来了精神,围拢过来。

"妈妈,是不是又要聚会了?"还是老大的嘴巴快。

"什么聚会?"白猫有点纳闷。

"就是上次嘛,我们跟着妈妈参加了一个很多猫的聚会。也就是在那次聚会上,村主任家的猫说要拆房子的。"老二接过话茬。

"村主任家的那个狸花猫,可是我们的爸爸哦。"老六有点得意扬扬。

"什么乱七八糟的,你们赶紧滚一边去,不要在这里捣乱。"花狸有点生气。

......

一天的时间过得很快,眼看着冰冷的太阳就要下山了。猫咪们望着洞里吃剩下来的那点鱼面面相觑,谁也舍不得先吃,因为妈妈中午几乎没有吃。

而此时的白猫,也就是猫咪的舅舅,眼睛也正盯着这条剩下不到四分之一的鱼和长长的鱼刺。如果再除去头,鱼肉简直就所剩无几。

谁先吃,是个道德问题。而谁先说,则是个技术问题。想到这里,白猫终于忍不住地开了口:"我说妹妹和孩子们,这条鱼放在这里已经好长时间了,如果说还新鲜,那是不可能的。你们看能不能这样,这剩下来的鱼我来吃,你们去吃点新鲜的,对胃有好处。"

花狸听着哥哥的话,感到很别扭,但她又不知该怎么说。

"舅舅,你怎么能这样说啊?妈妈为了给我们捕食,将这条鱼拖到家里,累得连饭都没吃几口,你倒好,只剩下这点鱼,你还要惦记着,那妈妈还吃不吃?"老六毫不客气地对舅舅说。

"我……我……我也只是为你们着想,才……才这么说的。那就这样,这点鱼肉,给……给你们的妈妈吃,那点鱼……鱼头和鱼刺,就留给我。再……再说了,你们啊,牙……牙齿还没长周……周全,鱼头和鱼刺是万……万吃不得的。"白猫结结巴巴地说。

认这个哥哥到现在,时间不到一天,花狸明显地感觉到了哥哥的自私和贪婪,但又不好直接说。

老大看得出,如果再这样僵持下去,这点鱼是轮不到妈妈吃的。他直接从后面跃到了这点剩鱼旁边,叼起鱼头就要往妈妈身边拖。

白猫见此情景也急了,只见他一爪子打在了老大的脸上,口中嚷道:"没有家教的东西,大家还没有决定怎么吃呢,你竟然敢先动口。"

这一爪打得很重,只见老大"哇"的一声,重重地摔在地上。

"大哥!我还在这里,打孩子,轮不到你动手。再说了,即使我不在这里,我的孩子也不该由你来管。"花狸见老大被打倒在地,腾地立起来,粗壮的尾巴不由自主地竖了起来。

不仅是花狸生气了,就连其他猫咪也都惊呆了,他们想:舅舅怎么能这样呢?

老大被舅舅一爪子打得眼睛里直冒金星,躺在地上好长时间才慢慢地爬起,跟跟跄跄地走到舅舅面前,低声说:"舅舅,你滚吧!你从哪里来,就滚到哪里去。我们家,不欢迎你。"

白猫也知道自己下爪太重了,这么重的爪子,怎么能打在这么小的猫咪身上呢?但白猫是真的属于死不要脸型,他不但不反省自己的错误,还立马哭丧着脸对老大说:"外甥,舅舅脾气不好,现在知道错了,你能原谅我吗?"

第六章　骗子的演技

怎么能原谅这个凶狠的哥哥？不原谅又该怎么办？作为一家之长，必须当机立断！

夜幕已经降临，花狸思来想去，决定将剩下来的鱼留给哥哥吃，而她则带着一群孩子，到外面寻找食物——这既是对孩子的锻炼，也是怕将孩子放在家，孩子还会受到舅舅的欺负。

主意已定，花狸带着六只猫咪，顶着寒风出门了。临走时，她还对哥哥说："这点鱼，就是你今晚的晚餐，吃完你就睡吧，不要为我们操心。"

花狸刚离开洞口不远，白猫就打起精神，大口大口地嚼起鱼肉和鱼头来，直到连鱼刺都吃得一根不剩，他还觉得没有吃饱，很委屈地睡觉去了。

风很大，惨白的月亮挂在半空，猫咪和花狸在夜色中被冻得瑟瑟发抖。妈妈边走边对六个孩子说："从今天起，你们的名字都改了，原来的老大、老二、老三、老四、老五、老六改为大狸、二狸、三狸、四狸、五狸、六狸。顺序不变，你们听清楚了吗？"

"听清楚了。"猫咪们回答。

说实话，即使是白天，也难得在这一片土地上找到一点吃的，何况又是晚上。

就在这时，花狸的耳边传来"哗哗"的流水声，她立即站起身，就在不远处，有一条小河。花狸欣喜若狂，对孩子们说："孩子们，今天妈妈教你们钓鱼。"

"你还会钓鱼？怎么没有听你说过啊？"

"妈妈，用什么东西能把鱼钓上来呢？"

"……"

猫咪们提出一连串的问题,妈妈则是一言未发,径直朝河边走去。

到了河边,花狸就给猫咪们做示范:"你们就这样跟妈妈一样,屁股靠近水面,将尾巴伸到河水里,不要太深,就这样一上一下地动,一旦你们觉得有东西咬你们尾巴的时候,你们就要将尾巴轻轻上提,迅速转身,用前爪将咬你们尾巴的猎物从水面上抓起来,扔上岸。听懂了吗?"

"听懂了。"猫咪们轻声回答。

猫咪们在河边一字排开,他们都学着妈妈的样子,将屁股对着水面,用尾巴在水面上一上一下地动着。虽然天很冷,但猫咪们学得十分仔细。

"妈妈,水里有东西咬我的尾巴了。"六狸低声地喊着妈妈。

"按照我刚才说的做。"花狸也低声地说。

"嗖",只见一道白光,从六狸后面的水面上画了一个小小的圆弧,"吧唧"一声落到了岸上。

妈妈带着猫咪们跑过来,看到一条一拃来长的鲶鱼在地上活蹦乱跳。六狸则高兴地围着这条鱼嗅来嗅去。

"孩子们,不要再看了,快点过来钓鱼。六狸,你下午也没有吃什么东西,你先把鱼吃了,再过来接着钓。"花狸招呼着孩子。

"等会儿再吃。我再钓到一条的时候,我就吃。"六狸说完,三步两步蹿到河边,继续钓起鱼来。

不到一个时辰,花狸和猫咪们都有收获。钓的最多的四狸,她钓了三条鱼。妈妈钓了一条大鱼,足足有妈妈的尾巴那么长。

虽然天气寒冷,但也算首战告捷,大获全胜。猫咪们叼着鱼,雄赳赳气昂昂地跟在妈妈后面,往住处走去。

当花狸带着儿女们来到住处门口,想走进自己的猫窝时,洞口却探出一个非猫非狗、竖耳尖嘴的怪异脑袋来。

"你是谁?"花狸问。

"现在关键的问题是,你要告诉我你是谁。"这只怪异的动物阴阳怪气地说。

"你住在我的家里,你还要问我是谁,你简直无耻!"花狸很生气。

"这是你的家?你喊它几声,它能答应吗?"怪物胡搅蛮缠。

"你给我滚出来,要不然的话,我就对你不客气了!"花狸竖起了尾巴,目露凶光。

这时,从洞口又探出一个头来,圆圆的,白白的,花狸认得出,这是他的哥哥。

"妹妹,你别生气,他是我邀请的客人,他是一只狐狸,只是暂时住一夜。"白猫说。

"客人?暂时住一夜?你不是说这个房子就是你的吗?你不是说将这房子分一半给我住的吗?"狐狸对着白猫说。

"我只是说说,也没有签订什么合同。我看你冷,也怪可怜的,就留你住一宿。"白猫对狐狸说。

"你看我可怜?你看我叼着一只鸡,就说这个房子是你的,只要给你半只鸡吃,这个房子就有我一半。"狐狸说。

"唉,兄弟嘛,开个玩笑,你还当真了。说句实话,这个房子的产权,是我和妹妹一家一半。"白猫说这句话时,明显没有了底气。

"哥哥,你给我出来!这个房子,是我的子女发现的。如果说有产权的话,也应该是猫咪们的,我什么时候答应和你一家一半了?"花狸气愤地先将鱼扔进屋里,然后挤了进去,使劲地将狐狸和白猫推了出来。而守在洞口的猫咪们,则趁势叼着鱼爬了进来。

"你是个骗子!"狐狸说完,气愤地走了。他临走时,留给了白猫这样一句评价。

"我是个骗子?我是个骗子?我是个骗子吗?"白猫在洞门口自言自语。

外面很冷,白猫被妹妹轰出来后,又不好意思直接进去。过了一会儿,只见他将头探进洞里,用好像很关心的语气对花狸说:"妹妹,里面比外面暖和吗?"

"里面比外面冷,我们都挤成一团了,还打着寒战。你听——咯咯咯咯。我

的上下牙齿都撞酸了。"这是大狸的声音。

"哥哥,你再来一次。"这是二狸。

"咯咯咯咯——咯咯咯咯——咯咯咯咯"大狸又模仿了一下。

"我们好冷哦——咯咯咯咯——咯咯咯咯——咯咯咯咯——"

"呵呵呵呵……"

"嘿嘿嘿嘿……"

"哈哈哈哈……"

猫咪们大声地笑着。

猫咪们开怀大笑刚停下来,就听得六狸模仿着白猫的声音:"妹妹,里面比外面暖和吗?"

"咯咯咯咯——咯咯咯咯——咯咯咯咯——"五只猫咪异口同声。

"哈哈哈哈……"

"别闹了,我的肚子都笑疼了。"一只猫咪说。

"孩子们,你们就别取笑舅舅了。舅舅给你们认个错,就让舅舅进来吧。再说了,我进去了,还能让屋里更暖和些。这个冬天啊,猫越多,屋里就越暖和。不是有这样一句话嘛,叫作抱团取暖。你们是孩子,还不懂这个道理。"白猫被冻得实在是受不了了,他想进洞,但还得给自己找个理由。

"抱团? 你去和狐狸抱团吧!"

"你去和狐狸的那只鸡抱团吧!"

"……"

猫咪们七嘴八舌。

如果是一只稍微有点血性的猫,被晚辈们如此取笑,如此奚落,肯定会立即离开。

可白猫就是一个天生不要脸的料子,他被猫咪们如此调侃后,并没有离开的意思。等猫咪们安静下来后,白猫向妹妹求情了。

"妹妹,哥哥已经在外面流浪半年多了,一直居无定所,食不果腹,所以一旦见到好吃的,就会不计后果,犯一些小节上的错误。今天这件事情,真的是哥哥的错,看在我们是亲兄妹的份上,你就饶了我,让我进去吧。再说了,你带着这么多孩子,多不容易啊,有哥哥在你身边,遇到什么事情,哥哥还能帮你一把。"为了能够留下来,白猫近乎哀求,但还得给自己找一条留下的理由。

"留下来帮我们?"

"留下来添乱?"

"你就走吧,别死皮赖脸了!"

"……"

猫咪们从内心深处讨厌这个舅舅,开始对着外面的白猫冷嘲热讽。

花狸的心里真的很矛盾。如果就事论事,她肯定会赶这只猫走,不将这只猫赶走就没有了做猫的底线,不赶走简直就是天理难容!

但现在的问题是,这只可恶的白猫是自己的哥哥。虽然猫类一旦长大后就不再在乎亲情关系,即使他们自己在乎这种关系,一旦被主人抱走后,能够再次重逢的机会基本就等于零,或者叫作千载难逢。

就是这么一个千载难逢的机会,独独被花狸遇到了,而且是在自己最困难的时候。在亲情与道义面前,花狸实在难以取舍。因为留也不是,不留也不是。可以说,她从来没有像今天这样纠结过。

"妹妹,猫无完猫,人无完人。哥哥也是一失足成千古恨啦。你知道哥哥很后悔吗?但世间买不到后悔药啊。如果真的有后悔药,哪怕上刀山,下火海,我保证去买。你就饶了哥哥这一次吧。"白猫在洞口央求着。

花狸的心里乱成了一团麻,愁肠百结。

白猫见妹妹一直不表态,终于使出了自己的撒手锏:"我亲爱的妹妹,亲爱的外甥们,我知道自己错了,请你们接受我的道歉。我知道,我对你们犯下了不可饶恕的错误,舅舅也没有脸面再活在这个世界上了,我现在就碰死在你们家门口,以死来表示我对自己犯下错误的惩罚。"说到这里,白猫开始带着哭腔,"我死了以后,你们等天亮后,将我的尸首埋了,不要让野狗拖走吃了,这样也算你们对得起我这个舅舅。拜托你们了——呜呜——呜呜——"白猫真的声泪俱下。

猫咪们和花狸听得一清二楚——舅舅要自杀了！此时，他们都竖起耳朵，屏住呼吸，他们要听一听白猫是否会真的自杀。

"嘭——嘭——嘭——"外面响起一声声闷响。

猫咪们深信，这是舅舅在用那个圆圆的脑袋撞击地面，他们甚至想到了舅舅血流满面的画面。因为猫咪们不仅是善良的，而且是清纯的。

"嘭——嘭——嘭——"夜晚的天气真的很冷，白猫的四个爪子几乎快要冻僵了，只见他一边使劲地跺着脚，一边抓来一把黄土，在额头上使劲地涂抹。涂抹完毕，白猫一边"嘭——嘭——嘭"有节奏地使劲跺着脚，一边竖起耳朵听着洞里面的动静。

跺脚的时间长了，浑身上下暖和了，白猫也累了。

可以倒在地下装死了。白猫想到这里，立马倒在了地上。

外面没有了"嘭——嘭——嘭——"的声响，猫咪们和花狸的心一下就紧张起来。花狸想：不管有没有血缘关系，那白猫也是一条命啊。就这么眼睁睁地看他死在自己的门口，真有些残忍。

想到这里，花狸冲出了洞口，猫咪们也跟着一只只爬了出来。

听到猫们出洞的响声，白猫躺在地上，一动不动，甚至连大气都不敢喘。

花狸来到白猫的身边，闻了闻，没闻到血腥味。猫咪们也学着妈妈的样子，在白猫的身上嗅来嗅去，除了有淡淡的臭味，猫咪们没有闻出其他味道。"坏人没有人味，难道坏猫也没有猫味？"六狸在心里嘀咕。

花狸走到白猫的脑袋边，只见雪白的脑袋上满是黄土——看来还撞得不轻。她又将鼻子凑到了白猫的鼻子边嗅了嗅，她放心了。因为白猫的鼻孔里，还有一丝悠悠的气息。

"孩子们，白猫舅舅真的是以死悔过啊。现在，他虽然还有一丝气息，但我们不能这样铁石心肠啊。如果就这样将他放在外面，即使有一点气，这么冷的天，不将他冻死才怪呢。"说到这里，花狸想征求一下猫咪们的意见，"你们说，我们该不该将舅舅抬到屋里去？"

再坏的猫，一旦死了，就会激发起猫们内心深处的同情心。听到妈妈在征询他们的意见,猫咪们立即同意。

于是,他们抬的抬,拉的拉,推的推,七手八脚,将白猫弄到了洞里。

而此时的白猫,心里正在暗暗窃喜。他想,真是一个伟大的演说家,表演天才,像我这样聪明的猫,竟然得不到社会的重用,真的是没有天理啊!

被拖进洞里的白猫,连大气都不敢出。此时的他就不要说稍微动一下了,甚至是猫咪们抬他放下来的是什么姿势,就是什么姿势。

只见白猫躺在地上,四肢朝上。由于是被抬进来的,他的四肢张开着,时间不长,白猫就觉得自己的四肢酸透了,僵硬了,麻木了。他想:在众目睽睽下装死,的确需要真功夫。

花狸和猫咪们围坐在白猫四周,一言不发,面面相觑。

实在装不下去了,再这样装下去,恐怕自己真的要死了。但要想"活过来",必须给自己找一个借口啊。白猫这样想着。

"咳——咳——咳——"白猫的嗓子里发出激烈的咳嗽声。

伴随着咳嗽,白猫侧了个身,将已经酸透了的四只爪子放到了地面上。与此同时,他假装张开嘴巴,大口地喘气。

"活了?"

"醒了?"

"奇迹啊!"

猫咪们低声说。

花狸见白猫咳嗽了,便用爪子轻轻地拍打着白猫的背部。她边拍边凑近白猫的头部,只见白猫双眼紧闭。

"哎,你能说话吗?"大狸用爪子推了推白猫。

"天都快亮了,我们被你折腾得一夜没有合眼,只要你醒来,身体没事,我们就吃夜宵。"二狸对着白猫说。

听到要吃夜宵,白猫一下便来了精神,但他又不好立即爬起来,只好继续装。

只见白猫慢慢地张开双眼,一边呻吟,一边低声地说:"难道我在做梦吗?

我真的没有死?"

"没有死,你自己掐一下自己的大腿就知道了。"三狸说。

"要不我帮你掐一下?"六狸说。

"不用,不用,我自己掐。刚才是不是我出现了幻觉?"白猫问。

"什么幻觉?"大狸问。

"我是不是听到谁在叫我吃夜宵?有夜宵吗?如果有,就让我吃一点。"白猫终于说出了憋了很久的话。

"有啊,有呢,有很多的鱼,我们钓的。"六狸说。

"很多鱼?你们钓的?我怎么不知道啊?"白猫用病歪歪的声音问道。

"你当然不知道啦,我们钓鱼回来,见你和狐狸在一起,我们没有直接拿进来。"三狸说。

"能不提这件事吗?这件事已经过去了。我还在为这件事情后悔呢。"白猫说完,使劲挤出了两滴眼泪。

"哥哥,不提这件事了。再说了,一个巴掌拍不响,我们也有责任,也怪我们不好,一时冲动,显得没有一点猫情。你身体如果还行,现在就起来,吃点新鲜的鱼。"花狸低声说。

"那我就试着看看,看看我能不能爬起来,你们可别帮我呀,我自己来。"白猫边说边慢慢地爬起。

受到白猫的提醒,大狸急忙伸出爪子,去扶白猫起来:"你慢点。"

"别动!别动!你这一拉,容易闪着我的腰。"白猫龇牙咧嘴,装出一副很疼的样子。而大狸也被说得急忙缩回了爪子。

在众目睽睽之下,白猫歪歪扭扭地爬了起来。坐定后,他故意晃了晃身子,装出身体虚弱的样子,并用近乎颤抖的声音说:"你们看我这身子,还真的很虚弱。有鱼吗?吃一点鱼可能就会好多了。"

"有!有!你看这边,放着这么多的鱼,你喜欢哪一条,我们就给你拿哪一条。"花狸说。

顺着花狸爪指的方向,白猫看到了一堆大大小小的鱼。

"唉,我这是怎么了?这么多的鱼,我竟然没有闻见腥味。"其实,白猫早就闻到腥味了,只是不好意思说而已。而在这时说出这句话来,真是装得天衣无缝。

"也就别挑了,随便给我拿一条,让我先垫垫肚子。"此时的白猫,真有点急不可耐了。

第七章　尾巴啊尾巴

天气越来越冷，冬天真的来了。

白猫自从出了骗吃狐狸的鸡这件事，这几天也老实了许多。而猫咪们和白猫虽然住在一起，也渐渐地疏远了这个舅舅，他们只是自顾自地玩耍。

常言说，坐吃山空。钓来的鱼已经吃光，再不钓鱼，大家就得挨饿。

花狸决定带着猫咪们去钓鱼。而此时的白猫，也实在找不出什么借口不一起去钓鱼。他想，跟着他们去钓鱼，可以学一点真本领，还可以防止猫咪们说他不劳而获。于是他主动提出一起去钓鱼。

说钓就钓！趁着夜色，花狸在前，猫咪们在后，白猫紧跟着，钓鱼的队伍真可谓浩浩荡荡。

北风很大，呜呜地吹着，猫们的耳朵都快冻僵了，胡须被风吹得紧贴着脸颊。

很快，猫们来到了小河边，只见河面上已经结了薄薄的一层冰。

花狸坐下来，用爪子在冰面上使劲地挠起来，时间不长，河面就被她的爪子挠出了一个不小的洞。

而猫咪和白猫也学着花狸的样子，在冰面上用爪子拼命地挠，小河边响起了猫们"咔——嗞——咔——嗞"的爪子挠冰声。

洞挠好，花狸和猫咪们开始钓鱼，只见他们背对河面，端坐在河边，尾巴在冰冷的水里忽上忽下。

白猫也照着他们的样子，将尾巴伸到了水里。

由于天太冷，鱼类的活动和反映就比较迟缓，所以猫们尽管用足了心思，也很少有一条鱼被钓上来。小猫咪们开始有点垂头丧气。

突然,只见花狸瞬间转过身来,举起双爪,将一条鱼"啪嚓"摔到了岸上。猫咪们纷纷跑上岸,围观被妈妈钓起来的这条鱼。

而白猫也想去看看这条鱼,但又怕被猫咪们说没有见识,于是他装作若无其事的样子,坐在水边,将尾巴静静地放在水里,一动不动。

妈妈钓了一条大鱼,如同一剂强心针,让猫咪们立马来了精神,他们看完鱼,又纷纷来到河边继续钓鱼。

时间不长,三狸、四狸都钓到了鱼。

紧接着,大狸、六狸也钓到了鱼。

猫咪们纷纷钓到了鱼,这让白猫有点难堪。

白猫的尾巴在水里一动不动,已经被冰冷的水冻僵。加之他已经失去了钓鱼的兴趣,便直接坐在河边打起盹来。

约莫两个时辰,猫咪们和花狸钓了十几条鱼,准备收拾收拾回家。可尴尬的事情发生了。

当花狸和猫咪们清点战利品时,发现舅舅还坐在水边一动不动。花狸以为白猫是不好意思,还想继续钓鱼,于是就喊了一声:"哥哥,算了吧,钓鱼这个东西,靠的不是技巧,而是运气。"花狸之所以这样说,是想给哥哥一个台阶下。

花狸喊完,白猫还是端坐在那里,一动不动。

由于太冷,猫咪们都急着早点走,于是六狸就快步来到河边,想看看舅舅为什么不走。当她来到河边,听到舅舅"呼呼"的鼾声时,鼻子都快气歪了。

她跑到花狸身边,轻声地对着花狸的耳朵说:"妈妈,舅舅哪里是来钓鱼啊,他是来睡觉的,现在正在打着鼾呢。"

听到这里,花狸的脸上有点挂不住,但又不知该说什么。为了给哥哥一个台阶下,她对六狸说:"也许舅舅太累了,让他再睡一会儿,我们就叫醒他,一起回家。"

妈妈的决定,猫咪们是不敢违抗的。

无所事事,猫咪们坐在鱼边,用舌头清理自己已经快要结冰的尾巴。

过了一段时间,猫咪们已经将尾巴上的冰碴儿清理完毕,花狸也将钓上来的鱼分成八份,准备回家。

三狸问花狸:"妈妈,为什么要分成八份啊?"

"给你舅舅也留一份嘛。虽然他没有钓到鱼,但让他也来分享我们钓鱼的喜悦,还可以减轻我们的负担,何乐不为?"花狸说完,又对三狸说,"你去叫醒舅舅,叫醒了我们就一起回家。"

听了妈妈的吩咐,三狸大步流星跑到河边,对着白猫的耳朵高声地喊道:"舅舅——舅舅——我们回家了。"

这一嗓子,声音很大,一下子就把还在做梦的白猫惊醒。他的嘴里语无伦次:"哦——好——回家——好——回家。"白猫一边说,一边晃动着屁股。

"孩子,你来拉我一把。也许我坐久了,屁股也麻木了,怎么站不起来了?"白猫使劲地摇晃着屁股,就是站不起来。

三狸伸出爪子,拉了一下白猫,白猫还是一动不动,任凭他使出吃奶的力气,白猫还是端坐在那里,纹丝不动。

究竟怎么回事啊?不仅白猫在纳闷,三狸也在心里纳闷。

"三狸,舅舅醒了没有啊?我们要回家了。"大狸叫道。

"他起不来,我也拉不动他。"三狸着急地喊着。

"孩子们,快跟我去看看,究竟是怎么回事啊?"花狸边说边带着猫咪们来到白猫身边。

花狸来到白猫身边,看到白猫端坐在那里,表情十分痛苦。

当花狸向白猫的屁股下面一望,一下就惊呆了。

只见白猫的尾巴,几乎大半截伸进了水里,而由于他的尾巴长时间不动,已经被冰死死地冻在了里面。

这可怎么办?花狸被吓出了一身冷汗!

怎么办?此时此刻,她在内心埋怨起白猫来:钓鱼,怎么可以长时间地不动尾巴呢?一根尾巴被冰死死地冻住,需要多长的时间啊!

埋怨是起不到一点作用的,只能想办法。

花狸急得团团转。

而此时的白猫，真的哭了，而且哭得很伤心。他边哭边说："妹妹，救救我呀，我的尾巴被河水冻住了，起不来了。你得想想办法救救我啊——呜呜——呜呜——"

直到这时，猫咪们才恍然大悟。原来舅舅起不来的原因，是因为尾巴被冰冻住了。这件事的发生，搞得猫咪们哭也不是，笑也不是。

花狸实在想不出什么好的办法，于是她就动员猫咪们用爪子在白猫的尾巴四周挠，期望如同钓鱼前在河面上打洞一般，将冰挠开。一旦挠开冰，尾巴就可以从水里拿出来。

期望是美好的，但现实是残酷的。

由于天气太冷，河面上的冰比原来厚多了。任凭猫咪们使出吃奶的力气，使出全身解数，白猫的尾巴还是被深深地冻在冰面里。

见此情景，猫咪们和花狸没有放弃，他们轮番上阵，用爪子使劲地在白猫的尾巴四周挠。

"咔——嗞——咔——嗞——"

"咔——嗞——咔——嗞——"

猫咪们爪子挠冰的声音很响，伴着白猫的一声声哀号，在寂静的夜空传出很远。

猫咪们努力着，白猫的屁股下面，尾巴四周，堆起了被爪子刨起来的冰屑子。

毕竟就是个爪子啊，况且猫咪们又是幼嫩的爪子，怎么能长时间地刨着越结越厚的冰呢？

过了一段时间后，猫咪们开始吃不消了。他们爪尖的趾甲部分已经被坚硬的冰磨平，有的猫咪的爪尖已经在渗出鲜红的血。

此时此刻的花狸，已经绝望了。因为她知道，任凭猫咪们怎么努力，要想将白猫的尾巴从厚厚的冰层中拔出来，几乎没有可能。

时间就这样一分一秒地流淌着，绝望、恐惧的气氛在猫们中间蔓延。

是带着孩子走,将白猫留在这里?还是留下来一起陪伴白猫?天快亮了,花狸必须做出选择。

看着孩子们一个个累得东倒西歪,有气无力,花狸着实心疼。再看看哥哥一脸的痛苦,不时地哀号,花狸又真正地感到无助。

到了当机立断的时候了。因为花狸知道,如果再这样耗下去,不仅猫咪们的体力会渐渐地撑不住,再加上又冷又饿,很有可能就这样被冻死在这里。

花狸鼓足勇气走到白猫身边,带着哭腔对白猫说:"哥哥,我们实在是想不出好的办法了,我们必须选择与你分别,等我们回去后再想想办法。"

"你们能看我这个样子不管吗?"白猫又呜呜地哭了。

"哥哥,不是不管,而是无能为力啊!你也看到了,你的外甥们为了救你,爪子都磨破了,估计连路都走不了。如果我们现在不回去,恐怕你的外甥们会活生生地冻死在这里。"花狸边哭边说。

"你们一旦走了,我就会被冻死在这里,你忍心吗?"白猫哀号着。

"哥哥,我们真的没有办法了。即使我们回去,也是为了想想办法,不会不管你的。"花狸边说边用两只前爪拥抱着白猫,痛哭流涕。

看到花狸和白猫抱头痛哭,猫咪们也哭了,哭得抽抽泣泣,特别伤心。

什么叫作生离死别?也许就是这种场面。

和白猫拥抱完毕,花狸立起身,对着白猫说:"哥哥,我们真的要走了,到家我们就想办法,我们想尽一切办法也要把你救出来,请你放心。"

猫咪们也一一和白猫道别,他们几步一回头,依依不舍,一瘸一拐地跟在妈妈后面,叼着鱼,向家的方向走去。

而此时的白猫,除了眼巴巴地目送着花狸和猫咪们远去,余下的只有哀号了。后来,他连哀号的力气都没有了,昏昏沉沉地睡着了。

等花狸带着猫咪们走到家,已经筋疲力尽,累困交加。

下雪了,鹅毛般的雪花纷纷扬扬,飘飘洒洒。

由于猫咪们折腾了近一夜,到中午时分,他们还在呼呼大睡。

花狸一直惦记着白猫,睡了不大一会儿,就坐了起来,绞尽脑汁地想着如何能将哥哥的尾巴从冰面中拔出来,她望着洞外飞舞的雪花,心乱如麻。

怎么办?是没有办法,也不能让白猫饿死。想到这里,她叼起一条鱼,蹑手蹑脚地离开猫窝,冒着大雪,向遥远的河边走去。

花狸在下了雪的原野上行走,步履维艰。

雪很大,花狸几乎是爬到河边的。到了河边,望着河面和两岸的皑皑白雪,她彻底地绝望了——因为白猫已经不见了踪影。

"喵——喵——喵——喵——"花狸撕心裂肺地在小河边来回叫喊着。

除了被狼吃了,还会有什么其他可能?再说,没有听说这里有狼啊!难道是被人害死了吗?花狸百思不得其解。

白猫就这样在小河边消失得无影无踪,没有留下一丝痕迹。

花狸喊了好长时间,嗓子都哑了,也没听到白猫一句回应。她只好深一脚浅一脚地顺着来时的路回家。

由于雪特别大,加之刚下的雪又特别的松软,花狸走得十分吃力。

可当她疲惫万分地回到自己的住处时,却发现猫窝内空荡荡的,六个孩子也不知去向。

家是能够激发所有动物的潜能的,因为家不仅只是房子,更重要的是房子里面住着亲人。

当花狸回到住处发现孩子不见了时,她彻底崩溃了,倒在地上再也没有力气爬起来。

短短的几天时间,花狸真正地体会到了什么叫作悲欢离合,什么叫作爱恨情仇,什么叫作生离死别。

从与哥哥相认,到后来与哥哥产生矛盾,再到后来一起钓鱼……

花狸在脑海里一幕幕地回忆着。

可现在,不仅哥哥没了,就连自己的六个亲骨肉也不见了:"苍天啊,我到底做错了什么事?要接受这样的惩罚?"花狸不仅哭哑了嗓子,连眼泪也流干了。

"不行,必须立即行动起来,天一旦黑下来,六只猫咪或许就有危险。"想到

这里,花狸的体内爆发出巨大的能量,箭一般地冲出了猫窝。

其实,六只猫咪离家出走,是有原因的。

花狸独自离开家去小河边找白猫,这事不想让孩子知道。因为她知道孩子很累,想让他们多休息一会儿。

但事与愿违,猫咪们一觉醒来,发现身边没有妈妈,立即恐惧起来。他们来到洞口,望着外面纷纷扬扬的大雪,更加惊慌了,因为他们从来没有见过雪。

"妈妈到哪里去了?"六狸哭了。

"妈妈是不是不要我们了?"三狸哭了。

"喵——喵——喵——"

猫窝里哭声一片,因为他们自从出生以来,从来没有离开妈妈半天。

"妈妈也许去救舅舅了。"大狸这样猜测。

"很有可能。"二狸也这样认为。

"要不,我们一起去找?"四狸在征询大家的意见。

"去找吧,没有妈妈我们怎么活啊?"五狸带头走出了洞口。

"走!我们一起去找妈妈!"大狸也冲了出去。

五只猫咪在大狸的带领下,朝着小河的方向走去。但大地白茫茫一片,小河究竟在哪里他们也不知道,唯一能做的,就是在雪地里连滚带爬,向离家越来越远的方向滚去。

方向错了,后果可想而知。猫咪们走了好长时间也没有看到什么小河。大狸当机立断,不能再这样漫无边际地走,肯定走错方向了。于是,他们只能再顺着原路折返。

下了大半天的雪,地上铺了厚厚的一层。即使是人,行走在这厚厚的积雪上也是深一脚浅一脚,更何况这些猫咪才出生两个多月呢。

寒冷、饥饿、恐惧,这六个词中的随便哪一个词,都足以摧毁这小小的生命,但猫兄猫妹们并没有放弃,他们现在唯一能做的,就是顺着原路往回爬。

花狸离开猫窝,全身仿佛有着使不完的力气。只见她在雪地里跳跃前行,四肢下面雪片飞溅。她奔跑了一阵子,就拎起前肢,后腿几乎直立起来,在田野间四处张望。

不知跑了多长时间,天都快黑了,在离家不远处的雪地里,花狸终于发现了六个孩子,只见他们在大狸的带领下,缓慢地向家的方向移动。

"喵——喵——喵——喵——"看到儿女们的身影,花狸奔跑的速度更快。她一边跑,一边大声地叫着。伴随着叫声,一团团热气在她的身后弥漫。

猫咪们终于听到了妈妈的呼喊,他们纷纷朝着妈妈的方向爬过来。

落日的余晖洒在雪地上,猫咪们终于和妈妈在雪地里汇合了,只见他们一个个身上热气腾腾的。

花狸哭了,猫咪们也哭了。不是因为疲劳,也不是因为伤心,而是因为过于激动。

"宝贝,妈妈还以为再也看不到你们了。你们为什么要离开家啊?"花狸哭着说。

"我们醒来后,看到你不在窝里,我们还以为你不要我们了,于是我们就跟着哥哥出来找你了。找了半天也没有找到,哥哥又带着我们回来——呜呜——呜呜——"猫咪们哭得很伤心,六狸边哭边说。

"我还以为妈妈不要我们了,呜呜。"五狸边哭边说。

"这也怪妈妈,如果妈妈出门的时候,跟你们说一声,就不会发生这样的事情。妈妈给你们道歉。"花狸责备自己。

"也怪我们,你不在家的时候,不应该乱跑。"

花狸和猫咪们在回家的路上,边走边哭。儿女们找到了,花狸自然高兴。但白猫消失得无影无踪,成为花狸唯一的心病。

第八章　狐狸与白猫

其实,就在花狸带着猫咪们和白猫生离死别般地离开后,白猫就晕晕乎乎地坐在小河边睡着了。折腾了那么长的时间,他实在太累了。而他的尾巴,如同树根一般,将他牢牢地固定在河面厚厚的冰上。

"嗨!我说这位,很有雅趣嘛!你是在拉屎啊?还是在拉屎啊?选择这么一块干净的冰面拉屎?一定是心情很好的时候才能干得出来吧?"

也不知睡了多长时间,总之白猫睡得很香,突然他被一种尖细的声音惊醒了。

他睁开眼睛一看,原来是个狐狸。他揉了揉眼睛,再仔细地看了看这只狐狸,不禁大吃一惊,因为眼前的这只狐狸他熟悉,就是那只被他骗吃了半只鸡的狐狸。

"真是冤家路窄。"白猫心里想。

但为了保全面子,白猫不得不再次展示自己花言巧语的本领:"哦,是狐狸先生,早上好啊,狐狸先生!我住的地方太热,所以必须找一个凉快的地方拉屎。"

狐狸围着白猫转了一圈,终于看出了破绽:"拉屎,怎么没有看见你拉出半只鸡来?"

"我的肠胃功能特别好,那半只鸡,早就拉出去了,现在我蹲在这里,主要是图这里空气清新,又特别凉快。"

"凉快?哈哈哈哈!还真的凉快!大半截尾巴泡在水里,被冰冻住了,当然凉快。这种情况下还不凉快,简直就没有天理了。"狐狸阴阳怪气地说。

见白猫不说话了,狐狸突然仰天长叹:"苍天啊!大地啊!是哪位天使大姐给我出的这口恶气啊!你不是拉屎吗?拉完了吧?站起来!站起来啊!没病走两步!"

白猫被狐狸说得无地自容,终于露馅了。

"你骗吃了我的鸡,遭到天使姐姐报应了吧!你要知道,坏事是做不得的,你骗了我,即使我不怪你,老天爷也饶不了你,这就是报应。报应,懂吗?"说到这里,狐狸弯下腰,"呸"的一声,在白猫的脸上吐了一口唾沫。

"好了,下雪了,我也该走了,你在这里继续凉快。等你凉快够了,别忘了叫我啊,我那里还有一只鸡等着你吃呢。"狐狸说到这里,再次仰天大叫,"苍天啊!你真的有眼啊!大雪啊!你就下得大一点吧!下个七天七夜,将这只骗子掩埋,让他永远消失在我的眼前,消失在地球上,消失在茫茫宇宙中!"狐狸说完,吹了一声口哨,扭动着屁股,扬长而去。

"下雪了?"白猫刚开始还以为狐狸在骗他。因为他的毛色就是白色的,所以他对白色的物体不是太敏感。可当他抬头看到漫天飞舞的雪花时,心里不禁紧张起来。而就在此时,狐狸也走了,他的心里开始打起了小鼓。

妹妹走了,也许再也不会来救我了。现在好不容易遇到了狐狸,也许他就是我的最后一根救命稻草,如果我不求救,等大雪下下来,我也许就会真的冻死在这里。

想到这里,白猫开始边嚎边喊:"狐狸先生,你回来,救救我啊!我不该骗你,现在我肠子都悔青了。我的尾巴真的被冰冻住了,如果你不救我,我就会被冻死在这里。你是一只心地善良、大慈大悲的狐狸,总不能见死不救吧?"

听到白猫的求救声,狐狸真的走了回来。他一步一晃地走到白猫身边,对白猫说:"救你?有报酬吗?现在是市场经济,救命是要给钱的。你说说,如果我救你,你能给我多少报酬?"

"狐狸先生,你就行行好吧,我是一只穷猫,没有一分钱。但只要你能救我,我可以给你当牛做马。你如果救了我,你就是我的再生父母。"白猫哭了起来,央求道。

"再生父母？我怎么会有你这样的儿子？哦，我明白了，你是在说，我这个狐狸生出一只猫来，你是在骂我的太太给我戴了绿帽子？你真有语言天赋啊，骂我都不带一个脏字！"狐狸弯下腰，用细长的三角眼鄙视着白猫。

"狐狸先生，你误会了，不是这个意思。我对天发誓，我真的没有骂你的意思。你想，我是求你救命的猫，怎么敢斗胆骂你啊？我是发自内心想给你当牛做马的。只要你救了我，你叫我往东，我绝不往西，你叫我往北，我绝不往南。也就是说，只要你救了我，你想怎么使唤我，就怎么使唤我，我保证毫无怨言。"白猫一边解释一边抹泪。

"真的？当真？你不后悔？"狐狸问。

"真的，当真，绝不后悔！"白猫应承道。

"谁还能相信你的鬼话哦，你说房子是你的，只要给你吃鸡，房子就可以一家一半地住。可结果呢？结果呢？你告诉我！"狐狸弯下腰对白猫说。

"狐狸先生，我跟你说句实话吧，那个房子……那个房子，真的是我的。也是因为我太善良，看到妹妹家那么多孩子，居无定所，就将房子留给妹妹住了。可……可……可妹妹仗着猫多势众，住进去就直接占为己有了。"不要说是人，即使是猫，撒谎的时候也是会心虚的。所以白猫在说这一段话时显得有些语无伦次。

"此话当真？"狐狸问。

"肯定是真的。我再告诉你为什么我会被冻在这儿。昨天晚上，天特别冷。我妹妹就说孩子还小，晚上她也不便带孩子出来找食物，就叫我帮她们出来找食。我找啊找啊，腿都跑酸了，田野里实在找不到能吃的东西，于是我就到这个河边来钓鱼。由于走得太累了，我坐下来腿就麻了。我在想，腿麻不影响钓鱼。后来很多鱼在水里咬我的尾巴，我也想往上拉，可是鱼太多，就这么僵持着。由于僵持的时间太长，就……就……就将尾巴冻在冰里拔不起来了。"

说完，白猫又开始"呜呜"地哭，哭得那么伤心："我都是为了妹妹一家，我还以为她们天亮会来找我呢。可等到现在，我连猫影子都没看见。"白猫越说越伤心。

听到这里,狐狸开始同情起这只白猫来。

他想救这只白猫,但又不能白白地救。狐狸忽然想起刚才白猫求救时的话。

"我看你啊,也怪可怜的,今天我就救你一次。但是——听好了——是'但是'啊——如果我真的救了你,你会怎么办?"狐狸对白猫说。

"如果你救了我,我白猫今生今世给你当牛做马!哪怕给你当儿子都行。"白猫回答得斩钉截铁。

"好!好!好!那我现在就试一试,看看管不管用。同意不?"狐狸问。

"保证管用,你现在就试。"白猫答。

"我的儿子呢?"狐狸喊道。

"在呢!"狐狸答。

"骗吃了我半只鸡的是你吗?"狐狸问。

"是,如假包换。"白猫答。

"今后还敢骗我的鸡吃吗?"狐狸问。

"狐狸先生,你能不提这件事情吗?今后,我保证不会再骗你的鸡吃。今后,我去偷鸡给你吃,我保证。"为了能够救自己的命,现在白猫必须做出承诺,哪怕兑不了现,也必须承诺。

狐狸想,在救猫之前,必须给猫一个下马威。想到这里,他仰天大笑:"哈哈哈哈,天底下不要脸的东西很多,像你这样不要脸的我还是头一次看到,也算奇葩中的奇葩了。"狐狸仰天大笑。

"报告先生,我就是不要脸的奇葩!"白猫高声应道。

"遇到你这样的奇葩,只能说明我今年运气不好。我常听说,猫有九条命。如果我不救你,也许我将来的运气更不好。好吧,我救你,但这是技术活,我需要琢磨琢磨。"狐狸用爪子推了一下白猫的额头。

"谢谢大慈大悲、无量天尊的大恩人,你真是我的再生父母,我给你磕头了。"白猫说完,"梆——梆——梆——梆——梆"地在地上连磕了五个头。

如何救?怎么救?狐狸在白猫的身边绕着圈子。

突然，他在白猫的屁股后面停了下来，对白猫说："孙子，你别老是这么坐着，你能有点出息，将身子站直了，让我看看究竟是怎么回事吗？"

白猫说："我来试一试，看看腿有没有麻，如果没有麻，我保证能站直了。"

只见白猫将腰拱起，弯着腿，使劲地往上站起来。狐狸看得清清楚楚，白猫的尾巴被冻在冰里约三分之二。

"你还能使点劲吗？"狐狸在后面说。

"我再试一试——嗨——嗨——我已经使不上劲了，再使劲我的尾巴就要拉断了。"白猫喊了两嗓子，吃力地说。

狐狸听到"尾巴拉断"这几个字，大脑里灵光一现，心里想，有了！

"你听我的话啊，现在需要你配合我连喊三声——嗨——嗨——嗨，每喊一声嗨，就使劲往上拔尾巴。知道吗？"狐狸对白猫说。

"知道了。"白猫答完，又怀疑地问，"狐狸先生，这样管用吗？"

"你就这样坐在这里，管用吗？管用不管用，不试一下怎么能知道？"狐狸说。

"准备好了吗？"狐狸高喊。

"准备好了！"白猫高声应道。

"现在开始！"狐狸高喊。

"嗨——嗨——嗨——"白猫用足了力气。

说时迟，那时快。就在白猫喊着口号使劲拔尾巴的一刹那，只见狐狸将两只后爪紧贴着冰面，用足力气，对准白猫尾巴与冰面的结合处使劲一蹬，口中高喊了一声："起来！"，白猫真的就趔趔趄趄地起来了。

"奇迹啊！真是奇迹！"白猫回过头来感叹。当他看到自己的尾巴被狐狸齐刷刷地踩断，一节白森森的尾巴留在了冰面上时，才"嘀——嘀——嘀——嘀——"大叫起来。

"嘀——嘀——嘀——嘀——"白猫用爪子捂住屁股，一边跳一边尖叫着。

狐狸看到白猫在转着圈子尖叫，实在有点不耐烦。

只见他抑扬顿挫地问白猫："你的这种叫声算美声吗？我还是第一次听到

这么样的美声,高亢嘹亮,悦耳动听。"

"狐狸先生,你能不调侃我吗?谁的尾巴断了,都会疼得大叫的。"狐狸哭丧着脸。

"那我问你,是命重要?还是尾巴重要?"狐狸问。

"这还用说,当然是命重要喽。"白猫带着哭腔。

"你这样回答就对了!既然命重要,你的命已经被我捡回来了,你应该高兴才是啊,怎么还这么伤心地哭呢?"狐狸问。

"是的,是的,我高兴,我高兴!我真的很高兴!——今儿个真高兴——咱穷百姓啊——今儿个真高兴。"说着说着,白猫唱了起来。

见到这种百年不遇、滑稽搞笑的场景,狐狸由衷感叹——这只猫,还真是传说中最不要脸的猫!能遇到这么不要脸的猫,缘分啊!

"雪越下越大,总不能就这样站在大雪纷飞的河边聊天吧?"狐狸这样想着,然后对白猫说,"君子一言,驷马难追。刚才你答应了,只要我将你救起来,你就愿意给我做牛做马,是这样吗?"

"是的,狐狸先生。"白猫答应道。

"那就行,也证明我没有看错你。我呢,也不要你给我当牛做马,只希望你能为我做一些力所能及的事情。"狐狸对白猫很客气。

"先生尽管吩咐,我保证在所不辞。"白猫对狐狸表着忠心。

"有你这句话,我就放心了。我现在最着急的事,就是没有住处。前几天,还有,现在没了。"狐狸苦笑道。

"怎么回事啊?"白猫问。

"我的住处不知怎么被猎人发现了,他们不仅在我的窝前下了网,还将另一个最为隐蔽的出口用石头堵死了。遇到这种情况,我是坚决不能再回去了。我们的住处只要被猎人盯上,再回去,肯定完蛋。"狐狸说。

"那现在该怎么办呢?"白猫问。

"是我该问你呢?还是你该问我?"狐狸白了白猫一眼。

"这个嘛……"白猫一时语塞。

"你简直就是个猪脑子,我现在有家难归,最需要什么?肯定是最需要一个新的家嘛,你说是不是?"狐狸反问白猫。

"是是是是,最需要一个家。"白猫连忙答道。

"那这个家怎么来呢?"狐狸又反问。

"怎么来……这个……先生,我真的还没想过。"白猫唯唯诺诺。

"这么大的雪,这么冷的天,而且今后会一天比一天冷,你他妈的忍心看着你的救命恩人无家可归?"狐狸提高了嗓门,显得很生气。

"这样,先生,你看能不能这样,我们先找一下,看看有没有现成的窝,如果有,稍微收拾一下就可以住。如果没有,我今晚连夜挖,也要给你挖出一个新家来。"白猫的话斩钉截铁。

"我还真的没看走眼!就冲你这句话,等我发财的时候,一定重赏你。"狐狸拍了拍白猫的肩膀。

"先谢谢先生!"白猫前肢弯曲,给狐狸行了一个大礼。

"还没给呢,先别谢。走,我们去找找,看周边能不能找到现成的窝。"狐狸说。

"先生,你听我说,如果要想成功的概率大一些,我们不能漫无边际地找,首先要锁定有可能有窝的大致地点。我在想,平原上,肯定不会有适合我们住的地方,我们沿着河边走,有可能会有一些废弃的涵洞什么的,这样找起来也方便。你看行不?"白猫给出了建议。

"好,就听你的。"狐狸肯定地说。

"如果听我的,我们现在就沿着这河边走,也许走不了多远,就会有收获。"白猫边走边讨好着狐狸。

"好!就沿着这条河边走。"狐狸说。

雪越下越大,狐狸和白猫也越来越饿,但为了能找到一个可以安身的住处,他们不顾饥肠辘辘,沿着河道有气无力地走着。

下午时分,天地间白茫茫一片,狐狸累得实在走不动了。

白猫一直劝他,也许再走个一百米,就有可以发现可以藏身的地方。在白猫的鼓励下,狐狸勉强打起精神。可走了一百多米,还是没找到适合立足的地方。

狐狸索性躺下来不走了。只见他抓了一把雪,放到嘴里,边嚼边说:"多么甘甜的牛奶啊。"说完他又自己抽了自己一嘴巴:"白日梦!如果真的是牛奶就好了。"

狐狸的这一举动,让白猫哭笑不得。他继续鼓励:"先生,你再往前走一百米,如果发现不了适合居住的地方,我就背你走。"

"真的?"狐狸问。

"保证!"狐狸答。

狐狸在白猫的鼓励下,很不情愿地爬起来,继续前行。

白猫的判断还真没错,他们俩走了不到八十米,就见到了一个废弃了的涵洞,这个涵洞是由石头砌成的,涵洞穿过河堤,通向河堤外面的农田,就在这个石头涵洞的中间,有一个T字形的小洞口,这个地方足足有一平米见方,足够他们藏身。

见到涵洞,狐狸拍着白猫的肩膀大笑起来:"你这个狗日的就是个预言家啊,说有就有。"说完,他四腿朝天地躺到了地上。

而此时的白猫,则一屁股坐在地上。因为他不仅是累了,断了的尾巴也开始钻心地疼起来。

第九章　乐观与狡诈

　　大雪一直下了半天一夜，地面上的雪足足有一尺多深。

　　花狸知道，冬天是漫长的，而离开了人类，食品自然就成了问题，特别是在冬天。所有可以果腹的食物，都被厚厚的大雪盖在下面。而钓来的那点鱼，即使是省着吃，也很快被吃完了。

　　靠出去寻找食物，已经没有任何可能，就这样下去，猫咪们肯定要被饿死。想到这里，花狸的心里一阵焦虑。但猫咪们却无忧无虑，在窝里嬉戏打闹着，有的咬着对方的尾巴，有的肚皮朝上，有的用爪子相互抓挠着。

　　冬天，特别是下雪天，挨饿的可不仅只有这些流浪在外的猫咪，小鸟也是一样，他们也在四处找食。他们在空中一看到没有被雪覆盖的地面，就会扎堆飞下来。因为他们知道，只要有没被雪覆盖的地方，就有希望靠自己爪子的抓刨找到食物。

　　这不，一群麻雀发现了一块不大的空地，这个空地边上，就是一个黑洞洞的洞口。麻雀们欣喜若狂，争先恐后地飞落下来。

　　麻雀们没有失望，他们在这一小片空地上，发现了不少亮晶晶的鱼鳞，牢牢地附着在地面上。只见他们叽叽喳喳，爪刨喙啄，可那些鱼鳞就如镶嵌在地面上一般，一动不动。

　　也许麻雀太饿了，也许是他们太大意。就在他们叽叽喳喳地刨食时，猫咪们行动了。

　　洞口不是太大，只见花狸在中间，大狸、二狸、三狸在左边，四狸、五狸、六狸在右边。他们配合默契，蹑手蹑脚向洞口爬去。他们的目光刚刚触及洞口，一群乱糟糟的麻雀就进入了他们的视野。

"嗖——"就在一瞬间,七只猫如离弦之箭冲进了麻雀堆里,麻雀们还没醒过神来,开始跌跌撞撞,而当他们想振翅起飞的时候,已经来不及了,猫们的利爪如雨点般"噼噼啪啪"地从天而降。

这是猫咪们出生以来的一场最大的战役,他们与花狸相互配合,集体作战,大获全胜。只见洞口前不大的空地上,十来只麻雀已命丧黄泉。

正当猫咪们兴奋不已时,花狸听到了洞内响着"扑扑棱棱"的声音。只见她灵机一动,招呼六只猫咪守住洞口,自己只身扑进洞内。只见洞内五六只麻雀如没头的苍蝇,四处乱撞,花狸闪转腾挪,一会儿身体临空,一会儿海底捞月,五六只麻雀被全部拿下。

原来,这几只麻雀正在地上啄食着鱼鳞,就被突然出现的猫给吓蒙了,四下逃散。不幸的是,他们飞行的方向不对了,直接就飞到了猫咪们居住的洞里,就这样成为猫爪下的牺牲品。

到清点战利品的时候了,猫咪们将外面空地上的麻雀一只一只衔进洞里,仔细清点后。这次他们捉了十五只麻雀。

猫咪们很兴奋,围着一堆麻雀转来转去,"喵——喵——"地叫着。

而细心的六狸却提出了这样的问题:"妈妈,怎么会有这么多的麻雀啊?"

"傻孩子,这不是刚抓到的嘛。"花狸回答。

"不是,我是问,怎么会有这么多?我只是抓了一只啊!"六狸纳闷。

"我也是抓一只。"大狸说。

"我也是抓一只。"二狸说。

"我也是抓一只。"三狸说。

"我也是抓一只。"四狸说。

"我也是抓一只。"五狸说。

"对啊,我算了一下,我们兄妹一共抓了六只,怎么成了十五只?"六狸问妈妈。

"是这样的,你们兄妹抓了六只麻雀,我嘴巴、爪子并用,在外面抓了三只,

这不是已经有了九只了吗？然后，我又在洞里抓了六只。你算一算，是不是十五只？"花狸说。

"是十五只，这下够我们吃几天的了。"六狸高兴地说。

"吃几天？你想得美。我们即使是省着吃，两天就吃完了。"大狸说。

"孩子们，必须省着吃。你们看外面的雪这么厚，天又是这么冷。雪哪天才能融化掉？也许是十天，也许是二十天，也许就是一个冬天。如果一个冬天不融化，那就要等到春天到了才能融化。不省着吃，不行啊。"花狸说。

"妈妈，一个冬天是多长的时间啊？"三狸问。

"一个冬天啊，是三个月。如果按照我们一天吃一只麻雀计算，我们每一只猫要吃掉近一百只麻雀。我们一家七口要吃掉多少麻雀啊？起码要有半屋的麻雀才能够吃。"花狸边说边用舌头清理自己的爪子，因为她的爪缝里，粘着不少麻雀的羽毛。

"哇，要吃掉这么多啊，看来我们都是小吃货哦。"三狸说。

"就你是个小吃货，我们才不是小吃货呢！"六狸白了三狸一眼。

"好，好，好，就我一只猫是小吃货，你们和妈妈都是大吃货。"三狸反驳道。

"哈哈哈哈，妈妈怎么可能是个吃货呢？"二狸问三狸。

"妈妈也是要吃饭的，所以她也是个吃货。"三狸说。

"你没良心！妈妈吃的都是自己找来的食物，怎么算吃货啊？只有我们才算吃货，因为我们还小，大部分食物都是妈妈找来给我们吃的。"大狸对三狸的说法很不赞同。

"对啊，我同意这个观点，妈妈不是吃货，只有我们才是吃货。"四狸在一边也插话道。

"那我问你们，妈妈小时候也是自己找食吃的吗？她在很小很小的时候，就会找食吃吗？她小时候吃的东西是不是妈妈的妈妈给她找来的？如果是，妈妈算不算个吃货？"三狸很认真地反驳着。

"按照你这样的说法，妈妈还真的是个吃货。哈哈哈哈。"五狸边说边用爪子拉妈妈的胡子。

"别拉妈妈的胡子。"花狸对五狸说。

"偏要拉,我就要拉。"五狸又拉了一下说,"只有老爷爷才长长胡子,你是妈妈,长着这么长的胡子,有用吗?"

"怎么没有用啊?我们猫类不分公母,只要成年后都有胡子的。人类的胡子倒没有用,只是起到装饰作用。"花狸说。

听到妈妈在讲胡子,其他猫咪们都围了过来:"妈妈,给我们讲一下胡子的作用吧。"

"我们猫都有一副漂亮的胡须,它可不仅仅是一种装饰,而且是我们猫的一种特殊感觉器官。"花狸说。

"感觉器官?什么叫感觉器官啊?"猫咪们迫不及待。

"我们猫胡须的根部有着极细的神经,稍稍触及物体就能感知到。所以啊,我们的胡须就好比蜗牛的触角一样。当我们在黑暗处或狭窄的道路上走动时,会微微地抽动胡须,借以探测道路的宽窄,便于准确无误地自由活动。"花狸说。

"胡须还这么神奇啊?"二狸用爪子理了一下自己的胡须。

"我们的胡须是很有用的。你们看,我们的胡子一般和自己的身体一样宽,抓老鼠的时候,胡须还可以测量鼠洞大小,如果胡子比洞口宽,我们千万不要进去。因为你一旦钻进去后,就有出不来的危险。孩子们,记住了吗?"花狸提醒猫咪们。

"记住了。"猫咪们答应道。

"所以,我们猫类,要保护好两样东西,一个是胡须,二是爪子。"花狸说。

"爪子也重要吗?"大狸问。

"当然重要啊!你们自己看看自己的爪子,是不是如刀片般锋利?"花狸问。

猫咪们一个个扳起了前爪仔细观察。

"孩子们,你们看啊,我们爪子的末端如钩子一般,因此我们在捕猎时都能紧紧抓住猎物。但平时,我们的爪子通常都是往里缩着的,这样就不会被磨损,可以保持锋利。"花狸一边扳开自己的爪子做示范,一边给猫咪们讲解。

"所以,不管在什么时候,我们都要像爱惜自己的眼睛一样,爱惜自己的胡

须和爪子。孩子们,听明白了吗?"花狸问。

"听明白了!"猫咪们异口同声。

暂时有了吃的,也算是家有余粮,心中不慌了,所以猫咪们一边很开心地玩,一边跟着妈妈学习知识,无忧无虑。

……

而就在离猫咪们的住处不远,白猫和狐狸的日子过得就要惨得多。

之所以说不远,如果按照直线距离的话,他们相距最多也就是三千来米。从地理位置上看,花狸住的地方、猫咪钓鱼地点、白猫与狐狸的住处大约也就是个等腰三角形,钓鱼的地点沿着小河往南三千来米,就是狐狸的住处。而从钓鱼地点到花狸的住处,大约也是三千来米,而从花狸住的地方到狐狸住的地方的直线距离也就最多三千米。

白猫断了尾巴后,沿着河边为狐狸找住处,之所以走了那么长的时间,主要原因是雪太大,路难走。如果按照猫每小时跑步三十公里的话,其实三千米的距离也就是十来分钟的事情。

那天,雪真的太大了,所以狐狸和白猫才走得那么慢。但值得庆幸的是,他们在当天找到了属于自己的窝。

外面的雪,亮得晃眼,此时的白猫,正在给狐狸捶腿。

"你能轻一点吗?老子都两天没吃东西了,你还使这么大的劲,你是想捶死老子啊?"狐狸尖声尖气地说。

"好,我轻点,轻点,再轻点。"白猫唯唯诺诺。

"你看你,很爱惜自己嘛。就断了那一截尾巴,又是用舌头舔,又是用爪子揉,又是用破布包着,你考虑过我的感受吗?"狐狸阴阳怪气地说。

"你的尾巴好好的,当然不会像我这样又是舔又是揉的。"白猫一边捶着狐狸的腿一边说。

"说句实话,我看到你这么在乎自己真的很生气,气得我的牙齿都痒痒,真恨不得把你吃了。"狐狸说。

"先生,你真的对我有这么大的仇恨吗?我没有得罪你啊。"白猫委屈地说。

"没有得罪我?是没有得罪。但你有点不务正业知道吗?老子饿了几天了,叫你去找食物,你只是到外面转一圈就回来了,难道不是在敷衍我吗?"狐狸问。

"先生,真的没有啊,如果我有半点敷衍你的意思,我对天发誓,天打雷劈!"白猫一副委屈的样子。

"天打雷劈?你小子真会选时候。这是什么季节?这是滴水成冰的冬天!这大冬天的哪来雷劈你啊?"狐狸抬高了嗓门。

"我如果敢骗先生,到了夏天,老天肯定会把我给劈了。"白猫说。

"你以为你是老天啊?记性这么好?老天活了成万上亿年了,老了,糊涂了,记性也不好了!要不了到夏天,估计春天还没到,就把你给忘了。你以为你是谁啊?老天将你记得那么牢?"狐狸说。

"那我就等到打雷的季节,对着天空喊:老天啊,你劈了我吧!我骗了狐狸先生了,你怎么不劈我啊?我估计这么一提醒,老天就'咔嚓'一声,将我给劈了。"白猫说。

"哈哈哈哈,你他妈的真逗。你以为老天的雷就这么精准?如果老天将雷打偏了怎么办?就像你现在在给我捶腿,你喊一嗓子,老天真的就用雷劈你,稍微偏这么一点点,老子不就完蛋了吗?我完蛋了,这个房产就成了你的了。你小子怎么这么坏呢?"狐狸说。

"先生,我会保护你的。在我对天喊话之前,我先和你保持一定距离后再喊,这样你就安全了。"白猫笑着对狐狸说。

"你能严肃一点吗?我在跟你说正儿八经的话,你还嬉皮笑脸。"狐狸批评了白猫,接着说,"你能离我多远呢?雷从多少米的高空劈下来?当时的风速是多少?你精确地计算过了吗?"狐狸问白猫。

"这个……这个……我还真的没想到。"白猫尴尬地说。

"所以啊,你就是个猪脑子,一旦遇到事情,都抓不住主要矛盾。"狐狸说。

"先生,那我们现在该抓住哪个主要矛盾?"白猫捶腿的爪子停了下来。

"哪一个啊？你想想，你几天没吃东西了？我几天没吃东西了？"狐狸提示道。

"三四天了。"白猫说。

"是啊，三四天了，还不出去找点东西吃，那就在这里等着饿死？你整天地帮我捶腿，能把我的肚子捶饱？你得赶快想办法啊，到外面偷也好，抢也好，给我整点吃的。"狐狸生气地说。

"好、好、好，我现在就出去。"白猫答应道。

"对于做事，我是不会计较过程的，我只看结果！"狐狸说。

"好、好，保证给你一个结果。"白猫说。

可这个结果怎么给呢？走出洞外，白猫开始犹豫了。如果找不到吃的回来，就是没有结果。白猫边走边想着这个问题。

外面的雪白得刺眼，白猫走在雪地上，爪子下发出轻微的"沙沙"声。他发誓，如果找不到吃的，就不回来了。

"如果找到一小块吃的？我是带回来给狐狸吃？还是自己吃？"还没有找到食物，白猫又开始为这件事情纠结起来。

走了好长时间，大地还是一片银装素裹，看不到一点有食物的希望。

白猫真的有点心灰意冷，怎么办呢？他想停下来歇一会儿再走。想到这里，他立马就停下脚步，蹲在一堆稍微露出几块黄土的土堆旁。

正当白猫蹲下来的时候，一群乌鸦在白猫的头顶上盘旋。

白猫趴在地上一动不动，眼睛紧盯着在头顶上盘旋的乌鸦，心里默默地念叨："乌鸦乌鸦飘不飘，大地就是你的床。乌鸦乌鸦累不累，白雪就是你的被。乌鸦乌鸦饿不饿，我有瓜子给你嗑。乌鸦乌鸦渴不渴，我有清水给你喝。"白猫这么念叨的目的，就是希望乌鸦能落下来。

乌鸦真的能听白猫的话吗？肯定不可能。白猫刚念叨完，乌鸦就从他的头顶上飞走了。这时的白猫很后悔，后悔自己不该念叨，也许是自己的念叨声将乌鸦吓跑了。想到这里，白猫骂了一句自己，而且骂自己的话很脏。

刚骂完，白猫又听见自己头顶上有鸟类扇动翅膀的声音，他歪着头往上一望,只见又有一群乌鸦即将飞过自己的头顶。白猫心里想:"难道真的是天无绝猫之路?"

白猫见到乌鸦,几天没有吃食的小心脏立马又加快了跳动的速度。他又在心里念叨:乌鸦乌鸦快下来……乌鸦乌鸦快下来……

白猫就这么念叨着,待在原地一动不动。

说来也怪,也许乌鸦在一大片雪野上根本就没有看到这只白猫,或者是乌鸦直接将这只白猫看成了土堆边的一块积雪。总之,几只乌鸦就如没长眼睛一般,就直接落到了白猫的爪子前,有的还差点落到了白猫的身上。

此时的白猫,紧张得小心脏都快蹦出体外了,欣喜若狂,趁乌鸦立足未稳,两只爪子和嘴巴并用,瞬间拿下了两只乌鸦。

乌鸦们刚刚落地,就见到巨大的雪团几乎是站了起来。等他们回过神来,已经晚了,离白猫最近的两只已经命丧猫爪之下。

第十章 饥饿时的表现

冬天,是流浪猫最艰苦的季节。而这铺天盖地的大雪,又让花狸的生活雪上加霜。此时此刻,花狸突然想到了她的主人——那个勤快的老奶奶,性格柔和的那一对夫妻,活泼好动的小女孩……

房子被拆了,老奶奶去世了,那一对夫妻和小女孩住在哪里?他们也像我们一样在艰难地过冬吗?如果主人家的房子没有被拆,我们肯定不会过着这样的生活,哪怕自己不去找食,一日三餐主人也会送来。花狸还想起了老奶奶经常为自己做的烤鱼,想着想着禁不住流下了口水。

月光从洞外透进来,花狸在心中温暖地回忆着。

猫窝外面,一望无际的大雪在月光的映照下,发出蓝荧荧的光。如果不是饿着肚子,如果还是住在老奶奶家,这样的晚上肯定很美。白猫心里想。

猫咪们也在饿着肚子,因为已经几天没有吃东西了,一个个都无精打采,想睡又睡不着。

"孩子们,你们也睡不着,不如我们来做个游戏吧。"花狸说。

"做什么游戏哦,妈妈,我们都饿了几天了,都不想动。"六狸说,

"我们做游戏,就这么躺着做,不行吗?"花狸说。

"妈妈也饿得说昏话了,哈哈,这么坐着能做游戏吗?"大狸说。

"妈妈没有说昏话,妈妈想给你们提提神。"花狸说。

"提神?除了吃的能提神。躺在这里,能提精神吗?"三狸说。

"孩子们,我提一个建议,你们也饿得睡不着,不如我们来做这样的游戏,你们可以随便想:如果你有食物的话,你将怎么吃?每个猫只能选一种食物,不许

重茬,老大先讲。你们看行不行?"

听到让大家讲怎么吃东西,猫咪们立刻来了精神:"好!好!老大先讲,老大先讲!"

"好,既然大家都赞同,那就从老大开始。"花狸说。

"好,我先带个头。如果我有一只老鼠,我想这么吃——先将老鼠的皮扒掉,因为皮不仅咬不动,而且有很多毛,吃了不好消化,口感也不好。然后从老鼠的背部开始吃,因为背部的肉特别香,口感又好。吃完背部,我接着吃老鼠的臀部的肉,臀部的肉好香啊,真的好香,真的好香……"大狸放缓了语速,吧唧着嘴巴,眯着眼,一副吃饱喝足的样子。

"不许你再嚼了,吧唧吧唧的,我们都流口水了。"六狸说。

"好了,好了。大狸讲完了,二狸接着说。"花狸说。

"好,我来讲。如果我现在有一条鱼,我就先从头部吃,因为鱼头很脆也很鲜。吃完鱼头,我也和大狸一样,先从鱼的背部吃,因为鱼背肉多刺少。吃完鱼背,我再吃鱼的腹部,连刺带肉一块吃。如果遇到鱼刺,就使劲嚼。呱唧——呱唧——呱唧——"二狸也开始佯装着嘴里有大块的鱼,呱唧呱唧地大嚼起来。

"停下,我们又流口水了。"六狸又喊道。

"好,二狸停下来,让三狸讲。"花狸说。

"老鼠和鱼,都被你们吃光了,那我吃什么呀?"三狸问。

"这个你自己考虑,别的猫帮不了你。"花狸说。

"好,我想起来了,如果我有虾,就是那种很大的虾,我就小心翼翼地将虾头撕下来,为什么要撕下虾头呢?因为虾头上的刺刀锋利无比,很容易戳伤我们的嘴巴。撕下虾头,就可以大口享受虾的美味了。特别是虾头与虾身之间的那点红膏,又油、又香、又滑,真正的美味。好吃也许不在乎多少,也就是那么一点点。"三狸说完,嘴巴"啧——啧——啧——"地发出响声。

"我们又流口水了。"说话的还是六狸。

"你能换一句话吗?整天'流口水流口水'的,你再说'流口水',我的口水就要流干了。"五狸用爪子推了一下六狸。

"好吧，现在轮到四狸了。"花狸说。

"我吃什么呢？我要仔细想想，不然就要亏大了。"四狸沉思了一会，接着说，"几天前，我们吃了麻雀，我就讲吃麻雀。如果我再有一只麻雀，我从头到尾吃，连一根羽毛都不留，全部吃下。吃完，我打着饱嗝，洗洗脸，舔舔毛，睡个懒觉。"

"恶心，连羽毛都吃了，你要消化几天啊？哈哈哈哈。"五狸说完，哈哈地笑了起来。"老四饿晕了，连麻雀的屎都吃下去了。哇——哇——"六狸做呕吐状。

"别闹！别闹！现在轮到五狸了。"

"我来说，"五狸毫不犹豫，"我最想吃的东西，也许你们谁都没有想到。是什么呢？你们猜一猜。"五狸卖着关子。

"狗屎。"大狸说。

"哈哈哈哈，是狗屎。"二狸跟着附和。

"你们全家都吃狗屎，我都不会吃，恶心。"五狸说。

"我们全家？我们全家？妈妈，你听听，老五就跟不是你生的似的。难道你不是我们家的？"三狸责问道。

"好了，我错了不行嘛！我不吃了。哼！"五狸说完，将头侧了过去。

"讲嘛，讲嘛，老三只是纠正了你说话的错误，你就生气了，是不是有点小家子气啊？当别人跟提我们意见的时候，我们首先要看这个意见提的对不对，如果说得对，我们就要虚心接受，提的不对，也要委婉一点交流，不要动不动就生气。五狸，继续讲啊，妈妈还想听你说说你最喜欢吃的东西呢。你不讲，妈妈可就真要饿了。喵——喵——喵——妈妈已经饿得受不了了，快讲吧。"花狸说。

"我最想吃的东西，虽然很小，但的确很香，这个东西就是螳螂。螳螂虽然前面两条锯齿一样的臂很厉害，但只要你用爪子狠狠地将他拍下来，再在他的头上多拍几下，螳螂就一动不动了。这时候，你就放心地吃吧。吃螳螂，比吃鱼啊、老鼠啊都要省事，因为吃这些大东西就要放下架子，爪子、嘴巴并用，吃相一点都不优雅，但吃螳螂就不同了。首先将螳螂拍死，然后仔细地端详一番，想象头部和臂部的香脆,想象那腹部的鲜美,然后端坐好身子,低下头,轻轻地将螳螂从头部咬起来,抬起头,从头部慢慢嚼,先享受其香脆,嚼完千万别咽下,然后再和腹部一起嚼,那鲜美的腹部与头混合着嚼,那个香、鲜、脆,那个美,妙不可言,妙不可言啊。如果再来一点红酒,哇!多么美妙的感受!多么美妙啊!你们能体会得出来吗?"说完,五狸显得很兴奋,就如刚刚吃完螳螂,喝了红酒一般,真的陶醉在自己的幻想当中。

五狸讲完,猫窝内一片寂静,猫咪们都沉浸在五狸讲述的螳螂加红酒当中。

"我原来只知道五狸话不多,性格内向,现在我才知道,五狸典型的小资。"六狸说完,哈哈笑起来,猫咪们也哈哈地笑了。

"一只螳螂,能吃得这么讲究,吃得这么热闹,吃得这么小资。真想不到啊,猫窝里还能出一个美食家。"说完花狸也笑了。

"现在轮到老六讲了。"大狸说。

"老六,你也来说说,你最喜欢吃什么?怎么吃?"花狸说。

"我什么都不说了,我什么也不吃了。老鼠、鱼、虾、麻雀,还有螳螂,都被你们讲了,你们讲一次,我就吃一次,讲两次,我就吃两次,你们讲到现在,我已经吃饱了。如果你们不信,就来摸摸我的肚子,鼓鼓的,真的吃撑了。"说完,六狸故意用爪子摸了摸肚子,还故意装着打起了饱嗝。

"好,既然六狸不讲了,我们就开始上菜,从老大讲的菜开始上,上完我们就开始吃,老六在边上看着我们吃。"花狸说。

夜很静,猫咪们虽然很饿,但被这个游戏做得都很兴奋。

突然,洞外传来"窸窸窣窣"的响声。花狸立即起身,将头伸出洞外,四下望了望,什么都没有发现。

"妈妈,你在干什么呀?"六狸问。

"我好像听到了什么声音。"花狸说。

"也许是风吧?我也常常听到,风吹着雪,发出'沙沙'的声音。"

"也许是吧。"花狸边回答边回到洞内。她继续接着上面的话题说:"现在继续,等会儿从老大开始上菜。我先来一段祝酒词,你们鼓掌。"花狸说完,猫咪们

鼓起掌来。

花狸坐了起来,故意清了清嗓子,开始讲话:"尊敬的女士们、先生们,各位来宾,大家晚上好!"猫咪们开始鼓掌。

"感谢大家参加花狸的家宴。今天晚上,月色这么美好,我们要在这美好的月色下,享受一次饕餮盛宴,盛宴完毕,我们就打着饱嗝,做一个美丽的梦。等醒来,我们就什么都有了。只要你们能够想得到的,或者说你们想要的,都会有。"花狸说完,猫咪们又鼓起掌来。

"为了我们的友谊天长地久,为了我们的生活美满幸福,我宣布,家宴现在开始!"说到这里,花狸故意提高了嗓门。

猫咪们的掌声再次响起。

"上——菜——"花狸拉长了声音。

"第一道菜,老鼠。"大狸高声喊道。

"第二道菜,大鱼。"二狸也学着哥哥的样子。

"第三道菜,大虾。"三狸故意将"虾"字拉着长腔。

"第四道菜,一堆带毛的麻雀。"四狸想到自己说的麻雀连着毛吃,故意这样喊道。

"几只螳螂。"五狸也这样喊道。

"六狸,你献上什么菜呢?"花狸故意逗老六。

"我将老五没有喝完的红酒献上。"六狸说。

听了六狸的话,猫咪们和花狸都笑翻了,笑得前仰后合。

……

常言说,隔墙有耳。

花狸刚才听到外面有声音,她探出头望了望,的确没有发现什么,就回到洞里了。而就在她们的洞后,有两只鬼鬼祟祟的影子。他们不是别的动物,正是狐狸和白猫。

狐狸和白猫自从吃了乌鸦,就再也没有吃过东西。连续几天,狐狸一直催着白猫去找食物,但白猫每一次回来,都很内疚地说:"狐狸先生,真的找不到什么食物。这么大的雪,地面上连一只蚂蚁都看不见。"

"哼,我知道,即使找到了,你也是先填饱自己的肚子。"狐狸显得很不满意。

"怎么可能呢?我是这样的猫吗?再说了,你救了我的命,是我的恩人,我是不可能做出对不起恩人的事情来的。"白猫说。

"你过来,嘴巴张开,给我闻闻,我就知道你吃了什么东西。"狐狸真的有点不相信白猫的话。他在想,在吃一点就能多活几天的冬天,白猫能做得这么大公无私?

"你闻闻。"白猫走近狐狸,张开嘴巴,大口地向外哈着气。

白猫将嘴巴刚凑到狐狸的鼻子边时,就被狐狸推了一把:"这么臭的嘴巴,比粪坑还臭,你想熏死我啊?!"狐狸说。

白猫咂咂嘴巴:"多少天不吃东西,嘴巴能不臭吗?"

"这样吧,我已经几天没有活动活动了,今天晚上,我们一起出去找点吃的。说不定,能找到一点食物。"狐狸说。

"我白天都找不到,你晚上就能找到吗?"白猫表示怀疑。

"你啊,就是个猪脑子。你想想,你饿的时候,我们的食物们饿不饿?他们也饿,也要出来找东西吃。你知道,我们的食物都是胆小的,白天都不敢出来。说不定我们出去了,就会碰到我们的食物。你说是不是?"狐狸反问白猫。

"是、是、是,有点道理。"白猫答道。

"那就这么定了,等到晚上,我们一起出去找食物。如果找到大一点的食物,我们一起吃,如果找到小一点的食物,我先吃。就这么定了啊!"狐狸说。

"是、是、是,狐狸先生,我保证听你的。"白猫边说边点着头。

夜深人静,狐狸和白猫走出洞穴,漫无边际地走着。

大地覆盖着厚厚的一层雪,但这几天比前几天,走在雪面上要好走得多。因为天气实在太冷,雪的表面已经很结实。狐狸和白猫走在雪上,连一个脚印都没有留下。

月光很亮,再加上地面上一望无际的白雪,这个世界显得一尘不染。

"这个时候,如果能有一堆好吃的,吃饱后,肚子就不饿了。肚子不饿,心情就会好。心情一旦好起来,这个洁白的世界就会更美。"狐狸边走边想。

由于惦记着吃,狐狸竟然放慢了脚步,也忘记了走在身后的白猫。

狐狸脚步慢了,但白猫的脚步并没有慢下来。"噌"的一声,白猫的头部着着实实地顶在狐狸的屁股上,狐狸的脚趾与雪摩擦着,发出"沙沙"的声响。而就在这时,白猫不仅听到了狐狸脚下发出的声响,也同时听到了地面下猫咪隐隐约约的说笑声。

白猫拉住了狐狸,用爪子放在自己的嘴上,说了一声"嘘",然后就地趴了下来。狐狸当然很聪明,见到白猫做出这个动作,肯定是白猫发现了什么,于是他也顺势趴下。

狐狸听到,前方不远处的地下,很是热闹,猫咪们正在忙着上菜——

"老鼠……"

"大鱼……"

"大虾……"

"麻雀……"

"螳螂……"

"……"

狐狸与白猫静静地听着,口水不知不觉地流了下来。

"六狸,你献上什么菜呢?"白猫听出来了,这是花狸的声音。

"我将老五没有喝完的红酒献上。"这是六狸的声音。

……

"我们饿了这么多天,这个猫家不仅有这么多好吃的,还喝着红酒。真的很腐败。"狐狸说。

这是花狸家,还有一帮猫崽子。怪不得那天我被冻住了尾巴,她们不去救我,原来她们现在是花天酒地了,过上这样的生活,肯定早就把我这个哥哥给忘了。我也看得出,我在她们家的时候,她们很嫌弃我。白猫思考着。

"哎,你怎么不说话呢?"狐狸问。

"说什么呢?"白猫低声问。

"她们吃得这么好,你不羡慕吗?"狐狸说。

"羡慕?羡慕有什么用啊?羡慕能填饱我们的肚子?"白猫说。

"我是说,你想想办法,去抢点来。行不?"狐狸对白猫说。

"我不去!不是我不想去,而是不能去。"白猫说。

"为什么呀?"狐狸问。

"为什么?你不记得了吗?这是我妹妹家。"白猫答道。

"你妹妹家?那就更好啊。你直接去说,哥哥饿得几天没吃饭了,她们肯定会给你食物的。"狐狸在为白猫支招。

"狐狸先生,你不知道,我妹妹一家特别小气。我在她们家的时候,就整天吃点她们剩下来的食物,忍气吞声,谁叫她是我的妹妹呢?我舍不得翻脸啊。到后来,我钓的鱼,她都不让我吃。她说猫咪们小,要长身体,要先给猫咪吃。说这些,我也能理解,我也忍了。可到后来,我钓到了一条大鱼,我刚要吃,她们就说我好吃懒做,妹妹就叫猫咪们骂我。骂我我也就忍了,到后来竟然赶我走。是可忍,孰不可忍!我一气之下,就离开了她们家。在这种情况下,狐狸先生,我去要吃的,这张脸都不要了吗?"白猫信口雌黄地说着。

"那这样,我们先离开这里,商量一下,看用什么计谋能将她们家的食物弄点出来。"狐狸边说边拉起白猫,后退着,然后悄悄地离去。

第十一章　圈套下的意外收获

狐狸和白猫离开后，讨论了一番，然后按计划行事。

只见狐狸快到花狸住处附近时，一路小跑，还故意装着气喘吁吁的样子。他边跑边喊："这附近有没有我的朋友啊？听到了就请你们吱一声啊！"他跑几步喊一句。

猫咪们和花狸刚刚入睡，就听到了外面尖声尖气的声音由远及近："这附近有没有我的朋友啊？听到了就请你们吱一声啊！"

花狸坐了起来，猫咪们也坐了起来。

"这附近有没有我的朋友啊？听到了就请你们吱一声啊！"狐狸继续喊着。

"妈妈，是不是发生什么事情了？咱们出去看看吧。"六狸说。

"走，出去看看。"大狸也这样说。

"好，妈妈也出去看看，看看究竟出了什么事情。"花狸边说边往洞外走。

花狸走出洞口，看到不远处站着一只狐狸。于是便问："狐狸先生，刚才是你在喊话吗？"

见到有一只猫在问话，狐狸急忙跑过来："哎呀，是猫咪女士啊，大半夜的把你们吵醒了，实在抱歉！实在抱歉！"狐狸边说边道歉。

"你看这大冷的天，地上又是这么厚的雪，虽然我们不是同类，但你如有什么急事，我们还是愿意帮你的。"花狸说。

"我先得感谢你们的深情厚谊。"说完狐狸给花狸深深地鞠了一个躬。

"你有什么事情，可以直接说。没关系的，谁都有需要帮助的时候。"花狸说。

"猫咪女士,那我就直接说了。这几天,白天找食物很困难,根本就找不到食物。于是我趁着夜深人静,自己就出来转悠,看能不能碰个巧,找到一点吃的。当我走到离这里不远的地方时,你猜我看到了什么?"狐狸故作惊讶。

"你看到了什么了呀?"花狸问。

"一只巨大无比的天鹅已经死了,硬邦邦地躺在雪地上。"狐狸幸福地说。

"天鹅?这是好事啊?你怎么不把他吃了呢?"花狸问。

"不瞒你说,我饿了几天了,也想吃啊,恨不得立马就将天鹅吃了。但可惜的是,天鹅太大,我吃不了。"说到这里,狐狸真就流下了口水。

"你一次吃不了,可以分几次吃嘛。"花狸建议。

"刚开始我也是这么想的,但后来发现我的想法是错误的。"狐狸说。

"你错在哪里呢?"花狸问。

"这种想法的错误很明显,一是那么大的天鹅被冻了那么多天,我根本就咬不动;二是那么大的天鹅,如果放在那里,也许天一亮就会被人类捡走。当时我也想直接将天鹅拖走算了,你猜我遇到了什么情况?大天鹅被死死地冻在雪地里,根本就拉不动。猫咪女士,说句实话,你也是知道我们狐狸的性格的,很自私。但遇到这样的事情,自私就没有用了,只能靠大家的力量。于是我就想,要赶紧找到猫、黄鼠狼、狐狸,哪怕是一条野狗也行。依靠大家的力量,先将这只天鹅从雪地里拉出来,然后大家一起吃。等大家吃饱了,剩下来的我再带走。但我喊了半天,就是没有动静。幸运的是,我走到这里时,遇到了你。"狐狸说。

"是你先找到了食物,我去帮你可以,但如果吃就不合适了。"说到这里,花狸也有了一点私心,"你看我还有这么一堆孩子,如果跟着去吃,那就更不合适了。"

"哦,还有这么多可爱的小乖乖。没问题,他们小,那么大的天鹅,他们吃不了几口就会饱了的。她们又不白吃,也会一起去拉那只天鹅的,再说了猫多力量大嘛。"狐狸说。

"那什么时候去呢?"花狸问狐狸。

"当然是越快越好。如果去得晚了,说不定真被人类捡走了。到那个时候,

我们再后悔就来不及了。"狐狸说。

"那现在就走！孩子们，你们赶紧跟在狐狸叔叔的后面，去拉一只被雪冻住了的大天鹅，等拉起来，我们就可以吃天鹅肉了。"花狸催促道。

"走，现在就走，你们跟着我走。"说到这里，狐狸带着花狸和六只猫咪，朝着躺着大天鹅的地方走去。

猫咪们走得很快，她们真的希望尽快地吃到天鹅肉。

就在狐狸和猫咪们离开猫窝后，一只白色的影子蹑手蹑脚地爬进了猫窝。

这个白色的影子不是别的动物，而是白猫。

白猫刚才听到妹妹的家宴，口水流了一地。为了能吃到妹妹家的食物，他使出了调虎离山之计——让狐狸佯装看到了一只大天鹅，请花狸一家去帮忙将其拖出来，等妹妹一家离开猫窝，就可以将其家中的所有食物全部搬走。

这时的白猫，如入无猫之境，大步流星地走进花狸的家里。可当他走进猫窝，一下被眼前的景象惊呆了——只见猫洞内，除了地上有几根猫咪们常玩的玩具——一根根不知名的草，其他什么都没有，就别说麻雀、鱼了，甚至连一根老鼠毛都没有找到。

她们能将食品藏到哪里去呢？白猫一边思考着，一边在猫窝的四壁闻来闻去。尽管他将所有的嗅觉神经都调动起来，但仍连一丁点食物的迹象都闻不出来。

白猫想不通了，他开始纳闷：刚才明明听到了热热闹闹的花狸家宴，等走进来，怎么没有半点刚刚家宴过的迹象？

这时，他开始怀疑自己的鼻子是否灵敏，又顺着四壁走了一圈，还是没有闻到家宴或者什么食品的味道。

难道是自己的鼻子有问题？想到这里，他索性坐到了地上，将头向肚子下伸去，然后用鼻子在自己的肛门上闻了闻——虽然已经几天没有大便了，但肛门还是很臭。能闻到臭味，这就证明自己的鼻子根本就没有什么问题。

问题出在哪里呢？问题出在哪里呢？或许？或许？白猫想着想着开始害怕起来，因为他曾经听说过，猫一旦饿极了，就会出现幻觉，一旦出现幻觉，就证明再不吃东西,猫命就要完蛋了。

想到这里,他开始害怕起来。但他又深深地怀疑,刚才听到的是幻觉吗?我听到的是幻觉,怎么会和狐狸听到的声音一样呢?难道狐狸也被饿得出现了幻觉?

"幻觉?不可能!不可能是幻觉!"花狸自言自语。

他突然想起了验证是不是幻觉的方法——他用爪子使劲地在自己的脸上打了一巴掌,疼!他明显感到是真疼。

真的是疼吗?他又开始怀疑,于是又给自己一巴掌,真疼!

直到这时,白猫才坚信,自己并没有出现什么幻觉,但他实在搞不明白的是,妹妹的家宴究竟是怎么一回事。

白猫走出猫窝,突然开始紧张起来。

我和狐狸明明听到了妹妹的家宴,那就证明她们家是有食物的。但现在连一点食物都没有找到,狐狸会怎么想?他会不会说我只顾自己吃饱了,但却忘记了朋友?没有带食物给他?

想到这里,白猫开始纠结起来。

……

再说狐狸领着花狸一家,一直往前走着,走了好长时间,也没有见到什么大天鹅。小猫咪们走得实在是太累了,花狸就问:"狐狸先生,你是不是记错了地点?或者走错方向了?"

狐狸只好借坡下驴:"是不是真的走错了?"他停下脚步,用爪子摸着自己的后脑勺。

"如果真的记错了,那就算了。走了这么长的时间,孩子们实在是太累了。"花狸说。

"会不会被人类捡走了?"狐狸继续忽悠。他忽悠的目的,就是想为白猫争取时间拖延的时间越长,白猫搬出来的食物就越多。他在心中希望,白猫将他妹妹家的食品全部搬出来,他们这个冬天就不用再为食物犯愁了。

"妈妈,那是什么?"突然,六狸喊道。

花狸顺着六狸指的方向,看到了在雪地的不远处,有一堆黑色的东西,隐隐约约像一只大鸟。

狐狸和花狸急忙跑了过去,来到近处仔细一看,果然是一只死了的大鸟。

对于猫和狐狸来说,这只鸟真算不小的食物了。

狐狸欣喜若狂,急忙灵机一动:"就是这个,就是这个。我还以为找不到了呢,原来远在天边,近在眼前啊。"

猫咪们也跑过来,围在大鸟周围,打量着这只大鸟。

只见这只大鸟两只腿卷曲在肚子下面,身体也曾卷曲状,绿荧荧的头部和黄色的喙有一半被自己的翅膀覆盖着。不用说,这只鸟也是被饿死的。

花狸问:"狐狸先生,你说的就是这只天鹅吗?"

"是的,就是这个,就是这个。"狐狸敷衍道。

"我记得天鹅是白色的,这只好像是野鸭啊!"花狸说。

"是野鸭,是野鸭,当时我过于激动,将野鸭说成天鹅了。"狐狸急中生智,狡辩道。

"那我们现在就来拉这只野鸭,等拉起来后,我们就开始吃,吃饱后,狐狸先生就将剩下的带走。孩子们,来,咬住野鸭的头部和翅膀,听妈妈的话,往同一个方向拉。"花狸对猫咪们说。

听说要吃野鸭,猫咪们忘记了饥饿,欢天喜地,蹦蹦跳跳地来到野鸭边,咬起头和翅膀就开始拉,只见猫咪们一使劲,野鸭就被拖出好远。

此时的狐狸,开始尴尬和后悔起来。尴尬的是,这野鸭根本就没有被冻在雪地里拉不动。而后悔的是,这么一只野鸭子真的要和猫咪们分享了。他唯一不愿意承认的事实是,这只野鸭子根本就不是他发现的,而是猫咪们发现的。

已经几天没有吃到食物的猫咪们,开始对着野鸭子撕咬起来。

"狐狸先生,野鸭已经拖出来了,快过来吃吧,吃完你将剩下的都拿走。"花狸说。

"好!好!好!吃,一起吃。"狐狸边答应边快步走过来吃着野鸭,他边吃边教训:"你们这些猫咪啊,要懂礼貌。以后再遇到这样的情况,吃食物的时候,要让我先动口。知道吗?"

猫咪们真的饿极了,根本就不买狐狸的账,大口地撕咬着野鸭肉,狼吞虎咽起来。而狐狸也不再矜持了,大口大口地嚼起来,嘴巴里发出"吧唧吧唧"的声音。毕竟饿了那么多天了,有了这么一顿美味,能不大快朵颐吗?

等狐狸、花狸、猫咪们吃饱后,一只野鸭也就所剩无几了。

天快亮的时候,猫咪们和狐狸道别。

而狐狸则叼起只剩下一点肉的野鸭骨头,也踏上了回窝的路。狐狸边走边纳闷,刚刚吃了夜宴大餐的花猫一家,饭量怎么还这么大?这么大的一只野鸭吃得只剩这一点了。

几天没有吃东西,能有一顿野鸭吃,真可谓天赐良机。花狸和猫咪们从内心深处感激狐狸。她们走在回家的路上,讨论一个话题,还得出了一个结论:并不是所有的狐狸都是坏狐狸。

而狐狸也边走边庆幸:几天没有吃东西了,今天终于吃了一顿饱饭。同时他也在心里嘀咕:"如果没有猫咪们一家就好了,这只野鸭就是自己的食物了。但如果不是猫咪们,我又怎么能发现这只野鸭呢?"狐狸边走边想。

最倒霉的,肯定就是白猫了。他在花狸家找了半天,也没有发现半点能吃的东西。但他最不能理解的是,明明听到妹妹家夜宴的声音,到屋里看却没有任何痕迹。

"什么能吃的东西都没偷到,狐狸肯定会怪我的。但不管他怎么怪我,我也必须回去向他说明情况。"白猫走在回窝的路上,这么想着。

天已经亮了,等白猫回到住处,发现狐狸正趴在窝里打饱嗝,嘴上还沾着不少野鸭的羽毛。原来他将野鸭骨头叼到住处后,又吃了一点。吃得野鸭只剩下骨头才将其放在一边。

狐狸发现白猫无精打采地走了进来,就直接问道:"你偷的食物呢?"

"食物?狐狸先生,我说了你也不会相信的。真的见鬼了,你和猫咪们离开后,我就到她们的窝里到处找,你猜怎么着?我找了半天,竟然没有找到半点吃

的。"白猫委屈地说。

"你就装吧！装得还挺像！你以为我不知道你的性格？一旦有了好吃的，先自己吃饱，然后再在外面藏一点，剩下的才会给我带来。"狐狸猜测道。

"狐狸先生，如果我昨晚到现在吃了一丁点食物，我真的就该天打雷劈，不得好死！"

"吃多了撑死，也算不得好死吗？"狐狸说。

此时的白猫，真的是比窦娥还冤！"如果你真的不相信我，可以摸摸我的肚子，也可以闻闻我的嘴巴，我真的什么都没有吃过。"说到这里，白猫开始流下了委屈的泪。

"你以为你是美女啊？我才不愿意闻你那张臭嘴呢！"狐狸冷冷地说。

"那你就摸摸我的肚子。不摸你也可以望一望。"白猫边说边坐下来，用爪子在干瘪的肚子上摸起来。

"我望了，也相信你说的是真的。但我不明白的是，我们明明听到了猫咪家上这个菜，上那个菜，还喝着红酒。难道我们听错了？"狐狸一边打着饱嗝，一边用爪子抠残留在牙缝里的野鸭羽毛。

"当时，我也想不通，开始怀疑自己是不是饿的时间长了，出现了幻觉。我狠狠地打了自己两个耳光，打得自己的眼睛直冒金星，很疼，这就说明不是什么幻觉的问题。我也曾怀疑是不是自己的嗅觉出了问题，说了你不要笑话我，我闻了自己的肛门，虽然几天没拉屎了，还是有点臭烘烘的，这就证明我的嗅觉也没有问题。问题究竟出在哪里？我百思不得其解。"白猫说。

"唉，想不通就算了。再说了，想通了就能有吃的吗？要相信事实。事实就是这个样子，你能改变得了吗？现在，唯一能改变你的现状的，还是我。我们有缘吗？还真的有。当你的尾巴被冰冻在厚厚的冰里的时候，是我，狐狸先生，救了你。当你快要饿死的时候，看来还是我，狐狸先生，救你。"狐狸心不在焉地说着。

"狐狸先生，我真的要死了，饿也就算了，但现在肠子和胃好像绞在一起，就那么悬在肚子里，除了喉管和肛门连着身体，其他器官我估计都悬在躯体里，难受啊！"说到这里，白猫，用爪子抹着眼泪。

"别哭了，谁没有挨饿的时候？不管怎么饿，都要站直了，别趴下。只要你趴下来，你的意志就会崩溃，你的意识就会模糊。"狐狸说。

"先生，我是真的不敢趴下来，所以我坚定信念地走回来了。我坚信，先生是可以救我的。如果没有这个信念，我肯定是走不回来的。"白猫边哭边说。

"你的直觉没有错，也许你遇到的困难，都是暂时的，好日子就在后面。"说到这里，狐狸为了让白猫树立信心，让白猫铁下心来为他卖命，他又开始胡诌起来，"就在我离开你，带着猫咪们去找天鹅的时候，我就在想，哪来什么天鹅啊？本来就是你瞎编的。于是我干脆就叫猫咪们自己去找了，就说自己家里有急事，就回来了。我走着走着，就遇到了一件奇怪的事情。你猜我遇到了什么？"狐狸问白猫。

"遇到什么了？"白猫急着问。

"你再猜一猜嘛。"狐狸一边让白猫猜，一边转着眼珠子，搜肠刮肚地思考着如何编一个感天地泣鬼神的故事。

第十二章　信口雌黄的骗局

"先生,你遇到的都是离奇的事情,我猜不出来的,你就直接告诉我得了。"白猫有气无力地说。

白猫的话说完,狐狸的腹稿也打好了:"算你聪明,我遇到的事情,你这一辈子也猜不出来。"

狐狸接着说:"我走着走着,就见一只黄鼠狼跑过来。只见这只黄鼠狼跑到我的面前就跪下来了。我就问他,你有什么事需要我帮助吗?黄鼠狼说,他找了半夜,才遇到我。他说他有一个神仙姐姐住在天上,一直想帮助他,但一直帮不上。到了冬天,他饿了,饿了几天几夜,都快饿死了,于是他就向神仙姐姐求救。

神仙姐姐答应了他,叫他每天半夜出来,对着天上喊一声神仙姐姐,神仙姐姐就会从天上扔下食物。但有一个条件,每天扔下来的食物必须吃完,吃不完神仙姐姐就不扔了。于是黄鼠狼到处找,想找一个合伙吃食的,他怕食物太大吃不完,姐姐就再也不理他了。终于,他找到了我,于是他就在雪地上画了个圈,对着天上喊:'神仙姐姐,我饿了!'你猜怎么着?他一嗓子刚喊完,就听'吧唧'一声,一只巨大的野鸭就掉在我们面前。

那就吃吧,还不能剩下。于是我和黄鼠狼就拼命吃,吃到再也吃不动的时候,就回来了。黄鼠狼告诉我,每天午夜11点之前,到雪地里找他,这个冬天的食物,他的神仙姐姐包了。这不,我们吃完了野鸭,将头和骨头带给你。"说到这里,狐狸指了指放在他身后的野鸭骨骼架子。

"先生,你真的是时来运转了。下次吃不完的东西,就带回来给我吃点。"白猫说。

"不是吃不完就带给你啊,我是这么想的,将所有的食物都吃完,还不能剩下来,确实是一件苦差事。今晚,我就不去了,你直接到雪地找黄鼠狼,你告诉他,你是我的私人秘书,他肯定不会有意见的。你们吃完,将剩下的食物带一点给我就行。就这么一点就够了。"说完,狐狸伸出爪子比画着。

"那我今晚就以你秘书的身份去找黄鼠狼?"白猫疑惑地问。

"是的,就以我秘书的身份去。所以,你在跟黄鼠狼见面的时候,一定要表现得优雅一点,大气一点,绅士一点。分享食物的时候,要学会谦让,要彬彬有礼,咀嚼食物时要闭着嘴巴,不要发出'吧唧吧唧'的声响,一旦发出这样的声响,客人会说你没有家教,没有修养,就会怀疑你的身份。"狐狸对白猫提出了要求。

撒谎一旦成为习惯,连自己都会信以为真。这不,狐狸说着说着,渐入佳境,还真的当真了。

"先生,我也想表现得绅士一点,可……可……可是我现在,已经饿得快要死了,今天晚上,我还能优雅得起来吗?"白猫哭丧着脸。

"你啊,遇到事情只考虑到困难。什么困难,对于我狐狸来说,都不是什么问题,都会迎刃而解。你看,"狐狸指了指野鸭骨骼,"这就是我专门留给你的,这只野鸭啃完,你还敢说饿吗?"狐狸说。

白猫看到野鸭,虽然只剩下了头和骨架,但还是来了精神,口水瞬间就从舌头下涌了出来:"吃完,我保证不说饿。"

狐狸顺手从边上拎起野鸭头,只见野鸭骨架从狐狸的手中抛出,在半空画着优美的弧线,"呱唧"一声,落到了白猫的脚下。"去吃吧。"狐狸说。

"是,是,是,狐狸先生,我这就去吃,我将按照你的要求,在吃的过程中尽量保持大气,优雅,彬彬有礼。"白猫说完,叼起野鸭骨头就往外边走去。因为他知道,都饿成这个样子了,吃的又是一堆骨头,怎么也不可能优雅得起来。

……

用了好长的时间,白猫才吃完野鸭。但他并没有吃饱饭后的惬意,而是觉得胃里面包着一团砂石,很不舒服,因为他嚼下肚子的,大多是鸭骨头。能舒服得起来吗？除了鸭头上有那么一丁点肉,那个鸭架子,原来还有星星点点的红色肉丝,等白猫吃完,鸭骨头都变成了斑驳的红色。由于用力太猛,白猫的口腔都被鸭骨头戳破了,在鸭子骨头上啃下来的肉,还没有自己流的血多。

等口腔的血基本止住了,白猫走进洞来,对狐狸说:"感谢先生,我吃饱了。"

"吃饱就好,今天就不用为我捶背捶腿了。今天放你假,好好休息,晚上好出去与黄鼠狼接头。"狐狸说。

"到哪里接头呢？"白猫问。

"这个嘛,黄鼠狼说了,不许问接头地点,只要你出去找他,就肯定找得到。"狐狸这样说的目的,就是希望白猫到晚上的时候,在雪地里四处跑,说不定还真的会捡到一只饿死的天鹅回来。

狐狸也知道,哪里来什么黄鼠狼啊？也就是说,到了晚上,白猫跑的路程越远,找到食物的概率就越大。

晚上,刮起了刺骨的西北风,银色的月光均匀地洒在盖着厚厚白雪的大地上。

按照狐狸的吩咐,白猫开始行动了。

刚开始,他扭着屁股,迈着轻松的猫步,优雅地走在雪地上。

后来,由于天气太冷,白猫优雅不起来了,开始迈着小碎步,一路小跑,边跑边四处张望,希望黄鼠狼能尽快地出现在自己的视野里。

也不知跑了多远,等自己的身体暖和了,也累了,对于黄鼠狼的出现,他已经不抱什么希望。此时的白猫,正在怀疑狐狸是不是在耍他。

正当白猫已经筋疲力尽的时候,突然在他的左前方传来小动物脚踩雪渣的声音。他立起身仔细一看,有一个长着大尾巴的黄色动物在前面移动。

是黄鼠狼！狐狸没有骗我。白猫开始激动起来。

"黄鼠狼,站住,我是狐狸先生的秘书。"白猫边喊边大步流星地跑了过去。

黄鼠狼听到有一只白色的猫在叫他,吓得掉头就跑。

"别跑,我是狐狸先生的秘书。黄鼠狼,你听清楚了吗?"白猫边追着边喊。白猫喊的声音越大,黄鼠狼就跑得越快。

也不知跑了多长时间,黄鼠狼实在跑不动了,白猫也追得上气不接下气。

"难道这只猫饿疯了?连同属猫科的我都追?今晚,莫非要死在这只白猫的手里?"黄鼠狼停了下来,心里这样嘀咕着。

白猫追上了黄鼠狼,走到了面前,气喘吁吁地说:"我已经跟你说了,我是狐狸先生的秘书,也就是说,是狐狸先生委托我来与你接头的,现在的我,就是狐狸先生的私人代表。私人代表,你知道吗?"白猫说。

"狐狸先生?什么狐狸先生?狐狸先生是谁啊?与我有一毛钱的关系吗?我听不懂你在说什么。"黄鼠狼也是气喘得弯了腰。

"狐狸先生与你没关系?或许……或许你在怀疑我的身份?"白猫对黄鼠狼说。

黄鼠狼被白猫说得一头雾水:"白猫,我真的不知道你在说什么哦。在猫科界,也许我的身材比你小一点,但我的凶残是名声在外的,你应该知道我的脾气。如果是其他动物这样胡闹,我早就不客气了。看在你我都是一个科的动物,我今天就不跟你计较。如果你再胡搅蛮缠,我就对你不客气了。"

"嘿!嘿!嘿!越说越来劲了?你可以怀疑我的身份,但你不能这样威胁我,我可不是被吓大的。"白猫边说边指指自己的短尾巴,"看到没有?你也许见过很多猫,但你见过长着这样尾巴的吗?在猫类当中,有一种武士,他们从小就自断尾巴,以绝后患,这样的好处是在格斗中根本就不用担心谁会咬你的尾巴。我就是武士之一。"白猫又开始自吹自擂起来。

"白猫,我不想听你武士不武士的,也请你不要耽误我的时间。你应该知道,我们都是晚上出来找食物,如果白天找食物,风险是挺大的。我们和你们猫类不一样。"黄鼠狼说。

"是找食物啊!我追你,就是为了找食物。"白猫说。

"追我就是为了找食物?难道你真的想吃我?"黄鼠狼感到十分的惊讶。

"我吃你干吗?只要你放一个臭屁,就能将我熏晕了。我追你,是为了共同

找食物。"白猫说。

"共同找？为什么呀？"黄鼠狼问。

"总之你找到食物也吃不完嘛，所以我是来帮你吃食物的。"白猫说。

"帮我吃食物？白猫，你是饿疯了吧？我到现在连半点食物也没有找到，帮我吃什么呀？再说了，即使找到，还不知道够不够自己吃呢，凭什么就需要你来帮我吃呢？"黄鼠狼被白猫说得莫名其妙。

"你就别再瞒了，我知道你有一个神仙姐姐，只要你喊一声，你的神仙姐姐就会从天上扔东西给你吃。"白猫说。

"神仙姐姐？哈哈哈哈，白猫，你是在讲故事吧？我只要喊一声，就有人给我从天上扔东西？有这样的好事吗？要不，你对着天上喊一声，看看会不会有什么食物掉下来？"黄鼠狼反问白猫。

"我喊有什么用啊？神仙姐姐又不是我的姐姐。"白猫说。

"我听到现在，终于有点明白了，是不是谁跟你说，我有个姐姐住在天上，只要我对着天上喊一声，姐姐就会从天上扔好吃的给我。是这个意思吗？"黄鼠狼问白猫。

"是啊，就是这个意思。"白猫说。

"你相信天底下能有这样的事情吗？"黄鼠狼问。

"我有什么理由不相信呢？我的消息来源是十分可靠的。"白猫很自信。

"消息来源？你的这个消息是从哪里得到的？"黄鼠狼问。

"是狐狸亲口告诉我的，还能假吗？"白猫说。

"狐狸？什么狐狸？我从来就没有见过什么狐狸。"黄鼠狼坚定地说。

"你就别绕弯子了，你昨天晚上还和狐狸先生在一起，吃了一只野鸭，你以为我不知道？你们没有吃完的野鸭骨头架子，狐狸先生还带给我吃了，这能假得了？你可以怀疑我的身份，但不允许你怀疑我的智商。"白猫有点生气。

"白猫，我越来越不明白了，我总觉得你是在做梦。你昨天晚上和狐狸在一起？你是猫，狐狸是狐狸，猫和狐狸怎么会住在一起？我和狐狸昨晚吃了一只野鸭？你还吃了野鸭的骨头？这简直就是天方夜谭嘛！你想想，这能是真实的事吗?"黄鼠狼说。

"真实,肯定真实!我和狐狸住在一起,因为我们是好朋友。而今天晚上,我就是以他的私人代表的身份来见你的,这是真实的,我坚信这是真实的。我和狐狸之间的关系是真实的,你和狐狸吃野鸭的事情就是真实的,因为我可以证明,而证物,就是我昨天吃的野鸭骨头。"白猫坚定地说。

"笑话,如果有一只野鸭,狐狸能跟我分享吗?这样的事情有可能吗?"黄鼠狼说。

"就是啊,正因为野鸭不是狐狸的,而是你的,所以你才和狐狸分享。"白猫说。

"我有野鸭和狐狸分享?就在昨天晚上?"黄鼠狼很认真地问白猫。

"是啊,就是昨天晚上。"白猫说得很坚定。

"啊呀!你越说我越糊涂,你能将这件事情的来龙去脉讲一下吗?让我来捋一捋,也好让我将这件事搞清楚。你现在这样的头上一句脚下一句,我越听越糊涂。"黄鼠狼说。

白猫从头至尾,一字不落地将狐狸讲的话,原原本本地转述给了黄鼠狼。

白猫讲完,黄鼠狼笑了,笑得腰都直不起来。笑完他说:"你的这位狐狸先生,不去做编剧就屈才了。能这么无中生有,还能让你相信,真的笑死我了。"

听了黄鼠狼的话,白猫纳闷地问黄鼠狼:"难道是狐狸瞎编的?他这样瞎编能得到什么好处吗?"

"这个我就不知道了,你还是回去问狐狸吧。老实告诉你,我没有什么神仙姐姐住在天上。我每天夜里出来,只是为了找食物,也从来没有吃过什么大野鸭。"黄鼠狼说。

"难道狐狸真的在骗我?"白猫在心里反问自己。

"好了,这是一场误会,误会的原因是狐狸骗了你,而你也信以为真。天快亮了,我也该去找食物了。一旦天亮,我就会有被猎人发现的危险。"黄鼠狼说完,扬长而去。

而此时的白猫,坚信狐狸不会骗自己,他怀疑黄鼠狼是为了逃避他。当他

看见黄鼠狼跑走了的时候,他一直尾随着。

"你这只猫真讨厌,还跟着我干吗?"黄鼠狼站了下来,真的生气了。

"如果你心里没鬼,你敢当着我的面在雪地上画一个圈,然后对天喊一声'神仙姐姐,我饿了'吗?"白猫对黄鼠狼说,"如果你喊完,天上也没有食物掉下来,我保证不再跟着你。"

对于白猫的胡搅蛮缠,黄鼠狼的心里真是又生气又想笑。他在心里想,世界上还有这么傻的猫?但又不便明说。为了尽快离开白猫,他真的在雪地上画了一个圈,然后按照白猫的要求,对着天上喊:"神仙姐姐,我饿了!"

黄鼠狼喊完,天上什么也没有掉下来。倒是有几只不知名的鸟儿,从天空飞过。一只鸟在半空中拉了一泡屎,不偏不倚地掉在了正在仰望天空的白猫的脸上。

此时的白猫,感觉到有什么东西掉在脸上,有点热乎乎的。他用爪子一摸,放在自己的鼻子边闻了闻,有点臭,好像是鸟屎,白猫骂了一句脏话。

"白猫,我没有骗你吧?对天喊一声,就能掉下食物,天底下哪有这样的好事?你也别再追着我了,该干什么你就干什么,不要再打扰我就行了。"说完,黄鼠狼一溜烟地跑走了。

黄鼠狼越跑越远,很快就消失在月色中。

此时的白猫,已经筋疲力尽。只见他瘫坐在雪地里,无精打采。他也在想,如果不是吃野鸭的诱惑,他是决计不会走这么远的,他觉得自己是真的被狐狸戏弄了。

坐在雪地上,白猫梳理着自己和狐狸认识的经过:在妹妹家门口,遇到狐狸,骗吃了半只鸡;在小河边,他救了自己一条命;我为他找到了住处,我还捉了乌鸦给他吃……思来想去,除了自己饿极了才迫不得已骗吃了半只鸡,白猫再也没有找到一件对不起狐狸的事。

"我对他这么好,他为什么要欺骗我?"白猫在月光下沉思。

实在找不到狐狸骗他的理由:"他骗我能得到什么好处?一点好处都得不到,他有骗的必要吗?"想到这里,白猫的心里乱糟糟的。

东方已经泛出鱼肚白,白猫知道,天快亮了。他站起身,弓起腰,伸了一个长长的懒腰,然后向住处走去。

白猫边走边想:"回去以后,狐狸会怎么说我呢?估计还是老一套的说辞,什么被我吃掉了啊,什么被我藏起来了啊……不管他怎么说,我都是问心无愧的。"

这一夜,白猫跑了很远很远,却一无所获。

第十三章　善良的主人

春天来了,原野上吹的风,不再像冬天那样凛冽,柔柔的,滑滑的,那样的温暖与清新。

覆盖在大地上的皑皑白雪,不知什么时候,已经消失得无影无踪。一些小草的嫩芽从地底下钻出来,紧贴着地面,仿佛一个个探头探脑的孩子,在打量着这个世界。一些冬眠了的虫儿也开始蠢蠢欲动,有的已经迫不及待地离开窝,直接爬行在地面上,啃食着刚刚露头的小草叶。

在猫窝门口,花狸自顾自地用舌头清理着自己的爪子和尾巴。而六只猫咪也围绕在妈妈身边,有的在做着游戏,有的也学着妈妈的模样清理着尾巴和爪子。

漫长而残酷的冬季终于过去了,由于食物的匮乏,花狸和猫咪们明显地瘦了许多,原来圆滚滚的身体,现在已经瘦成了刀条状。虽然瘦了,但六只猫咪是明显地长大了,体长已经快接近花狸了。

花狸清理完爪子和尾巴,就回到了洞内。猫咪们也一只一只紧跟着走进了洞内,她们之间是那么的默契,那么的和谐。

花狸和猫咪们刚走进洞内不久,就听到洞后传来"沙沙"的声音。等花狸站起来准备往外看的时候,一张网迅速地封住了洞口。

花狸和猫咪们立刻紧张起来。

这时,只见一个中年男子和一个小女孩走到洞口前,他们弯下腰,朝着洞内张望。

"圆圆,你数一数,一只不少。一只猫妈妈带着六只小猫咪。我没有骗你吧?"

被称为圆圆的小女孩满脸的欢喜:"还真的是七只,一只都没有少,爸爸真的没有骗我!"

"来,你让开,让爸爸将这些猫全部舀出来,装进笼子。带回家以后,她们就是你的好朋友了,你可不能欺负她们哦。"

爸爸边说边蹲下身子,将一根长柄的网状舀子伸进猫窝内,将猫一只一只地套进舀子,然后放到外面的铁丝笼子里面。

花狸突然记起,这个小姑娘和这个男子,不就是她们原来的主人李大伟吗?自从村庄拆迁,老奶奶去世,她们最后一次见到这个主人的时候,就是在老奶奶的坟茔边。

花狸经常惦记着这家人的命运,看来,这家人也在惦记着花狸和六只猫咪的命运呢!

七只猫全部被男主人抓到了,小姑娘则欢天喜地,又蹦又跳地拍着小巴掌:"爸爸,猫咪长大了,长得好大呀!"。

猫咪们虽然熟悉这两个人,但还是有点害怕,花狸也不敢吭声,因为她们与主人毕竟是离开四五个月了。她们也不知道,主人将她们抓回去想干什么,也不知道命运将发生怎样的改变。

"自从你奶奶走了以后,这七只猫咪就离开了我们的家。前一个月我就看到了这七只猫住在这个洞里,很可怜。但当我干完活想找他们的时候,她们已经消失了。我估计她们肯定是集体找食物去了。"李大伟将关着猫的铁笼子放到了自行车的后面,边走边对女儿圆圆说。

"看到这七只猫后,我心里就一直不踏实。我就常想:这么冷的天,她们吃什么呀?会不会被冻死?今天,终于如愿以偿,逮到了他们,悬着的心终于可以放下了。"爸爸对女儿说。

"爸爸,这七只猫,我们全部养着,一只都不给别人家。我放学后,就去找食物给他们吃,让他们吃得好好的,长得肥肥的,让他们成为我的好朋友。"圆圆说。

"是呀,这些猫咪,本来就是你的好朋友,如果不是因为拆迁,他们也不会离开我们的。现在好了,又被我找回来了。只要你愿意,我们就全部留着,让他们成为你的好朋友。"爸爸提高了嗓门。

回到家,李大伟将铁笼子放到地下。圆圆则兴奋地用盘子盛了米饭,又在米饭里浇了鱼汤,并小心翼翼地将盘子端到了笼子里。

放完盘子,圆圆蹲在笼子边,目不转睛地观察着花狸和六只猫咪的动静。

只见花狸趴在笼子的一个角落,其他六只猫咪也紧紧地挨着花狸,趴在笼子里目不转睛地注视着笼子外面的女孩。

花狸在观察着这个小女孩——几个月不见,小女孩好像长高了,好像也比以前懂事了。秀气的脸上,唇红齿白,一双明亮的眼睛里充满好奇与期待。

而猫咪们也警惕地望着笼子外面的小女孩。

圆圆很有耐心地蹲在笼子外,望着猫咪。她一边望,一边轻轻地说:"吃啊,吃啊,别怕,我不会害你们的。"

小女孩的爸爸走过来,对小女孩说:"你让开,他们过一会就会吃的。他们虽然以前是我们家的猫,但已经在外面流浪几个月了。现在是刚到我们家,肯定会害怕,等过几天就会好的。"

这时,门外有了动静,只见一个女子坐着轮椅进了门。

"女主人原来是可以走路的呀?现在怎么变成这个样子了?"看到女主人,花狸感到惊诧,她真的想问问女主人最近究竟发生了什么事。但人言与猫语是无法沟通的,只好将这个疑问堵在心里。

见女主人来了,小女孩急忙跑过去,大声地说:"妈妈,你一直惦记的那七只猫咪都被我们带回来了,你快过来看呀。"

小女孩推着妈妈的轮椅,来到笼子边。

只见妈妈打开笼子上的盖子,手伸了进去,将装有猫食的盘子往花狸面前推了推:"猫咪,吃吧,吃吧,我们不会害你的,我们是因为喜欢你,才又将你们带回家里,从今天起,这里就是你们的家了。这里虽然比不上过去的屋大,但在这里住,肯定比你们住在外面好嘛。最起码你们不用担心没有饭吃了。过几天,等你们熟悉这里的环境的时候,我们就把你们放出来。如果你们不喜欢这里,还可以走嘛。吃吧,吃吧。"女人温和地说。

花狸听懂了女人的话,用舌头舔了舔女人推盘子的手。

"喵——喵——喵——"花狸叫了几声,这也算是对女主人的问候,同时也是在招呼孩子们吃东西。

只见猫咪们有序地围拢在盘子边,安静地吃着小女孩端过来的食物。花狸也低下头吃起来:"米饭浇鱼汤,鱼汤鲜香,米饭柔糯。多好的美味啊,好长时间没有吃过了。"她边吃边这么想着。此时此刻,她又想起了自己在老奶奶家时的情境,每天过着无忧无虑的日子,幸福而满足。

猫咪们也在欢快地吃着,他们边吃边议论:"这样的美味也许只有人类才能做得出来。"不一会儿,他们就将盘子里的食物吃得一干二净。

一直蹲在笼子边看着猫咪吃食的圆圆高兴地站了起来,大声地对爸爸说:"爸爸,爸爸,猫咪把饭全部吃完了。"

"你这孩子,猫咪把饭吃完有什么值得大惊小怪的。"爸爸说。

"我担心猫咪不吃嘛!"圆圆嘟噜着小嘴。

"猫啊,也是通人性的。只要你不害他们,对他们没有恶意,他们就喜欢你。如果你心里对他产生了恶意,想害他们,他就会远离你。"爸爸说。

"猫还通人性?那么他们能听懂我们人说的话吗?"圆圆问爸爸。

"懂,懂,肯定懂的。时间长了你就知道,你骂他们,他们就会很老实,你夸他们,他们就会调皮地跟你玩。"爸爸对圆圆说。

"原来是这样啊。爸爸,那我问你,你能听懂猫话吗?"圆圆说。

"猫话我虽然听不懂,但我可以通过猫的肢体语言,猫的叫声,知道他们心情是好是坏。"爸爸说。

猫咪们吃完饭,眯起眼睛,挤在笼子的一角打着盹。而花狸的鼻孔里,则发出呼噜呼噜的鼾声。

不知不觉就到了晚上,吃饭的时候到了。昏暗的灯光下,圆圆和爸爸妈妈坐在一张不大的桌子前边吃饭边聊天。

只听小女孩对爸爸说:"爸爸,这些猫咪什么时候能放出笼子啊?"

爸爸说:"只要她们不认生了,明天就可以放出来。"

饭后,小女孩端着一盘猫食放进了猫笼子里。这次的猫食中,不仅有米饭,还有不少蒸熟了的小鱼。

第二天早上,天刚亮,圆圆就和爸爸来到了猫笼子边。就听爸爸说:"猫咪们,我的女儿舍不得将你们放在笼子里,昨天晚上就闹着要我把你们放出来,我没有听她的话,她就哭了。现在,我将你们放出笼子,可不要乱跑哦。"

说完,笼子上面的盖子被圆圆打开。只见猫咪们一个个望着小女孩的脸,有序地跳了出来,而花狸则是最后一个跳出。

终于获得了自由,猫咪们在主人的屋里走来走去,而花狸则端坐在主人家的门口,用舌头打理起了自己的尾巴。

此时的男主人,正在用很大的纸箱做着猫窝,只见他将大纸箱开了一个洞,并在洞里垫上了软绵绵的东西。做完猫窝,他将纸箱放到了一个房间的墙角。

"这个就是我们小时候住过的窝。"大狸带头钻了进去,二狸、三狸、四狸、五狸、六狸也紧跟着钻了进去。

他们钻进去后,在窝里打闹着,有的四爪朝天,有的相互挠着,有的围着猫窝的四边走来走去。他们终于又记起了小时候的猫窝,他们在里面嬉戏、打闹,玩得十分开心。

时间不长,花狸也走进了猫窝。

她刚走进来,猫咪们就围了过来。

"妈妈,你说这家人会害我们吗?"六狸问。

"我看不会,据我观察,他们一家还是很善良的。"花狸说。

"善良? 善良也能看得出来?"大狸问。

"善良肯定能看出来嘛。我问你们,他们将我们带回家的动机是什么?"花狸问子女。

"这个我们怎么知道啊? 我们也不会钻到他们心里去看他们的想法。"二狸说。

"你们这些傻孩子。他们在带我们回家的时候,说了那么多的话,难道你们连一句都没有听见?"花狸问。

"那个时候,我看你都被吓得瑟瑟发抖,我们哪有心思听他们讲话啊,心都紧张得咚咚直跳。"五狸说。

"孩子们,别怕,也许你们当时刚出生记得不是太清,这家人,就是我们原来的主人。你们还记得那个老奶奶吗?这个男主人和女主人,就是老奶奶的儿子和儿媳,这个小女孩,就是男女主人的女儿。他们是不会害我们的。据男主人讲,他一个多月前就看到我们住在那个洞里,连食物都没有,很可怜我们。他也去找我们一次,但可能是我们到外面找食物去了,他没有找到。"花狸说。

"不是的,我听到小女孩对她的爸爸说,要做我们的好朋友,要找很多好吃的给我们吃。"五狸说。

"也许是他们看到我们饿得可怜吧。"大狸说。

"也许是因为我们可爱。"五狸说。

"你就别臭美了行不?可爱?你可爱吗?整天抓我的肚皮,还可爱?"四狸说。

"我如果不喜欢你,会抓你的肚皮?你真是不知好歹。"五狸说。

"你过来抓我,我绝对不会讨厌你。来呀!来呀!"六狸边说边躺了下来,肚皮朝上。

"我才不抓你呢,你的肚皮上长着两排小奶子,害怕将你抓破了。"五狸的话,逗得猫咪们都笑了。

"你们啊,真是没心没肺。妈妈在讨论主人为什么会将我们带回家,你们却东扯西拉。"三狸说。

"好啦!好啦!讨论到此结束。我宣布讨论的结果,这个结果就是——主人家不仅是过去,还是现在,他们都是一如既往地喜欢我们的!"花狸说完,走出了猫窝,猫咪们也跟着妈妈一个个走了出来。

花狸的结论是对的,男主人、女主人,还有那个小女孩,都特别喜欢她们。特别是那个小女孩,经常找一些好玩的东西,如布条、小皮球、线团等给猫咪们

玩。有时候，小女孩还躺在地上，与猫咪们一起做游戏。自此，猫咪们就将这里当成自己的家了。

有一天，主人的一家都不在家，花狸正带着猫咪们在门口眯着眼睛晒着太阳。突然，一串自行车的铃声将他们惊醒，花狸睁开眼睛仔细一看，她的面前站着一个人。只见这个人瘦瘦的，皮肤黝黑，小眼睛，大鼻孔，阔嘴巴。花狸看到这里，突然想起，这个人，就是当年扔掉自己的猫贩子。

想到这里，花狸的心里开始紧张起来。这个人的自行车后，还是挂着当年的两个铁笼子。只见这个人先东张西望了一会，见周围没有人，便蹲下身来，将手伸向了六狸。

见此情景，花狸立即站起来，"喵"的一声，张开嘴巴就向猫贩子冲了过去，猫贩子被吓得后退了一步。

正当猫贩子后退的时候，花狸高喊一声："孩子们！快跑！猫贩子来了！"听到妈妈急促的高呼，猫咪们瞬间消失在猫贩子的视野中。

花狸带着猫咪们逃到屋里，跳上了窗台，眼睛注视着还站在外面的猫贩子。此时，只见男主人走了过来，和猫贩子说了几句。然后男主人拿起一根棍子，将猫贩子赶得落荒而逃。直到猫贩子已经消失在猫咪们的视线中，男主人还在骂骂咧咧。

在窗台上，六狸问花狸："妈妈，你怎么知道这个人就是猫贩子？"

花狸说："孩子们，这个猫贩子我之所以熟悉，是因为我认识他。记得我跟你们讲过，妈妈小时候被猫贩子买走，后来腿断了，又被猫贩子扔掉。这个猫贩子我印象很深。所以他一出现，我就认出来了。"

"妈妈，这个人就是你说的没有人味的那个人吗？"五狸问。

"是的，就是妈妈说的那个没有人味的人。"花狸说。

"长得那么猥琐，怪不得没有人味。"三狸说。

到了晚上吃饭的时候，猫咪们围着主人的桌子跳上跳下。就听男主人对女主人说："今天，一个猫贩子想买我们家的猫，他说愿意多给钱，将七只猫全部买了。我说，你就是给我再多的钱，我都不会卖的。后来，猫贩子还不死心，和我套近乎,被我骂了一通,然后被我拿着棍子赶走了。"

"猫咪是我的好朋友,我们怎么能出卖自己的好朋友呢?"听了爸爸的话,圆圆说。

"女儿说得对,在任何时候,我们都不能出卖自己的朋友。"爸爸说。

"连猫咪都买卖,这种人真是什么事情都做得出,简直就是伤天害理。社会这么大,难道就没有其他事情可做?"王玉秀很生气。

"这个社会啊,什么坏人没有啊? 有的人为了钱,贪污受贿;有的人为了钱,男盗女娼;有的人为了钱,谋财害命,不择手段;有的人为了钱,铤而走险;有的人为了钱,兄弟反目。钱这个东西不能没有,但必须是'君子爱财,取之有道'。"

"爸爸,你不喜欢钱吗? 你不是常说,如果我们家有钱,就可以买一套大房子了吗?"圆圆说。

"爸爸怎么不喜欢钱呢? 每一个人都喜欢钱,但关键是这个钱是怎么挣来的。我们一定要挣干净的钱。什么是干净的钱? 不是偷来的,不是抢来的,也不是别人送的,而是靠自己的劳动挣来的,这个钱,用得踏实,心安理得,问心无愧。"李大伟对圆圆说。

"爸爸,我的小学同学李天一家特别有钱。他们家不但住着大房子,他的爸爸还开着奔驰车接送他上学。你说他们家那么多的钱,是不是干净的?"圆圆歪着头,问着爸爸。

"李天一家有钱? 这个李天一就是那个村主任家的孩子吗?"李大伟问。

"是啊,就是靠近市郊的村主任家的孩子。"圆圆说。

"他家的钱啊,不是一般多,而是很多。他们家的钱一部分是靠截留村里的拆迁款,一部分是开发商送的。他们的钱,不干净。"李大伟说。

"小孩子知道什么呀? 你这样一说,明天孩子就将你说的话传出去,你就是造谣或者诽谤了,会以扰乱社会秩序的罪名被抓起来。"王玉秀接着女儿的话说,"不要听你爸爸瞎嚼。村主任家的钱啊,很干净的,他们家的钱比我们家的钱都干净,每一张都是用洗衣机洗过的,你说能不干净吗?"

"哇,等我长大了,也用洗衣机洗钱。"圆圆说完,便摸着自己的头,自言自

语,"用洗衣机洗钱?每天都洗?那得有多少钱啊?"

"你啊,别听你妈妈造谣。用洗衣机洗钱?你见过吗?造谣真是要坐牢的。"李大伟说完,哈哈地笑了起来。

"好,我明天就去坐牢。"说到这里,王玉秀也笑了。

这时,原来在桌子上爬上爬下的猫咪们,一只只坐在桌子下面歪着头,静静地听着,他们好像都能听懂似的,很是安静。

第十四章　官员视察之后

春暖花开的季节,也正是官员扎堆到基层视察的季节。因为这个时候,气候宜人,满眼生机,鸟语花香。

有一天,花狸的男主人李大伟在吃饭时说,明天将有市里和当地的官员到他们家视察。要女儿和爱人把家里收拾一下。

圆圆问:"那么多人家,为什么要专挑我们家视察啊?"

"女儿,你不懂,你妈妈是个残疾人,我又是个下岗工人,属于吃低保的家庭。明天,据说官员们就是专门视察低保家庭的生活情况的。所以我们必须把家庭收拾一下。起码要将家里收拾得利利索索,干干净净。"爸爸说。

下午,猫咪们正躺在门口晒太阳。突然,男主人家门口来了几个人。他们叫男主人和女主人坐下来,有一个女人正在教女主人如何回答官员视察时提出的问题,哪些话能说,哪些话不能说。而一个男人也在教着男主人说话,哪些话能说,哪些话不能说。

猫咪们在主人家已经生活习惯了,对主人家来的任何客人都毫不戒备。所以,不管主人家来什么人,她们都会在来人的腿边蹭来蹭去,表示自己的亲热。

这些人走后,男主人和女主人就开始收拾屋里的东西,将不大的房间收拾得窗明几净。

而花狸和猫咪也像十分懂事的孩子,将主人家小女孩买给他们的玩具一一叼进了自己的窝里。

花狸也对猫咪们说:"明天主人家将有重要的客人来,所以,我们千万不要给主人添乱。当主人家客人来的时候,我们要彬彬有礼,热情欢迎,不要乱打乱

闹。你们听清楚了吗？"

"妈妈放心，我们保证听你的话，保证对所有客人彬彬有礼。"六狸说。

"妈妈，主人家明天来的是什么重要客人啊？"大狸问。

"听说是什么官员。"花狸回答。

"官员？是人吗？"二狸问。

"妈妈也没有见过官员，也许是人吧。"花狸不确定地说。

"他们长得和主人不一样吗？"三狸问。

"孩子们，如果是人，就是一样的。如果是官员，就不一定哦。"花狸说。

"为什么呢？为什么会不一样呢？"六狸问。

"你看，我们猫和黄鼠狼都是猫科，但你们说，我们猫和黄鼠狼长得一样吗？"花狸反问。

"还真的不一样。特别是黄鼠狼放的那个屁，臭死了。"六狸自言自语。

"你们啊，都是在瞎猜，到了明天就会知道的。"四狸插嘴道。

"这还用你说，明天官员都来了，肯定知道啦。"五狸说。

第二天上午，花狸的男主人、女主人都在家里，他们都在等着官员来视察呢。

花狸带着猫咪们，也都并排坐在门口。

男主人李大伟对女主人王玉秀说："如果官员问你生活状况怎么样，你一定要说很好。也就是说，不管问你什么，都要说好，这是昨天交代过的：领导问的，就说，不问的，千万别说。还千万不能乱说，如果你乱说，领导一旦生气，就麻烦了。"

"那领导问我的时候，能说真话吗？"女主人问。

"领导问你，你还说真话？说真话领导肯定不高兴啊。如果领导问你：天天吃肉吧？你说，一个月开一次荤。你说的虽然是大实话，但领导肯定不高兴啊。领导问你：天天吃肉吧？你要说：天天吃肉。领导问你，对基层干部满意不？你能说不满意？你一定要说：村主任比自家的哥哥都好，常常问寒问暖。"

"房子都被他拆了，现在租住在别人的房子里，日子过得这么窝囊，都是因为村主任。我还去夸他？这不是睁着眼睛说瞎话吗？"女主人说。

"必须说瞎话。也就是说，你回答的话，一定要让官员满意。"男主人又叮嘱了一句。

"做了那么多的恶心事，还要叫我夸他，真是没天理。"女主人气愤地说。

"我的太太，世道就是这个样子，你能改变得了？可千万别捅马蜂窝啊。"男主人有点急了。

花狸见男主人和女主人都有点急了，就跳到了坐在轮椅上的女主人的怀里，用头在女主人的怀里顶来顶去。她以这样的表现来逗她开心。

时间不长，李大伟家门口来了两辆车。先下车的是记者，男男女女好几个人，有的肩扛摄像机，有的手拿话筒，有的手拿笔记本，有的手拿录音机。等记者下车开始摄像的时候，第二辆面包车上的人才一一走下来。

走在前面的，估计是一位大领导，只见她三十来岁，长得眉清目秀，唇红齿白，瓜子脸，高鼻梁，头发齐耳。上穿米色风衣，下穿藏青色裤子，脚穿黑色半高跟皮鞋。只见这个人在众人的簇拥下，更显得风姿绰约，气度不凡。

男主人在心里嘀咕："原来是个女的。"他边嘀咕边想迎上去向领导问好。男主人还没有迈开步子，就见后面有一只手将他拉住了。只听拉他的人对他说："别动，就站在这儿。因为在这里与领导握手，背景等方面都符合摄像要求。"

这位女领导见到男主人，快步走了上来，一边寒暄一边握手。握完男主人的手，女领导又低下身来，握着女主人的手，嘘寒问暖。

这时，一位胖乎乎的男子指了指女领导介绍道："这位是刘副市长。"

李大伟和王玉秀几乎是异口同声："刘副市长好！"

这时，工作人员已经把李大伟家能搬的板凳都搬出来了，胖子对刘副市长耳语道："市长，原来准备到屋里面坐的，但他们家的屋，实在太小，就在外面谈行不？"

刘副市长低声说："没问题。"说完，她就紧挨着女主人坐了下来。

"大姐，近几年日子过得还好吧？"刘副市长拉着女主人的手拉起了家常。

"好！好！很幸福！感谢政府啊！"女主人说。

"是啊，经济发展了，政府手里有了钱，老百姓的日子就要好过一些。"刘副市长说。"是啊，政府有钱了，就给我们花了。所以我们很幸福。"女主人说。

"大姐，随着城市化进程的推进，将来，我们的生活就会更加幸福。"刘副市长边说边用两只手握起了女主人的手。

见到刘副市长双手握着自己的手，女主人好像真的遇到了自家人，原来的胆怯感荡然无存。她的双手也握住了市长的手，激动地说："就是城市化啊，去年拆迁的时候，我的腿被一帮不认识的人打断了，到医院又没有得到及时的治疗，所以就落下了终身残疾。如果我当时就认识您这个护士长，我肯定就直接去找您了。现在治病，如果医院里没有认识的人，那病人就是砧板上的肉，人家医生要怎么宰就怎么宰。"女主人还想说，突然被一个人拍了一下肩膀，并大声对她说："大姐，刘副市长，是我们市里的市长，不是医院的护士长。"

"大姐，他说得对，我是市里的副市长，不是医院的护士长。今后啊，有什么事情，尽管跟我反映。只要是你反映的问题属实，我保证亲自过问。"刘副市长边说边想站起来。

就在这时，花狸跳起来，钻到了女主人的怀里。而六只猫咪也依次走进了人群，六狸的头则在副市长的藏青色裤子上蹭来蹭去。

刘副市长一下来了兴致："大姐，你们家的猫咪好漂亮啊，一共几只？"

"连这只母猫，一共七只。这六只，都是母猫生的，这么大，她们一直住在一起，真的不多见。"女主人说。

"六只猫……七只猫……一只母猫……"刘副市长自言自语。

直到视察结束，刘副市长的嘴里一直在念叨着"六只猫……七只猫……一只母猫……"这句话，好像着了魔似的。

……

原来，刘副市长只是一名普普通通的酒店员工，在遇到帮助她的贵人那天晚上，她真真切切地梦见了一只母猫与六只猫咪。要说清楚这件事的来龙去脉,还得从副市长刚工作时讲起——

刘副市长的名字叫刘菊花,上大专的时候,学的是酒店管理专业,毕业后的第一份职业,就是在大酒店里做领班。如果没有服务员与领导之间发生的误会,也许她现在还在酒店当领班。

有一次,当地的一位领导由于心情不好,一个人到饭店吃饭。那天,天气比较热,这位领导就将外衣脱下,酒店的服务员马上跑过来,一边接过衣服一边说:"领导,我给您挂起来。"领导一听不高兴:"给我挂起来,我又没犯错误。"领导也没过多追究,坐下吃饭。

一会儿,服务员看到领导面前骨碟快满了,走过来指着骨碟说:"领导,请你让一下,我给您撤了。"领导一听,心里就嘀咕:"这个小丫头不会说话,还要撤了我?"更是生气。

酒喝了几杯,领导想上点主食。带着地方口音的服务员走过来很有礼貌地问:"领导,请问您吃什么猪食(主食),要大粪(大份)?"听了服务员的话,这领导鼻子都被气歪了,当即对服务员说:"把你们的领班叫过来!"

服务员不知道自己惹了什么祸,就将领班刘菊花叫了过来。领导见她来了,立即对服务员说:"你的服务态度太差,你去吧!由你们领班来为我服务。"

服务员走后,这位领导上下打量着她,只见刘菊花一米六几的个头,长发披肩,瓜子脸上眉清目秀,身穿着藏青色职业装,藏青色短裙。这位领导的一双眼睛立马亮了起来,他边上下打量边对刘菊花说:"请问经理贵姓啊?"

"免贵姓刘。"刘菊花答道。

"你是哪里人啊?"领导又问。

"本地人。"刘菊花说。

"结婚了吗?这么漂亮的美人应该早就名花有主了吧?"领导的一双眼睛紧盯着经理的脸,边打量边说。

"先生,您叫我来有事吗?如果没有事我就出去了,我还有很多事情要做。"刘菊花说。

"很多重要的事情?有服务我重要吗?"这位领导说完,立马拿出手机,拨了几个号,拨通后,他打开免提,对着手机说:"我今天心情不好,一个人在你的酒店吃饭,你如果有时间,就过来陪我再喝两杯。"只听电话那头说:"县长大人啊,您到我们这里吃饭,也该提前打个招呼啊!我这就过来。"

站在一边的刘菊花惊呆了:"原来这位是县长啊!"

后来,酒店的老板进来,敬了县长酒。老板临走时,又吩咐刘菊花将县长陪好。

老板离开后,县长又开了一瓶红酒。刘菊花和县长边喝边聊,聊到高兴处,县长当即答应将她调到政府部门工作。

也就在那天晚上,她和县长成了好朋友。

也就在那天夜里,她做了一个奇怪的梦,梦见一只母猫带着六只猫咪在她的身边跑来跑去,后来,七只猫咪还直接爬上了她的床。

这个梦好奇怪,刘菊花一直憋在心里。后来,她实在憋不住了,她找了一个算命先生,问梦中遇到七只猫咪究竟是怎么回事。

算命先生告诉她:你遇到贵人了,这几只猫咪,是你命中注定的贵人。在你将来的人生旅途中,你将遇到七个贵人,直至官高四品。

后来,算命还真的应验了:她从酒店大堂经理,直接调到旅游局做了科员;时间不长又从科员调任副乡长;后来,再从副乡长调任文化局做副局长⋯⋯

现在,她已经是一个市的副市长了,而那位一直照顾她、提拔她的人,已经调到了省里。虽然他已经调到省里,刘副市长还是经常以到省城开会的名义去看他。

而这次走访低保家庭,无意中看到了七只猫咪。而这七只猫咪,和当年做梦时梦到的猫咪几乎就是一模一样。

"这七只猫咪究竟与我有什么关系?为什么会在这个时候出现?是否预示着什么?"刘副市长苦思冥想。

为此,她又找了那个算命先生,将自己在走访中发现了梦中的猫的事情说了一遍。她问算命先生,这里面是不是有什么玄机?

算命先生右手的拇指头在四只手指的骨节间上下移动,口中念念有词,不大会儿工夫,只见算命先生皱着眉头,欲言又止。

"先生,您尽管说。是福是祸?直接说,没事的。"刘副市长说。

只见算命先生沉默了一会儿,说道:"猫常常被用来象征人的某种特性,或者说象征某种人,常常是女人,因为她们那种柔顺让人怜爱。你当年梦见猫,说明自己的品德会受到非议,被人们怨恨。为什么人们会怨恨你?因为她们是在嫉妒你。为什么会嫉妒?因为你的日子比别人好过,事业比别人顺利。而梦中的猫在现实中出现了,这更是吉兆。但这种吉兆关键还要看现实生活中猫的命运。在现实生活中,猫病,就会是你病;猫饿,就会是你饿;猫痛苦,就是你痛苦;而猫的日子好,就意味着你的日子好。"算命先生说。

"那七只猫,又不是养在我家,而是养在别人家,病啊饿的,我怎么控制得了啊?"刘副市长问。

"这个,你得想想办法。对了,你现在最需要的是那六只猫咪,那只母猫你就不要惦记了。"算命先生说。

"为什么呢?"刘市长问。

"那只母猫,只是你的缘起。而那六只小猫咪,才是你的缘续。所以,你现在最需要关注的,是那六只小猫咪的命运。"

算完命,刘菊花给了算命先生一沓大钞。

算命先生走后,她的心里就开始纠结起来——用什么办法才能将那六只猫咪占为己有?

这时的刘副市长,真的很担心那六只猫咪的命运。她在这样想:一个靠吃低保生活的家庭,住的地方又那么小,能将这么多的猫养好吗?一旦这猫有什么闪失,将直接影响自己的命运。

必须用最快的时间,将那六只猫咪搞到手。

想到这里,刘副市长立即拿起了电话:"喂,对!我是刘副市长。张县长,跟你讲一件事情,请你参谋参谋。我前天在你们县走访低保家庭的时候,看到那个低保户家有六只小猫咪,特别可爱,我也特别喜欢,你看能用什么样的办法,将那六只猫咪搞到手,送给我,事成后我重赏你……哈哈哈……我说的是真话

哦，你可不要不放在心上，越快越好。"刘副市长打完电话，心里总算踏实了点。

为了这几只猫，电话就这么一层一层地打了下来。最后的任务，落实到了村主任的头上。

"直接抢？不妥！这猫是要送给刘副市长的，一旦将猫咪抢出点什么意外来，可就要麻烦了。"如何平安地、有礼有节地、合情合理地将六只猫咪搞到手，为此，村主任费尽了心机。突然，只见村主任一拍大腿说道："有了！"

第十五章　市长、老公与猫咪

　　李大伟和王玉秀夫妇,女儿圆圆正在吃着午饭。

　　花狸和猫咪们则蹲在桌子下面吃着猫食——烤熟了的小鱼和小虾,猫咪们吃得很开心。

　　这时,猫咪们看到门外走进一个黑黝黝、胖乎乎的人来。只见此人小眼睛,小鼻子,大嘴巴,留着卷曲的短发,圆脑袋上长着一对招风耳,走路两只腿叉开着,如同螃蟹爬行。

　　"村主任,您是无事不登三宝殿,这时候来,难道是有什么急事吗?"男主人站起身,给来者端了一条板凳。

　　"不坐,不坐。今天到你家来,是有件急事要和你们商量。"村主任说。

　　"我们不偷不摸不犯法,有什么事情您尽管说。"李大伟说。

　　"前几天,刘副市长到你们家走访,看到你们的日子过得很安逸,她很高兴,唯一不满意的就是:你们家是低保户,怎么还养这么多的宠物呢?"村主任边说边指了指桌下正在吃食的猫咪。

　　"这是什么宠物啊,这些猫咪,都是因村里拆迁而无家可归,他们都成了流浪猫,大冬天就住在外面的涵洞里,都快饿得皮包骨头了,我看它们实在可怜,就用网子将它们网回来。这些猫咪住在我们家,虽然生活条件不是太好,但起码能让他们吃饱肚子啊。"男主人解释着。

　　"我知道你们是好心好意,但刘副市长不这么认为。她说吃低保的人家,最多只能养一只宠物。如果多于一只,就要取消低保。"村主任说。

　　"难道养几只猫还犯法?"坐在轮椅上的女主人急了。

"不是犯法,只是市长嫌你们养得太多了。她主要担心两点:一是担心你们养不起这些猫,二是担心你们养了这么多,会直接影响到你们的生活质量,给你们的生活增加不必要的负担。所以,是要低保,还是要猫咪,得你们自己定。"村主任说。

"我们是看到猫咪可怜才将他们抱回来养的。如果不让养,那我们就将他们送回原处。"女主人说。

"放回原处?如果你们将猫咪放回原处,就是遗弃动物。遗弃动物你们知道吗?那是犯法的,那是要坐牢的。"村主任开始吓唬起来。

女主人被村主任说得哑口无言。

村主任继续说:"都是乡里乡亲的,我也是为你们好。养这么多的猫能当饭吃吗?不能!再说了,既然刘副市长已经发话了,咱们的胳膊能拧得过大腿吗?所以,我建议你们,将这只大猫留下养着,这六只小猫,交给政府去处理。"村主任的态度渐渐明朗起来。

"政府怎么处理呢?是将他们杀掉,还是怎么弄?"男主人开始担心猫咪们的命运。

"政府怎么可能将猫咪杀掉呢?只要你们同意,政府将会派来动物保护协会的专车,将猫咪们接回去,接到政府专门为动物设立的保护基地去。然后,这些猫咪由政府的专门机构养着,肯定比在你们家生活好。"村主任说。

男主人听了村主任的话,默默无语。

"如果你们不将这六只猫咪交给政府,我也没有办法,就只能取消你们的低保。毕竟,这件事我说了不算,因为这是刘副市长亲自定的。"村主任又开始威胁起来。

"爸爸,我不让你将猫咪送人。"小女孩开始哭了。

除了小女孩的哭声,男主人和女主人一句话也不说,空气好像凝固了起来。

过了一段时间,村主任说话了:"是要猫咪,还是要低保,你们决定吧。如果你们选择要猫咪,我现在就离开。如果你们选择要低保,我现在就给动物保护组织打个电话。"

又是一阵沉默。

"你们到底决定了没有？赶紧拿个主意。"村主任催促道。

"既然市长已经决定了,那我们也就没有什么好说的,就将这猫送给政府。"男主人说。

听了爸爸的话,小女孩哭得更凶了。

"就这么定了？如果定了,我就给市里打个电话,叫他们派车来接猫咪。"只见村主任掏出手机,做出要拨号的样子。

"不这么定又能怎么办呢？"女主人说。

这时,村主任走到外面,叽里咕噜地对着手机说了一通。

村主任与男女主人之间的对话,花狸和猫咪们听得一清二楚。

花狸对猫咪们说:"孩子们,你们也长大了。世间没有一只猫咪能和妈妈在一起生活一辈子。你们走上社会,日子过得好不好,就要靠自己的运气了。在这个世界上,好人还是比较多的。你们一旦到了新的主人家后,一定要听话,要主动适应新的环境。你们已经不是小猫咪了,对世间的善与恶应该是有所感知的。如果主人对你们有恶意,足可以从他们的动作和语言中看出来。一旦你们觉察到主人的恶意,就要当机立断。离开,是避免灾难的最好方法。"花狸说到这里,伤心地流下了眼泪。

猫咪们紧紧地依偎在花狸身边,默默无语。

猫咪们也知道,没有一只猫咪能够和妈妈在一起生活一辈子,长大以后,必须去寻找属于自己的一块地盘。

离别的时候要到了,花狸依依不舍地用舌头为六只猫咪梳理着毛发。而六只猫咪则坐在花狸面前,一言不发,他们都十分珍惜团聚在一起的时刻。

门外传来汽车的马达声,车到门口停了下来。

"孩子们,保重！我会想你们的。"花狸说。

"妈妈,保重！我们也会想您的。"猫咪们说。

只见村主任和车上下来的人说着什么,然后车上下来的人径直走进屋里,将依偎在花狸身边的六只猫咪一一抓进了笼子,抬上车。

"孩子们,再见!"花狸伤心地哭了。

"妈妈,再见!"猫咪们挤在笼子一边,和妈妈道别。

来人和村主任握了手,走上车。汽车一阵轰鸣,向市里开去。

花狸眼睁睁地看着自己的子女被来人抓走,却一点办法都没有。

"孩子离开母亲,是迟早的事情。"她虽然这样安慰着自己,但心里还是十分难过。

……

六只猫咪上车后,很快被送到新主人家。这个新主人不是别人,正是副市长——刘菊花。

刘副市长见到梦寐以求的猫咪终于送来,高兴极了,她叫秘书专门买来了六只蛋形宠物窝。这宠物窝有白色的、粉色的、绿色的、蓝色的等,每一个窝里都放上了优质真空棉垫子。

为了让六只猫咪能够吃好,她四处打电话:"什么品牌的猫粮最好?""什么品牌的猫粮最贵?""某某猫粮算贵的吗?还有没有更贵一点的品牌?"

猫咪们来到刘副市长家,开始还是显得有些拘谨。但时间不长,他们活泼好动的天性暴露无遗。白天他们在副市长家宽大的房间和阳台上嬉闹、追逐,而到了晚上,六只猫咪平生第一次吃上了国际著名品牌的猫粮,也第一次住上了真正属于自己的猫窝。

……

有一天,刘副市长家来了一个四十来岁的男人,只见此人国字脸,三角眼,身高在一米七以上,上身穿格子衬衫,休闲夹克,下身穿着牛仔裤,脚穿休闲鞋,身体微微发福。这个人一进门就寒暄道:"听说你们家养了不少猫咪,今天特地过来看看。"

"王市长,你是来看猫咪呢?还是来看人呢?"刘副市长一边为这个人沏茶,一边带来人走到了猫窝边。

"肯定是来看看猫咪嘛。你如果不说,我怎么会知道你家养着猫咪啊?啊呀!这么多的猫咪,真的很可爱呀。"来人边说边随手抱起了六狸。而大狸、二狸、三狸、四狸、五狸则紧紧地跟着这位男人,来到沙发旁边。

王市长在沙发上坐下,而五只猫咪也在刘副市长和男人两边走来走去。见此情景,这个男人更加喜欢这几只猫咪。

刘副市长也随手将三狸抱在怀里,她一边在三狸的身上比画一边说:"这是一只小公猫,有点像你,只要我回来,就整天跟在我后面跑来跑去。"说完,她哈哈地笑着。

而王市长也仔细地看了看六狸的肚子,然后说:"真巧,这是只小母猫,我喜欢。"男人说完,也哈哈地笑了起来。

"王市长,你今天来不仅仅是来看我家的猫吧?"说完,刘副市长喝了一口茶。

"当然不是啦!今天来,是有一个好消息要告诉你。"男人说。

"好消息?什么好消息啊?快说来听听。"刘副市长边抚摸着三狸的背部边问。

"告诉你一个好消息,我们市的一家高档酒店要开业。"男子笑着说。

"酒店开业,这算什么好消息啊。"刘副市长说。

"这算什么好消息?你什么时候有空,我陪你去看看你就知道了。"男人说。

"看什么啊?看酒店里的设施吗?"刘副市长问。

"是,去参观酒店里的床。"王市长说。

"你什么时候开始研究床了?"刘副市长"吃吃"地笑了。

王市长端着茶杯站了起来:"你以为床只是睡睡觉那么简单?有人研究,人的一生有三分之一的时间是在床上度过的。也就是说,人的一辈子要用三分之一的时间来睡觉。可想而知,床对于一个人来说是多么重要。某地有一个百床馆,馆里收藏了中国历代的床之精品,颇为壮观。"

"呵呵,看来,你真是个研究床的专家。如果大学开办床专业,你都可以去授课了。"刘副市长道。

"那你别说,如果有这个专业,我还真的可以当教授。"王市长哈哈地笑了。

笑完他接着说:"你别小看床,对于一个人来说真是一件相当重要的事。古时没有冰箱、没有彩电、没有空调等花样百出的家用电器,因此床便成了一个家庭最重要的装备。就像现在人挑冰箱要三开门全电脑的,挑彩电要等离子的,挑空调要变频的。明朝有一个大贪污犯叫严嵩,被朝廷抄家时就被抄出了大量的顶级床,如大理石螺钿床、螺钿雕漆彩漆大八步床等等。还有《金瓶梅》里那位大家都耳熟能详的西门庆,为潘金莲花十六两银子买了一张新床。后来又泡回了李瓶儿,又买了一张更高级的螺钿敞厅床。结果潘金莲不乐意了,逼着西门庆又花六十两银子买了一张比李瓶儿还要高级的螺钿带栏杆的床。西门庆买床时顺手也买了两个丫鬟,总共才花了十一两银子。"王市长侃侃而谈。

"我住酒店,首先是看他们有什么样的床。以上次我们住的威斯汀为例,那个天梦床带五个枕头,还有一次在香格里拉,那里的大床也是标准2.2米,感觉好得很。据说,市里即将开张的这家酒店有几个房间的床不错,要不什么时候去看看?"王市长问。

"可以啊,等你的电话。"刘副市长边说边将三狸放下,向王市长身边走去。

而王市长也也将茶杯放下,张开双臂,将刘副市长紧紧地抱在怀里。

就在这时,王市长裤兜里的手机响了起来。只见他掏出手机,对着手机说:"我在外面参加一个重要活动。"只听手机里面传来一个男子的声音:"市长,您快回来,您的爱人在办公室等您呢,听说有什么急事。"

男人"啪"的一声关了手机,嘴里嘟囔着什么。

"看来,你家的母老虎盯得还挺紧嘛。"刘副市长说。

"我现在还真得回去,以免节外生枝。"男子说完,好像忽然想起什么,他抱起六狸对刘副市长说,"这只猫咪送给我吧,回去也好有个借口。"

"你抱走,要善待她哦。你要知道,她,就是我。"刘副市长说。

"肯定的,就如善待你一般。再说了,在家里,我看到猫咪就会想起你的。"王市长说。

"如果你这样说,我再送一个猫窝给你。你过来挑一个。"刘副市长边说边将男子带到猫窝边。

"不仅我喜欢研究床,看来你也研究啊。如果你不研究,怎么买的猫窝都这么讲究?"说完,男子哈哈地笑了起来。

王市长走到猫窝边,挑选了一个粉红色的猫窝,离开了刘副市长的家。

刘副市长和男子聊天的时候,猫咪们也在一旁听着。当王市长说到要将六狸抱走的时候,六狸立刻紧张起来,在王市长的怀里瑟瑟发抖。但猫咪们也知道,自己无力改变命运。

等王市长抱着六狸走到门口,大狸、二狸、三狸、四狸、五狸齐刷刷地来到门口,"喵——喵——喵"地叫着,为六狸妹妹送行。

而六狸也在王市长的怀里眼巴巴地望着哥哥姐姐,"喵——喵——喵"地叫着,向哥哥姐姐道别。

……

有一天,刘副市长正在家里喂猫咪,门铃突然响了起来。她在纳闷,是谁这么冒失?连招呼都不打就直接到自己的家里来?

她走到门前,打开门,只见一个高高瘦瘦的男子站在门口。

"老公?快进来,今天是周几啊?你怎么有时间来啊?"刘副市长说。

只见男子边脱鞋边说:"今天周三嘛,我到市里参加一个会议,顺便来看看你。"

"不要光着脚啊,穿这里的拖鞋嘛。"刘副市长给老公递过去一双拖鞋。

"不用!不用!"老公边说边走到沙发边坐下。

刘副市长见老公坐下,也在对面的沙发上坐了下来:"最近,我听教育局的同志反映,你们学校在你的领导下,工作开展得有声有色,教育质量也明显提高。很不错嘛!看来,我们的钱校长还是很有能力的嘛。"

"你别老是对我端着官腔行吗?我知道,我能当上校长,是你的功劳。但实践证明,我也是有能力的嘛。"老公边说边起身,走到饮水机前倒了一杯水。

"你啊,每次见面,都说我是端着官腔,其实才不是呢。在哪座山里唱什么

歌,在哪个行里说什么话。做我们这一行的,每天除了说这些官话套话,还能有什么话好说? 你也知道,你老婆能走到今天,容易吗? 如果不是见到什么人就说什么话,能有今天的生活吗?"刘副市长说。

"我知道你不易,大家其实都不易。现在的日子虽然好过了,仕途也一帆风顺,但我还是怀念过去的生活。"老公说。

猫咪们见家里来了人,吃完食物,就立马过来凑热闹,五只猫咪轮番来到刘副市长老公的腿下,挨挨蹭蹭。

"你什么时候养了这么多猫咪啊?"老公边问刘副市长,边抱起一只。而被抱起的这只正是大狸,他惊恐地坐在来人的腿上,仰起小脑袋,打量着这位男人的脸:只见这个人瘦瘦的脸上架着两块玻璃片,白皙的皮肤,颧骨稍微有点隆起。

"没人味的猫贩子?"大狸端详着副市长老公的脸,心里嘀咕着。他又仔细地看了看,"不是,只是长得有点像而已。"大狸的心里踏实了。

"你以为我一个人在市里住容易吗? 下了班,心里总觉得空荡荡的。所以,就养了几只猫咪,也算是有个伴。哪像你呀,学校里有那么多的同事和孩子。"副市长说完,也抱起了一只猫咪。

"你刚才说,怀念过去的生活,谁又不是呢? 但常言说得好,鱼和熊掌,不可兼得。过去的生活是好,但却没有现在这么风光。人活一辈子,图的什么? 不就是图一个出人头地吗? 如果我不放弃酒店的生活,也许现在很安逸。但安逸是我们想要的生活吗? 肯定不是! 没有我的今天,也就没有你的今天。所以,牺牲一点个人感情,还是值得的。"刘副市长一边抚摸着五狸的背一边说。

"你现在的理论水平比我高,我说不过你。"老公说话的声音很低,后来还有点吞吞吐吐,"我……今天是来开会的,两天时间,如果……如果你今晚没有重要的活动,我就……到你这边来住。如果……你有事,我就……我就住在宾馆里。"

"你这个人啊,一直改不了这个毛病,夫妻之间,说话还吞吞吐吐。再说了,我们是夫妻,什么感情不可以表达? 知识分子啊,就是有这个毛病,该说的话,绕着弯子说,不该说的话,背后乱说。"刘副市长说。

"那我就直来直去,你今晚有没有时间?"老公鼓足了勇气。

"如果你昨天给我打个电话,我就能把重要的活动推掉了。我为什么这么早就回来喂猫咪?是要去参加一个由环保局组织的化工企业排污情况突击检查,今晚要检查二十多个大企业,电视台、报社的记者都要跟踪报道。这样一个关系民生的大事,我能缺席吗?你明天早上八点,看看本地台的新闻,你就知道这件事的重要性,电视台把这个新闻放在头条播出。"

"那……那……你就忙,我回去,今晚在宾馆住一宿,明天会议就结束了。"老公说完,放下大狸,站了起来。

"你这个人啊,就是个榆木疙瘩,我们是夫妻嘛,看你的样子,那么拘谨,比陌生人还要见外。来,抱一个。"刘副市长边说边走到老公面前,张开臂膀拥抱在一起。

"那我就走了。"拥抱完,老公立起身。

见来人要走,大狸也跟着走到门口。

"来来来,站住,我送个东西给你。"刘副市长边说边走进屋,拿出一个猫窝。"你看这只小家伙与你有缘,一直跟着你,你将他带回去,好好养着。"她抱起大狸,接着说,"不许有一丝闪失啊。这只猫,就是我。"说完,她将猫和猫窝一起递到老公的手里。

"你要不说我倒忘了,那个袋子里,有一个机器猫,也就是哆啦A梦。明天是你的生日,我知道你喜欢猫,这是我买给你的生日礼物。"说完,老公接过猫和猫窝。

快到门口的时候,他又说:"机器猫后面有一个拉链,拉开拉链,你就会看到我写给你的生日贺词。"

"你要不说,我真就把生日这件事给忙忘了。"说完,刘副市长目送老公下楼,然后在沙发上拿起老公买的布艺机器猫哆啦A梦,正当她想拉开后面的拉链,想看看老公写了什么生日贺词时,手机响了起来。

第十六章　猫咪与金钱

也许正是这次化工企业排污突击检查,使刘菊花副市长与耀华化工老总李耀华更加熟悉。

李耀华是市里的明星企业家,四十来岁,高挑的个头,长得文质彬彬,至今未婚,人称"钻石王老五"。这个人在当地的口碑极好,经常为贫困地区捐款,哪里受灾都能看到他的身影。他还十分关心公益事业,资助过市里的很多贫困家庭。

以前,刘菊花副市长也就是在会议上和李耀华打过照面,从媒体上看到过耀华化工的相关报道。那天临近半夜,检查到这家企业时,不仅厂区内一尘不染,走进办公室,更是窗明几净,特别是李耀华办公室内的一幅刺绣,更是吸引了刘菊花的目光。

这时一幅苏绣《猫趣图》,画面绣的是三只猫咪,栩栩如生。

刘菊花站在画面前仔细端详着,只见这幅绣猫,运针自如,把不同方向,不同颜色的直线条交叉重叠,错综组合,以分层加色手法来表现画面。看那猫爪、猫腿、尾巴,针法长短参差,交叉角度不一,相互交错,疏密有致。再看那绣猫的耳朵、鼻子、眼睛等部位,针脚短促,猫眼用套针绣出,胡须由滚针绣出。那眼神就如同宝石一般晶莹剔透,像与看它的人对视。

见刘副市长对这一幅苏绣看得这么仔细,站在一旁的李耀华说:"刘市长也喜欢猫咪?"

刘菊花没有急于回答,而是坐了下来。她端起一杯茶,喝了一口:"我不仅喜欢猫咪,也喜欢苏绣。刺绣行内有句俗话叫作'一笔千线',意思是说画家的信手一笔,苏绣艺人却要千针万线,持之以恒。在外行人看来,刺绣就是一根针,一根线,手腕一起一落的简单动作,而苏绣艺人却要精心揣摩构思,从眼睛到心再到指尖,针下技法变幻,浓淡巧施,一丝不苟地在画稿上再一次创作。刺绣者不仅要具备相当的艺术修养,还要懂得一些基本画理,'善刺绣者必善绘画',否则,绣品便会呆板、不灵动,达不到刺绣艺术的顶峰。我看你的这幅《猫趣图》,就绣得灵动,三只猫咪活灵活现。"

"刘市长真是厉害,不仅管理城市是一把好手,就连苏绣也讲得头头是道。像这样的领导干部,实在是不多见。"李耀华说。

"不是,不是,我只是喜欢猫咪,所以就多看了几眼,多说了几句。"

刘菊花说完,示意大家坐下:"言归正传,今天我们检查了耀华化工,整体感觉不错。这就说明,李耀华董事长是有远见的企业家,你们在管理上是下了不少功夫的。至于一些群众对你们企业污染问题的举报,我是这样认为的:对待污染问题,必须一丝不苟,以群众的利益为重。但如果我们关起门来说一句客观的话,哪怕是个面包房,在生产面包时也会有味道吧?这个味道闻的时间长了,我们也会不适应的。所以,我们市里面的几套班子已经达成共识,特别是环保局的同志要记住,对群众反映的污染问题,要及时赶到现场,做好现场处理工作的。至于怎么处理,必须与市里面的分管领导沟通,严禁自作主张,特别是像耀华这样的大企业,它们是对我市 GDP 做出重要贡献的企业,我们除了要严格执法,还要做到严加保护。"

检查结束,李耀华将刘菊花副市长送到门口,低声说:"刘市长如果喜欢苏绣,我什么时候挑一幅派人给您送过去?"

"先谢谢你的美意,我只是喜欢猫咪而已。我们家养了这么多的猫。"说完,刘菊花竖起了四个手指头。

"四只?这么多?看来您真是一个有爱心的市长。这么多的猫,肯定需要不少猫食。您整天这么忙,肯定没有时间买猫食的,我什么时候给您买点送过去?"李耀华说。

"你说得很对,我还真的没有时间买猫食,经常忘,所以,我经常是一次买很

多。"刘菊花说。

"这哪能行啊？猫食也是有保质期的，您买多了，一旦过期了怎么办？这样，我有的是时间，以后猫食由我来供应，定期给您送过去。"李耀华说。

"这些都是小事，你把你的企业搞好，是大事。"刘菊花叮嘱道。

"做好企业，是我义不容辞的责任，请市长放心。"李耀华说。

……

有一天下班比较早，刘菊花副市长回到家里，门刚打开，四只猫咪就迎了上来，有的用头顶她的腿，有的用身体在她的鞋子上蹭，显得很亲昵。

她泡了杯咖啡，走到沙发前坐了下来。四只猫咪迅速跳到了沙发上，有的干脆就爬到了刘菊花的怀里，用舌头舔着她的手。

正当刘副市长抱起躺在怀里的猫咪时，手机响了起来："刘市长，我是李耀华啊，我今天路过您家附近，给您带来了猫食，您在家吗？"刘菊花对着手机说："啊呀，你这么客气干吗，还真的当真了。我刚到家，你上来吧。"

接完电话，刘菊花放下猫咪，快步走到卫生间的镜子前，匆忙打扮了一番。

李耀华进了门，放下手中的几盒猫食。

刘菊花沏了一杯绿茶，放在茶几上："快到这边坐。你啊，还真是个有心人，连买的猫食，都跟我买的一模一样。"

第一次到副市长家里，又是一个女人在家，李耀华显得有些紧张。就在这时，四只猫咪不约而同地跑了过来，对新来的客人表示欢迎。

李耀华紧张的情绪瞬间得到了释放，只见他随手抱起五狸说："啊呀，市长家的这只猫咪真跟我办公室里绣的那一幅很像哦。"

"是吗？我看也有点像。"刘副市长边端详着五狸边说。

李耀华打量着刘菊花的家，面积很大，属于跃层别墅的那种结构，装修得十分考究，但屋里好像只有刘菊花副市长一个人："刘市长，您的家人……"

李耀华的话还没有说完，刘副市长就接过了话茬："你看，这么大的空间，就我一个人住，我老公在乡下，是一个中学的校长，孩子也跟他在一起上学。而我，因为工作需要，只能随着工作关系的变动而变动。"

刘菊花这么一说，李耀华不知说什么才好，他端起绿茶，"咕咚"地喝了一大口。这口茶是下意识喝下去的，李耀华被呛得咳嗽起来。

三只猫咪见这个男人急促地咳嗽，立马被吓得蹲在地下，一动不动。而李耀华怀里抱着的五狸则被吓得瑟瑟发抖。

刘菊花急忙站起来，给李耀华递上了纸巾。

咳嗽完，李耀华说："对不起，喝得急了一点。"

"没关系的！到了我这里，就跟到家里一样。"

一口茶呛着了，李耀华真的再次尴尬起来。他站起身，走到放在地上的猫粮跟前，将两罐猫粮放到了茶几上，顺手从猫粮下拿出了包装得四四方方的黑色塑料袋："市长，我们企业的发展，离不开您的关照。我也不知道你们家的猫喜欢吃什么牌子的猫食，所以没敢多买。这里面是五十万块钱，没有别的意思，只是给您买猫食的，请收下。"

刘菊花站了起来："这怎么行啊？不行！不行！为你们企业保驾护航，为企业家保驾护航，是我们义不容辞的责任。如果我们做得不好，你们还可以直接提要求。只要是有利于经济发展的事情，我们坚决支持！"她边说边指着茶几上面的一大捆现金，"这个，你必须带走。"

"啊呀！市长，这是我的一点心意嘛，请您务必收下。"李耀华的脸上略显尴尬。

"李董事长，你们企业是我市首屈一指的著名企业，即使我无意中帮助了你，也是我们应该做的。你应该知道，政府帮助企业发展，是义不容辞的责任。所以，你必须把这个带走。"刘副市长说。

李耀华真的尴尬了：带走？还是留下？怎么办？他的心里七上八下。

就在李耀华拿不定主意的时候，五狸又跑到了他的脚下，用嘴巴咬着他的裤腿，拉了起来。见此情景，他紧张的心立刻放松了下来。

"市长，要不这样，"他弯下腰抱起了五狸，"您也知道，我也是特别喜欢猫咪的。如果您舍得，这个猫咪我带走，这个钱只当是我买您的猫咪。您看行不？"

"啊呀！你这样做,我就太不好意思了。"这时尴尬的倒是刘菊花了。

"那就这样,市长留步,这个猫咪我就带走了。请您放心,我保证会好好侍候的。"说完,李耀华拉开门,走下了楼梯。

李耀华走后,刘菊花半天没有回过神来:一只猫咪五十万？真的就这么值钱吗？想了半天,她喝了一口茶,笑了。

……

猫咪们来到刘副市长家过得无忧无虑,吃饱了就玩,玩累了就睡。主人在家,就围着主人,逗主人开心。

但时间不长,六狸、大狸、五狸相继被新主人抱走。

为此,只要主人不在家,二狸、三狸、四狸就会围坐在一起,回忆过去的时光。他们想,下一个被抱走的,不知轮到谁了。

"好长时间没有吃到老鼠了。"四狸说。

"老鼠？还有鱼呢？"三狸说。

"我们猫啊,真是奇怪的动物,日子一旦过得舒坦了,就会想起过苦日子的时候,总觉得那时候是多么的幸福。"二狸趴在地板上,用爪子抓了一粒猫食,放到嘴里,无聊地嚼着。

"老二,你说得不对,人类也是如此的。有一天,我们女主人的老公不也说了吗？他也是怀念过去的。"四狸说。

"女主人的老公？哪位是她的老公？我怎么不知道？"三狸问。

"啊呀,就是那个瘦子嘛,眼睛上贴着两块玻璃片的那个。"四狸答道。

"你怎么就知道他是女主人的老公？"三狸问。

"哎呀,你真笨！那天,主人家不是来了一个人嘛？女主人开门的时候,不是这样说的嘛:'老公？快进来,今天是周几啊？你怎么有时间来啊？'也就是那天,大狸被主人的老公抱走的,记得吗？"四狸边说边用爪子推了一下三狸。

"哦,想起来了。"三狸恍然大悟。

"我没有你们这么细心。我总觉得,到女主人家来的男人,都是她的老公。"

二狸接着感叹："在我们猫类，只有母猫和公猫，所以也只有妈妈和爸爸。人类就复杂多了，男人中有的是爸爸，有的是老公。那天还来了一个市长，就是抱走六狸的那个。还有什么董事长，就是抱走五狸的那个。还有什么村主任，真复杂。"二狸说。

"也许是吧，总之我不在乎谁是她的老公，只要每天能吃饱就行。"三狸说完，打了一个哈欠。

三狸刚打完哈欠，二狸和四狸也跟着打了哈欠。

"据我观察，打哈欠是传染最快的一种情绪。我观察了很多次，只要我打了哈欠，你们就会接二连三地打哈欠。"三狸说完，他又打了一个哈欠。二狸和四狸也不约而同地打着哈欠。

"没事打什么哈欠啊，还不如趴下来睡一觉呢。"四狸说完，也张开嘴巴，打了哈欠。三狸和二狸也跟着张开嘴巴。

"我坚决不打哈欠了，我睡觉。"二狸刚说完，也张开嘴，的确是想打哈欠的，但二狸坚决不打，想打哈欠的嘴巴刚张开，他便"喵"的一声，将哈欠打了出去。

连续几个哈欠，猫咪们真的困了。他们的眼皮好像被灌满了铅，闭上眼睛后就再也睁不开来。

"窸窸窣窣"，猫咪们正在熟睡，有一种轻微的声音传到了她们的耳朵里。这是一种久违的声音，二狸、三狸、四狸不约而同地睁开眼，他们同时见到一只很大的老鼠在偷吃他们的猫食。

"胆子也太大了！"二狸心里想，同时向三狸和四狸使了一个眼色。

"嗖"的一声，三只猫咪如同离弦的箭一般，同时扑向老鼠。

也许用力过猛，在三只猫咪的爪子扑向老鼠的同时，三只小脑袋也同时撞在了一起，而老鼠则顺着客厅的墙壁，直接向通往阁楼的楼梯上跑去。

"追！"二狸下了命令，三只猫咪跟着就追了上去。

来到阁楼，老鼠不见了踪影，三只猫咪就在阁楼不大的空间里寻找。四狸用爪子将木箱的盖子掀开，她在一捆捆淡红色的纸上抓来抓去。"哇！这是传说中的钱吗？"四狸边抓边说。

"钱？这么多的钱？"三狸跑过来看了一眼。

"这边还有一箱呢！"二狸也掀开另一只木箱，低着头向箱里张望着。

"老二，危险！别掉下去，掉进箱里你就上不来了。"四狸喊道。

"你放心吧，我怎么会掉下去呢？你看，我跳下去给你看看，我是怎么爬上来的。"说完，二狸直接爬到了箱子里面。

"原来箱子是满的啊。哈哈！"四狸也过来望了望。

"下去吧，老鼠肯定不会再出来了。我们下去吃点东西，吃完做游戏。喵——"三狸喊了一声，二狸和四狸跟在三狸的后面，顺着楼梯，屁颠屁颠地走了下去。

"好扫兴哦！"三狸坐在棉垫子上，边说边用舌头清理着爪子。

"好长时间没有吃到老鼠肉了，很是想念啊。"二狸说完，用两只爪子向半空挠了几下，"唉，长时间不运动，爪子都不灵活了。"

四狸则站了起来，在二狸和三狸的面前走着猫步扭动着屁股，"你们看，我是不是胖了？圆滚滚的，连屁股都比以前圆润了许多。"

"小母猫嘛，就要丰乳肥臀才好看啊。"三狸边说边笑了起来。

"哪有这样说妹妹的嘛！哼！不跟你们玩了！"四狸被三狸的一句话，气得躲进了自己的猫窝里。

三狸说完话，也觉得后悔。见到四狸真的生气了，就跑到四狸的边上："我说错了，你打我一巴掌，行吗？"

"不行！"四狸趴在窝里，很生气地说。

"那我自己抽自己，直到你原谅我为止。"三狸说完，抡起爪子，左右开弓，一边打嘴里一边念叨，"我就是个小贱猫，咿呀咿呀幺！我就是个糊涂虫，咿呀咿呀幺！我就是个小坏蛋，咿呀咿呀幺！我就是个脑白痴，咿呀咿呀幺……"

二狸见三狸扭着屁股，边抽自己边唱着歌，感觉十分滑稽，一时也来了兴致，他也走到四狸面前，和三狸一样扭着屁股。

"我原谅你们了！"四狸捂着耳朵，高声喊着。

"你如果真的原谅，就起来和我们一起跳舞。"二狸边跳边说。

"好,好,好。"四狸从猫窝里很不情愿地爬起来。

  我就是个小贱猫
  咿呀咿呀幺
  我就是个糊涂虫
  咿呀咿呀幺
  我就是个小坏蛋
  咿呀咿呀幺
  我就是个脑白痴
  咿呀咿呀幺

  猫咪们跳着唱着,也不知跳了多长时间,突然,二狸说:"你们听,主人回来了!"
  三狸问:"我们怎么办?"
  "怎么办?睡觉呗。"四狸说。
  四狸的话刚说完,就听大门"吱呀"一声开了。

第十七章　酒店开业与金砖

　　女主人边打开门,边接电话。
　　"罗紫玉?啊!离开酒店后就再也没有见到过你啊!什么?你回到市里了?酒店开业……好……我明天下午有空,去见见你,顺便去参观一下,看看你们酒店与别的酒店有什么不同……好,明天下午,一定……什么?请柬?那就免了吧,我们是校友加同事,不必客气……公事公办?好!好!那就按照你们的规矩办。"
　　刘菊花副市长接完电话,害怕饿着猫咪,快步走到猫窝前,给猫咪加了猫食。她见三只猫咪都在窝里趴着,抱起了一只:"我的小猫咪,你们是怎么了?妈妈回来也不过来迎接一下?"
　　"妈妈?"二狸睁开眼睛,三狸也睁开了眼睛。
　　四狸被刘菊花抱在怀里,听到女主人说了"妈妈"两个字,立刻来了精神,在怀里东张西望。
　　"喵——她在骗我们呢。"二狸说。
　　"喵——也许是在跟我们开玩笑吧。"三狸道。
　　"喵——主人只是说说嘛,何必这么认真。"四狸紧紧地贴在主人的怀里,对二狸和三狸的话不屑一顾。
　　"主人只是抱抱你,你就帮主人说话,还有没有原则啊?"说话的是二狸。
　　"原则?原则是什么?原则就是很脏的毛线团,有的猫看了喜欢,有的猫看了恶心。"三狸说。
　　"我喜欢老三的话,很有哲理。"四狸说完,从女主人的怀里跳到地面上。

"看来我不在家,你们太寂寞了啊。我一回来,你们就活泼起来了。"刘菊花自言自语。说完,便打开电视。猫咪们也坐在她的身边,一起看起了电视。

这是一档本地新闻,主持人在电视画面中说:

各位观众,最近,在我市的城乡接合部发生的一个人与动物的故事,成为居民茶余饭后的美谈。

在城市化改造过程中,有很多居民的房屋被拆迁,在没有住进新房子之前,他们的生活比较困难。有这么一家人,男主人是下岗工人,女主人身体残疾,在这次拆迁过程中,生活得十分困难,正在上小学的女儿,连每月吃一顿肉都成奢望。

而就是这个家庭,房子没有拆迁前就养着一只花狸,其实,花狸就是一只大黄猫。房子拆迁后,这只花狸也就成了流浪猫,后来,又被男主人找了回来。为了报答主人,这只花狸每天夜里都会到河边钓鱼,而且每天都能钓到大鱼,给主人家改善生活。观众朋友们,你们看,这就是花狸,它今天又钓到了一条大鱼,正匆匆地走在回家的路上。

"妈妈?"二狸在电视中看到妈妈了,他显得很惊讶。

"妈妈!是妈妈!妈妈好厉害哦,都成名猫了。"三狸边说边用爪子拍打着地板。

"喵——喵——喵——妈妈,妈妈还没变,还是我记忆中的那个样子,还是那么漂亮。"二狸说。

"我们整天被关在家里,什么时候也能像妈妈那样,出去钓鱼就好了。"三狸说。

"妈妈,我想你……"四狸看着看着,哭了。

"喵——"

"喵——"

"喵——"

客厅里一片猫叫声。

刘菊花忽然想起,新闻里所说的这一家是低保户,她曾经走访过。而自己家的这几只猫,就是从这个低保户家中抱过来的。"几个月了,猫咪还能记得自己的妈妈。"她自言自语,感慨万千。

刘菊花拿起手机,拨了一串号码:"妈,刚才的电视看了吗……我都淌眼泪了……很感人啊……那只猫啊,去年底产了六只小猫咪,都被我抱在家里了……没有……已经被人抱走三只了,我这里还有三只……我每天都很忙……好……明天,我派人送点补品给您……您要注意身体哦……"说到这里,刘菊花挂了电话,再一次流下了眼泪。

猫咪们见主人哭了,都跳到了她的怀里,有的用头顶,有的用舌头舔,有的用身体蹭,他们用这种方式来安慰这位女主人,希望女主人能开心,可任凭他们怎么逗,女主人怎么也开心不起来。

"丁零零……丁零零……丁零零……"刘菊花的手机响了起来。

也许是看了这个新闻的缘故,刘菊花的心情很不好,她看着茶几上的手机铃声响了好长时间,才懒洋洋地接听起来。

"市长……是我……我今天的心情特别糟糕……就是看了刚才电视里的那个新闻……对……猫咪?我才不是呢……是吗?我真的有那么……今晚……算了,明天吧,我情绪不好……好的……再见……再见!"刘菊花接完电话,好像四肢无力似的,软绵绵地将手机放到茶几上。

第二天下午,刘菊花副市长专门从政府来到家里,带上了很多盒装补品,她叮嘱司机:"你把我送到那个新开张的酒店后,再辛苦一趟,将这些东西送到我妈妈家里,老人家年纪大了,我也没有时间去看望她。"说完,她用笔在纸上写上了地址和电话号码,交到了司机的手里。

司机将刘副市长送到酒店门口,迎宾迅速上来开门。而陪同副市长参观的则是一位年轻的女性——酒店高级副总裁罗紫玉。

罗紫玉也是本地人,和刘菊花副市长是大专校友。她毕业后,和刘菊花在同一个酒店工作过,后来独自闯荡,在某国际著名酒店担任高管。因为有了这层关系,刘菊花与她一直保持联系。

罗紫玉二十七八岁,身材高挑,风姿绰约。虽然也是农村人,但在她的身上,已经没有了乡土气息,多了些时尚元素。

罗紫玉与刘菊花见面后,在酒店的贵宾厅坐了一会儿,喝了一杯咖啡,吃了一点水果和甜点。随后,罗紫玉陪同刘副市长,乘电梯来到六楼,示意客房服务员打开了一个套间。

"刘副市长,这边请。我们这个酒店的设计理念是把客人留在硕大无比的娱乐中心内,而不是房间里。所以,我们将步入式衣帽间与卫浴间隐藏在走道的两侧。您看——这里用大面积的材质铺装营造氛围,纯黑的走道立面强化了客房的私密性与纵深感。"罗紫玉不紧不慢地介绍道。

"在我们这里,不同功能区也用不同的材质进行了区分。您看这里——卧室与衣帽间的墙体用了和灯罩、窗帘风格一致的浅色亚麻墙布,卫浴间立面则采用米黄大理石干挂,纯粹且自成一体。"

"在照明设计上,我们采用了与旧金山瑞吉风格相近的灯饰。客人可以通过床头的智能控制面板,在预设的四种照明模式间切换,配合电动开合帘与卷帘,可以方便地控制室内采光。您看这里——卫浴间里也安装了防水镜面电视与JBL扬声器。全自动的TOTO马桶。"刘菊花边听,边频频点头。

"刘副市长,您看这个,这个东西虽然不起眼,但也只有我们酒店有。这是欧舒丹沐浴啫喱,很好闻的马鞭草香味,欧洲的女巫曾经用这种植物调制春药。"罗紫玉介绍到这里,脸上露出了微笑,刘副市长也哈哈地笑了起来。

罗紫玉介绍完,从兜里掏出一张金色的卡片:"刘副市长,这是我们酒店的贵宾卡,我代表总裁送给您。凭这张卡在这里餐饮住宿,享受无限额消费。还有就是这个6006房间,从今天起,就是您的了。不管您来不来住,我们都给您留着。"

"这怎么行啊?无功不受禄啊!不行!不行!"刘副市长边说边推开罗紫玉递过来的卡。

"将这张卡交到您的手里,是总裁交给我的政治任务,请您务必收下。如果

我这个任务完不成,就直接影响到我的工作表现。"罗紫玉委婉地说。

这件事真的有点突如其来,这张卡收下还是不收下,刘菊花一时拿不定主意。

"这样,您先收下,将来您的客人需要住宿和招待的时候,安排到我们这里来就行了。"罗紫玉边说边将卡塞到了刘菊花的手里。

参观完客房,已经到了晚宴的时候了。

等刘菊花副市长和罗紫玉走进二楼的宴会厅,酒会也就快开始了。

这个晚宴就如同市里的年终经济工作表彰会议,只见从一号桌开始,书记、市长、人大、政协等市主要领导全部到场,而李耀华等著名企业家也悉数出席。足见这家酒店投资人巨大的社会能量。

刘菊花在罗紫玉的陪同下在六号桌坐下。

六号桌上有十个位置,除了刘副市长和罗紫玉两个人,还有环保局、安监局、城管局等办、局的八个一把手。这些局长们纷纷和刘副市长罗紫玉打招呼。

落座后,罗紫玉将桌牌上的菜单递给了刘菊花,只见菜单上打印着诱人的菜品名称——精美御膳八围碟、珍珠龙虾球、鲍鱼捞饭、浑蒸东星斑、毒龙巢中凤、扇影应时蔬、蜀宫佛跳墙、虫草炖老鸭、百花酿广肚、白玉扒绣球、鲜奶拼凤硬骨、鲍参翅肚羹、精巧小吃……

这一桌菜加上酒,没有万把块钱看来是拿不下来的,刘副市长心里嘀咕道。

只见五十多桌大圆桌边,坐满了本地政商两界的头面人物,酒店总裁致欢迎辞,市长致答谢辞,酒宴正式开始。

酒过三巡,人们纷纷离开自己的桌面,端着酒杯四处敬酒。只见耀华化工董事长李耀华端着酒杯,走到了六号桌的刘菊花身边:"刘副市长,我来敬您酒,感谢您对我们企业的关照。"李耀华说。

刘菊花端起酒杯,站起身说:"你们是市里经济发展的功臣,为市里的发展做出了巨大贡献,感谢你才是。"说完,她端起酒杯深深地喝了一口红酒。

李耀华喝完酒,低声对刘菊花说:"刘副市长,您给我的那只猫咪,我真的特别喜欢。现在啊,我在单位,就将它带到单位,我到家,就将它带到家,好像一时一刻都离不开了,一旦看不见猫咪,就跟忘了带手机似的焦虑。"

"看来啊,你还真是一个爱猫的人。"刘副市长说。

刘菊花刚坐下来,就见一位四十多岁的男子端着酒杯走了过来。只见这位男子,身高一米六五左右,微胖,四方脸,大眼睛,高鼻梁,剪着寸头,戴着LOTOS眼镜,身着藏青色西服,打着海蓝色领带。李耀华介绍道:"刘副市长,这位是我的好朋友郭军,也是做化工企业的。他的企业虽然规模不大,但产品全部出口,发展后劲很足。现在,他正想征用土地,扩大规模。"

"我来敬刘副市长一杯酒,我们企业的发展希望能够得到您的支持!"郭军端着酒杯,在刘菊花前深深地弯下了腰,他用自己酒杯的杯口在刘菊花的酒杯底上碰了一下后,立起身,一饮而尽。

刘菊花喝完酒,对郭军说:"这样企业的发展与壮大,我们肯定会积极支持,有什么想法和困难,尽管说,我们肯定会尽全力解决。"

"刘副市长,现在我们企业的征地申请已经交到了国土局,如果您能关照一下,审批的时间可能就要快一点。"郭军低声对刘副市长说。

"这个没问题,你明天将你们企业的情况和用地申请情况做一个简单的材料送给我,我也好心中有数。"刘菊花说。

郭军随手倒了一杯酒,一个人干了:"谢谢您!"

……

被刘菊花抱来的六只猫咪,随着时间的推移越来越少。

六狸,被市长抱走了;大狸,被老公抱走了;五狸,被耀华化工的李耀华董事长抱走了。现在,只剩下两公一母——二狸、三狸和四狸。猫咪越少,家里越不热闹。有时候,二狸、三狸和四狸只能自顾自地玩。

也许是比较忙吧,有一次,女主人刘菊花一连几个晚上没有回来住宿,二狸、三狸和四狸寂寞得要命,于是三狸提议,三只猫咪一起做捉老鼠游戏。

"这个游戏怎么做啊?"二狸问。

"你记得有一天晚上,我们很饿的时候,妈妈教我们做的游戏吗?"三狸说。

"记得啊,她叫我们想最想吃的东西,然后还要说怎么吃。"四狸回答道。

"是啊,我们不是很长时间没有吃老鼠了吗?今天,老二做老鼠,我和老四捉你。明白吗?"三狸说。

"知道了。"二狸说完,就沿着墙根跑起来,而四狸则在后面紧紧地追着。

他们跑了没几圈,就听到有人开门。

"主人回来了。"二狸边说边和三狸、四狸来到门口迎接。

开门的正是刘菊花,跟着主人一起进来的是一个男子——化工企业老总郭军。

"郭总,你坐,我给你去泡杯茶。"刘菊花指着沙发说。

"市长,不用客气,我坐一会儿就走。"郭军边说边将一个不大的纸盒放到茶几上。

好长时间没有见到家里来人了,二狸、三狸和四狸显得特别高兴,直接跳到郭军的腿上。而郭军见到两只猫咪,也十分欢喜,便将四狸抱在怀里。

刘菊花给郭军倒了茶,也在沙发上坐了下来,三狸见女主人坐下了,从郭军的身边迅速跳到了刘菊花的怀里,而二狸则在刘菊花和郭军之间跑来跑去。

"刘副市长,你们家这么多猫咪啊?很可爱哦。"郭军说。

"是很可爱,但我忙,常常冷落了这些小家伙。"说完,她用手摸着三狸的背部。

"感谢您跟国土局打了招呼,我估计征地审批要快多了。"郭军边说边指着茶几上的礼盒,"为了感谢您,给您带了点小礼物。"

四狸和三狸的眼睛紧紧地盯着茶几上的纸盒,他们以为盒子里面肯定装了什么好吃的东西。

刘菊花也望了望茶几上的礼盒,不大,但包装很精致。于是说:"你们做企业也不容易,只要我能帮,我肯定会尽力。这个礼盒,你就带回去,不要太客气嘛。"

"既然带来了,就不可能带回去啊。我真的很喜欢这只猫咪,要不,您将这只猫咪送给我,这样就算两清了。"郭军抱着四狸说。

猫咪只剩下三只了，刘菊花听了郭军的话，是真的有点不乐意，但又不好意思说不给，只好顺水推舟："反正我也没有时间照顾他们，你抱走一只，也算减轻了我的负担。"

听了刘副市长的话，郭军站起身："万分感谢市长，猫咪我就真的抱走了，我会好好养着的。再次谢谢！"说完，郭军抱着猫咪离开了刘副市长的家。

这人真的不知好歹，哪有这么毫不客气地要人家东西的？早知道就不帮他了。刘菊花从头至尾地摸着三狸，一边摸一边在心里讨厌这个郭军。

她关上门，走到冰箱前拿了一点零食，泡了一杯咖啡，打开电视心不在焉地看着。

也许是只剩下二狸和三狸两只猫咪了，所以三狸的心情很不好。

自从主人送走客人，三狸就无精打采地趴在女主人的怀里，不知不觉地睡着了，发出轻轻的"呼噜呼噜"声。而二狸也在女主人的脚边睡着了。

忙碌了一天的刘菊花，看到二狸和三狸都睡着了，感觉自己也有了倦意，便起身将两只猫咪送到窝里。她放下猫咪，途经茶几时，无意中又看到了郭军放在茶几上的礼盒。

这里面装着什么东西？她走到礼盒前，想用一只手拿起来看看里面究竟装着什么，奇怪的是，这个礼盒就如同被强力胶粘在茶几上一般，纹丝不动。

什么东西这么重？刘菊花心里嘀咕着，弯下腰，用两只手拿这个礼盒，好像还是很沉。于是，她干脆蹲了下来，打开礼盒。

刘副市长打开礼盒的瞬间，眼睛突然亮了——只见这个不大的礼盒里，放着用水晶盒包装的四块金砖，每块重量为 500 克。

2000 克啊！刘菊花睁大了眼睛，心跳也因过度兴奋而突然加速。

这一夜，刘副市长翻来覆去，真的没有睡好，郭军那四方脸、剪着寸头的形象经常在她的脑海中显现。

第十八章　失踪的二狸

按照惯例，一个副市长的家里肯定会有保姆的。但刘菊花却与别人不同，她喜欢一个人住着宽大的跃层式别墅。她总觉得，家务活很少，用不着雇保姆。再者，一个人在家里做点私密的事情，打打私密的电话，肯定比家里多了一个外人方便得多。

有一天，刘菊花副市长到省里开会，二狸和三狸正在宽敞的房间里玩着捉老鼠游戏，突然，门外响起了敲门声："有人吗？我是钱二。"

"有人吗？我是钱二。"来人又重复了多次。

二狸和三狸听见门外有人要进来，就跑到门口等待客人进屋。可他们在屋内等了好长时间，只听见钥匙的开门声。

过了一会儿，门终于开了，走进门来的是一个又黑又瘦的高个男子。只见这个男子瘦瘦的，皮肤黝黑，三角眼，大鼻孔，阔嘴巴，蹑手蹑脚地走了进来。

"猫贩子！"二狸赶紧拉着三狸，他们吓得连连后退。

只见猫贩子并没有直接去抓他们，只是楼上楼下地找着什么。可能是他想要的东西真的没有找到，临走时，他顺手抱起了二狸。也许他还想找三狸，可三狸被吓得不知躲到哪里去了。

直到刘菊花从省城开会回来，看到家里被翻得乱七八糟，才知道被盗了。她着急地跑上阁楼，只见阁楼里的现金和黄金一点都不少，这才放了心。然后她到房间仔细地清点了一下，被小偷盗去的只有首饰盒里面的金戒指、金项链和一块手表。

没有什么重要的东西被盗那还要不要报案？既然被盗了，还是报案吧。她拿起手机,给公安局打了个电话,说明了家里的被盗情况。

接到报案后,市公安局副局长立即率领警员赶赴现场。

现场勘查发现,门锁没有撬轧的痕迹,房间内的物品十分凌乱。公安人员在大客厅内看到,地面上纤尘不染,一只猫咪在客厅内走来走去。

"副市长,您家里被盗了多少东西,您心里应该有数吧?"公安人员问。

"只有首饰盒里面的一个金戒指和一条金项链。"刘菊花没有说被盗的还有一块名表。"只是受了一点损失,其实报不报案也无所谓的。你们公安局的大案很多,人手又少,这个案子立不立案都无所谓。"公安人员听了副市长的这一番话,心里总算踏实下来。

等公安人员走后,刘菊花才发现:家里的猫咪怎么只剩下一只了?这个该死的小偷,怎么连猫咪都偷!她开始后悔没有将一只猫咪被偷的事告诉公安人员,但她转念一想:这只猫咪是不是在小偷开门时溜出去了?或者是公安人员进门时溜出去的?

已经被老公、市长、郭军、李耀华抱走四只猫咪。而现在,二狸又失踪了。

自此,刘副市长的家中,仅剩下三狸。每次回到家,刘菊花的大脑里经常浮现出六只猫咪嬉戏时的身影,挥之不去。

先前四只被抱走的猫咪倒也不用担心,最令刘菊花担心的,就是那只失踪的二狸,他究竟到哪里去了?

……

其实,二狸被偷走后,猫贩子倒没有舍得卖,而是自己留着养了。

有一天,猫贩子到他的哥哥钱校长家有事,看到了一只猫咪正在门口晒太阳。他近前一看,心里嘀咕:"难道这只猫和我偷来的那只是双胞胎?怎么连大小都一模一样?"

钱校长见弟弟在门口对他家的猫咪感兴趣,就直截了当地说:"你看什么?可不许打我们家猫咪的主意啊!"

"我只是看看。这只猫咪很可爱。"他刚想说他也在城里搞了一只一模一样

的猫咪,但话到嘴边又停下来了。

"这只猫咪可是你嫂子的心肝宝贝,她嫌我一个人在家闲得蛋疼,就送给我养了。"钱校长说。

原来真是双胞胎啊。猫贩子心里想。

大狸在门口晒着太阳,睡得正香,突然被脚步声惊醒。他睁开眼睛看了站在面前的高挑男人,被惊吓得"喵"的一声,如触电般跳了起来,他的心中突然显现出一个人来——猫贩子!想到这里,他撒腿便向屋里跑去。

"你别碰他好不好?"钱校长说。

"我哪里碰他了啊?估计是它的胆子小,见了陌生人都这个样子吧?"猫贩子问道。

"抱回来这么长时间,这还是第一次。也许你是贩卖猫咪的,你的身上有一股特殊的气味,猫咪们都怕你。"钱校长说完,抱起大狸,只见猫咪一副惊魂未定的样子,放在猫咪肚皮下面的手,能明显感受到它快速跳动的心脏。他一边用手抚摸着大狸的头,一边说:"小宝贝,别怕,这个人是我的弟弟,他不会伤害你的。"

钱校长说了也是白说,大狸还是趴在他的怀里,不时用眼睛盯着猫贩子的脸。

钱校长在椅子上坐了下来,他问:"你今天过来有什么事情吗?"

"对了,差点把正事忘了,我有一个朋友的儿子,在一所普通的中学上小学,马上就要小升初了,所在的学区学校差得跟狗屎似的,想调到好一点的中学,他特别想上你们中学,能给帮个忙吗?"猫贩子问。

钱校长一边摸着猫咪的背部,一边说:"现在的小升初,都是按学区划分的,原则上不能随便调学校,但只要有关系,花点钱,还是没有大问题的。"钱校长说。猫咪听说到钱字,抬起头望了望主人的脸。

"需要多少钱呢?"猫贩子盯着哥哥的脸。

"这个也不瞒你,明码标价。跨学区的学生,如果有关系,一个人收取赞助费两万块,其他一万。也就是说,有三万块钱,基本就能搞定。"钱校长说。

"有没有发票啊?"猫贩子试探着问。

"发票?哪里来的发票?两万是收据,另外的一万,连收据都不会给的。"钱校长说到这里,从兜里掏出一包烟来,抽出两支,给弟弟一根,自己也点着一根。

"你们抽的都是好烟。这一支,就是两块多钱啊!"猫贩子点着烟,吸了一口接着说,"你这一支烟,就顶我一盒烟。"

"你如果不是在读高中的时候偷人家的东西被学校开除,考上个大学,日子保证也不会差到哪里去。整天偷鸡摸狗的,还不听劝告。"钱校长开始埋怨起弟弟来。

猫贩子被哥哥说得面红耳赤,哑口无言。

"我们都是农村人,能混到今天这个样子,不容易啊。"钱校长抽了口烟接着说,"我从农村学校,调到县城学校当校长,而你嫂子,也是一步一步地当上了副市长。回想起来,真的不容易啊!"

你们家能有今天这个样子,嫂子功不可没。猫贩子想这么说,但话到嗓子眼又咽了回去。他知道,如果真的这样说了,哥哥的脸上肯定挂不住。因为他也是在社会上混的人,关于嫂子的一些事情,听说了不少。

猫贩子沉默了一会儿,再次回到了转学的话题:"哥哥,按照刚才的说法,我朋友家孩子转学的事,直接找你行吗?"

"我是一把手,肯定没有问题啊。你告诉他,要真的想转到我们学校,暑假期间等我通知,准备三万块钱,两万交到学校,再买一万块钱的超市卡,这两件事办妥了,就可以拿到学校的入学通知书。"钱校长刚说完,就见大狸抬起头来,仰望一下他的脸。

"到时候,我叫我的朋友买两千一张的卡,给你八千,我留一张抽烟行不?"猫贩子说完,眼睛紧盯着哥哥的眼睛。

"你这个人啊,就是没出息,八字还没见一撇呢,就先算计起来。等你事情办妥了,我能少你两千块钱?"钱校长说完,狠狠地抽了一口烟,并将烟头扔到了地上,用脚使劲将其碾灭。

"好,好,有你这句话就行。我回去就办这件事情。"猫贩子说完,匆匆走出

钱校长的家门。

猫贩子走了，大狸的心里总算踏实下来。

弟弟走了，此时的钱校长，将大狸抱到了条几上。只见他让大狸端坐于条几之上，用手拿起大狸的一只前爪，高高举起，并不断地做着招手的姿势，嘴里不停地说："招财猫，招财猫，招招爪子钱就到，只要每天招几次，保证咱家运气好。"

……

再说那二狸，自从被猫贩子从刘副市长家偷出来后，一直被关在猫笼子里，定期喂食。猫贩子也知道，只要把它放出来，猫咪肯定就会离开他家。

关二狸的笼子很宽大，而被猫贩子收购来的猫，则四五只挤在一个笼子里。尽管如此，二狸每天还是提心吊胆，他真的不知道明天会是什么样子，猫贩子是将自己卖了还是杀了，他每天都在思考这样一个问题。

此时的二狸，已经对自己的前途不抱任何幻想了，只是吃完便睡，睡完就吃，过着度日如年的日子。

也不知二狸在猫贩子家被关了多少天，有一天，二狸正在睡觉，忽然被一种熟悉的声音叫醒："二狸！二狸！你是二狸吗？"喊他的是一只被关在笼子的白猫，这只白猫和四五只大猫挤在一起。

"你怎么知道我是二狸？"二狸问白猫。

"我怎么不知道，我不仅知道你是二狸，还知道你妈妈叫花狸。"白猫这么一说，他身边的猫都转过头来望着对面笼子里的二狸。见到身边的猫都转过身，白猫来了兴致："我不仅知道你妈妈的名字，还知道你们是兄妹六个。"说完，白猫用爪子捋了捋胡子。

"你说得很对，我感兴趣的是，我们兄妹六个，长的模样都是差不多的，你怎么就知道我是二狸呢？"二狸好奇地问着白猫。

"也许你自己不知道，虽然你们兄妹六个毛色、身长几乎差不多，但从老大到老六，我还是认得出来的。你有没有照过镜子？你如果照了镜子，就会知道，你的脸上,有一撮与众不同的白毛。"

白猫说完,二狸突然记起自己小的时候的一个场景,妈妈曾经告诉他们:"你们记好了,老大,两只耳朵上有一撮白色的毛;老二,脸上上有一撮白色的毛;老三,脖子上有一撮白色的毛;老四,两只前爪上有一撮白色的毛;老五,腰部有一撮白色的毛;老六,两只后爪上有一撮白色的毛……"

"你是?"二狸睁大眼睛望着白猫问。

"你们这些小孩子,就是健忘。你知不知道你们曾经有一个舅舅?"白猫说完,在拥挤的笼子里坐了下来。

二狸突然想起那个尾巴被冰冻在河里的白猫舅舅:"你是舅舅?我记得冬天的夜里,我们一起去钓鱼,舅舅的尾巴被冻住,我们和妈妈使了很大的劲也没能将尾巴拔出来,后来我们回去了,天就下起了大雪,等妈妈再去找舅舅的时候,他就不见了。为了这件事,妈妈和我们都很伤心。难道你真的就是那个舅舅?"二狸怀疑地问。

"就是啊,我真的就是你的舅舅。如果你不信,你看看这里,"白猫转过身来,用爪子将尾巴拎了起来,"你看看这尾巴。"

二狸看见了,白猫的尾巴齐刷刷地短了近三分之二。但当时白猫的毛色是洁白的,现在的毛色有点白中泛黄,二狸想到这里,心里还是有点不相信:"那天夜里,你是怎么逃脱的?"二狸问。

"唉,猫一旦到了危险的时候,还是很勇敢的。那天,我等了你们半天,也没有看到你们回来,我只好自己动手了。我一使劲,半截尾巴留在了冰窟窿里,而我的命,却保住了。"白猫说。

"你尾巴拔出来后,又到哪里去了?"二狸问。

"我……我……"当二狸问到这个话题,白猫开始犹豫了。因为他既不能说自己的尾巴是狐狸帮他拔出来的,也不能说自己出来后与狐狸生活在一起,更不能说自己曾经和狐狸配合,在花狸家举行夜宴的时候,到花狸家去偷食品,虽然没有偷到。

"我尾巴拔出冰窟窿后,开始流浪了几天,然后就遇到一个好人,将我抱回

家,每天大鱼大肉。前几天,我正在主人家门口晒太阳,被一个人抓到了这里。"白猫这样说,他极力回避自己和狐狸生活在一起的生活,更不愿提及自己离开狐狸后,一直流浪到现在的艰苦。

"原来是这样啊。"二狸听到这里,也想起了自己,"我也是刚被猫贩子抓来的,我原来在主人家也是过着无忧无虑的生活。"二狸说。

"舅舅,如果有机会,我们就跑吧。因为逮我们的这个人,是个猫贩子,我见过多次。妈妈小时候就被他卖过,后来妈妈受伤了,他就将妈妈扔了。"二狸望着对面的白猫说。

"对,只要有机会,我们就跑,如果不跑,命就没了。"和白猫在一个笼子里的一只老猫说。

"跑?哈哈哈哈!有什么好跑的?在这里,虽然住得拥挤了一点,但一天三顿食还是比较按时的,为什么还要跑?"常言说"言多必失",白猫好像也意识到了这一点,他说着说着突然打住了,因为他怕别的猫看出他是一只流浪多年的猫。

"三顿食按时?你想得太美了,这是暂时的!"白猫边上的老猫说。

"舅舅,如果你不跑,猫贩子就会把你卖掉的。"二狸说。

"卖掉?就他这个样子?谁买?现在的我们,是在掐着爪子过日子,只要抓我们的人有时间,就会将我们杀了。"老猫说。

"不会吧?为什么要杀啊?不是卖掉吗?"二狸问。

"卖?像你们这样年轻一点的猫一般都是卖。而像你舅舅和我这个样子的老猫,一般都是杀。"老猫说。

"为什么要杀呢?难道你们都和这个猫贩子有仇?"二狸有点不解地问。

"我们与这个人没有仇,这个人与我们也没有仇。但抓我们的这个人好吃懒做,很难找一份养家糊口的工作,所以他只能靠贩卖我们猫类生存。他买来了小的猫咪,就卖给城里的人当宠物养着,因为城里的人一般比乡下的人有钱,也有时间。他抓到像我们这样的老猫,肯定没有人愿意买回去养,因为我们老了,没有用了。但他为了钱,有的是办法,往往会将我们的四肢和头斩去,剥去皮,冒充野兔在街上卖,换点钱养家。"老猫冷静地说。

白猫听老猫讲完,不屑一顾地说:"你在编故事给我的外甥听吧?我好怕怕哦。"说到这里,白猫故意将两只爪子交叉到胸前,白了老猫一眼,"你不去写惊悚小说,简直白瞎了你这个人才。"

"我说了你不信,那你就等着瞧吧。"老猫也不甘示弱。

"你说得挺像那么回事,就跟你被剥过皮似的。如果你被剥过皮,怎么还在这里跟我们说话?难道你是鬼魂吗?如果你是鬼魂,我倒是真怕了。"白猫说完,故意装着发抖的样子。

"你们能说点真话吗?都什么时候了,你们还这样,我到底听谁的?"二狸显得有点不耐烦了。

就在这时,站在白猫后面的一只老黑猫侧身走到了白猫身边,他清了清嗓子,用爪子拍打着笼子,低声对二狸说:"孩子,你是想听真话呢?还是想听假话呢?"

第十九章　集体大逃亡

"想听真话？还是想听假话？肯定是想听真话啦。"二狸心里想。

他望着白猫舅舅身边的黑猫，只见他长长的白胡子低垂在肚子上，眼睛成了一条缝，两只眼睛上的眉毛也挂了下来。于是便说："我当然愿意听真话啊！"

"孩子，这就对了，假话虽然好听，但真的会误事。他们刚才说的，有的对，有的不对。"老黑猫斜眼望了望端坐在笼子里的白猫。

"哪些是对的？哪些又是不对的？"二狸问。

老黑猫接着说："猫贩子买猫，一般情况下，只是买那些几个月大、还在成长的猫，猫一旦成年，猫贩子一般就不买了。最好卖的猫咪就是出生刚刚满月的猫，因为他们小，对自己的出生地和妈妈没有什么记忆，所以越小的猫咪就越好卖。这就是他们说得对的地方。"说到这里，老黑猫停了下来。

"那他们讲得不对的地方呢？"二狸又问。

"不对的地方肯定有啊，我们这些老猫因为不值钱，肯定不是什么猫贩子花钱买来的。当他们看到主人不在家，采取偷、诱捕等方法，直接抓到笼子里带走就是了。在荒郊野外我亲眼看到你舅舅，被猫贩子用一点猫食哄骗来的。"老黑猫说到这里，用眼睛瞟了瞟身边的白猫。

听到这里，二狸的心里嘀咕：舅舅不是说每天大鱼大肉，在主人家门口晒太阳时被抓到这里的吗？

"他们前面讲的将我们猫肉冒充兔子肉的事情，也是有出入的。猫贩子的主业是收购小猫咪，而当他们有机会抓到我们这些老猫时，一般的情况下都是凑够一定的数，直接送给专业人士屠宰，或直接卖给酒店，猫贩子是不会亲自动手杀我们的。我记得我有一个朋友,去年被猫贩子搞走后,就卖给了专业人士,他不仅见到了血腥的屠宰现场,还看到了一只只被剥了皮的猫。也算他命大吧,就在猫贩子打开笼子的一瞬间,他窜了出来,找了好多天,才找到主人的家。有一次,我在主人家的门口晒太阳时,他走过来,给我讲了他的经历,只见他一边讲一边哆嗦,极度恐惧。后来,我就再也没见到他。"

正当二狸还想问的时候,猫贩子走了进来,关在笼子里面的猫们一下安静了下来,原来站在前面的白猫也退到后面去了。

猫贩子在屋里站着,好像在思考着什么。

而在此时,每一只猫的心都提到了嗓子眼。

猫贩子好像犹豫不定,站了一会儿,就走了出去。猫们的心终于放了下来。

"黑猫,你刚才和我的外甥聊天的时候,我一直在注意一个细节,你的肢体语言和面部表情,好像在向我们传递一种信息,就是想表示你见多识广。"由于刚才黑猫揭了白猫的老底,所以白猫对黑猫很是不满。

"你看,我都老成这个样子了。再说,只要是关在这个笼子里的,死期说到就到。我还有心思来标榜自己?哪怕我以前是猫中之王,只要到了猫贩子手里,也是完蛋,我还有心思来炫耀自己见多识广?"老黑猫不屑一顾地看了白猫一眼后继续说:"我现在就是在考虑自己如何乐观地死去。哭哭啼啼、跪地求饶也是死,乐乐呵呵、视死如归也是死。在这两种对待死亡的态度面前,我肯定选择后者。我要看他们是怎样扒去我的皮肤,砍掉我的头颅。老子活了这么一大把年纪,还从来没有享受过人类经常脱衣服换衣服的感受,临死了,我也该感受一把了。"说完,黑猫哈哈大笑起来。

门又开了,猫贩子又走了进来。

屋子里一下又安静了下来。白猫在笼子里往后退了一步,而老黑猫则用两只爪子拍打着笼子,嘴里发出"喵——喵——"的嘶吼声。

猫贩子倒没有搭理黑猫发出的叫声,他直接走到二狸的笼子前,将笼子顶上的盖子掀开,直接将二狸抱了出来。

老猫们为二狸捏一把汗,他们都在为二狸的命运担忧着。

猫贩子将二狸抱到外面,在板凳上坐下。他将二狸放在自己的腿上,人脸对着猫脸,然后说:"小猫咪,你给我听好了!我是专门卖猫的。你是怎么到我家的,你也是知道的。按照我过去的做法,只要猫咪到了我的手里,除了卖出去,没有其他选择。这次,算你运气好,我准备将你留下来,养着你,但你必须听我的话,不要乱跑。一旦我发现你不听我的话,我就毫不客气地把你拿去换钱。"

说完,猫贩子从地上拿起毛笔蘸上墨水,在二狸身上长着白毛的地方涂了起来:"你要先委屈一下,我要将你身上的白毛涂黑。因为你和哥哥家的那只猫咪太像了,不将你身上的白毛涂黑,一旦被哥哥发现,他就会联想到副市长老婆养的猫咪,那我就会露馅的。"猫贩子一边在二狸的身上涂抹,一边自言自语。

涂抹完毕,猫贩子将二狸放了下来说:"就在这里别动,晒着太阳,等会儿你身上的墨水就会干的。"二狸的身上被墨水涂抹得湿漉漉的,只好蹲在猫贩子的面前,晒着太阳。

猫贩子以为二狸真的很听话,就忙自己的事情去了。

时间不长,二狸身上的墨水已经被太阳晒干。他爬起来,望了望四周,并没有见到猫贩子的身影。于是便一溜小跑,来到关着舅舅等老猫的笼子边,他边用爪子拍打着笼子边说:"舅舅,舅舅,我被放出来了,刚才猫贩子说,他是不会卖我的,只是想留下来养着。但我不喜欢这个人,我肯定会走的。如果你们也想走,我看有没有办法把你们放出来,到时候一起走。"

被关在笼子里的白猫,看到突然来了一个黑不溜秋的猫咪在笼子外喊着舅舅,感到有点莫名其妙。他将脸贴着笼子边说:"孩子,你是在跟谁说话呢?"

"当然是跟你说话啦,但也是跟你们大家说话。"二狸说。

白猫说:"你叫我舅舅?"白猫问话时,老黑猫也挤到了笼子边,眯缝着眼睛看着笼子外面的小黑猫。

"是啊,你就是舅舅。难道你不认识我了吗?我就是刚才被猫贩子从那只笼子里抱出去的猫咪啊。"二狸一边说,一边用爪子指了指旁边的笼子。

"孩子,你不是一个小狸猫吗?现在怎么变成黑小子了?"白猫问。

"哦,是这样的,也不知什么原因,刚才猫贩子抱我出去后,用一种黑水将我的白毛都涂成了黑色。"二狸解释道。

"原来是这样!"白猫说。

"人类的思维我们真的搞不清啊。"老黑猫也在一边说。

"舅舅,如果你们想出去,我就找机会放你们出来,咱们一起走,好吗?"二狸问。

"如果……如果这个人是杀猫的,我肯定不会留在这里的。"白猫说。

"这个人即使不杀猫,肯定也不是救世主。孩子,只要有可能,你就做做好事,将我们放出去。"黑猫说。

"你不是想享受人类脱衣服的感受吗?"白猫挖苦道。

"绝望的时候,肯定什么事都想得出,什么话也说得出。"黑猫嘿嘿地笑了,"如果能放,这时候我就想出去。"黑猫说。

"但这个时候不行吧,如果这个时候放,猫贩子一旦来了,不但你走不了,我们也走不了的。"白猫将声音压低,"最好是夜里,等猫贩子睡觉的时候,你来放我们,绝对安全。"白猫说。

黑猫也同意这个主意:"是的,这样最安全。"

"好!那就说好了,我们半夜行动!"二狸说完,便走了出来。他怕猫贩子见到他和老猫们在一起,会起疑心。

二狸离开老猫们一段时间后,就见猫贩子边接着电话边走了进来:"我这里只有五只大猫……送过去?今晚就杀?你们能来取么……没有时间?关键是五只太少了,这几天我又没有出去收,如果你们能将我送猫的路费出了,我等会儿就送……你们先商量一下吧……好,等你们电话!"猫贩子说完便挂了电话。

猫贩子打电话时,二狸站在门口,听得一清二楚。

而笼子里面的白猫和黑猫,也听得一清二楚——如果杀猫人能够出路费,他们今晚可能就活不成了。

紧张、绝望的气氛在猫笼子内蔓延。

夜长梦多啊!二狸开始后悔,如果刚才将笼子打开,舅舅等老猫们也许就

能跑掉了。

　　白猫也开始后悔起来,如果当时不是自己提议晚上跑安全,也许二狸就会直接放他们出去了。老黑猫则蹲在笼子里,一言不发。

　　猫贩子的手机又响起来了,只见他掏出手机接听起来:"对方又不要了?那就好……因为只有五只,送过去划不来,挣的钱还不够在路上跑掉的……好,好……只要凑够十只,我立马就送过去……再见!"接完电话,猫贩子走到笼子边,仔细地望了望关在笼子里的老猫。

　　二狸和老猫们悬着的心,终于放了下来。

　　猫贩子走到门口,将坐在那里的二狸抱了起来。他一边用手摸着猫咪的背部,一边说:"看来你还是听话的,我放你出来,你没有逃跑,就足以证明你没有辜负我的期望。常言说,'猪来穷,狗来富,猫来开当铺'。虽然你不是自己来的,是我顺手抱来的,但只要你不走,我的运气肯定就会好转。到时候,我也去找一个老婆,生个娃儿。到那时,我也就不靠收购猫咪过日子了。"说完,他用手抹着脸上的汗。

　　二狸抬头望着猫贩子的脸,乐坏了——只见猫贩子手上的墨水,全部抹到了自己的脸上,而猫贩子却浑然不知。

　　猫贩子卖了那么多的猫,自己却从来没有养过一只猫。他以前也试图养一只,但一般都是离开笼子就跑得无影无踪。

　　这次,真的算例外,不仅二狸很听话,放出笼子后,他不是在门前屋后转悠,就是趴在门前晒太阳。猫贩子心想,这只猫咪是肯定不会跑的。

　　猫贩子姓钱,父母去世早,小时候只是兄弟两个相依为命。他的哥哥原来是村里小学教师,自从娶了老婆后,日子很快就好过起来,从村小教师,到镇里小学的副校长,然后再到校长,随着老婆刘菊花的官越当越大,他也从小学校长逐步当上了县城初级中学的校长。

　　前几天,猫贩子到哥哥家,看到了他家的猫咪,和他养的这只猫咪一模一样,但没有好意思说。今天,他突然来了兴致,要将猫咪抱到哥哥家,显摆一下。

　　想到这里,猫贩子抱起猫咪,来到了哥哥家。

见到弟弟抱着一只猫咪过来,哥哥感到十分奇怪:"你也能养得住猫咪?"

"怎么?瞧不起人?养猫咪算个什么大事?"猫贩子说。

"不是,我一直认为,像干你们这个行当的,一般都不会养猫的。"哥哥说。

兄弟俩寒暄了一阵,哥哥家正在读初中的儿子做完作业,从屋里走了出来,当他见到叔叔的脸上被墨水涂得跟花脸似的,笑得合不拢嘴。

猫贩子知道自己出了洋相,立马将怀中的猫咪放到地上,然后去洗脸间洗脸去了。

二狸被放到地上后,简直不敢相信自己的眼睛,因为不远处,正坐着一只猫咪:"喵——大狸?"他叫了一声。

大狸跑过来,仔细地看着二狸,并围着二狸转着圈子打量着:"你是?"

"你是大狸吗?"二狸惊奇地问。

"是啊,我是大狸啊,你怎么会知道我的名字?"大狸也感到奇怪。

"我是二狸啊,你仔细看看。"二狸走到大狸面前。

大狸仔细地打量着眼前的这只猫咪,全身黑乎乎的颜色,黑不黑,灰不灰的。"你的毛怎么会是这样的颜色?"

二狸将猫贩子在自己身上涂抹墨水的事讲了一遍。大狸听完,感慨道:"这个世界说大真大,说小真小。没有想到,我们在这里见面了。"

猫贩子放下二狸后,洗了脸,就在哥哥的招呼下坐在桌边喝起了酒。不知什么原因,兄弟俩喝着喝着就吵起来了,猫贩子怪哥哥和嫂子不帮助他,到现在还是靠卖猫为生。而哥哥则责怪弟弟不务正业,找了几份工作都因三天打鱼两天晒网而被开除……

大狸和二狸顾不得兄弟俩吵架了,各自讲述着分别后遇到的新鲜事,正当二狸想说在猫贩子家遇到白猫舅舅,想在今晚帮助他们脱逃的时候,只见猫贩子满嘴酒气,抱起二狸离开了哥哥家。

而大狸看到二狸被突然抱走,也想追上去,但没走几步,就被主人抱了回来。被抱回来的大狸心里想,等明天再去找二狸吧,反正住的地方离得很近,有的是机会。

时间过得很快，转眼天就黑了。被关在笼子里的白猫和黑猫，度日如年——猫贩子为什么要抱走二狸？二狸今晚还会不会回来？猫贩子会不会把二狸卖掉？一个个问号，在他们的脑海里闪现。

一切的假设，都随着一声推门声画上了句号。只见猫贩子步履蹒跚地走进屋里，将二狸放下后，关上门就离开了。

"孩子，你终于回来了。"白猫站在笼子里说。

"我们的老眼都快望瞎了，还以为你今晚不再回来了。"老黑猫用爪子拍打着笼子说。

二狸也快步走到老猫的笼子跟前说："你们放心，猫贩子喝醉了，今晚，我们可以放心大胆地逃走。"

"什么时候走？"老黑猫刚问，就听门又被推开了，猫贩子又进来了。

屋子里的气氛一下又紧张起来，老猫们心里想，又会有什么事情要发生。

只见猫贩子手里端着猫食，送到二狸的跟前："我是只顾自己喝酒，忘记喂你了。吃吧，吃完了好有力气休息啊。"说完，猫贩子又晃晃悠悠地离开，并随手将门关上。

二狸也被吓了一跳，还以为又要节外生枝呢。见猫贩子放下猫食，又走了出去，心里终于踏实下来。他快步走到关着老猫的笼子边，一跃而上，爪子和牙齿并用，不一会就将系在猫笼子盖子上的绳子解开。老猫们在里面往上推，二狸在上面往上拉，就这样里应外合，很快就将盖在猫笼子上的盖子掀开。

白猫舅舅率先从笼子里跳了出来，老黑猫也跳了出来，直到五只老猫接二连三地一一跳出，二狸才领着他们来到猫食前吃起食来。不一会儿工夫，放在盘子里的猫食就见了底。

等老猫们吃完猫食想离开的时候，他们才发现，由于被关的时间太久，他们的腿都有点僵硬了。只见老黑猫弹了弹自己的腿，然后说，不管怎么样，哪怕爬也要爬出去，迅速离开。于是，老猫们有的用牙齿，有的用爪子，很快把门打开，一溜烟地逃离在夜色中。

第二十章　舅舅与妈妈

逃亡的时候，往往会爆发出无穷无尽的力量。

二狸、白猫、老黑猫等一只小猫和五只大猫，也不知跑了多长时间，终于感到四肢累了，于是便停下脚步休息。

休息完，老黑猫和另外两只老猫说了很多感激二狸的话，他们还特别提醒二狸："你舅舅是一个高智商的猫，你一定要当心。"然后消失在夜幕下。

二狸在心里盘算着黑猫的话："'高智商''一定要当心'是什么意思？是在夸舅舅聪明？还是提醒我不要被舅舅算计？"

实在太累了，白猫和二狸在一块空地上躺了下来。

只见白猫用爪子对着天空指指点点。

"舅舅，你在干什么啊？"二狸有点不解。

"哎呀，你这孩子，看不出来？我在数星星嘛！都快数了一半了，被你给说忘记了。"白猫说。

"都什么时候了，你还有空闲数星星。谈一点现实的问题好吗？"二狸的话明显有点埋怨的味道。

"现实的问题？我一直在思考这个问题。"白猫这样说，事实也是如此。他的心里一直犯嘀咕，这次逃离究竟是对的还是错的？他自己也说不清。于是便问二狸："外甥，我们来探讨现实的问题。你说，如果我们不逃离，结果会是什么样子？"

二狸真的想不通了，到现在舅舅怎么还会有这种弱智的想法："如果不离开猫贩子，等待你的也许就是真的被剥皮哦，难道还有第二种可能吗？"二狸说。

"外甥,如果我真的被剥皮,在猫的历史上可不是第一个哦。第一个被剥皮的猫,早已名垂青史了。"白猫说。

"皮被剥了,还名垂青史?"二狸问。

"你是小孩子,不懂得历史。我以前在一个很有钱的人家,这家人有很多书,没事我就翻翻书,看看历史,所以很多知道我的猫都说我是才高八斗,学富五车。包公你知道吗?就是那个包拯?"白猫又开始吹嘘起来,他边问边望着二狸。

"不知道,包拯是谁啊?"二狸问。

"包拯是一位古人,他最辉煌的功绩就是审出了皇宫中的一件大案——狸猫换太子案,替宋仁宗皇帝找回了自己的亲生母亲。当时,刘妃和李妃都怀孕了,谁生了儿子,谁就有可能立为正宫。刘妃对李妃久怀嫉妒之心,唯恐李妃生了儿子被立为皇后,于是与宫中总管都堂郭槐定计,在接生婆尤氏的配合下,乘李妃分娩时血晕而人事不知之际,将一狸猫剥去皮毛,换走了刚出世的太子。"

现在哪有心情听故事,但二狸又不好这样直截了当地说,于是便随口说了一句:"舅舅,你知道的真多。"

"我知道的可多了。外甥,你摸摸,你摸摸我这里。"白猫边说边将二狸的爪子拉过来,在胸前摸索着,"你看,从我脖子往下,肚子两边码放着的,都是我在主人家吃下去的书。"白猫说。

二狸一边摸一边嘀咕:舅舅都瘦成这样了,爪子下能明显地感觉到一根根排骨紧贴在猫皮上,还这么胡侃。

为了提醒舅舅不要欺骗小猫咪,二狸边摸边说:"舅舅,我摸到了很多书,这些书都把你的肋骨顶起来了,顶得紧贴着皮。"

也许白猫知道自己刚才演的这一招并不高明,于是换了一个话题:"我最瞧不起那些无知又一事无成的猫,活了一辈子,连什么名堂都没有搞出来。我的信条是,不能流芳百世,也要遗臭万年。所以我一定要与众不同,不走寻常路。"此时的他,也许忘记了自己和狐狸一起生活的狼狈情景。

猫至贱则无敌。可以这么说,白猫即使是被狐狸奴役得无地自容,也没有一丁点离开狐狸的意思。因为他一直认为,做一只猫是永远没有出息的。他一直认为狐狸是智慧的化身,猫一旦能和狐狸走到一起,肯定就会让其他猫刮目相看。只要在其他猫的眼里他是与众不同的,就有可能出猫头地,接受其他猫们的拥戴。

直到有一天,他在出去寻找食物回来时,亲眼见到狐狸被猎人用网网住,打死,他才无可奈何地离开,四处流浪。直到被猫贩子用一点食物骗到笼子里,他还在做着美梦,以为自己终于有人收留了,即将要过着鱼来伸爪,鼠来张口的生活。

可事实并不像他想象得那么美好,二狸的一番话,使他将信将疑,而老黑猫的一番话,则让他终于相信现实是如此残酷。

现在好了,终于逃离了猫贩子的魔掌,但前途在哪里?希望在哪里?白猫的明天一片渺茫。

不得不依靠外甥二狸了。想到这里,白猫终于开口了:"外甥,既然我们已经逃出来了,就要勇敢地面对明天的生活。你老舅虽然老了,但帮你出出主意,对你也是有好处的,起码可以让你在今后的生活中少走弯路。"说完,白猫看了看二狸的表情。

"舅舅,你对今后的生活有什么打算吗?"二狸问。

"没有什么打算了,你舅舅年纪也大了,想安稳地度过晚年。外甥,你有什么打算吗?"白猫试探着问。

"我要去找妈妈。"二狸说。

"妈妈?你知道你妈妈在哪里吗?"白猫问。

"我只是知道妈妈还在原来的主人家里,有一次,我们在女主人家看电视,我在电视里看到妈妈叼着一条大鱼,据说她经常钓鱼,给主人家改善生活。"二狸说。

"难道钓鱼不是为了给自己吃?"白猫对二狸的话表示怀疑。

"不是,是钓鱼给主人家改善生活。"二狸确定地回答。

"不会是主人制定了什么任务吧?不钓鱼就打,也是有可能的。你想啊,有

吃有喝啊,谁还去熬夜钓鱼,除非是脑子出了问题。"白猫说。

"舅舅,你不懂,这个主人对我们可好了。据妈妈说,她小时候被那个猫贩子买走,腿受伤了,就被猫贩子扔了,然后被一个老奶奶捡回家给治好了。后来,在一次拆迁中,老奶奶去世,我们也离开了主人家,到外面流浪,也就是那个时候,我们认识了你。再后来,老奶奶家的儿子又找到了我们,将我们带回家。一次,村主任将我和大狸、三狸、四狸、五狸、六狸送给了一个很有钱的女主人家,人们都称这个主人叫副市长。到了副市长家时间不长,大狸、六狸、四狸、五狸分别被别人抱走。不久前,我被猫贩子从副市长家抱了出来,而只有三狸留在了副市长家。就在昨天晚上,我被猫贩子抱到他哥哥家吃饭,我突然看到了大狸。"二狸说到这里,停了下来。

"大狸?你的哥哥?哎呀,我老了,都被你说糊涂了。但我现在能搞清楚的是:你妈妈还在原来的主人家,你和我在一起,大狸还在猫贩子哥哥的家里,老三还在副市长家里。是这个意思吗?"白猫问。

"是这个意思。"二狸说。

"我担心的是,如果你去找妈妈,真的能找到吗?"白猫说。

"不找,肯定找不到。如果去找,就有希望。"二狸坚定地回答。

"如果你决定了,那就找吧,舅舅和你一起去找,在路上也好有个伴。"白猫虽然这样说,但他的心里却在打着自己的小九九。因为他是典型的好吃懒做,所以自从主人家破人亡后,就再也没有人家愿意收留他。他在想,也许跟着二狸去找到妹妹,就有可能过上三顿食不愁的生活。

如果说二狸喜欢这个舅舅,肯定没有可能,但命运左一次右一次地让他和舅舅狭路相逢,这也许就是命中注定。"舅舅,那我们现在就动身去找妈妈?"二狸问。

"走,走吧!"白猫答应得那么干脆。

没有明确的目标,唯一的信息就是花狸妈妈还在原来主人家里。这注定就是一次漫无边际地寻找。

也不知找了多少天,二狸和白猫又渴又饿,毫无目标地走着,不知不觉走到了一座坟茔边。白猫首先看到的是坟茔边上供着的馒头和水果,而二狸看到的是,自己原来的男主人李大伟和坐在轮椅上的女主人王玉秀,他们正在坟前上香。

二狸突然想起,这就是老奶奶的坟茔。也许,这已经是老奶奶去世一周年的日子。

此时的白猫,正想趁人不备去抢馒头吃。而二狸看出了舅舅的心思,当他正准备去阻拦时,白猫已经如离弦的箭一般冲了过去,抢了一个馒头就逃之夭夭。而此时的二狸,则在男女主人身边,走来走去。

"猫咪?老公你看,这是我们家原来的猫咪吗?"王玉秀惊奇地说。

李大伟轻轻地唤了一声:"喵——"二狸欢快地跑了过来。李大伟将猫咪抱了起来,仔细地看了一会儿:"是的,几个月不见了。原来村主任不是说要交给政府的动物保护组织养的吗?怎么又让他们流浪了?还有几只到哪里去了?"

"村主任的嘴里能说出真话,癞蛤蟆都能上树了。"王玉秀说。

"那只白猫呢?肯定是饿急了,要不要找一找也带回去?"李大伟说。

"你看那白猫哪里像只猫啊?就跟强盗一样,抢了馒头就逃,一看就不是什么好猫。"王玉秀说。

李大伟环顾四周,没有见到白猫的身影,便将二狸交给老婆抱着,他推着轮椅一步一步走回了家。

还没到家门口,王玉秀就喊道:"花狸!花狸!你快出来啊!看看谁来了?"

喊声中,花狸从屋里冲了出来,女主人也趁机将猫咪放到地上,花狸和二狸走到一起,"喵——喵——"地叫着。

"妈妈,我终于又看到你了!"二狸说。

"二狸,妈妈也一直在想念你们。"花狸说。

花狸和二狸显得十分地兴奋,在不大的屋子里一边跑来跑去,一边讲述她们分手后的故事。

吃晚饭的时间到了,主人家的小女孩圆圆照旧用鱼汤泡了米饭,放在桌子下面,让花狸和二狸吃着。而猫咪们则一边吃,一边听着桌子边主人的谈话。

"房子都拆了一年多了,原来说过年就可以搬进新房,现在呢?连新房子的影子都没有看见。"男主人李大伟说。

"就是有新房子,你能买得起吗?我们原来的老房子楼上楼下共两百平方米,最后拆迁办只承认一百八十平方米。房子拆掉后,每平方米给了八百块钱,总共也就拿到十四万块多一点的拆迁补贴,这点钱,连盖原来的房子都不够,更不要说买房子了。"女主人王玉秀说。

"昨天听说了,如果新房子盖起来,一平方米起码要卖三千多块钱,如果买一百平方米,就要三十多万块,哪来这么多钱啊。拆迁款全部给他们,还要再拿出十几万,看来我这辈子就要为这房子卖身了。"男主人李大伟说。

"爸爸妈妈,你们不用担心,等我长大了挣钱给你们。"小女孩圆圆在一边插话道。

"你挣钱给我们?你现在上小学,不需要花多少钱,一旦你读初中,读高中,读大学,你就会知道,现在的政府办教育就等于是在办工厂,一切都是朝着盈利的目标去的。一个孩子从小学培养到大学毕业,没有几十万,根本就拿不下来。"女主人王玉秀说。

"那该怎么办啊?"圆圆问。

"没事的,你放心吃饭吧,古语说得好,'车到山前必有路,船到桥头自然直'。只要你用心读书,有能力考上大学,爸爸哪怕把自己卖了,也要让你读书。"男主人李大伟说。

"不要卖嘛,我宁愿不读书,也要爸爸。"小女孩圆圆说。

"你爸爸只是随口说说,就他这个样子,卖给谁啊?谁家缺少老太爷啊?"女主人王玉秀说完,笑了。小女孩圆圆也跟着笑了。

花狸和二狸在桌子下边吃着猫食,边听男女主人的对话,她们从男女主人的对话中,感受到了他们生活的不易与艰辛,但他们也实在想不出什么好的办法来帮助主人。

"二狸,今晚陪妈妈去钓鱼吧?"花狸说。

"好啊!我早就知道妈妈钓鱼的事情了。"二狸说。

"你怎么知道的?"花狸感到惊讶。

"我在那个副市长家的电视里看到的啊,电视里说,你经常钓鱼给主人家改善生活。"二狸说。

"还有这样的事情? 我怎么不知道?"花狸问。

"也许就是你不知道,我和三狸、四狸都知道,当时四狸哭了,我看到女主人也感动得哭了。"二狸说。

"妈妈。我们在女主人家吃的都是铁罐装的猫食,据说很贵的。有一次我们一起追老鼠,追到女主人家的阁楼上,我们看到很多钱。"二狸又说了一句。

花狸沉默着,好像有什么心事似的,并没有接二狸的话茬。

猫们在桌子下面讨论,男女主人围着桌子讨论,不知在什么时候,男女主人和小女孩都休息去了。

"二狸,我要去钓鱼了,你跟妈妈一起去? 还是先休息?"花狸问。

"我跟着妈妈去钓鱼! 我正害怕你不带我去呢。"二狸说。

"那就走吧。"说完,花狸起身向夜幕中走去。

在去钓鱼的路上,二狸突然想起了白猫舅舅,于是他就将在猫贩子家遇到白猫舅舅,自己如何放了他们,白猫舅舅如何抢老奶奶坟上的贡品等事一一讲出来。花狸说:"你那个舅舅,其实也是一可怜的猫。但他过于算计,怀疑一切,自以为是,性格善变,这就注定了他颠沛流离的命运。"

"妈妈,性格与命运有关系吗?"二狸跟在妈妈的后面问。

"当然有关系啦,性格决定命运。"花狸说。

"也许妈妈今天钓鱼,三狸还会在电视里看到的。"二狸边走边说。

"看到什么? 如果不是记者,妈妈即使钓很多鱼,人们也不会知道的。"

第二十一章 爱猫的人

耀华化工董事长李耀华居住的地方,是一个富人聚集的别墅区,一座座精致的别墅清新且不落俗套,白色灰泥墙结合浅红屋瓦,连续的拱门和回廊,挑高大面窗的客厅。各房间都为端正的四方形,文雅精巧不乏舒适,门廊、门厅向南北舒展,客厅、卧室等设置低窗和六角形观景凸窗,室内室外的美景交融。

五狸自从到了李耀华的家,简直过上了公主一般的生活。李耀华除了为她购置了新的猫窝,还买来了猫咪们最喜欢的猫抓板、猫抓柱、逗猫棒、毛绒玩具、弹簧鼠、无影鼠、猫爬架、滚地龙等玩具。

有时候,爱一个东西,往往是因功利开始,如果没有情感的投入,这种爱也是不会太长久的。

就说李耀华,刚从刘副市长家抱来这只猫时,他也许就是为了图个虚荣,遇到好朋友时便说这只猫是从刘副市长家抱来的,以显示他与刘菊花关系不一般。

既然养了猫咪,原来的生活就会被改变。

自从在刘副市长家抱来了猫咪,每天上班的李耀华又多了一件事情。因为五狸总是紧跟在主人的身后,眼巴巴地望着即将上班的主人。实在是有点舍不得,李耀华弯腰抱起她,将她带到自己的办公室。

李耀华始终记得他第一次带着猫咪上班时的情景。他怀里抱着一只猫咪走进公司的时候,迎面而来的员工都纷纷笑着跟他打招呼。

"李总,早啊!"毫无意外,每一张笑脸都在目光触及他后因看到猫咪而露出错愕震惊的表情。

"早！"他面不改色地说。

可以想象，等他步入门上写着"董事长办公室"的玻璃门后，外面的人会如何聚在一起议论着不苟言笑、严肃冷漠的董事长今天的异常举动。

为下属提供谈资也是身为上司的责任。李耀华这么想着。

走进办公室，李耀华将西服脱下挂起来，将猫咪放在沙发上。

"小毛球，不要乱跑，就坐在这里，饿的时候就叫一声，我要工作了。"李耀华这样说，但五狸不一定听得懂。

猫咪在沙发上仰望着他，"喵"了一声，就钻到沙发下去了。

秘书敲了敲门，走了进来："董事长，这是上个月的生产与销售报表，请您过目。"

猫咪看到来了人，立即来了精神。它从沙发下面"嗖"地跑了出来，又"嗖"地钻到了沙发底下。

秘书愣了一下，蹲下身看了看，就见一只猫咪在沙发下望着她，一副兴致勃勃的样子。"董事长，这里怎么会有一只猫咪？"秘书问。

"哦，是刘副市长送的。我本来想将它放在家里，可它看我要上班，就一直跟着，所以没有办法，只能带它到公司。"李耀华一边看材料，一边说。

"怪不得刘副市长在上次来我们公司检查时，对客厅里面的苏绣猫咪感兴趣，原来她家还养着猫咪啊。"秘书说着话，又蹲下来，寻找沙发下的猫咪。"怎么不见了？"秘书自言自语。

"不见了？"李耀华放下手中的材料，也蹲下来找了起来。沙发下没有，茶几下没有，办公桌下没有。每一个犄角旮旯都找遍了，依然没有猫咪的小身影。

这个时候，他发现门开了一道小缝。虽然不足以让一个人通过，不过对于一只不大的猫来说，足可以通行。

李耀华推开门，外面的过道里没有，但会客厅的门敞开着，一位阿姨正在给里面的植物浇水。他刚想问阿姨有没有看见一只小猫咪，就发现猫咪正端坐在苏绣猫咪图的下面，歪着小脑袋看着画里的猫呢。

李耀华将五狸抱回办公室，找了一个金属茶叶盒的盖子，然后起身在冷藏

柜里找出一盒牛奶,自己倒了一杯,余下的倒进了放在电脑边的茶叶盒铁盖子里。

李耀华看着放在桌上的猫咪,端起奶杯喝了一口。猫咪抬起头注视了他一会,然后款步走到牛奶边,低头用那粉红的舌头舔了起来。

盒盖子里面的牛奶很快见底。由于坐着办公的李耀华和站在办公桌上的猫咪高度差缩小了,五狸目不转睛地望着坐在电脑前的这位男主人,对视一会儿后,它将那毛茸茸的爪子伸到了鼠标上,轻轻地摆弄着。

可以这样说,这一天,李耀华就是在跟踪猫咪中度过的。也就在这一天中,李耀华与猫咪产生了说不清、道不明的感情。

后来,李耀华是真的爱上了这只猫咪了。只要有人提及猫咪的可爱,他挂在嘴边的一句话不再是"这是从刘副市长家抱来的",而是变成了这样一种模式:"我不能说好男人都爱猫,但基本上爱猫的人都是好男人。比如说夏衍,比如说严文井,比如说梁思成,比如说柏杨,再比如说钱锺书,他们都是爱猫的。"这几句话一出口,李耀华的身上立马就少了铜臭,多了书香。

李耀华长得十分帅气,风流倜傥。典型的三七分发型,光滑的肌肤,窄窄的鼻梁下,鼻头珠圆玉润,薄薄的嘴唇微微上翘,棱角分明的面孔,深邃的眼神随意而坚定,刚刚露出皮肤的胡茬子显得自信而又刚毅。

就是这么一个人,却是一个名副其实的钻石王老五。由他父亲打拼下来耀华企业现在已经是市里最大的化工企业,而现在,他就是这个企业的年轻掌门人。在别人的眼里,他的生活光鲜而灿烂。但对于他自己来说也小有遗憾,快四十了,还没有找到属于自己的红颜知己。

自从他的生活中多了这只猫咪,究竟是李耀华爱猫,还是猫爱李耀华,或者说是李耀华爱着猫本身以外的东西,已经说不清楚了。

有一天,忙碌了一天的李耀华正脱光衣服,"哗哗"地放着水,准备走进浴缸里洗澡,五狸"喵——"的一声跟着进了浴室。

他把她抓了起来,将猫咪举过了头顶:"美女,你也想洗澡吗?"五狸不安地扭动了一下,又发出"喵——"的一声。

浴缸里面的水放好了，浴室里水汽弥蒙，李耀华试了试水温，略有点高，不过对于体温比人高的小猫来说估计正好。

"想进去吗？"李耀华知道猫咪都怕水，他再次问五狸。

只是征询猫咪意见的一句话，而五狸的回答竟然是纵身一跃，跳进浴缸。

浴缸里的水深对于李耀华来说，只不过是一只手臂的深度，而对于五狸来说，它就是一个深深的大水池子。她一副悠然自得的样子，四只爪子在水中缓慢地划动着，游得很惬意。

李耀华惊讶地看着猫咪，因为他还是第一次看到猫咪喜欢游泳。于是他也进入了浴缸。

浴缸里面的水荡漾起来。李耀华在浴缸里躺下，猫咪也随着水流漂到他的胸前，爪子柔柔地搭在他的锁骨上。

五狸是第一次近距离地看到人类如何洗澡，她用两只粉嘟嘟的前掌在李耀华的胸前抚摸着，摸了半天，也没有发现他的身上有一层细毛，掌下感觉到的是滑滑嫩嫩的肌肤。她在心里纳闷：人类除了头上那点毛，其他地方都是如此光滑吗？

李耀华和五狸对视着。一个湿透了的毛球，一双萌萌的眼睛。他边想边用手把她捞起来，放在自己鼻子下面，眼对着眼，距离很近，几乎可以感觉到对方鼻孔里的一呼一吸。猫咪全身都覆盖着的又细又短的绒毛，并紧紧地贴在身上，湛蓝的眼睛如同晶莹剔透的宝石，美丽得难以置信。

此刻，猫咪的眼睛里倒映着一个男人英挺俊朗而不掩疲倦的面容。而此时这个男人的心里，突然想起另外一个人——刘副市长。

刘菊花虽然是已婚女人，但在她的身上可以感受到少女与少妇的一种复合美，这种美含蓄而又性感。

李耀华对着趴在自己面前的猫咪自言自语："刘副市长……"明明是荒谬的问句，他却说得那么认真。

问完，李耀华自己都觉得荒唐，人家副市长早就是别人的老婆了。

"罗——紫——玉？"李耀华说完这句，猫咪晶莹剔透的两只眼睛直勾勾地

望着他。

今晚真是发情了？李耀华觉得自己这么可笑，笑得自己都情不自禁。

五狸并不理会李耀华的自言自语。

猫咪会是刘副市长吗？如果是的话……

猫咪会是罗紫玉吗？如果是的话……

李耀华心里正想着，猫咪就伸出粉红色的舌头，一下一下舔起他的嘴唇来。

五狸才不理会李耀华的自言自语呢，心里想：我就是我。

李耀华闭上眼睛，一动不动地任由猫咪舔着。起初有些惊讶，后来便是一种说不清道不明的情感和力量，在身体内流淌。

不知过了多久，浴缸里的水渐渐凉了下来，李耀华在莲蓬头下冲了冲身子，用毛巾擦干身体上的水，披上浴袍。他转身把猫咪捞起来，用干毛巾把猫咪包起来，擦干身上的水，并用吹风机把毛彻底吹干。

李耀华刚洗完澡，手机就响了起来，他看了看手机屏幕，是刘副市长打来的。

"刘市长，您好，这么晚了，有什么事情要吩咐？"李耀华刚刚洗完澡的嗓音里透出磁性。

手机里传出刘菊花清脆的声音："李总啊，到现在还没有休息吧？近几天，我有一个企业家朋友要来我市，他请我推荐一家企业让他参观学习一下，我就想到了你。如果方便的话，能接待一下吗？"

"这是好事嘛，既可以相互交流经验，又可以交个朋友，没有问题呀。"李耀华充满磁性的声音通过电波传到了刘菊花的耳朵里。

"好，那就这么说定了。"刘副市长说。

"好的，就这么定了。"李耀华说。

"好，具体时间我到时候再告诉你。"电话里传出刘菊花的声音。

李耀华挂了电话，只见猫咪正趴在他的胸前，望着他。

……

也许是因为企业大,应酬特别多。

周末,李耀华推掉了很多应酬,带上猫咪,来到他上次参加开业酬宾的酒店,也算一次彻底地放松吧。

吃什么是一个问题,吃西餐吧?他这么想着,感觉却有点怪怪的,为什么一个人要吃西餐呢?

这里有本市唯一一家意大利餐厅,就在这家酒店的二楼,门上的装饰很简单。

李耀华一进门就发现,这个餐厅的内部装饰却很考究,女服务员非常热情地走过来:"先生,您几位?"

"哦,就我一个!"李耀华说完发现,坐在隔壁的人都像看火星人一般地看着他——包括几位说英语的老外。

很少有一个人吃西餐吧?他这么想着,不觉有点尴尬。

也许就是因为尴尬的缘故,他突然想起一个人——罗紫玉。

罗紫玉,也就是上次这家酒店开业酬宾时认识的。

李耀华打开手机,在通讯录里搜寻着罗紫玉的名字。

"是罗副总裁吗?我是耀华企业的李耀华……对,就在你们酒店的西餐厅……一个人,不骗你的,真的是一个人……好!我等你。"李耀华挂了电话。

时间不长,罗紫玉就迈着轻盈的脚步走了进来。

"李总,你今天怎么一个人啊?"罗紫玉边说边与李耀华握着手。

"我今天推掉很多应酬,就是想一个人清静一下。可当你们的服务员问我是几个人时,我感到一个人吃西餐很尴尬,所以临时给你打了电话,真的很不妥,见谅。"李耀华边说边示意罗紫玉坐下。

"能够被李总临时抓差,是我的荣幸哦。"罗紫玉说完,笑了。

"你这样一说,我不好意思了。"李耀华真的尴尬起来。

"只是跟你开个玩笑,不要当真啊!"罗紫玉说。

"有时间吗?如果有的话,就陪我吃个饭吧。"李耀华用眼光征询着罗紫玉的意见。

"我今天的事情基本忙完了,好,今晚我来请你。"罗紫玉边说边打开菜单。

"罗总好!"服务生走了过来,灿烂的脸上保持职业的微笑。

"我请你,怎么能让你买单呢?你点吧!"李耀华刚说完,放在边上的便携式猫笼子里传出猫咪的叫声。

听到猫叫,罗紫玉好像有点惊奇:"你的手机铃声怎么这么特别?"

"不是手机铃声,是猫咪。"李耀华一边解释,一边将猫咪从笼子里抱出来。

此时的罗紫玉,目瞪口呆:"你还带着猫咪?一个男人吃饭时带着猫咪,还真的不多见。"

"我喜欢猫,特别是这只猫,很有灵性,十分可爱。"李耀华看着罗紫玉的脸说。

"有人说,猫咪像女人。像你这样成功的男人,身边难道缺少女人?"罗紫玉浅笑着望着坐在对面的李耀华。

"是吗?我成功吗?我如果真的是成功人士,为什么到现在还在打光棍?"李耀华说。

"刘副市长跟我提到过你,说你单身,我当时还以为是说着玩的呢。现在看来,你还真的是钻石王老五啊。"罗紫玉说完,抬眼看了看李耀华的脸。

此时,服务生将烟熏三文鱼、焗蜗牛、恺撒沙拉、酒醋沙丁鱼、黑胡椒菲力牛排等一一端上桌,红酒也倒进了波尔多酒杯。

"你为什么会喜欢猫咪?"罗紫玉端起酒杯,自顾自地喝了一口。

如果按照以前的说法,李耀华肯定会说这只猫咪是副市长送给他的,也可能会说很多著名的文人都喜欢猫。但同是一只猫咪,现在与过去的含义已经截然不同。

"猫是一种妙不可言的动物,她驯服时,精乖伶俐,柔媚万端,直叫人爱不释手。她高傲时,没有人会是她的主人,她不任人摆布。"李耀华说完,也端起酒杯,喝了一口。

"你的意思是,猫像女人?"罗紫玉看着李耀华问。

"像吧。"李耀华勉强地说,"猫到底是怎样的动物,温柔的天使,还是凶猛的猎手？就如女人到底是善良的，还是残忍的。我还真说不清。古希腊神话中，猫被视为女神。印第安人认为猫可以辟邪。总之，猫是一种像雾像雨又像风的动物。"李耀华说。

五狸坐在李耀华的面前，乌溜溜的眼睛望着坐在对面的罗紫玉。或许是从罗紫玉目光中看到了什么，她爬了起来，款步走到了罗紫玉的面前，用额头在她的胸前顶来顶去。

也许是出于害羞，也许是出于怜爱，罗紫玉迅速将她抱在怀里，用修长的手指抚摸着。

"你说，我像这只猫咪吗？"罗紫玉突然抬起头，来了这么一句。

而罗紫玉的这句话，李耀华始料未及，他为了掩饰自己内心的不安，端起波尔多酒杯，毫无目的地摇晃着，而目光却在瞬间与罗紫玉的目光碰撞到了一起。虽然短暂，但足以珍藏。

"你喜欢猫吗？"李耀华看着对方问。

"喜欢啊，只是没有足够的时间去爱他，所以一直不敢领养。"罗紫玉说。

"如果你也喜欢猫，我以后天天带着这只猫咪到这里来看你，请你吃饭。"李耀华说完，举起酒杯，和罗紫玉的酒杯碰了一下，将杯子里的红酒一饮而尽。

罗紫玉和李耀华喝着聊着，而五狸就如红娘一般，在两人中间穿梭来往。突然，五狸的眼睛直勾勾地望着外面走道里的一对男女，李耀华和罗紫玉也不约而同地向外望去——原来是王市长和刘副市长，他们不约而同地站了起来。

刘菊花副市长和王市长也同时注意到了李耀华和罗紫玉。刘副市长先开了口："董事长真是小气啊，就在这个地方招待我们的美女。"王市长也在一边附和："李总，有美女相伴，一定要不醉不归哦。"

"我们只是碰巧。"罗紫玉含蓄地说。

"我们只是刚认识，哪敢不醉不归。我如果要真喝多了，那也得罗小姐同意了才行啊。"李耀华笑着说。

一个男市长带着一个女副市长单独出来吃饭，一个未婚的酒店女高管和一个未婚的年轻企业家也是单独出来吃饭，这本来就充满了喜感和戏剧性。

也许是都觉得尴尬吧,他们不约而同地将目光聚焦到了桌子上猫咪的身上。

"这是你家的猫咪?连吃饭都带着?"副市长用手摸着猫咪说。

"这只猫咪……很可爱。"市长说。

"看来你们都是喜欢猫咪的人,我是不是有点缺乏爱心?"罗紫玉笑着说。

此时,李耀华的大脑中闪过昨晚洗澡时猫咪伸出舌头舔他时的场景,不觉尴尬起来。

第二十二章 折磨猫咪的人

俗话说:"男怕入错行,女怕嫁错郎。"

猫咪也是如此,猫咪必须要"嫁"给好人家。一旦"嫁"错了人家,其结果可想而知。

就拿同是企业家的李耀华与郭军来说,李耀华是一个儒商,而郭军只是一个赚钱的机器。这就造成了被不同人抱养的五狸与四狸的截然不同的命运。

五狸被李耀华抱养后,与主人几乎达到了"猫人合一"的程度,主人不仅喜欢猫,而且还可以在猫咪的身上,找到刘副市长和罗紫玉的影子。

而四狸的命运就和五狸大不一样。郭军因为征用土地一事,请刘菊花副市长帮了他的忙,他就买了两千克黄金感谢她。而抱走副市长家的猫咪,只是从生意人"两清"的角度来考虑的,这就导致四狸只能是黄金交换来的没有生命的物体。

郭军四十来岁,四方脸,高鼻梁,剪着寸头,戴着 LOTOS 眼镜,一个典型的工作狂。平时除了爱好喝点酒,余下的时间几乎都是在工作。

其实,郭军从刘副市长家抱出四狸,车开到半路,就有将其扔了的打算。之所以没有扔掉,是他想起自己爱人经常一个人在家,将猫咪抱回去,可让爱人林玉在家有一种精神上的寄托。

林玉的形象,真的就如电视剧《红楼梦》中的林黛玉的扮演者陈晓旭,长相姣好,做事低调,平时都不大声说话。起初,她在公司财务部工作,但随着时间的推移,她便开始怀疑自己的老公可能与公司的几个女孩子有染,但又找不到任何有力的证据。

林玉也怀疑过自己是否得了抑郁症。因为长时间地怀疑老公,难免就会在语言上产生摩擦,语言的碰撞又直接导致感情问题,使她越来越变得郁郁寡言。

现在,她连上班也变成三天打鱼,两天晒网,总是喜欢一个人待在家里,不想出去,班也不想上了。

郭军也发觉自己的爱人变了,但又不好多说。是自己的公司,爱人上不上班,无关紧要。

再后来,林玉睡眠又变得极差,常常在噩梦中惊醒。醒来后,为了麻痹自己,她开始喝红酒。她把一切都想得很灰暗,一切都往坏的地方去想。总如《红楼梦》中林黛玉一般忧愁伤感,甚至悲观绝望。

这一天,郭军很晚才回来,并抱回一只猫咪,对林玉说:"你最近心情不好,就在家多休息几天。我这几天比较忙,所以从刘副市长家抱来了一只猫咪,给你在家解闷。"

林玉嘴里没说什么,但心里却是极度地抵触:"我不上班,好像正对你的胃口。还弄来一只猫咪给我养,这就等于财务上不需要我了!"

第二天,郭军早早地就上班去了。四狸在屋里走了几圈,没发现有什么食物,就慢条斯理地走到房间,直接爬到床上,用圆圆的脑袋顶尚在睡梦中的林玉的脸。猫咪的这一亲昵举动,将林玉吓得尖叫起来。

"这个该死的猫咪,今天我要叫你死得很惨!"当林玉发觉是郭军抱回来的猫咪打扰了她的美梦时,边说边抓起猫咪,重重地扔了很远。

也许是四狸命不该绝,也许是林玉扔得太巧,只见四狸被扔出很远后,四肢首先着地,毫发无损。

四狸还以为是主人在和她开玩笑,她又款步向床边走去。

林玉的无名火就更大了:"你这个畜生,竟然不把老娘放在眼里!"但她转念一想,郭军将猫咪抱回来,就是要让猫咪跟她对着干。

想到这里,她实在是忍无可忍了,迅速披衣下床,拿起写字台上的鸡毛掸子对着四狸一阵穷追猛打。

四狸心里委屈死了,从出生到现在,她还没有受过这样的"待遇"。为了保全性命,她索性钻到了床底下,暗自神伤。

如果抓住猫咪,林玉真的想将她大卸八块。但她看到猫咪飞快地钻到了床底下,她突然又可怜这只无辜的猫咪。

猫咪也许是为了讨我的好,也许是对我表示亲昵,顶了我几下,难道她真的这么该死吗?唉,也许现在的猫咪就跟现在的我一样,孤苦伶仃,没有任何人同情。如果我再不同情她,这只猫咪还有活路可走吗?林玉想到这里,原来的怒火一下子全没了,独自爬到床上哭泣起来。

四狸真的想不出来自己究竟犯了什么错误,原来还比较饿的她现在却一点食欲都没有,只觉得四肢无力,头昏脑涨。她默默地趴在林玉的床底下,倾听着来自床上女主人的哭声。这个女主人的脾气怎么这么大?我该怎么办才能不被追打?

她想起了自己在老奶奶家的那段幸福时光,主人家虽然不是很富有,但每天都沉浸在快乐中。她也想到了在刘副市长家的短暂日子,主人虽然很忙,但从来还没有这样下狠手打过她。想到这里,四狸不禁伤心起来。

林玉的心情,可以说是好一阵歹一阵。现在,她又对自己追打猫咪的行为感到十分后悔:"那么可爱的猫咪,我怎么能对她下了狠手?"想到这里,她突然记起,猫咪还没有吃东西,并由猫咪没有吃东西联想到自己也该吃东西了。

她穿好衣服,走到落地窗前,拉开窗帘。

就在她拉开窗帘的一刹那,早晨九点的阳光如利剑一般直刺她的眼底。林玉下意识地用手遮了一下眼睛。就在手的一起一落间,她看到了落地窗外不远处一簇盛开的栀子花,碧绿色的外缘包裹着雪白的花蕾,丰腴肥美,清丽可人。

"这是初夏吗?"她这么想着,恍恍惚惚。

真的饿了。林玉连脸也顾不上洗,打开冰箱,在冷藏室里翻找着自己喜欢吃的食物。

越南 TIPO 白巧克力面包干、泰国金啦哩椰子片、泰国大哥大花生豆、越南 AK 皇冠波罗蜜干果、台湾金安记牛肉干、菲律宾 7D 芒果干、温州鱿鱼足、福建香烤小目鱼……这些小食品都是老公的朋友带来的。

她在冰箱里翻了好长时间,终于确定自己要吃的东西:越南 TIPO 白巧克力面包干和福建香烤小目鱼。

林玉斜靠在布艺沙发上,喝着咖啡,吃着用来充当早点的零食。

也许是因为闻到了香烤小目鱼的香味,四狸从床底下走了出来,在距离林玉两米开外的地方走来走去,就是不敢靠近,眼神里充满惊恐与不安,一副可怜兮兮的样子。

林玉将一小块香烤小目鱼放在地板上,同情地望着胆怯的猫咪。而四狸也用眼睛望着主人,小心翼翼地向烤鱼靠近。

也许是嫌烤鱼放得离自己太近,猫咪不敢接近,林玉站起后弯下腰捡起鱼片,放在了离自己远一点的地方。

四狸见主人站了起来,吓得开始是后退,后来又掉头跑到墙角,静静地看着主人。直到林玉坐回到沙发上,她才又战战兢兢地向地板上的烤鱼走过去。

林玉见到猫咪向烤鱼走去,几乎是屏住了呼吸,就连正想咽下的白巧克力面包干都不敢下咽,害怕自己在咽下时发出声音。

四狸用眼睛注视着主人,一步一步逼近香烤小目鱼。当她快到烤鱼边时,试探性地伸出右爪,迅速将烤鱼挠到嘴边,直到她叼起烤鱼跑到了墙角后,才放心大胆地吃起来。

……

在新主人家一段时间,四狸发现这个女主人喜怒无常,所以她尽量与林玉保持一定的距离,除非到了饿的时候,才敢"喵"几声。

这天,林玉又开始郁闷起来。她看到猫咪在不远处"喵喵"地叫着,心里特别烦,恨不得给猫咪灌点安眠药,让她安静地睡去。但她又害怕吃了安眠药,猫咪就再也不会醒来。思虑良久,她把关得严严实实的门打开,拿起鸡毛掸子将猫咪赶出门外。

四狸实在不知道自己做了什么坏事,让主人这么讨厌她。

"这样也好,不用整天提心吊胆了。"四狸被赶出来后,坐在地面上,看了主人一眼。而林玉则是狠狠地瞪了她一眼,"哐当"一声,迅速将门关了起来。

离开主人的屋子,四狸的心里亮堂了许多。

这是一个不大的庭院,通往主人家大门的石板路两边,天鹅绒草细细的,柔柔的,四狸走在上面,脚下明显感觉到了极其舒适的弹性。

院子里有一颗合欢树,正开着绚丽的花儿。合欢树的花很特别,绒毛状,一团粉红的细细的丝,像少女脸上荡开的绯红的晕,像傍晚天边的彩霞,还像夜幕下燃放的烟花。

院子的落地窗前,生长着一簇绿油油的栀子花,洁白的栀子花散发着馥郁的香味。

栀子花下,有一只虫子在蠕动。四狸蹑手蹑脚地走到这个虫子前,用爪子按住。只见这只虫子长着一身黑色的甲壳,黑黑的眼睛长在头的两侧,向外突出,一个长针似的嘴巴紧紧贴在身体下面,背部有一对透明轻巧的翅膀,六只细长的腿上长了锯齿可以抓牢物体。四狸想了半天,才记起这是知了。

知了很好吃哦,四狸脑海中浮现出和妈妈在一起捕捉知了时的情景。她用一只爪子按住知了后,知了那透明的翅膀开始扑动起来。她张开嘴巴在知了的头上轻轻地一咬,知了就不动弹了。不一会儿,一只知了就到了她的肚里。

四狸就这样在院子里四处走着,看到什么能吃的东西,就吃一点。不知不觉间便填饱了肚子。

刚开始,四狸饿的时候就在院子里找点吃的,累的时候就躺在天鹅绒草坪上睡一觉,日子过得倒也惬意。

但几天后,院子里能吃的东西就被她吃光了,有时候也会啃几口草坪上的天鹅绒草,涩涩的,难以下咽。

有一天,她趁主人出来晾衣服之机,便悄悄地跑进了屋里寻找食物,但找了半天并没有找到。正当她想退出屋子时,林玉进来了。

林玉看到屋里有一只猫咪蹲在墙角用眼睛滴溜溜地望着她时,先是一怔,但很快想起来了,这是自己家里的猫咪。如果不是她主动进来,差点就忘了。

她想,猫咪也许是饿了吧。想到这里,她来到冰箱前,从里面拿出了烤鱼

片,然后蹲下来,嘴巴里发出呼唤猫咪的"喵喵"声,并将烤鱼片放在了地上。

　　四狸开始是惊恐地蹲在墙角,随时准备找机会溜出室内。但当她看到女主人并没有恶意地走进来,并拿出烤鱼片唤她时,她还是蹲在墙角一动不动。

　　女主人还蹲在那里,用眼睛注视着猫咪。

　　而四狸也蹲在墙角,用眼睛警惕地看着主人。

　　不过去吧,但那个烤鱼片的香味的确很诱人。过去吧,主人为什么蹲在那里不走?四狸这么想着。

　　她曾经有过这样的念头:直接冲过去,到烤鱼片边叼起来就瞬间逃离。但这样的举动不是有修养的猫能够做出来的。此时,四狸想起了自己的舅舅,那只喜欢摆谱又懒惰的大白猫。

　　等等吧,看看主人究竟想干什么。四狸正想着,只见主人将地上的鱼片捡了起来,又小心翼翼地将烤鱼片扔到了她的面前。接着,四狸又看到主人转身走到大门前,将门关了起来。

　　无路可走了,那就吃吧。想到这里。四狸用两只爪子按住鱼片,张开嘴巴在香味扑鼻的烤鱼片上啃了起来。

　　林玉终于看到猫咪吃鱼片了,一副狼吞虎咽的样子。也许是好长时间没吃东西了吧。她走到厨房,拿出一个小碟子,在碟子里倒了一点牛奶,轻轻地放在地板上,推到四狸的面前。

　　见到主人的这一举动,四狸照样吃得津津有味。她真的饿了,顾不上那么多了。吃完鱼片,她又蹲到装着牛奶的碟子面前,伸出灵巧的舌头,舔舐起牛奶来。

　　林玉看到猫咪吃食的样子,不知怎么又想到了自己:"老公就如一台挣钱的机器,对自己一副爱理不理的样子。自己一个人在家,连原来玩得很好的朋友都不联系了,我是不是失去了存在的价值?为什么很多人都不理我了?"

　　想到这里,她走到镜子面前,仔细地审视起自己来:蓬乱干枯的长发,一张没有血色的脸,布满血丝的双眼……

　　对着镜子,她真的看不下去了。我什么时候变成这个样子的?原来的我呢？怪不得老公开始疏远我,很多好朋友也躲着我,我是不是真的没有用了？想到这里,她又开始伤心起来。

四狸吃完烤鱼片,喝了牛奶,见主人对她并无恶意,胆子也开始放开了。胆子一旦放开,身体上的一些真实感受就会体现出来。她觉得肚子还没有吃饱,于是便在屋里走来走去,开始寻找食物。

当她无意中走到女主人所坐的沙发边时,她看到林玉正静静地坐在那里,目光呆滞。

手机响了起来,是老公郭军打来的:"我这几天忙着调研与一个公司合作的事情,你要照顾好自己。再说,你又不是小孩子,整天窝在家里,跟自己赌气,合适吗？你如果真的哪里不舒服,就自己到医院看看。还有,那只猫咪是刘副市长送的,你要喂好了。喂……喂……你怎么不说话啊？喂……喂……"

林玉只是静静地听着老公讲话,当她听到"猫咪是刘副市长送的,你要喂好了"这句话时,气愤地将手机挂断。"你的心里只有当官的和猫咪。"林玉这么想着。

手机又响了起来,只见林玉只是对着手机喊了一句:"你的心里只有当官的和猫咪!"喊完就匆匆挂断了。

四狸见到女主人歇斯底里的样子,又开始小心翼翼起来。

她的担心不是多余的。

当林玉看到正在望着她的猫咪时,也不知哪里来的怨气和怒火。只见她拿起手机,狠狠地向猫咪砸了过去。问题的关键是她砸得还那么精准,手机正好砸到了猫咪的头上,猫咪"喵"的惨叫了一声,应声而倒。

四狸倒在地板上,四肢抽搐着。手机倒很结实,躺在离猫咪两米开外的墙角。这一结果是林玉万万没有想到的。她只是想发泄一下自己的无名火,手机怎么就砸得那么精准呢？

林玉对自己的这一举动后悔无比。她走到猫咪身边,将猫咪抱了起来。她将耳朵贴近猫咪的鼻子,仔细听着猫咪是否还有呼吸。

猫咪连一丝气息都没有了,身体软软地躺在林玉的怀里,软得就如一个小

巧轻松的抱枕。

紧张,后悔,懊恼,伤心……林玉的心里五味杂陈。

以前,林玉都在为自己的境遇难过,而这一次,她真的是在为一个逝去的生命难过。她哭了,哭得那么伤心。

哭着哭着,她忽然想起"猫有九条命"这句俗语。于是她擦干眼泪,将猫咪抱到了外面庭院里的草坪上,她真的希望奇迹能够发生。

第二十三章　市长的赚钱术

王市长只要没有应酬,每天回家的第一件事就是喂猫咪。自从家里有了这只猫咪,连太太也变得温柔体贴起来,不再像以前那么凶巴巴的。

这一天,六狸见到王市长又下班了,便一溜小跑地来到他的脚下,仰着圆圆的脑袋"喵——喵——"地叫着,希望男主人能抱一抱她。

王市长没有让六狸失望,弯腰将其抱了起来,然后走进书房。

见到老公回来,市长夫人赶忙泡了一杯绿茶,端进了书房。

王市长一手抱着猫咪,一手从公文包里拿出一张转账支票递到了夫人手里:"这里是两百万,明天你到银行去,转到我们的账户上。"

夫人接过支票,好像想问什么,但欲言又止地走了出去。

王市长坐在沙发上,将六狸面对面地放在自己的腿上:"猫咪,明天我要出席一个企业的新厂房奠基仪式,还要在这个庆典上发表讲话,今天,你就给我做一次听众,我来演示一下讲话稿。"说完,他掏出讲话稿。

"各位领导,各位来宾,女士们,先生们,大家好!"念到这里,王市长两只手拿起猫咪的两只爪子说道,"鼓掌。"

"六月,正是一个姹紫嫣红的季节。今天,很高兴参加XX企业新厂房奠基仪式,我代表市委、市政府对你们表示热烈祝贺!"王市长两只手再次拿起猫咪的两只爪子说道,"鼓掌。"

"对光临奠基仪式的各位领导、各位来宾表示热烈的欢迎!"王市长拿起猫爪子,"鼓掌。"

"对长期以来一直关心、支持、帮助我市发展的各位领导及各界朋友表示衷

心的感谢!"由于王市长念到这句时用力过大,"咕咚"一声放了一个屁。只见他对猫咪说:"不许鼓掌!"

六狸的两只前爪都被主人左一个鼓掌右一个鼓掌拉酸了。她趁市长说"不许鼓掌"之机,从主人的怀里跳了下来,直接走到了自己的猫窝边,猫窝边堆着皇家、宝路、喜跃、凌采、希尔思、美士等各种品牌的猫粮。

六狸想,如果不迅速跳下来,自己就要被主人放的屁熏死了,她是最怕主人放屁的。

有时候被主人抱在怀里,不知不觉间就会有一股臭味从底下弥漫上来。有的时候,她被熏得连眼睛都睁不开。真不知道主人在外面吃了什么鬼东西。

王市长的确有屁多的毛病,有时候,他放屁时动静很大,往往会把正在眯着眼睛休息的猫咪吓一跳。

但也有一次例外,主人放屁时的可笑情景让六狸看到了。只要想起这件事来,六狸就会忍俊不禁。

记得那天市长在家里接待两位美女,在客厅里和美女们谈工作上的事情,六狸从来不关心他们在谈论什么,就大摇大摆地来到书房里的布艺沙发上休息。

六狸刚要睡着,听见有脚步声向书房走来。她抬头望了一眼,原来是主人。他这个时候不陪两位美女聊天,走到书房干什么?六狸这样想着。

市长走进书房,将门关了起来。只见他弯下腰,将两只手放在屁股两边,使劲地扒开屁股,六狸就听得有一股气体,从主人的肛门处悠悠地释放出来,声音轻得几乎可以忽略不计,但臭味绝对不可以忽略不计!

最让六狸受不了的是,主人的屁就是直接冲着她所卧的方向放的,她立马如被电击一般跳下沙发,趁着主人放完屁提了提裤腰开门的瞬间,六狸抢先主人一步跑出了书房。

两位美女还以为猫咪受到了什么惊吓,便问市长这是怎么回事。就听主人说:"她在书房里翻我的材料,将材料翻得乱七八糟的,被我赶出来的。"

"尼玛,我在翻你的资料?说假话都不脸红。"想到这里,六狸情不自禁地笑了起来。

正当六狸回忆市长放屁的时候,市长的手机响了起来。只见他拿起手机,看了一下号码,然后接听起来:"你好……买了猫粮……到楼下了……好好好,上来吧。"

不大一会儿工夫,一位男子拎着猫粮走了进来。

送猫粮者在市长的客厅里坐了很短时间,只是寒暄了几句,就起身离开了。王市长留他在家里吃饭,这个男子说楼下司机还在等他。

王市长将他送到门外。然后回屋,打开黑色的手提袋,用眼睛在袋子里扫了一眼,嘴角微微上翘:"这小子,还算懂事。"他自言自语后,从袋子里拿出十沓捆扎整齐的钱来。不用数,这是十万。

送钱给王市长的这个人,是他的远房亲戚,此人一直在外地做城市绿化工程。由于近期没有接到合适的工程,他就通过各种亲戚关系打听到了王市长的联系方式,并谈了自己想接市里一段市政绿化工程的想法。

既然是亲戚,王市长也没有推辞,就直接给城建和园林两个部门打了电话。

市长亲自介绍来的工程施工单位,谁还敢不同意?再说了,人家要做的也不是什么大工程。就这样,亲戚的绿化工程也就理所当然地接到了手。当亲戚要对他表示感谢时,市长也没有拒绝:"我家养了一只猫咪,我也没有时间去买猫粮,你就帮我买点猫粮吧。"

作为市里的关键人物,王市长为远房的亲戚拿下这一笔生意,真是小菜一碟。所以,他能动用的权力,也成为他敛财的天然优势。这一点,猫咪六狸看得特别清楚。

自从六狸到了市长家里,隔三岔五就有人给市长送猫粮。

六狸第一次见到别人给自己送来好吃的,还十分感兴趣,屁颠屁颠地跟着主人,等主人接下客人手中的袋子,她便迫不及待地用那毛茸茸的爪子在袋子上扒拉。扒开袋子的口,六狸见到的是两袋猫粮下面,齐刷刷地放着一捆捆纸币。

她对纸币并不感兴趣,只是用鼻子闻了闻,一股酸臭味道。然后就开始琢

磨如何尝到包装袋子里面猫粮的滋味。而主人对猫粮并不感兴趣,只是提出来看了看便放到一边,然后就对袋子里的纸币眉开眼笑,对送猫粮的人说了很多客气的话。

后来,六狸便对所有送猫粮的人失去了兴趣,除了纸币、金条,就是猫粮,没有什么新鲜的东西。"如果能送点老鼠,或者生鱼,哪怕是一只螳螂,也比这些东西好多了。"六狸这样想。

但也有一次例外,一位送猫粮的人来到市长家里,拎着很大的袋子,里面大约有十来袋猫粮。主人看了看后,对送猫粮的人说:"就是一点小事嘛,也是我分内的事情,算什么帮忙?你看你就买了这么多猫粮,这不是叫我难堪吗?"主人边说边指着堆在墙边的一堆猫粮,"你看看,我们家猫粮多着呢,一年也吃不完,你就拿回去吧。"说完就将送猫粮的人往外面推。

也许送猫粮的人过于老实,就将猫粮放下,转身就走。而主人则不依不饶,追着将一大袋猫粮扔到了门外,并"哐当"一声将门关了起来。

六狸蹲在地上望着,看到主人的脸色很难看。然后又听主人自言自语地低声骂道:"谁在乎你的这些臭猫粮,你以为老子买不起还是怎么着?"

通过这件事情,六狸得出了这样一条结论——主人在乎的不是猫粮,而是猫粮以外的东西。

还有一次,也是一个男人,在主人下班后送来了一袋猫粮。当主人看到那个很不起眼的塑料袋里面装着一袋猫粮和一个小盒子时,阴沉着脸。当客人从猫粮边的小盒子里拿出一块手表,说明这是江诗丹顿品牌时,主人的脸上立马拨云见日,笑得那么灿烂。

送猫粮夹带的现金只是王市长家里现金的一小部分。

因为他是这个市里名副其实的实权人物,经常有"搞大钱"的机会。他通常的做法是:某房地产开发商先看好地皮,这些地皮通常是原来的农业用地或者工业用地,接下来开发商就"搞定"能转变土地性质的"一支笔"王市长,由政府出面收回土地,给土地原使用者一定补偿,然后将这些土地的性质转变为商业、金融、房地产开发用地。

所以，王市长家的现金特别多。有一次，六狸亲眼看见主人打开了两个木头箱子，箱子里装着满满当当的现金。不仅如此，王市长的席梦思底下也整齐地排放着一摞摞现金，这是六狸在一次无意中看到的。由于多年不见阳光，厚厚的钱币发出一丝丝霉味。

正因为市长家里有的是钱，六狸在王市长家里，过着公主一般的生活，从来不需要为吃饱肚子发愁，但也有例外。

记得有一次，一个据说是什么开发商的人来到主人家里，将一张纸条交到了主人的手里，并告诉主人，这张纸条是现金转账支票，可以直接交给主人的儿子，到银行取现。等开发商走后，主人便顺手将其放在书房的书桌上。

六狸觉得很新奇，因为大多数到主人家的人，都会拎着猫粮，为什么这个看起来派头十足的人只是从公文包里掏出一张纸来？

既然好奇，就要跳上去看个究竟，这就是六狸的脾气。

她跃动灵巧的身姿，先从地板上跃到真皮座椅上，再从真皮座椅上轻轻一跃，就到了书桌上。

书桌可是了解主人习惯爱好的小世界。六狸看到，除了电脑，还整齐地在一边码放着十几本精装书，六狸从来就没有看到市长翻过。在桌子的一端，一盏金黄色台灯，米黄色的灯罩，台灯下放着几只形状不一的高脚杯：波尔多酒杯、勃根地酒杯和多用途酒杯，这几只杯子倒是主人在晚上休息前常用的。还有一个紫檀笔筒，一株长在紫砂花盆里的铁线蕨。

那张金贵的纸呢？六狸在书桌上寻思着。

桌面上没有像钱币那样红的纸，但确实有一张其貌不扬的纸斜躺在高脚杯底下，三寸来宽，一拃来长，上面写着几行字，但几个红色印章确实吸引了六狸的注意。

主人家里是很少见到红色的布条和纸张的。当六狸见到支票上的红色印章时，立即来了兴致。她先是蹲在书桌的另一端轻轻一跃，用爪子抓住支票，再拍打几下，但支票并没有动弹。于是她又换了一种玩法，将支票压在一只爪子下，伸出舌头在印章上舔了几下，印泥的味道有点苦涩。

支票没什么好玩的,六狸这样想着,但闲着也是闲着。想到这里,她干脆用一只爪子压住支票,伸出另一只爪子在红色的印章上挠了起来,被六狸舔过的印章很快就被抓得模模糊糊。等那几方红色基本看不见了,她又用爪子在支票上拍打了一会儿,然后就想收工。

就在这时,王市长走进了书房。

见到主人进来,六狸抬头望了望,心里很是高兴,她还在等待主人夸她的杰作呢。

可当主人看到被抓得模糊的支票时,脸上立马阴云密布。

六狸还在想:"主人想干什么?"还没等她想完,主人的巴掌就劈头盖脸地打了下来,六狸"喵"的一声被扇到了地板上。

六狸真的不知道主人为什么会动这么大的肝火,蹲在地上,用可怜兮兮的眼睛望着主人。只听主人嘴里骂骂咧咧:"你妈的!几百万啊!几百万!老子非要揍死你不可!"

听到猫叫声和骂声,女主人走进书房,从男主人手中接过那张纸,心平气和地说:"哎呀,叫他们再重新开一张嘛,没事的。再说了,还不是怪你?这么重要的东西就这样随便放着,能不出问题吗?"

"不行!今天我非要教训教训这个畜生!"王市长说完,就将书房的门关了起来。

六狸这时知道自己闯了大祸了。敢作敢当,她心里这样想着,所以也就没有跑的意思。

男主人走到六狸前面,蹲下来将其抱起,并将六狸举到了可以和他眼睛对视的高度。

"你这个小家伙,你给我听着,从今往后,只要是家里放在桌子上的纸张,都不许乱碰,如果你下次再犯这样的错误,老子保证会送你上西天!知道吗?"男主人恶狠狠地对她说。

六狸自知理亏,只好委屈地点点头。

自此以后,六狸再也不敢跳到主人的书桌上,也很少在客厅里晃荡。即使是家里来了送猫粮的客人,她也是远远地躲在不易被主人看到的地方。

而时间一长,送猫粮的人到家,看不到猫咪,主人倒是真的有点不自在,有时还会煞费苦心地到处找她。

为了不让主人生气,每当家里有客人来,六狸就会出来走几圈。就如模特走台一般,主要是为了让客人看到她的真实存在,然后便回到自己的领地,该干吗干吗。

但有时候,仅仅走几圈还不行,主人还会伸出双手,用嘴巴"喵喵"地唤着,让她跳到主人的怀里,接受客人的赞誉。

六狸也不含糊,十分配合。只要主人有这样的特殊要求,她就会打足了精神,从远处走着猫步,神气十足地一步步走过来,当她快到主人面前时,瞬间做了一个屁股后蹲的姿势,后腿猛地发力,轻巧的身体如丝巾在空中飘荡一般无声无息地落在了主人的怀里。

来客人时,是该走几步?还是该躲着不出来?还是该跳到主人的怀里?六狸自己是不能拿主意的,都要靠主人的喜好决定。但她一般都会和主人配合得很好。

但猫无完猫,"常在河边转,没有不湿脚,"再好的杂技演员也有表演失手的时候。

有一次,六狸过于大意,表演不仅很失败,还让主人和来客十分难堪。每每想到这件事,六狸就会自责起来。

记得那天是周末的下午,一个年轻女子拎了什么东西上来。

六狸在远处望着,看了半天也没有看到来客的袋子里有其他内容。她心里寻思,主人肯定是不会叫她的了。于是干脆就去忙自己的事情,走到猫砂盆里拉起屎来。

六狸还没有拉利索,就听见主人"喵喵"地唤着自己。

"喵"声就是命令!六狸也顾不得将大便盖起来,迅速而端庄地朝着主人走着猫步,当她快走到主人面前时,瞬间腾起,落到了主人的怀里。

来客不停地夸着:"哎呀!市长家的猫咪真好看!我也见过很多人家养猫,

但都是脏兮兮的。您家的猫怎么这么干净？这真算我见过的最漂亮的狸猫了。"

来客与市长寒暄的时间并不长,然后就起身和主人握着手。也许是主人先发觉自己的手里黏糊糊的,也许是来客感到了手里臭烘烘的,两个握在一起的手触电一般分开。只见两人睁大着眼睛,满脸的苦笑。

主人尴尬地干笑着:"快去洗洗手,快去洗洗手。"

而来客则摊着手说:"您先洗,您先洗。"

六狸知道,自己闯祸了。但她也不知道自己的大便是怎么跑到市长大人的手上的。

六狸以为,自己做了这样的事情,肯定死定了,起码要被主人一顿痛骂。但现实比她想象的要好,主人和客人洗完手后,一起出了门,六狸所担心的事情根本就没有发生。

第二十四章 白猫设计的陷阱

这几天,刘菊花副市长的老公钱校长显得特别高兴,但很多人不知道钱校长高兴的真正原因。外界的普遍猜测是:钱校长在下学期到来之前,即将调到教育局。

钱校长为什么高兴?只有他家养着的猫咪知道。他的喜怒哀乐,一点都逃不过大狸的眼睛。

这一说应该是前几天的晚上的事情了。按照常理,钱校长应该早就下班了,但大狸一直等到很晚,才看见钱校长,手里拎着一个黑色手提包走进了家门。

按照常理,主人到家后做的第一件事情,就是喂猫咪。但他今晚却忽略了大狸的存在,直接走进房间,迫不及待地将手提包打开,从里面拿出了一摞摞捆扎结实的纸币来。

他嘴里低声地数着数:"一、二、三、四、五……"当他数到"十五"时,停了下来。也就在这时,他的手机响了起来。

钱校长掏出手机,看了看来电号码,接听起来。

由于夜很静,电话里传出清晰的声音:"钱校长,到家了吧……哦……我还怕您喝多了呢……明年你们学校的校服还给我们做啊……我们争取长期合作……听说您要调到教育局去,以后合作的机会就更多啦……好,早点休息。"在接听电话时,钱校长表现得一反常态,只是在电话里嗯嗯唧唧。

第一次拿了人家这么多的钱,要说一点都不紧张,那是不可能的。这一夜钱校长没睡踏实,在半梦半醒之间计算学校近一千平方米的操场,如果铺上塑

胶跑道,既为学校做了一件好事,还可以……

大狸这一夜好像也没有休息好,主人如同烙饼子一般翻来覆去,使得昨晚没有吃食的空腹更加饥肠辘辘。天刚放亮,他便在主人的床前跳上跳下,"喵——喵——"地叫着。

钱校长揉了揉惺忪的睡眼,看了看手表,才六点多一点。也许他忽然记起,昨晚没有喂猫咪的食,便一骨碌地坐了起来,赶忙披衣下床,倒了一点猫粮在食盆里。他边倒边在口中念道:"忘了,忘了,昨晚没有给我们家的招财猫喂东西吃,罪过!罪过!"

主人倒了猫粮,大狸立刻窜到食盆前,狼吞虎咽。

主人看着大狸将食物吃完,很是爱怜地把他抱在怀里,用手轻轻地从头至尾抚摸着他的身体,大狸觉得特别的舒服,于是便闭起眼睛来享受主人给他带来的快乐。

只听主人边抚摸边对他说:"你啊,就是我们家的招财猫。自从你到我们家后,我一年的收入抵上过去几年的收入。学生校服回扣啊,择校费啊,建宿舍楼啊,学校建公共厕所啊,哪一项没有人送钱给我?所以啊,我为昨晚没有喂食向你表示道歉,是真正的道歉哦。"

大狸正眯着眼睛听主人给他讲话,冥冥中好像听到有猫的叫声。

好长时间没有听到同类的叫声了,是不是自己的耳朵有问题?大狸竖起了耳朵,仔细地听起来。没有听错,从外面的确传来了"喵——喵——"的叫声,只不过叫声压得很低。

趁着主人不再讲话的瞬间,大狸跳到地上,走出门来,顺着传来猫叫声的方向走了过去。走了不大一会儿,他就看到一只蹲在草地上的老猫。

只见这只老猫披着一身白得泛灰的短毛,原来白色的胡须已经变成了灰白色,两只眼睛滴溜溜地打量着四周。

突然,白猫的眼睛在大狸的身上定格,一个似曾相识的猫映入了白猫的眼帘。

只见这只猫咪精神而且帅气,两个宝石一般的眼睛炯炯有神,几根白色的胡须向两边翘着。他的体毛灰中带黑,黑色的条纹从头顶散开,又集中在鼻子上,像朵花一样绽放着,背上和尾巴上也有黑色的条纹,余下的部分就被灰色的毛覆盖着……

"你是……大狸?"白猫打量着坐在离他不远处的猫,疑问地叫着。

大狸觉得有点奇怪,"这个白猫怎么会直接叫出自己的名字?"

"你是……大狸吗?"白猫又问了一句。

"我是大狸啊,你是……"大狸怎么也记不起在哪里见过这只白猫。

"我是你舅舅啊,记得不?"白猫说。

"舅舅……我想起来了,就是那个冬天在我们家住了几天的舅舅吗?"大狸好像有了点印象。

"是啊,是啊。"白猫边说边向大狸这边挪动着身体。

大狸还是端坐在那里,眼睛里露出惊讶的光芒:"我记得白猫舅舅在我们钓鱼的晚上,尾巴被冰冻在水里,我们用爪子刨了半天也无济于事,后来妈妈就带我们离开了。等天亮妈妈再去找的时候,他就不见了。"大狸说。

听了大狸的话,白猫将屁股撅着,将那只剩下三分之一的尾巴使劲地摇了几下:"你看,这不就是那天晚上落下的嘛。"

见到了这尾巴,大狸不怀疑了。但舅舅在那天晚上是如何脱逃的,还是一个谜,他又不好意思问。

白猫不等大狸问,就开始介绍那天晚上是如何离开冰面的:"那天晚上,你和你妈妈都离开了,我以为自己肯定没命了。但到天亮的时候,我尾巴四周的冰就开始融化起来,我一使劲,尾巴出来了,还有那么长一截尾巴却被大鱼吃掉了。"白猫边说边用爪子比画着,一副可怜兮兮的样子,但他却回避着狐狸救他的事实。因为现在想来,那是他最不堪回首的一段生活。和狐狸在一起的时光,简直不是正常猫类所过的日子。

"你住在哪里?怎么会走到这个地方?"大狸问舅舅。

由于这个问题问得太突然,又不能如实道来,还要给自己找一个合适的理由,白猫的大脑加速运转着。但能够帮他的,只有那只已经死了的狐狸了。

"前几天在主人家休息的时候,我的一个老朋友狐狸叫醒了我。他对我说,你不是整天想念你的外甥吗?据我所知,他就住在什么什么地方。我就问他,这是真的吗?他说绝对真实。我问他是怎么知道的,他说他能掐会算。"借用已经死了的狐狸嘴巴说话,死无对证,白猫在心里为自己的聪明喝彩。

"你走到这里,要多长时间?很远吧?"大狸问。

"外甥啊,可远着呢。但再远也得来看看你啊,你不是我现在唯一的亲戚吗?我能有几个值得挂念的亲戚?所以,我必须来。"说到这里,白猫忽然听到了自己肚子里"咕噜咕噜"的叫声。

"外甥,你能给我搞一点吃的吗?我为了找你,走了几天几夜,有时候连食都顾不上吃。"白猫有气无力地说。

"走,就到我们主人家去,到了他们家,有的是吃的。"大狸边说边起身,领着白猫向主人家走去。

这一天是周末,钱校长没有上班,在家里打理着自家庭院里的花花草草。当他抬起头看到自家的猫咪领着一只脏兮兮的白猫走进家时,心里有了一丝不安:"猫咪为什么要将这只野猫领回家?"

他起身走到门口,见到大狸和白猫在猫粮边吃得正欢,也就没有赶。

"也许是这只白猫饿了吧。"他在心里这样想着。

白猫大口大口地嚼着猫食,而大狸只是礼节性地陪着吃,因为他早晨已经吃了。

一阵风卷残云过后,白猫的肚子饱了,他开始在大狸主人的屋子里走动起来,嗅嗅这里,闻闻那里,直到自己觉得该休息一下了,才走出屋子,在院子里晒起太阳来。

……

其实,白猫之所以能跑到这里找到了大狸,还得从上次被猫贩子抓经历说起。

自从那次逃出猫贩子的笼子,在老奶奶的坟茔上抢了一个馒头后,他便一直怀疑那只老黑猫和二狸所说的话。"猫贩子怎么会将我卖给别人剥皮呢?"每当遇到饥饿难耐的时候,他的脑子里就会出现这样的问号。

实在是不想整天为找食物犯愁。有一天,白猫忽然想起了二狸说的一句话——在猫贩子家的不远处,他看到大狸。现在想来,这是一条十分重要的信息。

这条信息之所以重要,主要包含两层意思:一是只要白猫顺着那天逃跑的路线回到猫贩子家的附近,就有可能找到大狸;二是即使找不到大狸,白猫就直接跑到猫贩子的门口,坐等猫贩子回来。只要不是被剥皮,猫贩子就有可能收养自己。

有了这么两条充足的理由,白猫鼓起勇气,大约走了一夜,天亮时终于找到了猫贩子的家。

猫贩子家的大门紧锁着,白猫用两只爪子在门上拍打都无济于事。于是他就按照既定的第一套方案,直接去寻找大狸。

他边走边喊着,实在太饿了,声音低沉且无力。

也算是天无绝猫之路吧,总算找到了大狸了。刚吃饱肚子,他就开始羡慕大狸的生活。如果自己能找到这么一个好人家,这辈子也算没有白活。

就这样,白猫在白天就和大狸一起开心地玩着,也和大狸一起吃着猫食,待遇好像都差不多。但到了晚上就不一样了,主人无论如何也要将白猫赶出家门,然后才关起门来休息。

对于主人的这种做法,不仅白猫不能理解,就连大狸都不能理解。虽然进厕所有先来后到,既然现在都进来了,主人为什么还要厚此薄彼?

但钱校长的想法肯定和两只猫的想法不同。其一,钱校长不可能知道这只白猫是自家猫咪的舅舅;其二,自家的猫咪是当副市长的妻子送的,也是主人心中的招财猫;其三,这只白猫一看就是一只野猫,眼神诡异,毛粗色灰,肯定是一只不讨人喜欢的猫。自家的猫咪是挺孤单,白猫陪着玩玩可以,吃点也没问题。但如果想住进家里,肯定没门。

这样的生活,对于白猫来说,应该满足了。如果与他过去过的日子相比,真

可谓天上人间。毕竟现在他不用为每天的肚子问题发愁。

但白猫并不这么认为,他想要的是平等与自由。主人不让自己到屋里睡觉,就是最大的不公平。但不公平的根子在哪里呢?他怎么都想不明白。

有一天,大狸和白猫一起吃了午食,就到庭院内晒太阳,白猫躺下来后,用爪子摸了摸身子,好像肉比以前多了起来。他打了一个饱嗝,伸了一个懒腰,为了能够长期在主人家住下去,并求得公平,他又思考起来。

"主人为什么不让我进屋住?为什么呢?"想到这里,他调整了一下睡姿。

就在白猫调整睡姿的瞬间,他看到了大狸:威武而又雄健的身姿披满细密而又温润的毛,正憨态可掬地躺在自己的不远处。就在这一瞬间,他自认为终于找到了答案。

"他比我年轻,漂亮,到主人家的时间又比我早,这是主人喜欢他的主要原因。要想改变现状,我必须想办法,把他从主人家赶走,这个地盘就属于我的了。"想到这里,他真的有点按捺不住内心的激动。"是金子,总会有发光的时候。现在,离我发光的时间不远了!"白猫心里美滋滋的,躺下身来,舒舒坦坦地睡起觉来。

第二天天刚亮,白猫就用爪子怕打着主人的门,大狸也醒了,但由于门被关着,只能等主人开门。

主人开了门,照例在食盘子里倒了点猫食,又在一个碗里倒了点水。两只猫咪慢条斯理地吃了起来。吃饱喝足后,白猫引着大狸来到门外,在一块空地上坐了下来。

"外甥,我要告诉你一件重要信息。"白猫神秘地说。

"有什么重要信息呢?"大狸有点好奇。

"昨天晚上,我遇到了我的好朋友狐狸先生,他告诉我一件事情,他说他看到了你的母亲花狸和你的弟弟二狸,还住在原来的老主人家。狐狸先生还带来了你妈妈的口信,说她身体不太好,希望子女们回去看看她。"白猫能够编出这样的谎话,不是没有根据的。而这个谎言的来源,还得归根于他被猫贩子抓到后,与二狸一起逃跑时,从二狸口中得到的信息。因为二狸亲口告诉白猫,妈妈还住在老主人家,二狸也因此找妈妈去了。

"真的假的?二狸又回去了?和妈妈还住在老主人家里?"听了白猫的话,大狸有点惊讶。

"傻孩子,难道我还会骗你吗?如果我的身体如你一样健朗,我肯定会陪你去看看他们,哪一只猫是没有感情的?但我实在没有办法啊,我真的老了。"白猫说出这句话时,深感自己是多么的聪明。因为这句话包含了两层意思:其一,猫是有感情的,你妈妈生病了你能不去?其二,我之所以不能陪你同往,是因为自己老了。

"舅舅,请你告诉我,我妈妈现在住的地方离这里有多远?往哪个方向走?"大狸急切地问着。

白猫高兴地看到,自己的这句双关话终于在大狸的大脑中发酵。

"往哪个方向走,我倒是忘了问狐狸。但据狐狸先生说,不太远,也就是一天一夜的工夫就能走到。再说了,你小时候在老主人家住了那么多天,难道对那里一点印象也没有?"白猫说完这句话,看着大狸的表情。

从大狸的脸上看,他很着急。自己的妈妈病了,怎么能不着急呢?还有,就是究竟该往哪个方向走?

看到大狸的表情,白猫心里很得意:"傻小子,拜拜了!一个不知道在哪里的目标你能找到吗?即使找到了,见到了妈妈,你还能回来吗?只要你离开这里,这个地盘就是我的了。"

想到这里,白猫甚至为自己与大狸设计了临别的话:"好孩子,你一定是爱着你妈妈的,我也相信你的能力,路上要多加小心哦。"对了,还要挤出一点眼泪。白猫提醒自己。

大狸真的很着急,现在唯一的办法就是提前上路。他下了这样的决心。

"舅舅,我现在就上路了,我相信我能够找到妈妈的。你要多保重!"大狸说着说着,眼里流下了泪水。

"好孩子,你一定是爱着你妈妈的,我也相信你的能力,路上要多加小心哦。"白猫说出了自己早已准备好的话,但他总觉得少了点什么,"见到你的妈

妈,代我向她问好。"白猫说出这句话时,他觉得这样就圆满了。说完,他使劲地挤了挤,还真的挤出了两滴眼泪。

大狸动身了,白猫跟在大狸的后面,一直送到院子外面,直到大狸的身影消失在视线中,他终于长舒了一口气,心里也踏实起来。

他想:"属于自己的好日子就要开始了,主人家的白猫时代即将来临!"

第二十五章　副市长病了

自从二狸失踪后，副市长刘菊花家里的三狸就闷闷不乐。副市长整天忙于上班，很少有时间在家里陪着三狸，所以三狸只能自己玩。

周六或者周日，是三狸最为开心的时候。因为在这两天，女主人刘菊花一般都会抽出一天或半天的时间，在家里陪着她。

三狸也知道，现在，只要主人在家，除了喂她猫粮，还会喂她一些海虾，因为海虾是她的最爱。

此时的刘菊花，还真如三狸所想，从冰箱里拿出了两只很大的海虾，放到了三狸的面前。

三狸吃完海虾，一边在女主人的腿边蹭来蹭去，一边仰起圆圆的脑袋，"喵——喵——"地叫着，希望主人能抱一抱她。主人并没有理她，而是无精打采地靠在沙发上。

"今天是周一啊，女主人为什么现在还没去上班呢？"三狸很纳闷。

三狸的疑问很快就有了答案，只见主人拿起手机拨了一串号码，对着手机说："市长，也不知昨晚怎么搞的，我现在又是咳嗽，又是咽痛，还有点低热……对，好像是感冒了……被子盖好了啊……只好跟你请假了……这是必须的啊……几天？等我稍微好一点就打电话给你销假……好，好，如有重要的事情，可以叫他们到我家汇报……是，是……谢谢。"

原来主人病了，怪不得没有去上班。三狸这样想着，又在主人的脚踝处蹭了几下，迈着缓慢的步子，走到猫窝里躺了下来，不久就进入了梦乡。

睡梦中，三狸梦见一只大老鼠正在啃食自己的身体，而妈妈则被困在一个

笼子里，拼命地嘶喊着。正当她想用爪子拍打老鼠时，一只巨大的老鼠向她扑了过来，眼前一片漆黑……三狸突然醒了，被惊出一身冷汗。

此时，她听见主人正在与一个人通电话，好像很着急。"你立即开车到我家来，商量一下对策……对，这件事非同小可，一旦查出什么来，将直接影响我市的经济发展……好，我在家等你们。"说完，女主人挂了电话。

过了一会儿，主人家的门铃响了，三狸急忙从窝里爬起来，向门口走去。而女主人也从沙发上起身，到门前开了门。

三狸打量着进来的两个人，一人手里捧着鲜花，一人手里拎着果篮，并没有带猫粮来。从主人的口中得知，这两位是环保局的局长和副局长，他们进屋与女主人寒暄几句后，就坐在沙发上讨论起工作来。

就听一位穿藏青色夹克衫的胖男子对主人说："这次暗访，与以往不同。以前的暗访组都是省环保厅组织的，而这次暗访组是由督查中心组织的，所以必须重视。"

另一位身着西服的瘦男子补充道："据说，他们这次暗访目标很明确。因为有群众举报，耀华化工和巨龙化工每天都在夜里将污水排进桃河，桃河水就跟酱油一样，还散发着难闻的味道，据说鱼虾都死绝了。"

"这件事情群众没有向你们局举报过？"主人问。

"哎呀！举报过多次了，没有用。您又不是不知道，这些企业是举报一次整改一次。所谓整改，也就是停产几天，维护一下设备，后来照样开工。"穿夹克衫的胖男子无奈地说。

"后来，群众就向省厅举报。省厅接到举报材料，也曾派出工作组到这两家企业做了专题调查，最后还是不了了之。"身穿西装的瘦男子说。

"省厅来人这件事我知道，当时是我亲自陪同检查的，晚上是王市长隆重招待的。那天晚上啊，省厅下来的人一个个都被白酒、红酒、洋酒、啤酒'四盅全会'撂倒，这就说明，你们环保系统工作人员的酒精处理系统也是存在问题的嘛。"女主人说完，三个人都笑了起来。

屋里的气氛只是短暂地活跃了一下，穿夹克衫胖男子的一句话，又使气氛紧张起来:"副市长,您说,今晚暗访组要到两家企业下游的桃河取水样,那水质肯定有问题啊!现在这个问题很棘手啊。"

"这样,我和市长商定一下,和防汛抗旱指挥部协调一下,将上游水库的水放一部分下来冲一下。如果这样能行的话,像桃河这样的河流,需要调多少立方的水?"主人问。

"如果真能这样的话,估计500万立方就差不多了。"穿夹克衫的胖男子说。

男子说完,三狸见女主人站了起来,走到一个房间里,打了一会儿电话。

"好了,解决了,市长已经决定,他直接与抗旱指挥部协调,调用上游水库500万立方清水,上午就开始调水对受污染河道进行冲刷。"打完电话,主人笑眯眯地从房间走向客厅。

听了女主人的话,坐在沙发上的西装男和夹克男都不约而同地鼓起掌来。"副市长高明!副市长高明!"穿夹克衫的胖男子边鼓掌边说。

"哎呀,我们很担心的问题,到副市长这里就迎刃而解了,现在终于可以把心放回肚子里了。"穿西服的瘦男子说。

"你们现在还不能掉以轻心,要赶快通知两家企业,做好各项准备工作,迎接暗访组的到来。记好了,千万不要声张,更不能发文,因为这是暗访,我们就当什么都不知道。"主人叮嘱道。

"好,我们现在就回去,保证按照您说的办,以确保万无一失。"身穿夹克衫的胖男子说完,就与身穿西服的瘦男子起身。

两位来客走后,三狸又贴到了女主人的腿边。

坐在沙发上的女主人顺手将三狸抱在自己的怀里,用一只手拨着手机号:"喂,李总吧……是,是我。你们家的猫咪养得怎么样啊……哦。据可靠消息,督查中心今晚将对你们企业排污情况进行暗访……对,是环保部下面的……我已经安排调度500万立方的清水,直接将桃河冲干净……估计下午桃河就是一河清水……你们一定要做好企业内部的工作……千万不要在污水的处理问题上被抓住把柄……好!好!我们是朋友嘛,肯定要关心企业的成长嘛……好,再见!"

女主人打完电话,三狸正想跟她亲昵一下,可她又拨通了电话:"喂,是郭军董事长吧……是,是我。你们家的猫咪养得怎么样啊……哦。据可靠消息,督查中心今晚将对你们企业排污情况进行暗访……"

女主人打的这个电话跟上个电话,除了在开始换了称谓外,内容几乎没变。

三狸心里想,女主人真的病了,就如一个复读机。

副市长生病,下属难免要表示一下心意。有的下属是巴不得上司生病,一旦生病了就有了送礼的机会。再说了,看望病人,乃人之美德。

刘菊花感冒这几天,与其说是休假,倒不如说是在家接待客人。

有的人是约好来看望的,有的人是不请自来。左一拨人右一拨的人,光带来的鲜花和果篮就堆满了客厅的一个墙角。为此,三狸不愉快,这么多东西一下就使自己的活动空间缩小了许多,但她又阻止不了客人给主人送东西。三狸心里想:"你们送吧,总之到了晚上,收废品的人就会统统拿走。"

其实,最关心刘菊花生病的人,是她的老公。

得知爱人生病,钱校长专程从县城赶来,还特地买了两箱牛奶拎上来,走进屋里,气喘吁吁。

三狸认识这个人,瘦高个,颧骨略高,戴着一副眼镜,但不是主人家的常客。

来客刚到沙发边坐下,女主人就开始数落起来:"你看看你,来还买牛奶,都什么年代了,我还需要牛奶吗?"

"哎呀,你不是生病了嘛,我能空着手来吗?"来客说话的声音很低,显得有点猥琐。

"我不是批评你,如果你的领导生病了,你会买什么去看望?"女主人边说边倒了两杯红茶,自己面前放了一杯,然后给来人也递过去一杯。

来客用手挠了挠头,眉头皱起了两块肉疙瘩,想了半天,才吞吞吐吐地说:"如果是我的顶头上司生病,我就买点土鸡蛋,再给点钱。"

"土鸡蛋?土鸡蛋值钱吗?"女主人端起杯,抿了一小口茶。

"不是钱的问题,而是城里买不到土鸡蛋。"来人说完,歪着头憨厚地笑着。

"你已经是校长了,还是榆木脑瓜,农民思维。如果你到了教育局,还不知会有多少人看你的笑话。你想想,在这个社会,还有买不到的东西?只要有钱,什么东西都能买到。你也知道,我当时做县文化局局长的时候,到乡下去,一些人会给我带一些土特产。你要也不是,不要也不是。我当时就想,你们给我几十斤重的土特产,为什么就不能将这些东西换成等同价值的现金呢?拿起来也方便嘛。你想想,我拿着一堆土特产,拎上拎下,周围的邻居都知道别人送我礼了。如果是现金,万儿八千地往口袋里面一塞,谁能看见?"女主人说完,喝了一口茶。

"你说得还真有点道理。副市长就是开门见山,一针见血,而且看到了问题的实质。"来客呵呵地干笑着。笑完,他又跟了一句:"但不管你当多大的官,都是我的老婆。"

趴在沙发一端的三狸忽然想起,这个人是女主人的老公。如果他刚才不这么说,自己就想不起来了。

"你就知道老公老婆的,这个有用吗?拿点真本事出来,做事大方一点,干出点样子给人家看看,我也有提拔你的理由。"女主人边说边走进房间,拿出几个包装十分考究的盒子放在茶几上。

女主人从一个包装精美的盒子里拿出一根干虫子:"你知道这个多少钱一克吗?"没等女主人说完,她的老公就猫着腰走到茶几前,用玻璃片后面的一双眼睛滴溜溜地注视着女主人手中的干虫子。"这个好像叫什么草,我知道,就是叫什么草。"

"什么草呢?又自作聪明了吧?这叫虫草。"女主人说。

"对,虫草,虫草,好像一条干虫子要卖几十块。"老公唯唯诺诺。

"我刚才说你自作聪明,你现在还在自作聪明。你当了一把手,下属肯定要受你的窝囊气。如果你当了高官,对不能确定的问题千万不要急于回答,免得惹人笑话。你不回答不代表你不懂,人家反而会以为你对这个问题不感兴趣。"说完,女主人将虫草放到盒子里。

"那你说这一根虫草能值多少钱?"钱校长歪着头问。

"这个东西,不是论根卖的,而是论克。"女主人纠正了老公的说法,又将放

下的那根虫草拿起,在老公的眼前晃了晃,"像这么大的虫草,起码要卖到五百块钱一克。"

三狸仅从男子睁大了眼睛、倒吸一口凉气的表情来看,就知道这个人是真的吃惊了。

"乖乖!五百块钱一克?你这一盒子有多少克?"老公惊讶地问。

"给我送虫草的人说了,最大的包装是二百五十克,但嫌二百五这个数字不好听,就加量包装了三百克。很不起眼啊,十五万,你一年的工资啊。"女主人说。

"如果没有外快,我一年哪来这么多工资?"老公说完这句话,将腰直了起来,估计是弯腰弯得太久了,站直后,他用拳头在后背捶了几下。

就在老公直起腰来的工夫,三狸看见女主人又打开了另外一个盒盖子。"你看看这个人参能值多少钱?"

老公刚直起来的腰又弯下了:"这个能值个万儿八千的吧。"因为刚才低估了虫草的价格,老公特地将人参的价格说高了点,因为人工栽培的人参根本就值不了几个钱。

"看人参是不是值钱,必须看须根部分。纯山参须根疏松,细而长,而人工栽培的人参须根就像'大胡子'一样多而乱。这棵人参是五十年的野山参,起码值三十万。"女主人说。

"实在不起眼啊,看不出这点东西能值这么多钱。"老公唏嘘道。

三狸蹲在一边,看着一男一女在谈着钱,实在不感兴趣,就从沙发上跳了下来,到猫窝边吃猫食去了。她刚吃两口就听男子说:"天也不早了,今晚我就不走了,留在这里照顾你,想吃什么,我来做。"

"算啦,就你那手艺,还做饭给我吃,估计你做的饭,连我们家的猫都不吃。"这是女主人的声音。

不大一会儿,又听女主人在电话中说:"喂,是罗总吧……是啊……是……我近两天身体不好,一直在家里待着,又不想出去吃饭。能不能请你们那边派一个厨师过来,给我做几个菜……食材……你们带吧,我很少在家吃饭的……

我想想啊……木瓜炖燕窝,海参小米粥,鲍鱼捞饭,再配点其他菜……就两个人……好,好,等你们啊!"说完,女主人挂了电话。

"你在叫外卖?"老公问。

"不是外卖,是叫我们市最大的酒店厨师来我们家做。"女主人说。

听了老婆的话,老公不知该怎么接茬,于是就干脆装着是个哑巴。

不到半个时辰,一个身穿白衣头戴白帽的厨师,手里拎着一个袋子走进了女主人的家,只见他放下袋子,与主人寒暄几句后,就在厨房里忙碌起来。

不一会儿,门铃又响了起来。

钱校长走到门后,从猫眼里往外看,只见一个美女站在门口。他随即开了门。

美女走进屋,看到这位开门的男子,先是一愣,然后问:"刘副市长不在家?"

听到女子的说话声,刘菊花立即从沙发上站起来,眼睛一亮:"罗总,你怎么也来了啊?派一个厨师就足够了,你还要跟着操心。"

刘菊花将美女让到沙发前坐下,就介绍起来。她指着老公道:"这位是我的老公,姓钱,一级教师,初级中学校长。"说完又指着美女介绍道,"这位是我市最大酒店的副总裁罗紫玉。"

刘菊花说完,她便走进卧室,拿出了一包袋子上印有猫科动物的咖啡,并拿出了三套骨瓷咖啡杯。

"来,这种咖啡市面上很少见,不知你喝过没有,我泡一杯给你们。"刘菊花边说边坐到沙发上,并将咖啡和骨瓷杯子放到了茶几上。

罗紫玉一直在高级酒店工作,而且经常出国,当她看到刘副市长放在茶几上的咖啡包装袋时,立刻笑了起来:"猫屎啊!哈哈哈哈。这个咖啡可贵了,这个五十克包装的可能要值到一千五百块钱一包。"

三狸听到美女说猫屎值钱,立马从猫窝边跑到茶几旁,好奇地望着美女手中拿着的一个小塑料袋。

"你应该喝过吧?"刘副市长边往咖啡杯里加咖啡,一边问罗紫玉。

"喝过。我以前经常到印尼,只知道麝香猫咖啡是世界上最贵的咖啡,却不

知道这个咖啡是从麝香猫的粪便中提取出来的。据说,麝香猫吃下成熟的咖啡果实,经过消化系统排出体外后,由于经过胃的发酵,咖啡别有一番滋味。刚开始我也不敢喝,后来也就习惯了。"罗紫玉说。

刘副市长将泡好的咖啡端到了罗紫玉和老公面前。

老公听到这个咖啡是猫屎做的,还贵得要命,喝也不是,不喝也不是。当他看到罗紫玉端起来抿了一小口时,他也鼓足勇气端起杯子,狠下心来喝了一口。他的心里一直想着猫屎,咖啡刚下肚,胃里就开始翻腾。他迅速起身,快步向卫生间走去。

三狸看得真切,心里乐坏了:"猫屎也能当咖啡喝?如果需要的话,我的屎都留给你们泡着喝。"

第二十六章　白猫的歌声

大狸听白猫舅舅说妈妈生病了，心急如焚。他与白猫舅舅道别后就上路了。

虽然不知道老主人家所在的方位，但他依稀记得，老主人家被拆迁后，住在离拆迁地不远的城郊。他也就是从城郊的房子里，和五个兄妹一起被村主任送给了刘副市长，再后来，是刘副市长将他交给了她的老公。

天气很热，大狸走累了就在路边找点虫子垫垫肚子，渴了就到干净的河边喝点水，不知不觉天就黑了。

实在是太累了，走得四肢酸疼，大狸决定趴下来歇一会儿再赶路。可他刚趴下来不久就睡着了。

大概半夜时分，大狸醒了，四周一片漆黑。此时他觉得口干舌燥，于是爬起来了，他想找一条小河，喝几口水，顺便再捉几条鱼充饥。

走着走着，还真有一条，河面不宽，风平浪静，水面散发着一股异味。

实在是太渴了，有点味道也不要紧。大狸心里想着。

就在他想走下坡喝水时，一团荧荧的绿光在他头顶上飞来飞去，并发出微弱的声音："这里的水不能喝，有毒，喝了，会要你的命的。"

大狸抬起头，对着那一团不大的绿光问："是你在说话吗？"

"是啊，是我。"绿光回答说。

"你是谁啊？"大狸抬起头很好奇地问。

"我是萤火虫，没有听说过吧？"绿色光点回答道。

"萤火虫？还真是头一回听说。"说到这里，大狸仰起头，看着在他头顶盘旋

的绿色光点,坐了下来。

"你没有听说过,但你爷爷的爷爷肯定听说过,你爷爷的爷爷的爷爷肯定还看到过我们。"绿色的光点停了下来,落在了大狸的面前。

大狸低下头来,只见眼前有一只身体长而扁平的虫子,头狭小,眼半圆球形,尾部发着黄绿色的光。

"我爷爷的爷爷?什么意思?"大狸问。

"当然啦,肯定是你爷爷的爷爷才知道嘛。原来啊,我们的家族很大,只要是夏天,潮湿温暖草木繁盛的地方,都有我们的身影。当然还有河边、池边。但我们的活动范围一般不会离开干净水源。几十年前,这些地方有了企业,我们家族就变小了。再后来,企业越来越多,我们就越来越少。现在,你只有在山区的小溪边等少数地方,才能看到我们。"萤火虫扇动了一下翅膀说。

"你怎么知道这条河里的水不能喝?"大狸问。

"你在这条河边看到一只萤火虫了吗?"萤火虫反问道。

"我不是看到你了吗?"大狸说。

"你这是抬杠。我之所以在这里,是因为你在这里。你如果不在这里,我是绝对不会落下来的。"萤火虫又将小翅膀扇了扇。

"那这条河的水为什么不能喝?"大狸渴得要命,所以急于知道答案。

"你闻闻这个味,就知道河水污染有多么严重。污染了的水能喝吗?连人喝了都会被毒死,就不要说你猫了。我们萤火虫更不行,这种味道闻得时间长了,必死无疑。"萤火虫说。

"这条河水是怎么被污染的?你肯定知道吧?"大狸问。

"这个你问我可问对了。河水之所以被污染,都是人类自己所导致的后果。人类为了钱,不要命地发展工业。其实发展工业也没有什么错,但你不要把没有处理的污水往河里排啊。污水只要进入河里,鱼虾等生活在水里的生物肯定先死,接着是我们死,再接着,遭殃的就是人了。"萤火虫说。

"那你为什么没有死?"大狸奇怪地问。

"你以为我是出生在这里的虫子啊?真是的!我是从台湾过来的,是前几天的台风把我吹过来的。所以,我对这个地方也比较陌生,飞了好几天了,急需找一个安生的地方,否则,整天闻着这样的气味,不短命才怪!再说了,如果不是看到你想喝这条河里的水,我才懒得停下来呢!"萤火虫显得有些生气。

"哦!小虫子,谢谢你!这么一说,你救了我的命呢。"大狸将头向萤火虫边贴近了一些。

"别乱来!"萤火虫快速地扇动着翅膀,向后退了几步。

"难道你怕我吗?"大狸问。

"我肯定怕你啊,我爷爷的爷爷说了,你们猫类不仅吃老鼠和鱼,什么虫子都吃。"萤火虫说。

"那也要看什么猫,猫也有底线。"大狸解释道。

"那么我问你,你的底线是什么?"萤火虫问。

"我的底线,首先是善良,要有一颗善心。"大狸说。

"你的话和人类的话一模一样,可结果呢?"萤火虫反问道。

大狸被萤火虫的话问得哑口无言,不知该怎么说好。沉默了一会儿,大狸说:"很简单,你对我有恩,我就该报答你,这就是我的底线。"

"我是为救你的命才落下来的,那你如何报答我?"萤火虫问。

大狸思考了一会儿说:"估计你也飞累了,你就到我的背上,我背着你离开这里,等你不累了,连招呼都不要打,直接飞走就是。如果你真能这样,我在夜里行走的时候也就不觉得寂寞了。"

"此话当真?"萤火虫问。

"肯定当真嘛,君子一言,驷马难追。"大狸肯定地说。

听了大狸的话,萤火虫张开翅膀,直接飞到了大狸的头顶上:"走吧,我就是安装在你脑门上的大灯,星际战猫与萤火虫超级组合,出击吧!"说完,萤火虫的嘴里又"嘟嘟"了两声。大狸知道萤火虫在模仿汽车的喇叭叫,于是也用鼻子喷出了发动机的声响,一溜烟跑了起来。

再说那只将大狸骗去找妈妈的白猫,自从大狸走后,他的心里一直美滋滋

的,想唱一支歌来表达自己的心情。他想:"要自己能在主人家站住脚,就找一个漂亮一点的猫咪约会⋯⋯"

想到这里,他不知不觉就在心里哼唱起来——

蟑螂、螳螂、屎壳郎
郎里格朗格朗里格朗
饥了饿了可以尝一尝
郎里格朗格朗里格朗
"屌丝"只是过去的事
朗里格朗格朗里格朗
从今以后我就是猫王
喵喵,哈哈⋯⋯

其实,白猫在心里唱唱也就罢了,可他不知哪根神经出了毛病,唱着唱着就唱出声来,最可气的是,他还躺在草坪上舞动着四只爪子。

自从大狸离开家后,主人钱校长本来就是一肚子气。

听到白猫无比难听的叫声,钱校长实在难以忍受。他拿起半截砖头,狠命地向白猫砸去。如果这块半截砖头砸到白猫身上,白猫肯定非死即残。

白猫也算命大。

也不知是钱校长没有瞄准,还是力气太小,这扔向白猫的半截砖头在空中划了一道弧线,落到了离白猫一米远的地方。落地的半截砖并没有停下来,又在地上打了几个滚,直接滚到了白猫的眼前。

白猫心里这个乐啊,他还以为主人在逗他玩呢,唱得更加肆无忌惮。他一边唱一边用爪子挠着这半截砖头,可惜挠了几次都没有挠动。

"你家的猫如果再这样叫,老子就过去跟你拼命。不要以为你是校长,就可以这样养猫!"

白猫还在得意地唱着歌,突然被大门口的怒吼声吓了一跳。他爬起来向门口望去,只见主人正在门口跟一个男人说着什么。

自以为是是最容易犯错误的,白猫就是这种类型的猫。

当他看到主人挡在门口,与一个男人说着什么,还以为是主人不让这个男人进来看自己的表演呢。他一路小颠,直接跑到离门口不远处,也就是能够让大门外面的人看得到的地方,直接躺倒在地,肚皮朝上,四爪向天空不停地挠着,又唱起来——

　　蟑螂、螳螂、屎壳郎
　　郎里格朗格朗里格朗
　　饥了饿了可以尝一尝
　　郎里格朗格朗里格朗
　　"屌丝"只是过去的事
　　朗里格朗格朗里格朗
　　从今以后我就是猫王
　　喵喵,哈哈……

白猫的叫声要多难听就有多难听,这叫声不是听力正常的人能够受得了的。

也奇怪,白猫的这一举动,倒真的把钱校长和门外的人吓呆了:这么声嘶力竭地叫唤,这只白猫是不是病了?

拙劣的表演如果能够得到宽容,一般只有三种可能:一是主子富有仁爱之心,不忍触痛表演者的短处;二是主子比表演者更拙劣;三是主子对表演者的真实意图判断失误。白猫拙劣的表演,让钱校长真的判断失误了。

不管怎么说,钱校长也是个教师,起码的爱心还是有的。只见他走到白猫的身边,弯下腰,将白猫抱了起来,嘴里自言自语:这家伙是不是病了?

白猫看到主人将他抱起来,心里乐了:"大狸,你就走得远远的吧,越远越好!即使你回来了,也是白搭,主人已经喜欢我了。"想到这里,白猫用头在钱校

长的怀里顶了几下,并抬起头向钱校长抛出温柔的目光。

　　白猫这一望,钱校长的心里真的乱了:"听那个惨叫,肯定是病了。"看看这个眼神,实在是一点问题都没有。想到这里,他索性将白猫放到了地上。

　　白猫到了地上,也没有忘记继续与主人亲昵。

　　只见他用那灰白的脑袋在钱校长的腿上顶来顶去,并用肚子在钱校长的身上蹭了几下。

　　钱校长一时糊涂了:"这白猫想干什么啊?"

　　还是站在门外的那个男人聪明:"钱校长,你家的白猫是不是身上长了虱子?"

　　男子的这句话,让钱校长如同吃了凉菜里没有拌开的芥末,呛得他回答也不是,不回答也不是。

　　如果钱校长说这只白猫不是他家的,那么人家肯定会说:"不是你家的猫怎么会在你的家里?"如果钱校长说这猫是他家的,那么人家肯定会说:"你家里脏猫才会脏,猫身上才会长了虱子。"

　　钱校长不愧是有文化的人,他没有直接回答男子的问题,而是直接蹲下来,隔着近视眼镜,用手拨开猫毛,从身体后面向前面翻看,连白猫的胳肢窝、脖子下都没有放过,的确没有发现虱子。但他的视线突然停留在白猫的尾巴上,只见白猫的尾巴只有一拃来长,还有那三分之二的尾巴呢?钱校长很纳闷。

　　站在门口的男子,见钱校长没有直接回答他的问题,无趣地走了。

　　钱校长见白猫身上也没有虱子,也就放心地做自己的家务去了。

　　天渐渐黑了下来,白猫心里想:"今天晚上主人肯定不会赶我出去住了,我就住在大狸的窝里,做一个美梦。"

　　"不行,我要为今晚正式入住主人家里搞一个庆祝仪式,这个仪式必须有一个议程。"白猫这样想着,"议程第一项,我要先站到猫窝边祈祷:大狸,我的外甥,你就走远点吧,千万不要回来,即使你回来,这个窝也不是你的了,这个地盘也不是你的了;议程第二项,将猫窝倒扣过来,清理一下大狸的遗迹;议程第三项,宣布主人家大狸时代结束,白猫时代正式开始;议程第四项,将猫粮直接放在猫窝里,睡醒了就吃几口,吃完再接着睡。什么叫幸福?哈哈!这就是幸福。"白猫在心里盘算着自己的小九九。

该吃晚饭了。如果是大狸还在的时候,一般都是白猫站在门口,大狸在屋里"喵——喵——"地叫着,最多叫那么两三声,主人就会将猫食放进食盘,大狸则谦虚地恭请白猫舅舅先吃,等他大快朵颐起来,自己才不声不响地吃起来。

大狸走了,今天该看我的表现了。白猫想到这里,立即向主人的屋里走去。

可气的是,主人连表现的机会都不给。

白猫还没有走进家门口,主人就将食盘放到了外面草地上。白猫原来还想学着大狸在吃食前喊两声呢,这可好,主人连喊两声的机会都不给。

白猫站在门口,抬起头,向站在门口的主人望了一眼,然后走向食盘。他真的不懂主人的心思,为什么要将食盘放到外面?

"也许是主人想给我一次浪漫的机会吧?这不冷不热的天,经常会看到人类的男男女女在露天一边吃着东西,一边谈笑风生。对!主人就是这么为我考虑的。"

想到这里,他为了感谢主人想得周到,特地到主人面前喵了一声,表示感谢,然后才走到食盘前,畅想着这浪漫的露天晚餐怎么吃。

"如果有点酒就好了,哪怕饮料也行,实在没有的话,就弄点水吧,以水代酒,总之这么个意思。"白猫想到这里,眼睛向四周望了望。还真巧,在主人家院子的一棵不知名的花下面,还真的有一个破碗,碗里就有一点主人浇花时洒下来的水。

白猫迈着轻快的步子跑了过去,用嘴巴小心翼翼地将破碗叼到食盘边,然后坐下来,考虑着怎么吃这顿浪漫晚餐。

首先,大狸已经走了,自己是用不着狼吞虎咽的。这一点,白猫心里很明确。

"那就吃得绅士一点。"想到这里,白猫终于开始了这顿自认为浪漫的晚餐。他用舌头舔起了由动物副产品、谷物、添加剂等组合而成的猫粮,慢条斯理地咀嚼着,一边嚼一边自言自语:"这个鼠肉,真香。"吃完,他又舔起一点,边嚼边说,

"这个三文鱼不错,应该是进口的。"嚼完,白猫望着破碗里的那点水,叫了一声,"服务员呢?怎么不倒酒啊?"

白猫是每吃一口,就将猫粮想象成自己最喜爱的不同美味,不过他吃过的美味也就那几样。

天已经伸手不见五指,肚子还没吃饱,但美味不能重茬。白猫这么想着。他从老鼠、三文鱼开始吃起,吃到最后,连苍蝇都想到了,直至想到了蚂蚁,肚子还没有吃饱。

吃什么好呢?正在白猫为下一口吃什么美味而纠结的时候,只见主人开了门,向庭院前的铁门走去。不一会儿,一个女人和主人共同走进了屋,关了门。

白猫在这里多少天,还真的没有见过有女人踏进主人家的门。正当他开始琢磨的时候,主人家的灯就关了。灯关了,就真的伸手不见五指了。

白猫想起即将开启的幸福生活,又高兴地唱起了小曲——

　　蟑螂、螳螂、屎壳郎
　　郎里格朗格朗里格朗
　　饥了饿了可以尝一尝
　　郎里格朗格朗里格朗
　　"屌丝"只是过去的事
　　朗里格朗格朗里格朗
　　从今以后我就是猫王
　　喵喵,哈哈……

白猫唱着唱着,看见主人开了门,便兴冲冲地走到离他不远处。不料主人高高举起一根棍子,只听"梆"的一声,白猫的眼前金星四溅,再后来眼前一片漆黑。

第二十七章　被识破的骗局

　　大狸脑门上趴着一只萤火虫,在黑夜中前行。因为他坚信,只要认真,只要不怕艰难险阻,就肯定能够找到妈妈。

　　漆黑的夜晚,星星显得特别多,满天都是。

　　大狸和萤火虫有一句没一句地聊着,倒把渴和饿给忘了。再加上,萤火虫说话诙谐风趣,也使大狸感受到了快乐。

　　"在黑夜中前行,就如船航行在大海里,一望无际。对了,我怎么看,你都像一艘潜水艇。而我,就是艇前的大灯。哈哈。"萤火虫说。

　　"有这么小的潜水艇吗?我倒觉得我像个小怪兽。如果其他猫看到我脑门上的灯光,肯定会躲得远远的。如果他不躲得远远的,我就龇着牙,'哇'的一声吓唬吓唬他。"大狸说。

　　"如果我一直趴在你的脑门上,被人看见了,肯定会以为你是二郎神的宠物。哈哈!"萤火虫又开始调侃大狸了。

　　"二郎神的宠物是狗,不是猫。"大狸边走边回答。

　　"狗?狗算什么东西?不如你们猫好。如果是狗今晚去那条污染的河里喝水,我是不会阻止他的。因为我最讨厌狗。想起'狗'这个字,我就觉得恶心。"萤火虫说。

　　"为什么会讨厌狗啊?是不是你前男友就是一条狗狗,后来抛弃你了,所以你恨他?哈哈!"大狸和萤火虫开起了玩笑。

　　"停'车'!停'车'!不停'车'我真要生气了!"萤火虫在大狸的脑门上扇动着翅膀,显得非常生气。

大狸停下了脚步。"萤火虫公主,有什么吩咐吗?"

"你要积点口德啊!能开这样的玩笑吗?我的偶像是七星瓢虫,你懂吗?狗狗那么脏,除非我瞎了虫眼,要不怎么会和他们拍拖呢?你快给我道歉,不然我就下'车',不理你了。"萤火虫说。

"好,好,好,我给你道歉,我对不起你们家祖宗十八代,更对不起萤火虫公主。"大狸说完,又问了一句,"行了吧?"

"这还差不多。开'车'。"萤火虫对大狸发号施令。

"对了,你还没有回答我的问题呢,你为什么不喜欢狗狗?"大狸继续问。

"为什么啊?狗狗很不文明,到处拉屎。"萤火虫说。

"奇怪了,所有动物都拉屎,为什么你只讨厌狗狗?"大狸有点不理解。

"你这个笨猫,我一说你就知道了。你们猫在拉屎前,都会先刨一个坑,拉完用土将屎盖起来。而狗狗,不管在什么场合,拉完就跟没事似的,扬长而去。所以,不止我一个萤火虫讨厌狗,我们所有萤火虫都讨厌狗。"萤火虫解释道。

"听起来很有道理。"大狸说。

"咱们在自然界也算是有身份的虫子,只要你提到我们萤火虫,谁不知道啊?就是因为我们是名虫,所以我们说话必须是有根据的,这叫自律。没有道理我能乱说吗?"萤火虫理直气壮。

走了没多远,萤火虫的翅膀又开始扇动起来:"停'车'!停'车'!"

大狸停下脚步:"又怎么啦,我的公主?"

"难道你不渴吗?不饿吗?我都饿了,想找一只蜗牛解解馋。"萤火虫说。

"别逗吧,就你这个小不点,还吃蜗牛呢,蜗牛吃你还差不多。"大狸说。

"从你和我说话的口气,我就知道你是一个不爱学习的猫。别看我们小,可我们在幼虫时是食肉生物,小时候主要吃蜗牛、田螺。"萤火虫说。

"那你现在都是成虫了,主要吃什么呢?"大狸问。

"干净的露水和花蜜。"萤火虫回答。

走了一会儿,萤火虫又问:"渴不渴,笨猫?前面不远就有一条小河。"

"小河?哦!我听见了哗哗的水声了。"说完这句话,大狸立即感到渴了,连嘴巴都感觉发干。

"开'车'，到河边喝水去。"萤火虫趴在大狸的脑门上，边说边扇动着翅膀。

大狸大步流星，不一会儿就来到了河边。当他想低下头喝水时，他看到了在河边的不远处，有两只猫正在捉鱼。

先喝完水解解渴再说。大狸蹑手蹑脚地走到河边，伸出舌头，"吧嗒吧嗒"地喝起水来。

"喂，你喝水的声音能小一点吗？没看到我们在捉鱼吗？"一只正在捉鱼的猫轻声地对大狸说。

大狸才不理这一套呢，先把水喝饱了再说。

看到大狸还在低头喝水，那只捉鱼的猫走了过来。当他走到大狸身边正想开口时，大狸掉头向他望了一眼。

这一望可出事了，只听刚才还气势汹汹的猫"哇唔"一声，掉头就跑。

大狸真的不知道发生了什么事，还在心里嘀咕："这家伙踩到电门了？"萤火虫的一句话使他茅塞顿开："你看看，你把猫吓着了吧？这只猫不是怕你，而是怕我。我往你脑门上这么一趴，你就是个二郎神。哈哈。"

那只跑回去的猫不知和边上的猫说了什么，现在是两只猫朝着大狸走了过来。

大狸原来还想龇牙吓唬吓唬他们，想想算了，因为朝他走来的两只猫好像并没有什么恶意。

等两只猫快要走近时，大狸忽然觉得，走在前面的这只很像他的妈妈花狸。

真的是妈妈！大狸按捺不住内心的激动，快步走了过去："你是妈妈？"

"你在叫谁？谁是你的妈妈？"花狸停下脚步，望着眼前的猫，脑门上有一颗绿色的光点，忽明忽暗。她感到十分惊讶。

"啊呀，怪我！我下来，你们就不会惊讶了。"萤火虫拍打着翅膀从大狸的脑门上飞了下来，停在了边上的一棵小草上。

"你是大狸？"萤火虫离开大狸的脑门，花狸一眼就认出了站在面前的儿子。

"还真的是大哥！"二狸也认出来了。

"你们猫类也太随意了,见面就叫妈妈,真不可思议。"萤火虫说。

"你别乱说啊,萤火虫,她就是我们的妈妈。我忘了告诉你,我这次出来,就是为了找妈妈的。如果我不出来找妈妈,怎么会遇到你呢?"大狸对萤火虫说。

"哦,还有这么巧的事。那我就不打扰你们了,你们一家慢慢聊吧,我也该找一个既安静又可以歇脚的地方。再见,猫咪!"萤火虫说完,张开翅膀飞走了。

萤火虫飞走了,大狸对着天空喊着:"再见!萤火虫,谢谢你!"

二狸和妈妈在这里能遇到大狸,真是百感交集。

"妈妈,你的身体是什么时候康复的?"大狸问。

大狸一见面就问这个问题,花狸觉得很奇怪:"我身体一直很好啊。不信你问问二狸。是谁说我身体不行了?"花狸问。

"就是那个舅舅啊,白猫舅舅说的。"大狸说。

"他是怎么看到你的?"花狸感到纳闷。

"有一天,他走到我们主人家门口,说是想我了,于是就和我住在主人家里。第二天,他就告诉我,说他遇到了他的好朋友狐狸先生,狐狸告诉他,你病了,特别想我来看看你,还说二狸也过来看你了。"

大狸说完,三只猫都沉默了一会儿。

"妈妈,我说话你可不要生气,那个白猫舅舅,看来真的不是一只好猫。他不仅满嘴谎话,还分不清好歹,他竟然对猫贩子抱有幻想。"此时的二狸想起了和白猫舅舅一起逃亡的情景。

自从老主人家房子拆迁后,这只白猫就如影随形。虽然他是自己的哥哥,但好吃懒做、信口雌黄、花言巧语的本性已经改不了。花狸沉思良久,终于开口说话了:"孩子,你赶紧回去,也许是白猫想骗你离开主人家,这样他就可以留在主人家了。"

"妈妈,既然找到你了,我就不回去了,和你、二狸住在一起,多好啊。"大狸说。

"不行的,我们的主人家,自从房子被拆后,日子一直过得很艰苦。男主人失业了,女主人残疾了,小女孩又要上学。再说了,那个村庄被拆迁以后,这里到处都是无家可归的流浪猫,主人虽然很有爱心,但也是心有余而力不足啊。"花狸说。

"我总是怀念过去和妈妈在一起的日子,虽然艰苦,但真的很幸福。"大狸说。

"大哥,我们出来捉鱼,可不是为了自己吃哦,主人家很少买肉吃,所以我们捉鱼,就是为了给主人家的人补充一些营养。"二狸说。

"妈妈,那我现在真的不可以留下来吗?"大狸问。

"不能留下来,你现在就回去。我也怀疑你舅舅不安好心,你必须现在就上路,越快越好。但千万要记住了,见到舅舅对你不礼貌时,自己一定要掌握分寸。"花狸说到这里,又赶紧吩咐二狸,"你快去拿几条鱼来,给你哥哥吃。"还是花狸想得周全,大狸已经好长时间没有吃食物了。

听到妈妈的吩咐,二狸飞快地叼来一条鱼。大狸狼吞虎咽地吃完,与妈妈、二狸深情拥抱后,匆匆踏上了回家的路。

……

等白猫从梦中醒来,天已经大亮。他觉得头有点疼,于是用爪子摸了一下,他的爪子能明显地感到头顶上有一块隆起的包。他清楚地记得,昨晚正在自己唱得高兴时,被主人劈头盖脸就是一棍,再后来就什么都不知道了。

"我错了吗?错在哪里?"白猫在反思自己。

正当白猫聚精会神地思考着为什么被打时,钱校长开了门,走近白猫望了望。然后他转身到屋里拿出了一点猫粮,放在食盘里。

"难道主人是在考验我?如果不是考验我,他为什么还要给我喂食?"白猫对问题的思考与判断,一直很另类,这也是他一生充满悲剧色彩的根源所在。

"既然是考验我,我就要打起精神,继续讨好自己的主人。争取顺利通过考验,哪怕被主人打得头破血流也在所不辞。"白猫一边吃着猫粮,一边下定了决心。

主人上班去了,白猫已经忘记了头上的疼,继续在院子里深情歌唱——

蟑螂、螳螂、屎壳郎

郎里格朗格朗里格朗

饥了饿了可以尝一尝

郎里格朗格朗里格朗

"屌丝"只是过去的事

朗里格朗格朗里格朗

从今以后我就是猫王

喵喵,哈哈……

或许,也可能就是今晚,就可以入住主人家,躺进大狸的窝里,然后成为主人的宠物,从此过上无忧无虑的幸福生活。想到这些,白猫按捺不住喜悦的心情,一会儿倒地高歌,一会儿四腿朝上打着拍子,路过钱校长家门口的人都在大铁门前驻足,向院子里张望着。

见此情景,有一个人说:"什么人养什么东西。"这句话逗得围观的人大笑起来。

有了笑声,白猫的表演就更加卖力。

这一天,他表演得相当成功,到门口看望他的人不会低于一百个。

太阳快要下山的时候,一件令白猫意想不到的事情发生了。

只见大狸迈着疲惫不堪的步子,爬过了铁门,走进了院子。

这件事来得太突然,白猫的大脑一片空白。

等大狸和白猫打了招呼,走到食盘边吃食的时候,白猫意识到,如果不采取措施,自己的噩梦即将开始。

大狸饿得快不行了,狼吞虎咽地吃着猫粮。

白猫真的生气了,走到食盘前,一爪将食盘刨翻。

"舅舅,你是在干什么啊?"大狸被白猫的这一举动惊呆了。

而白猫的这一举动,也就验证了花狸和二狸所说的话是正确的。

"干什么？你心里应该知道吧？"白猫恶狠狠地对大狸说。

"舅舅，难道我做错什么了吗？如果我真的做错了，你得告诉我啊。"大狸说。

听了大狸的话，白猫灵机一动，想出了理由："外甥，我其实也不想这么做啊。作为舅舅，怎么可以对外甥这样啊？但有一件事，我必须老实告诉你。就在你走后，主人就找我谈话了，他说要赶你走。我感到十分惊讶。但他是真的跟我说了，这块地盘从今以后就归我管了，任何猫类不得迈进大门一步！主人交给我的任务我必须完成啊。外甥，希望你能理解舅舅，这件事情，我真的也很为难，但又想不出好的办法。"白猫说完，用眼睛狠狠地瞪了大狸一眼。

"能有这件事情吗？不会吧？我只是按照你的意思去找妈妈。走了两天一夜也没有找到，我只好回来啊。再说了，我也没有做过对不起主人的事情啊？"大狸心里想，这个时候，不能说实话，要跟白猫斗智斗勇。大狸胸有成竹。

"这个我管不了，我只是按照主人的吩咐来做。你赶紧离开吧，跑得越远越好，免得主人回来了，要了你的小命。"白猫威胁道。

"为什么啊，舅舅？"此时的大狸，只能假装不能理解。

"我也不知道啊。为了这件事情，我昨天还专门在主人面前为你求情了。可主人就是不听我的话。我第二次求情时，主人拿着一根棍子，劈头盖脸地向我的头上打了一下。你看看，这么大的包还没有消下去呢。"白猫边说边用爪子摸了摸头顶上的包。

"那我现在该怎么办？"听着白猫的话，大狸想试探一下他会编出什么样的理由。

"你现在就赶快离开吧，早一点离开，就早一点安全。你看天也快晚了，一旦主人回来，你肯定完蛋。"白猫又威胁起来。

你就编吧，要怎么编就怎么编，我要等主人回来，看看究竟会是什么样的结果。大狸铁下了心。

时间不长，主人家的大铁门"哐当"一声响了起来。

门开了，进来了两个人，一个是主人，一个是主人的弟弟——猫贩子。

白猫看到主人回来了，一路小跑，径直跑到了钱校长的腿边。正当他想在主人的面前撒娇时，就见主人一脚将他踢开，直接向大狸身边走去。

大狸不知如何是好，直到主人将他抱在怀里时，他才认定，白猫舅舅说的都是假话。

主人一边用手抚摸着大狸的背部，一边说："我的招财猫，你这两天到哪里去了？可把我急坏了。你现在回来了，我就放心了。"

主人说完，高声喊道："老二，你怎么还不抓这个白猫啊，非得等天黑了再抓吗？"

猫贩子不慌不忙地说："猫在你的院子里，还能跑得了？我抽完烟，马上就抓。"

听了主人与猫贩子的对话，大狸知道，白猫的末日已经来了！

大狸端坐在主人怀里，只见猫贩子手里拿着一根长长的竹竿，竹竿前端有一个大大的网状舀子，向白猫的身体套去。而白猫则一动不动地蹲在地上，猫贩子没费一点力气，就将白猫套进了网里。

直到这时，被套进舀子里的白猫还在想："这又是什么仪式？"

还没等白猫想清楚，猫贩子就将抓到的白猫放进了铁笼子。

这个铁笼子，白猫熟悉。上次，他就是在二狸的帮助下，从这个笼子里逃出去的，而这个猫贩子，白猫当然就更熟悉了。

第二十八章　四狸与猫头鹰

四狸被林玉的手机砸晕了。当时,她看到林玉生气的样子,也想躲一下,但没有想到的是,手机不偏不倚就砸中了她的头部,眼前瞬间一片漆黑。

等四狸醒来的时候,发现自己躺在草坪上,天上繁星点点。

她翻了个身,趴在地上,除了头有点晕,既没有流血,也没有起包,并无大碍,四狸心里踏实了许多。

她抬头看了看四周,知道自己还在主人家的庭院里。此时,她的肚子"咕噜噜"地响了起来,四狸突然想起,自己已经好长时间没有吃东西了。

说来也巧,就在这时,一只黑色的鸟在主人家院子内低空盘旋,只见这只鸟一圈一圈地飞着,后来竟然就落到了栀子花叶子上,倒挂在那里。

这时的四狸,肚皮紧贴着草坪,向栀子花边匍匐前进。当她爬行到栀子花下时,被眼前的这只鸟惊呆了——只见这只鸟的翅膀如同黑色的薄膜一般,紧贴在身子上,而这身子就更加奇怪了,竟然是一只灰黑色的老鼠。

老鼠怎么会长翅膀呢?这种东西能吃吗?不管如何,先将他拍下来再说。想到这里,只见四狸瞬间立起身,举起爪子,向挂在栀子花叶子上的这只怪物拍去,就听"吱"的一声,怪物应声落下。

这个东西能吃吗?四狸用爪子在怪物的身上拨弄着,每拨弄一下,怪物就会发出"吱——吱——"的叫声。这是什么东西呢?四狸觉得很好奇。

正当四狸拨弄着老鼠一样的怪物的时候,一只长得像猫的大鸟落到了主人家的围墙上。只见这只鸟长着一副猫的脸盘,眼睛睁得大大的,像两个玻璃球嵌在脸上,就连那黑褐色羽毛上的斑纹也有点像猫。

直到这时，四狸才开始怀疑自己是不是出现了幻觉。难道自己的脑子被主人的手机砸出毛病来了？你看，自己抓到的老鼠是长了翅膀的。现在又看到主人家围墙上的一只猫也长了翅膀。

四狸举起爪子，在自己的脸上轻轻地拍打几下，感觉很正常，并没有什么幻觉。"那我看到的东西都是真实的吗？怎么长了这么大，奇怪的东西都在一个晚上被我看到了？"四狸很纳闷。

在当四狸怀疑自己是不是在做梦时，站在围墙上那只长着猫脸的鸟对着草坪上的四狸说话了："猫咪，你就别在那个小动物身上拍拍打打的了，尽管放心地吃吧！"

"你是谁？猫不像猫，鸟不像鸟的，我怎么从来都没见过你啊？"四狸问。

"这个你就别问了，我已在天上飞了好一阵子了，看你一直在小动物身体上弄来弄去，我就知道你不敢吃。放心地吃吧，没问题的，这不是你想象中的老鼠。"长着猫脸的鸟说。

"既然他不是老鼠，那就请你告诉我，这个东西是什么？"四狸问。

"这个东西叫蝙蝠，蝙蝠你知道吗？"怪鸟反问道。

"蝙蝠是什么东西啊？"四狸问。

"蝙蝠是什么东西？有的人类说蝙蝠是吃了盐的老鼠变的，很无知啊。蝙蝠除了毛色和大小跟老鼠有点像，并且都是夜间活动之外，它们之间没有太大的共同之处，但区别倒有不少：蝙蝠有翼膜形成的翅，老鼠没有；老鼠有长尾巴，蝙蝠没有；老鼠有发达的胡须，蝙蝠没有；老鼠有不停生长的门牙，蝙蝠没有；老鼠是杂食性动物，以吃素为主，小型的蝙蝠全是吃荤的；老鼠做窝繁殖，蝙蝠繁殖从不做窝；老鼠一胎能生多只，蝙蝠每次只产一仔。"长着猫脸的鸟对四狸说。

这只怪鸟说完，四狸终于明白蝙蝠是什么了。但这个长着猫脸的怪鸟又是什么呢？于是她又问："那么，你又是什么呢？"

"我是什么？哈哈。我，就是我。"怪鸟回答道。

"我看你的脸长得像我们猫，但却是一只鸟，心里总觉得怪怪的。"四狸说。

"你看我长得怪怪的，我看你就不觉得怪怪的吗？你用猫的长相和我们鸟比,评价标准不一样啊。"怪鸟说。

"抱歉,我说的不是这个意思。我的本意是想问,你是属于哪一种动物?"四狸也感觉到自己说话欠妥,急忙改正。

"我们和你们猫类应该属于朋友关系。"怪鸟说。

"朋友?我怎么没有听说过啊?"四狸觉得很奇怪。

"你们猫类的敌人是什么?是不是老鼠?如果是,我们就是朋友。"怪鸟说。

"我们猫类的敌人就是老鼠,难道你们的敌人也是老鼠吗?"四狸问。

"是啊,我们飞行时悄无声息,昼伏夜出,也以鼠类为主食。"怪鸟说。

"那就算朋友吧。既然我们是朋友,你就应该回答我提出的问题,你是属于什么鸟?你如果不回答,我可就要开始吃蝙蝠了,你可别怪我没有礼貌。"四狸说。

"好吧,你吃你的蝙蝠,我讲我的身世,这样大家都不误事。我的名字叫猫头鹰,别看我是一只鸟,但也算一只有名的鸟。我们一贯在夜里活动,白天活动,我们就会出洋相,飞行时颠簸不定有如醉酒,这主要是我们的眼睛在白天是看不见东西的。人类称我们为夜猫子,他们常说'夜猫子进宅,无事不来''不怕夜猫子叫,就怕夜猫子笑',称我们为'不祥之鸟',产生这些误解的主要原因可能与我们的叫声有关。"

猫头鹰讲完,四狸的蝙蝠也吃完了。她用爪子清理了一下嘴边的血,然后说:"哦,怪不得长得有点像猫,原来你的名字就叫猫头鹰啊。既然是朋友,我也没事,你就飞下来和我玩一会儿吧,可以吗?"

"可以是可以,但我知道你们猫类有吃鸟的习惯,你可不要对我抱有幻想哦,你看看我的爪子。"猫头鹰说到这里,将锋利的爪子伸出来晃了晃,继续说,"像跑得很快的兔子,只要我想吃,一个俯冲下去,瞬间就能将他抓起来,然后开膛破肚。你知道我的意思吗?"

"知道,知道,难道你还怕我吃了你不成?我们既然是朋友,就要讲朋友义气。这个你放心。"四狸说。

四狸的话刚说完,猫头鹰便从围墙上悄无声息地飞了下来,刚站稳就说:

"有翅膀就是好啊,可以在半空中往下看,视野比在地上行走的所有动物都宽。你看我一落到地上,眼前除了你,还是你。哈哈。"

四狸被猫头鹰的笑声吓了一跳:"猫头鹰,你能别笑吗?你的笑声阴森恐怖,我怕你把正在睡觉的主人吓着了。"

"我忘了,我的笑声不是那么好听,呵呵。"猫头鹰一边说一边用翅膀将嘴巴掩了起来,"不过,你们猫有时候叫声也很难听。我就在半夜里听到过几次,有时鬼哭狼嚎,还有一种叫声很特别,就是在喉咙里咕噜,不知为什么。"

"哎呀,那是猫咪们的特殊时期嘛。特殊时期,懂吗?"四狸反问着猫头鹰。

"什么叫特殊时期?你们猫类很特别吗?还特殊时期呢。"猫头鹰觉得很难理解。

"反正你也不是猫类,我就告诉你吧。我刚才说的特殊时期,就是指猫咪们谈情说爱的时候,叫声与平时是不同的,但时间很短。"四狸解释道。

"不护短行不?哪怕就是叫一声,难听就是难听。"猫头鹰说。

"好!好!好!不抬杠,我代表猫类向你承认错误还不行吗?"四狸好像有点不耐烦。

"这又不是什么原则错误,无所谓的。对了,你不是邀请我下来陪你玩一会儿的吗?怎么不耐烦了?玩什么?你来决定,我保证奉陪。"猫头鹰说。

"我说了你可不要有意见哦,刚才是想玩的,可现在却没有了这个心思。最近,心情一直很不好,不知为什么。"四狸低声说。

"心情不好?是不是想谈恋爱了?想谈恋爱,又找不到白猫王子,心情能好得起来吗?"说完,猫头鹰又笑了。

"哎呀,早就跟你说了,你能不笑吗?如果正在休息的主人被吵醒了,我可是要吃不了兜着走的。"四狸埋怨道。

"我跟你说了几句话,就听你口中左一个主人,右一个主人的,你难道是为主人活着的吗?我们猫头鹰,想干什么就干什么,随心所欲,不受任何约束。就你这个脾气,如果你是雌猫头鹰,我早就不理你了。"猫头鹰有些生气了。

"我们和你们猫头鹰不一样哦,因为住在主人家,所以必须要考虑主人的感受。"四狸低声说。

"主人高兴,你就高兴?主人不高兴,你就不高兴?"猫头鹰有点不理解。

"有点吧,主人高兴了,她们就会很喜欢你,主人生气的时候,不仅会讨厌你,有时候还会打哦。"四狸说。

"还有这么一回事?"猫头鹰拍了拍翅膀,晃了晃身体,继续说,"人类如果敢动我一个手指头,老子肯定会和他们拼命!"

"你当然有资格说这话了,你们又不是跟主人生活在一起的。"四狸说。

"或许,与主人的脾气有关吧?"猫头鹰问。

"是的哦,就像我的女主人,整天神一阵鬼一阵的。她高兴的时候对我特别好,一旦生气了,我就遭殃了。"四狸的情绪显得很低沉。

"难道你的主人还打你吗?我想不会吧?"猫头鹰问。

"打啊,昨天被她用手机砸了个半死,差点缓不过气来。"四狸有点伤心。

"她不高兴与你有什么关系啊?人类真怪。"猫头鹰愤愤不平。

"算了,不谈这些了。谈这些事情挺郁闷的。"四狸已经意识到自己怠慢了朋友,主动往猫头鹰的面前走了几步。

"我带你到空中散散心吧。"猫头鹰说。

"你傻啊?我又不像你,还有个翅膀,怎么飞上天啊?"四狸埋怨道。

"你胆子大不?如果胆子大,我就带着你到天上飞一圈。"猫头鹰对四狸说。

"你真的能带我到天空去兜风吗?你看我,虽然尚未生育,但是一个成年的猫哦。"

"成年猫算什么呀,兔子,兔子你知道吧?只要我想抓他,从天上俯冲下来,直接抓住他的背部,瞬间就上天了。不过,那不是游戏,而是我想吃他。"猫头鹰说。

"那你会不会将我抓到天空后,也找一个地方吃掉我呢?"四狸还是有点担心。

"哎呀,我们猫头鹰也是讲规矩的。怎么会吃朋友呢?再说了,我们的食物很多,为什么要吃一只猫啊?"猫头鹰耸了耸肩。

"那你不会把我从天上扔下来吧?"四狸问。

"不会的,请你放心,飞一圈后,我再送你回这里。"猫头鹰说。

"好,我听你的,也找一回当飞行员的感觉。"四狸点头答应。

只见猫头鹰飞到四狸的背上,然后骑在她身上,用爪子将猫咪前腿的胳肢窝部位紧紧抓住:"你注意了,我先试飞一下。"猫头鹰刚说完,就迅速拍打着翅膀,很快就将四狸带离了地面。

猫头鹰在院子里低空飞了一阵子,然后又将四狸放了下来:"感觉怎么样?如果还行的话,我就带你向高空飞,只要你不怕,我可以带你一直飞到月亮上,在月亮上玩一会儿,我再带你到地面。"猫头鹰和四狸开起了玩笑。

"感觉当然很好啊,但我求你,千万不要将我带到月亮上去哦,一只猫在月亮上,连个伴都没有。"四狸当真了。

"好,那我就将你带到空中看看,你说回来我就将你送回来。"猫头鹰很认真地说。

"好,现在就起飞!"说完话,四狸主动趴到了地面上。

只见猫头鹰拍打着翅膀,又一次骑到了四狸的身上,双爪将猫咪前腿的胳肢窝部位紧紧抓住。

"猫头鹰航班即将起飞,请猫咪小姐系好安全带。"猫头鹰与四狸开了一句玩笑,话毕,四狸感到自己已离开地面。

这应该是天快亮了的时候。四狸从空中看到,有的人家窗户已经亮起了灯,马路上有稀稀拉拉的黑点移动着,应该是人类吧。再往远处看,就能看见一条泛着蓝光的小河如飘带一般在黛色的大地上舞动。

"这是猫类第一次飞上了天空,你应该被载入吉尼斯世界纪录。"猫头鹰说。

"我才不在乎什么世界纪录呢,我在乎的是自己的感受。"四狸说。

"那你感觉怎么样?"猫头鹰问。

"感觉很棒,风吹着我的脸颊和胡须,对了,还有肚皮,真的很爽。就是胳肢窝有点酸,时间长了恐怕受不了。"四狸说。

"你说什么时候回去,我们就什么时候回去。"猫头鹰说。

飞了几分钟吧,四狸的前肋有点酸了,特别是尾巴根部风吹得凉飕飕的,也痒痒的,但又不好意思说。她问猫头鹰:"我们可以回去了吗?"

"好!听你的,我们现在就开始滑行。"猫头鹰说完,张开翅膀,不再扇动了。

很快,猫头鹰将四狸带回了主人的院子里。猫咪和猫头鹰意犹未尽,但天快亮了,他们只能依依惜别。

……

林玉用手机将猫咪砸死后,她真后悔了。但大祸已经酿成,世间买不到后悔药。

可她一直抱有"猫有九条命"的幻想,将猫咪放到草坪上后,她就经常到草坪上看猫咪有没有活过来。

这天夜里,林玉一直没有睡踏实。直到半夜,她还穿着睡衣到外面看了一次,猫咪还是那个样子,身体软软的,躺在草地上一动不动。但与以前不同的是,猫咪的鼻子里有了一丝丝气息。"老天保佑!老天千万千万要保佑!如果猫咪死了,我就成罪人了。"林玉嘴里念叨着。"也许天亮的时候,猫咪就能活过来。"林玉这样想着。

因为心里一直惦记着猫咪的生死,天快亮的时候,林玉又从床上爬起来,穿着拖鞋走到落地窗前。就在她用手拉开窗帘的瞬间,她被眼前的一幕惊呆了——

只见一只猫头鹰的爪子抓着一只猫咪,在院子里低空盘旋了两圈,然后将猫咪放到地面上,又拍打着翅膀高飞而去。

我不是在做梦吧?林玉使劲揉了揉眼睛,迅速开门,冲到了屋外,只见自家的猫咪坐在草坪上,用爪子轻轻地揉着胸口。

此时的林玉,心情相当的复杂,说不上是喜,说不上是忧,也说不上是惊诧。她在想:"猫头鹰将猫咪叼走后,为什么又将它送回来?难道是猫头鹰救了猫咪的命吗?"

而此时的四狸,看见主人站在不远处,心情也相当复杂——是跑过去与主

人亲昵一下？还是就坐在这里，看看主人想干什么？

不管怎么说，被自己亲手打死的猫咪活过来了，就是一件幸运的事情。林玉想到这里，便快步走到四狸身边，将猫咪抱回了屋里。

被主人抱着的四狸心神不定，主人将她放到地板上时，她还有点不知所措，傻傻地坐在那里。

林玉找来了一些烤鱼片，放到了猫咪面前。

四狸则小心翼翼地走到鱼片前，一边望着主人，一边吃着鱼片，心事重重。

其实，此时的林玉更是心事重重，这猫头鹰与猫咪，究竟是怎么一回事？

第二十九章　猫头鹰的舞蹈

四狸从开始吃鱼片,直到吃完,都在察言观色。当她看到女主人并没有伤害她的意思,才放下心来,但她依旧与女主人保持着距离。

而此时的林玉,大脑中一直在回放猫头鹰抓着猫咪在院子里盘旋后又放下的场景。她一直在思考着这样一个问题:"自己半夜醒来时,猫咪还软绵绵地躺在草坪上,等自己起来的时候,猫头鹰已经将猫咪放回到庭院里。这期间,究竟发生了什么事?"

想到这里,林玉快步走到猫咪跟前,将猫咪抱了起来,从脑门看到尾巴,又翻过来从下巴看到屁股,并没有看到受伤的痕迹。"难道猫头鹰是神仙吗?"林玉在心里嘀咕。

担心自己看得不够仔细,林玉又一次用手指将猫咪的毛一点一点拨开,还特别细看了猫咪圆圆的脑袋,越看越觉得奇怪:"手机都砸坏了,这猫咪怎么一点受伤的痕迹都没有啊?"

林玉冥思苦想,四狸却若无其事。

"夜猫子进宅,无事不来""不怕夜猫子叫,就怕夜猫子笑"。猫头鹰可不是个好鸟啊! 不知在什么时候,林玉脑子里灵光一现,好像有了什么不祥之兆,打了一个寒战。此时她的心中,好像瞬间被压了一块重石,而这块重石就压在她的嗓子与心脏之间,让她感到透不过气来。

林玉仔细地看着抱在自己怀里的猫咪,突然感到猫咪与昨天已经有了变化:猫咪眼睛的瞳孔变得一只大一只小,而那黄宝石一般的眼睛犹如女巫的糖果。再仔细端详那张猫脸,似笑非笑,好像在嘲笑着自己……

看到这里,林玉的心里突然一哆嗦。

这还是以前的那只猫咪吗?猫咪是不是在被猫头鹰叼走后,发生了什么变化?我差点就要了猫咪的命,猫咪会报复我吗?特别是那只不可思议的猫头鹰,会不会因为我打了猫咪而给我带来灾难?林玉心乱如麻。

这一天,林玉的心情十分复杂,对四狸既毕恭毕敬,害怕有一丝损失,又疑神疑鬼,总觉得猫咪与过去有些不一样。

其实,对于四狸而言,这一天过得很正常。除了女主人抱她的那一段时间,大部分时间还是自己给自己找乐趣。她想,既然遇到了这样的主人,要想改变命运很难,除非离开。

离开的风险可想而知,留下来也不是没有风险。四狸心想:"自己多留点神,尽量不要在主人生气的时候往枪口上撞,也许就是躲避风险最好的方法。"

这一天,林玉都不知道天是什么时候黑下来的,她匆匆吃了点晚饭便上床休息了。

这一天,四狸也过得很开心,最起码,这一天主人没有对她发脾气,更没有折磨她。所以,当她看到主人休息的时候,自己也就爬进了猫窝,呼呼大睡起来。

大约是到了半夜,有一种很低的声音传进了四狸的耳朵:"我的猫咪朋友,你难道在休息吗?不想起来一起捉老鼠?"四狸竖起耳朵,她听得出,这不是人类的声音。

四狸从猫窝爬起,走到门缝边,轻声对着外面问道:"你是谁?"

"你真是健忘,昨晚还在一起开心地玩,今天就忘了。"这是猫头鹰的声音。

"哦,对不起,我还真的忘得一干二净。"四狸说。

听到四狸说话,猫头鹰从院墙的墙头上飞了下来,直接落到了大门口。他挪动了几步,直接将头贴近大门,对着门缝里的四狸说:"怎么,你不能出来?"

"是啊,我是不能出去的,主人每天都把门关得死死的。"四狸说。

"为什么人类晚上都会关上门呢?实在搞不明白。"猫头鹰很纳闷。

"也许是怕坏人偷东西吧。"四狸说。

"我问你,将门关起来,就能挡住小偷吗?"猫头鹰说。

"我也没见过小偷是什么样子,我只是这么认为的。"四狸说。

"其实,防偷,莫过于防自己。"猫头鹰说。

"你这是什么意思?难道自己还能偷自己的东西?"四狸感到猫头鹰的话有点奇怪。

"我不是这个意思。你看我,肯定用不着防偷。你,也用不着防偷。为什么人类偏偏就喜欢防偷呢?主要原因还是出在自己身上。"猫头鹰说。

"我听不懂你的意思哦,你能给我解释一下吗?"四狸问。

"小偷是什么?一般都是穷人。如果他们的生活有了保障,他们能愿意去做小偷?因为小偷没钱,但又想成为富人,所以他们只能去偷富人的财富。要解决这一问题,人类首先要均贫富。"

"看来你也是个有点思想的猫头鹰,但我对这个问题不感兴趣。因为这是连人类自己都解决不了的问题。"说完,四狸打了一个哈欠。

"看来你真的缺少锻炼,才聊几句,就哈欠连天的。"猫头鹰对四狸的哈欠声有点不满。

"主要是没有感兴趣的话题哦。不打哈欠才怪。"四狸对着门缝说。

"我问你,你对什么问题感兴趣呢?"猫头鹰问。

四狸沉思了片刻:"最好是关于爱情的话题。不怕你笑话,我整天在主人家,连一只猫咪都看不见,有时候我就想,如果主人家里有一只公老鼠,我保证和他恋爱。哪怕生不了孩子,起码我的一生也算完整了。"

"哈哈哈哈。"听了四狸的话,猫头鹰拍打着翅膀,在门外笑得东倒西歪。

"喂!你能矜持点吗?如果把主人吵醒了,我们就聊不成天儿了。"四狸着急地对外面的猫头鹰说。

猫头鹰急忙用两只翅膀掩住了嘴巴:"好、好,我不笑。但你刚才所说的话真是太滑稽了。你竟然想与你的敌人结婚,难道就不在乎我的感受?"

"哎呀!我也只是说说嘛。我可不像你们猫头鹰可以满天飞,随时随地都可以谈恋爱。我只是一只家猫。家猫,知道吗?就是被整天关在家里的猫。"四

狸说。

"是啊,整天关在家里真的不是我要的生活。如果你是一只野猫就好了,你和我结婚,我去为你找食物。"猫头鹰说。

"你充其量也就算一只鸟,猫和鸟能结婚吗?如果真的结婚,生下的孩子算什么?鸟猫?哈哈!"现在是轮到四狸笑了。

"鸟猫就鸟猫,只要能生出来,就是我们的孩子,有什么可笑的?"猫头鹰好像还当真了。

"我还从来没有听说过鸟和猫能结婚。"四狸说。

"那你听过猫能和猫头鹰一起飞上天吗?什么奇迹都是创造出来的。"猫头鹰说完这句话,耸了耸肩,晃动了一下身子。

"看来你还当真了,我可没有当真哦。我们只能做好朋友,你有时间的时候,就过来跟我聊聊天吧。"四狸说完,又打了一个哈欠。

"看你哈欠连天的,总是打不起精神,我来给你唱一支歌吧?"猫头鹰说。

"真没看出来,你还会唱歌?"四狸有点怀疑。

"我不仅会唱歌,还会跳舞呢。你把脸贴近门缝,我表演给你看。"猫头鹰说完,就在原地转起了圈子,舞动着翅膀,唱了起来——

　　我是一只猫头鹰
　　嘿儿——嘿儿——
　　爱上了一只小猫咪
　　嘿儿——嘿儿——
　　想你想得睡不着
　　嘿儿——嘿儿——
　　只能偷偷来见你
　　嘿儿——嘿儿——

　　小猫咪呀小猫咪

嘿儿——嘿儿——

你可知道我喜欢你

嘿儿——嘿儿——

如果你能嫁给我

嘿儿——嘿儿——

我愿终身爱着你

嘿儿——嘿儿——

也许是猫头鹰表演得太投入了，他竟然没有发现林玉已经开了门，林玉满眼惊恐地看着他。

林玉的睡眠一直不好，自从见到猫头鹰将猫咪放在自家的院子后，白天胡思乱想，晚上就更加睡不踏实。可正当她进入梦乡的时候，门口响起了凄厉的叫声："咕咕喵——咕咕喵——嘿儿——嘿儿——"，就这样反反复复，非常吓人。

林玉感觉到，在漆黑的夜里，这神秘可怕的东西似乎就站在门口。她开始是吓得不敢动，瞪着眼睛凝神屏气地听着，后来她鼓足了勇气，披衣走到门前。

猫咪见主人来了，起身便跑。林玉轻轻地打开了门，眼前的一幕着实吓了她一跳——只见一只猫头鹰在门口的地上转着圈子，嘴里不停地发出"咕咕喵——咕咕喵——嘿儿——嘿儿——"的叫声。

"又是猫头鹰？"林玉倒吸了一口凉气。

直到这时，猫头鹰才发现，猫咪已经不见踪影，取而代之的，是一个年轻的女人，站在门内，嘴巴大张着。

猫头鹰是不怕人类的，看到门口站着的女人，他倒没有惊慌，只是停止了唱歌与跳舞，然后给这个女人鞠了一个躬，从容不迫地扇动翅膀，悄无声息地离开了。

猫头鹰飞走后，林玉惊魂未定。她关上门，见猫咪蹲在墙角望着她，眼里发出幽幽的绿光，如同两团鬼火一般可怕。

林玉真是再也睡不着了,想起猫头鹰,心里害怕,想起猫咪,心里也害怕。她也想给正在外地出差的老公郭军打一个电话,但她看看手表,手表的指针正指向凌晨三点。

　　为了消除内心的恐惧,她将屋里所有的灯都打开了,将猫咪赶到了卧室的外面,然后又关起了房门,房门后面还用一把椅子抵了起来,唯恐有什么东西闯入房间。

　　林玉真的不知道自己是什么时候睡着的,等她醒来的时候,手表的指针还是指向三点。

　　"真见鬼了,我躺下的时候明明是三点,怎么现在还是三点?难道时间真的停滞了?"回想这两天发生的事情,她就更加烦躁。就在这时,床头的固定电话响了。林玉看了看号码,是老公打来的。

　　虽然睡了很长时间,但现在的林玉,好像连拿电话的力气都没有,她只好按下了免提键,电话里传来老公的声音:"你在家忙什么啊? 我刚从外地回来,就接到耀华化工李耀华的电话,他约我们晚上到凯碧大酒店吃饭。"

　　"现在几点啊?"林玉问。

　　"你过糊涂哪? 现在是下午三点嘛。你收拾利索一点哦,李耀华今天可是要带着女朋友请我们吃饭的,他的女友就是我们市顶级酒店的高管罗紫玉。钻石王老五终于修成正果了。两个小时后,我到家里接你。"郭军在电话里说。

　　"好! 好! 好! 我现在就起床。"林玉说完,将免提键按了下去。

　　"嘘——"林玉接完电话,长嘘了一口气,"原来是下午三点,我还以为时间停滞了呢。"她一边自言自语,一边披衣下床,走到落地窗前,将避光窗帘拉开,阳光瞬间从右上方倾泻而下。

　　人心里一旦有了鬼,就总会觉得这个鬼如影随形。这不,林玉刚穿戴整齐化好妆,正打开房门的时候,就见猫咪笑眯眯地坐在房门外,一副不怀好意的样子。

　　见到猫咪,林玉不禁哆嗦了一下。

　　"难道这只猫咪是鬼?"虽然连自己都不相信,但她还是自言自语地说了出来。也就在这时,门外响起了汽车的喇叭声。林玉知道,老公已经到门口接她了。她随手关上大门,有气无力地坐进了副驾驶的位置。

林玉刚坐上车,郭军就发号施令:"你到后面的后备厢里拿一下便携式猫窝。将猫咪带上。"

"带这个东西干吗?"林玉有些不解。

"啊呀,李耀华说一定要带上,他也会带着猫咪。因为这两只猫咪都是从刘副市长家抱来的。属于猫兄猫妹,带着放在一起肯定不会寂寞的。"郭军说。

听了老公的话,林玉走下车,从后备厢里拿出了便携式猫窝,并开门将猫咪装了进去,然后锁上大门,坐进车里。

"你的脸色怎么这么疲惫?"郭军开着车,问了一句。

"老了呗,黄脸婆呗。不过,现在后悔也晚了。"林玉冷冷地说。

"你最近怎么啦?说话就跟吵架似的。我只是看到你满脸疲惫,关心你才说这句话的。"郭军说。

林玉听了老公的话,口气缓和了下来:"我如果说了,你相信吗?"

"什么事啊?你还没说,就怎么知道我不会相信呢?"郭军道。

"这几天,我就跟做梦似的,我怀疑看到的是不是真的,但它的确就是真的。"林玉的这句话,说得有点莫名其妙。

"你看到了什么?究竟发生了什么事?"开车的郭军显得有些着急。

"前天夜里,我看到一只猫头鹰抱着我们家的猫咪在院子里飞了两圈,又将猫咪放到地下,飞走了。昨天夜里,那只猫头鹰又飞到我们家门口,猫咪站在门里竖着耳朵听着,猫头鹰站在门外转着圈子叫唤。那种声音,真如恶鬼叫一般,阴森恐怖。"林玉说。

"你不是在编故事吧?"郭军开着车,望了一眼坐在副驾驶位置上的林玉。

"我就知道,说了你也不信。"林玉冷冷地说。

"不是我不相信,有可能吗?你是不是病了?产生幻觉了?"郭军问。

"你才病了呢!如果说前天晚上我看到的是幻觉,昨天晚上我看到的也是幻觉?猫头鹰的叫声那么可怕,吓得我把屋里的灯都打开了,心里才踏实一些,

所以一觉睡到下午三点。如果你不打电话,我还以为是夜里三点呢。"林玉说。

"我还是怀疑,也许你真的出现了幻觉。很简单的一个道理,到了晚上,猫咪肯定是关在屋里的,既然是关在屋里,猫咪怎么会被猫头鹰抱着?还在院子里飞了两圈?你信啊?"郭军对林玉的话深表怀疑。

当老公问完这句话,林玉顿时哑口无言。

一阵沉默过后,郭军说:"是吧?你昨天是不是吃了什么药?所以才产生了幻觉。"

这时的林玉,不得不实话实说,她将自己如何在电话里与老公发火,并用手机将猫咪砸死,又如何将被砸死的猫咪放在草坪上,一五一十地说了出来。

郭军聚精会神地听着,他总是觉得,爱人的话不可思议。

第三十章　救救舅舅

这是一个包间,红色的优质羊毛地毯上绣着大大的富贵牡丹图,图案清晰美观,地毯绒面色彩均匀,花纹层次分明。水晶灯与四周射灯璀璨的光从头顶上洒下来,整个包间金碧辉煌。包间内摆放着红木桌椅。包间的另一头,则摆放着一大两小红木沙发和一个茶几。两男两女正在包厢内用餐,他们推杯换盏,谈笑风生。

李耀华与未婚妻罗紫玉请郭军和林玉吃饭,这给五狸和四狸创造了机会。四个人在吃喝间谈性渐浓,猫咪们则在下面窃窃私语。

五狸被李耀华从刘菊花副市长家抱走没几天,四狸就被郭军抱走了,这一别,时间很长,姊妹俩都快认不出来了。

认识后,两只猫咪回忆着和妈妈在一起的日子,五狸讲述着自己的幸福生活,四狸也诉说着自己的不幸遭遇。

其间,四狸还讲了猫头鹰向她求婚的事情,当讲到猫头鹰隔着门为她唱歌跳舞时,五狸和四狸都笑得合不拢嘴。

正当两只猫咪谈得正欢时,她们隐隐约约地听到了外面好像有一只猫在哀号。

难道听错了?姊妹俩走到门口仔细地听了起来,的确是猫的哀号声。这里怎么会有猫在哭呢?四狸和五狸都在纳闷,但她们根本就出不了这个包间,因为门被关了起来。

趁着服务员上菜的工夫,两只猫咪瞬间窜出了包间,向传出猫咪哀号声的方向跑去。

她们边跑边听，哀号声是从酒店厨房后面传出来的。

四狸和五狸一路小跑，顺着一条通道来到厨房后面的天井里，只见一只白猫在铁丝笼子里号啕大哭。

"也怪我当时不听外甥的话呀，呜呜。如果听他的话也不会有今天这个下场啊，呜呜。我还以为猫贩子是个好人呀，到他家能过上幸福的生活呀，呜呜。原来这个狗日的就是拿我来卖钱呀，呜呜。笼子里的四只猫已经被杀掉三只了啊，呜呜。如果今晚再有人点龙虎斗我肯定活不成呀，呜呜……"白猫在笼子里一边哭，一边诉说着。

"什么猫贩子、外甥、龙虎斗？"五狸问四狸。

"我只知道猫贩子，其他也不知道。但看他哭得那么伤心，我们过去看看吧，看看究竟是怎么回事？"四狸建议。

四狸和五狸悄无声息地走到关着白猫的铁笼子边，用爪子同时拍打着铁笼子。

"喂！你哭什么呀？为什么会被关在这里呀？"四狸问。

正在号啕大哭的白猫听到外面有声音，才如梦初醒："我是被猫贩子卖给这家饭店的，这家饭店的特色菜是龙虎斗，也就是用蛇和猫肉做的菜。今天晚上，已经有三只猫被人点走了，如果再有客人点这道菜，我肯定活不成。呜呜。"白猫一边说，一边用爪子抹着眼泪，呜呜地哭着。

"这个酒店杀猫？"五狸问。

"是的呀，这家酒店用我们猫肉做特色菜呀，呜呜，到了这里的猫都要遭殃啊，呜呜。"白猫一边哭一边说。

四狸和五狸愣住了。

四狸说："妹妹，我们怎么办？如果这里真的用猫肉做菜，我们如果被发现了，就会有生命危险。"

听到两只猫咪想走，白猫在笼子里不哭了，他用爪子拍打着笼子，对站在外面的两只猫咪哀求道："两个小妹妹，救我啊，不管怎么说我也是一条命啦，你们不能看着不管啊！"

四狸和五狸惊呆了,急忙将眼睛贴到了笼子上。四狸对着白猫说:"舅舅?你是舅舅?"

白猫的本意是想求两只猫咪救他的命,但当他听到笼子外的一只猫叫他舅舅的时候,脑海中立即浮现出妹妹家六只猫咪的身影与长相——老四的两只前爪上有一撮白色的毛;老五的腰部有一撮白色的毛。这两只猫难道是四狸和五狸?

想到这里,白猫也睁大了惊讶的眼睛:"你们是四狸和五狸?"

此时的四狸和五狸,脑海中立刻浮现出小时候与白猫舅舅在一起的短暂时光,印象最深的当然就是钓鱼的那天晚上,舅舅的尾巴被冰冻在小河里。

"是啊,我是五狸,她是四狸。难道你真的是舅舅?"五狸着急地问。

听说外面的两只猫咪是自己的外甥女,白猫立马来了精神:"我可真是你们的舅舅啊,你们千万不能走,你们一旦走了,我必死无疑啊!"说到这里,白猫在笼子里站了起来,用哀求的目光注视着蹲在外面的两只猫咪。

此时的四狸和五狸,连一句话都没有说,腾地蹿上了铁丝笼子的顶部。

在铁丝笼子的顶部,有一个网状的门,这个门被插销插得很牢,四狸和五狸轮番上阵,爪子与牙齿并用,很快就将插销打开了。

此时的白猫,听到笼子顶部的小门有了动静,在里面轻轻用爪子一顶,门竟然开了。

"舅舅,快出来!"四狸边说边趁势将门掀开。

就在白猫将头伸出笼子的瞬间,只见一个身穿白衣白裤、头上戴着白帽子的厨师从厨房的后门走进了天井。当这个厨师看到两只狸猫在笼子顶上掀起盖子,白猫正从铁笼子里往外爬的时候,先是一怔,等缓过神来的时候,白猫已经跳出了笼子。

"快来人啊,白猫跑了!"厨师一声大叫,从厨房里迅速跑出两个打杂的。

白猫见厨房的后门站着三个人,正要逃跑,却被五狸一把拉住。

"你拉我干什么呀?这时候不逃命?难道还站在这里等死?"白猫埋怨道。

五狸对白猫说:"舅舅,这个时候必须冷静,你我这时都是逃不出去的。你

仔细看看这里的环境,四周都是高墙,只有两个出口,一个是厨房的后门。如果我们跑进厨房的后门,就等于将自己送到砧板上了。还有一个出口紧挨着厨房后门,这是一条通向酒店大堂的通道,这也是我们的唯一出路。如果我们就这样直接往外冲,我们等于自投罗网。唯一的办法,就是我们坐在这里不动,等这三个人往我们这边走,快到我们身边的时候,那个通道就没有人把守了,我们就可趁机从通道逃出去。"

白猫心里虽然着急,但他想:"这个主意的确不错。"

四狸、五狸、白猫这时好像很冷静,只是从笼子的顶部轻轻地跳了下来,然后就坐在了笼子边的地上。

一个厨师和两个打杂的可能也没有多想,直接猫着腰向笼子边走来。

就在这时,五狸又说了一句话:"我们不要坐在一起,赶快分散开来坐着。"说完,只见白猫和另外两只猫咪分散开来,依旧是坐在地上一动不动。

"师傅,我们还是退回去,退到门口,两个人站在通往大堂的通道口,一个人进去轰赶,这样比较保险。"一个打杂的说。

"你懂个屁!跟着我,一人盯住一只猫,如果这三只猫全部抓住,我给你们每人奖励二十块钱。"穿着白衣白裤的厨师说。

"那就更应该退回去啊,我们退回去,这三只猫只有一条出路,要么自己往厨房跑,要么就往通道里跑。这两条路都在我们掌控之中。"打杂的有点急了。

听了这句话,原来猫着腰的厨师站了起来,瞪了打杂的一眼:"是我说了算!还是你说了算啊?"

"好!听您的!您说了算!"打杂的低声说。

见三个人猫着腰向三只猫方向走来,五狸说:"你们听我的口令,我说跑,你们要迅速跑。记住,直接向通道跑。"

一个厨师和两个打杂的走到离猫咪不远处,张开双臂的时候,只听五狸"喵"的一声,两只狸猫与一只白猫有的从厨师的身边,有的从打杂的裤裆下,箭一般蹿进了通向酒店大堂的通道。

这时,厨师和两个打杂的傻眼了,追也不是,不追也不是。

还是厨师聪明,他忽然想起,这个通道是通向酒店的包间的,于是对两个打杂的说:"这三只猫,肯定不会跑出酒店,要么在包间区的通道里,要么就在包间里。追!"

……

当李耀华、罗紫玉、郭军、林玉吃完饭,正想要喂猫咪的时候,突然发现两只猫咪不见了。

林玉和郭军只是表面装着着急。其实,在他们的内心是无所谓的。没了就没了,少了这个劳什子倒省了麻烦。

可李耀华和罗紫玉却很着急。罗紫玉打了个电话,迅速来了三四个服务员,在酒店内找了起来。

正当李耀华站在包间门口焦急万分的时候,就见到在走道的尽头,有三只猫咪向自己站的方向跑来。除了不认识那只白猫,两只狸猫肯定是自己家和郭军家的。

等猫咪跑到自己身边,李耀华已经认出,那只稍微胖一点的就是自己家的,他弯下腰抱了起来。而林玉见到猫咪回来了,也将其抱起。只剩下一只白猫孤零零地站在地上,抬着头一会儿望望李耀华,一会儿望望林玉。

也就在这时,穿着白衣白裤、戴着白帽子的厨师和两个打杂的也追到了通道里,当这三人看到两只猫咪已经被一男一女两个人抱在怀里,另一只白猫坐在酒店副总裁罗紫玉的面前时,一下愣住了。

"师傅,这只白猫还要不?如果要,我就去逮。"一个打杂的低声对厨师说。

厨师瞪了他一眼:"你眼睛瞎啊?你没看到我们酒店的罗副总裁啊?连一只猫咪都关不住,如果被她知道了,会炒你鱿鱼的。"厨师说。

"那怎么办?"打杂的问。

"就当什么事情也没有发生,听我口令,掉头往回走。"厨师说完,掉头就往回走。

"猫没了,那客人点的龙虎斗还做不做?"打杂的问。

"能不做吗？不做，就等于放弃了八百块钱的生意。"厨师说。

"猫都没有，还做什么啊？哪怕人家给你一千，你也做不了。"另一个打杂说。

"你傻啊，找点兔子肉冒充一下嘛。"厨师说完，三个人都笑了。

……

郭军吃完饭，便和林玉回到家。

他想起酒桌上李耀华和罗紫玉谈起猫咪就眉飞色舞的样子，就觉得不可思议："不就是一只猫吗？至于吗？"但当他想起爱人说自己的猫与猫头鹰的事情，就觉得更加不可思议，有可能吗？猫头鹰还能带着猫咪飞上天？

林玉睡眠一直不好，所以健忘。她的情绪常常是受别人的影响，今晚吃饭期间，李耀华、罗紫玉、老公都很高兴，她当然也很高兴，一下就把猫头鹰这件事给忘了。回到家，她主动地给猫咪找了点食物，便和老公休息了。

四狸吃完猫食，就走到自己的窝里。可她怎么也睡不着，脑子里一直回放着晚上发生的事情。想起与五狸的见面情景，当然很高兴。但当她与舅舅分别时，想起舅舅那眼巴巴的眼神，心里一阵心酸。

就这样，四狸迷迷糊糊地进入了梦乡。

大约也就到半夜吧，四狸忽然又被站在门口的猫头鹰叫醒。这时的四狸真生气，轻轻地走到了门缝边，对站在外面的猫头鹰说："你还让不让我休息啊？再说了，如果把主人吵醒，你是要倒霉的。"

"只要能与你说上几句话，我才不在乎倒霉不倒霉呢。"猫头鹰说。

"你这样整天来看我，图个什么啊？"四狸有点不解。

"不图什么呀，只是想看看你。"猫头鹰说。

"难道你真的爱上我了？"四狸问。

"爱你，是我的权力，你爱不爱我，是你的权力。"猫头鹰耸了耸肩。

"你真是个傻子，猫咪是不能和猫头鹰结婚的。你们猫头鹰属于鸟类，卵生动物；我们猫咪属于猫科，是胎生动物。即使恋爱，也生不了孩子呀。"四狸说。

"我们只是恋爱,难道恋爱一定要有孩子吗?"猫头鹰觉得猫咪的话有点奇怪。

"哎呀,就当我没有说行吗?你真是个傻瓜!"四狸有点生气。

"看看,你就是个小姐的脾气,动不动就生气。"

"好,好,我不生气。那么我能求求你吗?"四狸问。

"你要怎么求就怎么求,我保证有求必应。"见猫咪有求于他,猫头鹰立刻来了精神。

"我的两个主人都在家里休息,我能求求你不要打扰,迅速离开这里吗?"四狸知道自己说这样的话不仗义,但又不得不说。因为她知道,一旦将主人吵醒,后果不堪设想。

猫头鹰万万没有想到,自己特别喜欢的猫咪竟然说出这种话来。

说句实话,四狸也知道,这句话对猫头鹰打击不小,但她的这句话是发自肺腑的。凭良心说,她对猫头鹰真没有恶意。

猫头鹰呆若木鸡,站在门口沉默了一会儿,然后委屈地说:"那这样,我保证从今往后再也不来看你了,但你也必须答应我一个条件。"猫头鹰说。

四狸深知她的一句话深深地伤害了猫头鹰的心,但又实在没有别的办法。她深思片刻,委婉地说:"你说吧,我答应。"

"在我离开之前,我能给你唱一支歌,跳一个舞吗?"猫头鹰几近哀求。

同意吧,他的歌声实在不敢恭维;不同意吧,真的有点对不住朋友。四狸思考片刻,终于开口:"好吧,我答应你。不过,主人正在休息,你唱歌的声音小一点,行吗?这也算我求你了。"

听了猫咪的话,猫头鹰站在门外点了点头,张开翅膀唱了起来——

  我是一只猫头鹰
  嘿儿——嘿儿——
  爱上了一只小猫咪
  嘿儿——嘿儿——

想你想得睡不着

嘿儿——嘿儿——

只能偷偷来见你

嘿儿——嘿儿——

小猫咪呀小猫咪

嘿儿——嘿儿——

你可知道我喜欢你

嘿儿——嘿儿——

如果你能嫁给我

嘿儿——嘿儿——

我愿终身爱着你

嘿儿——嘿儿——

郭军已经呼呼大睡,但林玉却怎么也睡不着,因为她睡到下午三点才起来,晚上又和罗紫玉谈得特别开心,所以有点兴奋。

快到半夜,正当林玉有点倦意的时候,门口又响起了凄厉的叫声:"咕咕喵——咕咕喵——嘿儿——嘿儿——嘿儿——"此时的林玉迅速推醒了正在熟睡的老公:"你听听,猫头鹰又在门口叫了。"

凄厉,瘆人!听到猫头鹰的叫声,郭军立刻想到了这两个词。他揉了揉眼睛,蹑手蹑脚地打开房门。猫咪见到主人来了,吓得跑到了墙角边。

郭军来到大门边,轻轻将大门打开,就见皎洁的月光下,一只很大的猫头鹰正在自家的门口转着圈子,"咕咕喵——咕咕喵——嘿儿——嘿儿——嘿儿——"地叫着,毫无顾忌。

郭军知道,猫头鹰的爪子十分锋利,所以他不敢贸然接近,只是站在原地咳嗽了一声,希望将猫头鹰吓跑。

唱得十分投入的猫头鹰听到屋里有了动静,睁眼一看,一个男人站在他的面前。无所谓的,等我唱完了再飞走。猫头鹰这样想着,于是又接着唱了起来——

> 我是一只猫头鹰
> 嘿儿——嘿儿——
> 爱上了一只小猫咪
> 嘿儿——嘿儿——
> ……

看到这里,郭军的气真的不打一处来,跑到屋里拿起了扫帚。而在屋里的猫咪看得真切,大喊一声:"快跑! 猫头鹰,主人要打你了!"四狸连续"喵——喵——喵——"的叫声,真的把手持扫帚的男主人吓了一跳。

他先是犹豫了一下,然后将扫帚从室内扔了出去。而此时的猫头鹰,已经扬长而去,飞得无影无踪。

猫头鹰这一折腾,躺到床上的郭军,已经没有了倦意。直到这时,他才知道爱人说的都是真话。他想,猫头鹰可不是什么好鸟。而将猫头鹰勾引进家的,肯定就是这只猫咪。

"必须将猫咪处理掉!"郭军自言自语,暗暗下定了决心!

第三十一章　花狸遇上小霸王

自从花狸钓鱼的新闻在本地播出后,她在本地区成了一只名副其实的名猫。而二狸被钱二从嫂子家,也就是刘菊花副市长家偷出来后,几经辗转也来到了花狸的主人李大伟家。

二狸的到来,使花狸多了一个钓鱼的好帮手。为此,当地电视台又采访了猫咪的主人李大伟、女主人王玉秀,还跟踪拍摄了花狸和二狸的钓鱼场景,播出了一档《两只猫咪钓鱼忙》的专题。这个节目一播出,花狸和二狸又火了一把。

两只猫咪的出名,也给李大伟家带来了好运气。

电视台第一次播出花狸钓鱼的新闻时,不少爱心人士慕名而来,看到可爱的花狸与主人住在不大的出租屋里,于是他们出谋划策,为猫咪的男主人李大伟在市区租了一间不大的门面房,协助他开了一家"喵喵面馆"。

刚开始,"喵喵面馆"的生意不太好,主要是李大伟请不起厨师,只靠自己一个人打理,实在是忙不过来。于是爱心人士又建议李大伟创新做面的工艺,这样不仅可以节约时间、成本,还可以节约人力资源。

做面条怎么创新? 连李大伟自己都纳闷。

可爱心人士经过调研,最终形成了"调研成果":凌晨没有上客时,先做好煎鸡蛋、雪菜肉丝、炒豆芽、红烧大排、盐水河虾等,分别放在洁净的不锈钢器皿里。厨师下的面条都是一样的,但可以根据客人的要求添加配料,一碗面由于配料的不同,而价格也就不一样。

这个办法的确靠谱,简简单单的一碗清汤面,根据客人的要求,很快就变成了煎蛋面、雪菜肉丝面、炒豆芽面、红烧大排面、盐水河虾面。这一来,从早晨到晚上,李大伟的生意红红火火。

过了几个月,"喵喵面馆"将左边的理发店和右边的照相馆两间门面房租了过来,又请了一个厨师和一个帮工,生意一天比一天好。到这里吃饭的,除了附近工地上的工人,也有在周边上班的白领。当然,还有一些常客,这些常客就是特别喜欢猫咪的爱心人士。

有一天,一位到这里吃饭的光头对李大伟说,嫂子残疾,在家也没事,他们愿意在李大伟的这个面馆设立一个"流浪猫救助捐款箱",如果真正捐到款,由他们找地方,建一个流浪猫救助站,专门收容那些因拆迁而无家可归的猫咪,让嫂子做管理员。而说话的这位光头,就是当地电视台的一个编导。

听了编导的话,李大伟当然高兴啊。一是让爱人也有点事做,二是可以为救助流浪猫做一点力所能及的事情,何乐而不为?

没几天,"流浪猫救助捐款箱"就放到了"喵喵面馆"里面,光头带头捐了一百元大钞,而爱心人士也就跟在光头后面排队捐款。为此,当地电视台又编发了一条新闻。

"流浪猫救助捐款箱"放在面馆不到一个月,李大伟在光头和几位爱心人士的见证下,开箱清点了里面的钞票,他一边数着钱一边说:"还是你们厉害呀,不到一个月,就收到捐款一千多块。"

有了钱,爱心人士组织了爱心车队,定期给李大伟的爱人王玉秀送猫粮。而王玉秀呢,自从成为流浪猫管理员,就整天乐呵呵的,为流浪猫定时投放猫粮。

连花狸和二狸都看得出,自从开了面馆,主人家的日子越来越好。原来一日三餐清汤寡水,而现在不仅肉是餐桌上的"常客",就连不常见的海鲜也常常"爬上"主人的餐桌。除此以外,从小主人圆圆身上的服装和手中的零食也可以看得出主人家生活的变化。

有一天,花狸看到女主人家门口停了一辆车,又看到男主人和几个不认识的人下了车,他们每个人的手中,都提着两个袋子。

就见二狸走到妈妈花狸面前轻声地说:"妈妈,主人家的生活真的越来越好了,你看他们,手中提着的都是猫粮。"

"猫粮?什么是猫粮?"花狸问。

"就是专门喂猫的食品啊。我当时在副市长家,吃的都是这个。自从被猫贩子抱出来后,就再也没有吃过。"二狸说。

一个男子从车里拿出几个空的月饼盒子,然后放了一点猫粮在里面。

花狸是从来没有吃过猫粮的。当她看到月饼盒子里的颗粒状猫食,先是用鼻子闻了闻,感觉挺香。然后又用舌头舔起来一粒,在嘴里反复嚼着。"味道真不错。"花狸想。

男主人和几个不认识的人离开后,女主人坐在轮椅上对花狸说:"从今往后,来我们家的猫会越来越多,你们可不要嫉妒哦。"花狸和二狸虽然听懂了女主人的话,但还是不太明白。

也就在那天下午吧,花狸和二狸正在打呼噜,懒洋洋地晒着太阳,一只很瘦的狸花猫也许是被猫粮的香味所吸引,蹑手蹑脚地慢慢接近盛有猫粮的月饼盒。也许是过于饥饿的缘故,他的爪子直接踩进了月饼盒内,就听"咣当"一声,这只狸花猫被吓得魂飞魄散,掉头就跑。

这一声响,是猫的前爪用力踩在金属的空月饼盒中间造成的,也将正在睡觉的花狸和二狸惊醒了。他们睁眼望去,就见一只瘦瘦的狸花猫蹲坐在不远处,用惊恐的眼神望着花狸和二狸。

花狸和二狸心里想:"你就过来吃吧,有什么可怕的呀?反正盒子里的猫食还有很多呢。"

狸花猫见两只猫咪若无其事地躺在原地,又一步一步地向装有猫食的月饼盒走来。他这次变聪明了,走到月饼盒边时,只是将头伸进盒子里吃猫粮,而将两只前爪放在了盒子外面。

花狸和二狸见这只狸花猫狼吞虎咽,只在一边看着,不敢发出半点声响,害怕惊动了他。

狸花猫很快就吃完了猫食,先是抬起头,警惕地望着躺在地上的花狸和二狸,然后弯下腰慢慢地往后倒退着,直到看到这两只猫咪并没有恶意,他才迅速地转身离开。

花狸若无其事地目送这离开的狸花猫,而二狸的心里却有点不满:"怎么着?吃完就走?连个招呼都不打?这猫怎么这么没有礼貌?"想到这里,他喵的一声:"你给我回来!吃完食,连招呼都不打?你以为你是村主任啊?"

听了二狸的叫声,也许是狸花猫真的感到自己理亏,又转身走了回来。

快走到两只猫咪前,狸花猫停下了脚步:"真的抱歉,吃完忘了跟你们二位打个招呼。我实在是太饿了,已经流浪一个多月了。由于这里拆迁,像我这样流浪的猫太多了,所以食物匮乏。不过,我以前过的并不是这种日子,我虽然不是村主任,但我的确是村主任家的猫。"

村主任家的猫?狸花猫的一句话,听得花狸立即坐了起来:"难道你是狸花猫?"

狸花猫睁大了眼睛,感到很吃惊:"你怎么知道我的名字叫狸花猫?你是?"

花狸大步流星地走到了狸花猫的面前:"你就是村主任家的狸花猫?我是花狸啊?还记得吗?"花狸的声音里夹杂着惊喜。

"花狸?你的样子怎么一点都没变?还是我记忆中的那个样子。对了,我在主人家的时候,还在电视上看到过你钓鱼的新闻。"狸花猫说。

"我总觉得你比以前瘦了许多。"花狸打量着狸花猫。

而一直站在花狸和狸花猫边的二狸也在心里嘀咕:"这家伙就是我的爸爸?怎么没有以前那么神气了?"

"唉,一言难尽啊。"狸花猫叹了一口气。

"究竟发生了什么事情啊?先坐下来,慢慢聊。"花狸安慰道。

三只猫在花狸的建议下,都坐了下来。

"我原来在村主任家,日子过得也挺好的,但自从村子拆迁后,很多无家可归的猫都会找到村主任家,希望我给他们搞一点吃的。我呢,当然也尽力而为,经常将村主任家的鱼啊肉的,衔出来一点接济一下他们。都是在一块地盘上混的,谁没有困难的时候?后来,我的一举一动被主人发现了,他们就将好吃的东

西全部藏了起来。我是实在没有办法帮助来找我的猫了,内心深感愧疚。也就在一个月前吧,村主任家读小学的儿子李天一买了不少红豆铜锣烧回来,晚上做作业时只吃了一块,夜里就被我衔了出来,给路过这里的流浪猫吃了。这可得罪了主人家的小祖宗,在我的腰上猛踢一脚,连哭带号地将我赶出家门。"狸花猫说到这里,又叹了一口气。

"你过的好日子,我们没有享受过。但你说的苦难,我们都经历过。你也算一个有良心的好猫,别唉声叹气了。如果主人家有吃的,你就过来吃一点,只要主人不为难你,我和儿子二狸绝对不会为难你。"花狸说完,望了二狸一眼。

"我见过你,就在村庄拆迁之前的一个聚会上。"二狸突然冒出这么一句。

狸花猫沉思了一会儿,突然抬起头:"哦,记得,记得,我就是在那天晚上,通知大家村庄要拆迁的消息。那天,你们兄妹几个来了,一个个都躲在你们妈妈的身后。呵呵。"说到这里,狸花猫露出了笑容。

从狸花猫脸上的笑容可以看得出,回忆起过去的事情他是开心的。但就在狸花猫转头一望的时候,他脸上的笑容就如被瞬间固化一般,从微笑慢慢地变成了茫然。

怎么回事?花狸也顺着狸花猫望的方向望了过去,只见一个身穿红上衣白色裤子的大男孩向这边走来,在这个大男孩的手里,还牵着一条金黄色的纯种牧羊犬。

"小霸王来了。"狸花猫对花狸说。

"谁?谁是小霸王?"二狸问。

"村主任家的儿子李天一。这个孩子和牧羊犬一样凶。"狸花猫边说边往花狸的后面退。

说来也巧,牵着牧羊犬的李天一,走到三只猫咪跟前,突然停了下来,他似乎还认识被自己赶出家门的这只猫咪。

"史莱克,上!咬死这只破狸花猫。"这是从李天一口中发出的口令。

牧羊犬听到主人的口令,立刻目露凶光,直接向狸花猫冲去。而此时的狸花猫,则和花狸、二狸瞬间爬上了主人家旁边一道孤零零的墙头。

狸花猫冲上墙头后,对着目露凶光的牧羊犬说:"史莱克,我们原来不是好朋友吗?你现在怎么变成这样了?"

牧羊犬高昂着头,嗓子里发出凶狠的咕噜声:"破猫,时过境迁了!"

"难道你将我们过去的友谊忘得一干二净?"狸花猫问。

"什么友谊?此一时彼一时,现在我只听小主人的。除非你永远待在墙头上,否则只要你下来,我就咬死你!"牧羊犬凶狠地说。

"狂什么啊?你不就是一条被主人牵着的狗嘛,有什么了不起的?"二狸实在看不下去,对站在下面的牧羊犬说了一句。

"你这小杂猫,竟敢帮腔,你敢下来,我将你们都咬死!"牧羊犬说完,嗓子里发出低沉的怒吼声。

"牧羊犬,我真的有点看不下去了,这么凶干吗?这就是狗仗人势吗?有本事上墙头来咬死他们啊?也不撒泡尿照照自己!"花狸还是第一次生这么大的气。

听了花狸的话,牧羊犬向墙头蹿了几蹿,但实在是上不去。狗主人李天一见状,在地上捡起一块砖头,向墙头上的三只猫咪砸去。

可能是力气太小,也许是墙头太高,砖头砸到了墙上,被墙面弹了回来,不偏不倚地掉在了牧羊犬的头上,牧羊犬在地上转着圈子"汪——汪——"大叫。

此时的李天一,暴跳如雷。只见他蹲下身一边将牧羊犬抱在怀里,一边破口大骂:"这是哪个杂种养的破猫啊?老子今天饶不了他!"

见到这个情景,花狸和二狸坐在墙头上笑了,只有狸花猫蹲在墙头上,坐也不是,站也不是。

听到外面有人说话,花狸的主人王玉秀坐着轮椅从屋里出来了。她着急地来到李天一身边,询问究竟是出了什么事情。

可李天一既不想说是自己叫牧羊犬去咬猫,也不想说是自己拿砖头砸猫,于是信口开河:"这猫是你们家的吗?他们在墙头上用砖头砸我们家的狗。告诉你,这条狗比你的命都值钱,是我爸爸从国外买来的。"

听了李天一的话,王玉秀真的十分生气。但她想,毕竟还是个孩子,忍忍算

了,于是说:"你还是个小孩子,说话要知道礼貌,你怎么能跟大人说这种话呢?再说了,我们家的猫咪能拿起砖头砸你们家牧羊犬吗?你这样说,连鬼都不信的。"

"就是你们家的猫用砖头砸了我们家的狗!难道你还想抵赖?"李天一恶狠狠地说。

"孩子,你看看你们家的狗有没有受伤,如果没有受伤,就回家去吧,有什么事情,可以叫你们家大人来说,行吗?"没有必要和孩子生气,王玉秀的意思,是想将孩子哄走。

李天一再次蹲下来,用手在狗头和身上仔细地看了一遍,没有发现有受伤的地方。他想骂眼前坐在轮椅上的女人,但实在找不出什么理由。于是他又恶狠狠地对着墙头上的三只猫咪骂道:"你这三只破猫,只要你敢下来,老子就将你们的皮剥了!"

此时的牧羊犬,被李天一搂着坐在地面上,他一边用眼睛望着墙头上的三只猫咪,一边在嗓子里发出"嗯——嗯——"的叫声。

"坏狗!现在舒服了吧?听主人的话是对的,但你要看主人叫你做什么。主人叫你干对不起朋友的事,你也做,这就证明你是没有原则,也没有立场。"二狸边说边在墙头上站了起来,说完,他舒舒服服地伸了一个懒腰。

原来神气活现的牧羊犬,现在是呆呆地坐在地上,一声不吭。

"牧羊犬,不管怎么说,我也算一只老猫了,我说的话,你听也罢,不听也罢。但我还得说。我们猫和狗,向来都是好朋友,从来就很少红脸。难道你不知道你的主人在挑拨离间吗?再说了,狸花猫即使在你主人家犯下天大的错误,他现在已经离开了,你有必要赶尽杀绝吗?常言说得好,做事心不要太狠,得饶人处且饶人。"花狸对墙头下的牧羊犬开导起来。

牧羊犬也许是听懂了,慢吞吞地从主人的怀里挣脱开来,低着头走了。

而李天一则使劲地拉着系在牧羊犬脖子上的帆布带子,可他怎么拉,牧羊犬就是不听他的话,拉着主人离开了现场。

第三十二章 市长的"爱心"

这是周六,王市长开着电视,在客厅里踱步,一副若有所思的样子。

六狸则跟在市长的后面,市长走的时候她就跟着市长走。市长停下脚步时,她便仰起头,看看主人究竟想干什么。

王市长走到码放着猫粮的一个储藏间边停了下来,说句实话,他一直为越码越高的猫粮犯愁。他必须要想一个办法,将这么多的猫粮处理掉。但如何处理,实在是想不出好的办法。而就在这时,他被电视台播出的一条消息所吸引——

本台消息:昨天,本市爱心人士纷纷来到喵喵面馆,排队为救助流浪猫捐款。自城市化改造以来,在市区出没的流浪猫越来越多,已经成为备受关注的社会问题。这一现象也引起了我市爱心人士的思考,临时建立一个流浪猫救助站也就成为当务之急。设立流浪猫救助站这一倡议,得到了广大爱猫人士的热心支持。

看完这个新闻,王市长眉头的疙瘩终于舒展开来,他抱起六狸,走进书房喝起茶来。他边喝边掏出手机,给秘书打电话:"喂,是我。刚才电视台播了一个消息,说我市的爱心人士成立了一个流浪猫救助站,不知道在什么地方,你给我打电话到电视台问一下,这个救助站在什么地方……嗯……对!其他不要多问……没有其他意思啊,只要问清地址就行了……对!千万不要说是我问的啊……对,就说是市民问的。好!"王市长在电话中说。

"这些猫粮如果扔了,实在是太可惜。直接送给流浪猫救助站,是一个两全其美的好办法。"王市长自言自语。

说完,他又望着怀中的六狸说:"贫富不均啊,严重的贫富不均!你看你,猫粮多得让我犯愁。而就在这个屋子的外面,却有那么多的流浪猫,忍饥受饿。"

市长刚说完,手机就响了起来:"……哦……哦,就在市东城乡结合部的那个村吗?……好!好!……没什么事,只是问一问。"

流浪猫救助站的地点搞清楚了,将这几百公斤的猫粮送到那里很容易,但究竟该怎么送,确实是个技术活。

码放在储藏间里的猫粮,可以说大部分都是进口的,按照五十块钱一公斤的话,也是几万块钱啊。送几万块钱的猫粮给流浪猫救助站,肯定会引起群众的注意。在这个问题上,王市长又纠结了。

这件事必须交给可靠的人去办。王市长这么想着。但谁又可靠呢?他忽然想起一个人,一个曾经找他揽下城市绿化工程的远房亲戚。想到这里,他拿起电话,在电话里对远房亲戚如此这般地交代了一番。

当天晚上,这位亲戚开来了一辆商务车,并带来了两个工人,楼上楼下忙活了好长时间,才将市长家的猫粮搬运到车里。

这位亲戚按照市长的交代,直接将车开到了市东城乡结合部的那个村,并几经打听,才找到了负责流浪猫救助的王玉秀家。此时,王玉秀家早已休息。

几个人如同做贼一般,轻手轻脚地将车上的猫粮往下搬。等他们七手八脚地将几百公斤猫粮卸下车后,已经是半夜。

由于李大伟白天在面馆里忙活了一天,实在是太累了。加之第二天早晨还要早起,他回到家倒头便睡。

每天五点多,都是李大伟上班的时候。可就在这一天,当他开门推出电瓶车的时候,眼前的一幕将他惊呆了。

只见几百公斤各种品牌的猫粮,散乱地堆放在他家门口不远处。近前一看,猫粮上压着一张纸,纸上写道:"欣闻流浪猫救助站成立,特贡献猫粮若干。"落款为"爱心人士"。

见此情景，李大伟急忙将妻子叫醒，并打了电话给电视台的光头。

当天，当地电视台又播出了《爱心人士献猫粮》的新闻。

作为市里的一把手——市长，是十分关注当地新闻的。当地电视台播出的《爱心人士献猫粮》新闻，当然也没有逃过市长的眼睛。

六狸坐在王市长身边的沙发上，而此时的市长则闭着眼睛自言自语："年底，到省会城市做市长，我将由正厅级变为副省级。"

此时的王市长，连到任后的一号工程都设计好了，对所有马路进行翻新，改善市民出行条件。

即将升迁，这个时候一定要低调低调再低调。王市长这样告诫自己。但有一件事情实在是低调不下来，就是儿子在十一结婚。

王市长起身，在书房的写字台上拿起一个笔记本，然后又回到沙发上圈圈点点起来。而此时的六狸，则从沙发的一边，爬到了主人的腿上，她想看看主人究竟在笔记本上画着什么。

"要低调，有十桌人就够了。"主人说完，就在一个个人名下圈了起来。

六狸虽然不认识字，但主人肯定心里有数，被他第一个圈起来的是与他相识二十多年的朋友，金龟子装饰工程有限公司董事长。

王市长曾在某地宣传部和地方日报工作，后做过东山市长。可以这样说，王市长到哪里，金龟子装饰工程有限公司的分公司就开到哪里。

被王市长圈起来的第二个人，就是该市的一个房地产公司董事长。

主人圈着圈着，忽然就将笔记本拿到屁股的一边，扇了起来。

六狸刚开始也不明就里，等主人扇到第二下时，她就闻到有一股臭味从市长的屁股下面弥漫开来。

"主人又放臭屁了。"六狸想到这里，立刻从市长的腿上跳了下来。

由于王市长的饮食结构与一般人不同，所以他的屁特别地臭。

六狸从主人的腿上跳下来，走到哪里，臭屁的味道就跟到哪里。直到她跑到飘窗前，才将臭味甩在身后。

除了自己的窝和客厅，这里是六狸最喜欢的休闲处。因为飘窗的窗台特别

低,再加上这里有开阔的视野。

没有了臭味的骚扰,六狸的心情很快就好了起来。她在窗台上趴着,目光专注地望着窗外的草坪。突然,她好像被什么东西吸引了,将身子使劲地靠近玻璃,因为脸紧贴在玻璃上,好像已经扁得变形。

六狸看见,一只无精打采的白猫正在草坪上漫无目的地走着,还不时用爪子在草坪上刨着什么。六狸到主人家这么长时间,第一次看到有同类活动。于是,她"喵——喵——"地叫着,并用爪子轻轻地拍打着玻璃,希望能够引起楼下草坪上同类的注意。

毕竟是隔了一层玻璃,任她怎么叫唤和拍打玻璃,楼下草坪上的白猫根本听不到。

但六狸的举动却惊动了主人。

正在一长串人名上圈圈点点的王市长被不时地"嘭——嘭——"声和"喵——喵——"的猫叫声所吸引,他从沙发上站了起来,款步走到飘窗前,顺着猫咪的视野望去,他也看到了窗外草坪上有一只白色的猫。

这是谁家的猫啊,好像没有见过,也许是一只流浪猫。王市长想到这里,突然来了灵感。他想,自己从这里调任省会城市市长后,肯定要在人代会上作一次任职讲话。讲什么,怎么讲,是一门艺术。"不管白猫黑猫,逮到老鼠就是好猫"不是成为经典了嘛,如果我能够在家猫和流浪猫身上观察出什么感悟出来,这个肯定能够得到与会代表热烈的掌声,更能激发媒体记者的写作激情。

想到这里,王市长从飘窗上抱起猫咪,走到草坪上,并将猫咪放到了地上。

白猫很瘦,身上的毛好像很粗,毛色已经成了灰白色。当他看到一个胖乎乎的男人将一只毛色干净漂亮的狸猫放到草坪上时,呆呆地坐在草坪上。

六狸不愧是见过世面的猫,主人将她放到草坪上时,她就径直向白猫走了过去。

此时的白猫,好像有点心虚,见到对面走来一只狸猫,一步一步向后退,并用警惕的目光注视着来者。

六狸迈着轻松的步伐,根本没有停下来的意思。

白猫一直胆怯地后退着，直到退到一块灵璧石前，后面已经没有了退路，他才停下脚步。

　　六狸走到白猫面前，先是用鼻子闻一闻，然后绕着白猫观察起来。最让她觉得奇怪的，就是白猫的这支短尾巴，短得出奇。

　　花狸生的六只猫咪中，六狸是最聪明的一只。此时的她忽然想起了一个场景：在一个寒风凛冽的夜里，舅舅的尾巴被冻在了小河里，妈妈和兄妹六个一起用爪子抓刨着厚厚的冰面，直到遗憾地离开……

　　想到这里，六狸又好奇地盯着白猫走了一圈，然后用疑惑的口气问了一句："你这尾巴是怎么回事？"

　　白猫的心里还在打着小鼓，他搞不清这只狸猫想干什么。

　　六狸的一句话，真可谓突如其来，问得白猫不知该怎么回答。瞎编吧，已经来不及了。

　　"我这尾巴是……钓鱼时被……大鱼咬掉的。"白猫结结巴巴地说。

　　"就是你自己钓鱼的吗？还有没有其他猫陪你钓？"六狸又问。

　　这个必须如实回答，也好乘机抹黑一下妹妹。白猫想到这里，望着六狸说："有啊，有我的妹妹，还有她们家的孩子。"

　　六狸听到这里，歪着头打量起眼前的白猫来："难道你是舅舅？"

　　而此时的白猫，脑海里也浮现出说他是"扫帚星""白眼狼"的一只小猫咪的身影，但他又不敢肯定："你是……六狸？"

　　白猫此话一出，六狸的眼睛立刻亮了起来："你真的是舅舅？"

　　"你真的是六狸？"对这样的奇遇，白猫也显得有点惊讶。

　　一只是无忧无虑的宠物，一只是历经风霜雨雪的流浪猫。这样的场景，对于这两只猫来说，也许是千载难逢吧。

　　六狸显得十分惊喜，直接用爪子将白猫的脖子搂了起来，直到将白猫推翻在草坪上，才完全释放出自己喜悦的情绪。

　　"记得你的尾巴是被冰死死地冻住了，后来是怎么逃脱的啊？"两只猫打闹完毕，六狸终于转入正题。

白猫原来打算说是妹妹一家见死不救，但现在不能这样说了，因为当时六狸在场。

如果如实说是狐狸救了自己，又无形中让外甥女想起自己骗吃狐狸半只鸡的往事。必须将故事编得天衣无缝。白猫的大脑高速运转。

"当时我看到你们都钓到鱼了，心里很着急。忽然，我就觉得有一条鱼咬住我的尾巴，我想往上拉，但一直拉不起来。也怪我求胜心切，没有求你们帮助，就这么僵持着。后来尾巴就被冻在了河里。你们走后，我就想，如果怕疼，肯定就会冻死在这里了。于是我狠下心来，来了个壮士断尾，一使劲，就将三分之二的尾巴留在了小河里。"说完，白猫觉得这段话说得慷慨悲壮。

"你真厉害！后来呢？"六狸问。

"后来也想去找你们，但又怕给你们添麻烦，我就顺着河边走。"白猫提醒自己，千万不要说漏了嘴，将为狐狸找窝的事情说出来。"走着走着，就被一个好心人发现了。这个人可能是担心我在大雪天饿死吧，就将我抱到他们家里，过上了安逸的生活。"白猫按照自己的思路胡编着。

"那你今天怎么跑到这里了？"六狸还是很好奇。

"我是跟着主人到市里的一家豪华的大酒店用餐……"此时的白猫想起了被猫贩子卖到酒店时遇到四狸和五狸，但又不能说出来。"主人喝酒喝多了，估计将我忘记了，就直接走了。而我呢，也不想再回去了。主人虽然很宠我，生活也很安逸，但就是不能四处走动。你知道的，舅舅最大的爱好就是喜欢旅游，所以就四处云游，不知不觉走到了这里。"编到这里，白猫轻轻地呼出一口气，因为他终于将故事编得滴水不漏。

"你喜欢旅游，下一站准备到哪里去呢？"六狸问。

六狸的这句话可把白猫问住了。

下一站到哪里去？如果说出一个具体的地点，那就必须离开这里。如果不说具体地点，还是要离开这里，白猫的眼珠子叽里咕噜地转着。他想，必须给出一个能够让自己饱餐一顿的答案。

"你们主人家有什么好吃的吗？我现在真的有点饿了。如果有好吃的，等吃饱以后,我再决定自己的行程。旅游嘛,最高境界就是随心所欲。"白猫说。

好吃的都在家里,可主人将门关起来了啊。想到这里,六狸说:"你跟我走。"说完,就朝着主人跟前跑去,并用牙齿轻轻地咬着主人的裤脚,向主人的住处拉去。

王市长觉得很好奇,原来白猫见到自己家的猫咪步步后退,再后来就玩到了一起,而现在,猫咪又将自己往家里拖,后面还跟着一只白猫,这是想干什么?

既然是观察,就要观察出一点成果。王市长心里想。

猫咪在前,王市长在后。而市长的后面,则跟着一只毛色有点灰白的白猫。

走到门口,王市长开了门。只见六狸在前,白猫在后,直接走到了猫咪的食盘处。

此时的六狸,坐在食盘边。而白猫则旁若无人,在食盘里大快朵颐起来。

也许是这只白猫饿了,自家的猫咪就将他带回家吃点东西。王市长对刚刚发生的这一幕感慨万千:"有时候,人在困难的时候都没有人去帮助,老人倒在地上都没人敢扶。你看这猫,比人都有情。"

白猫填饱了肚子,是走是留,脑子里又开始斗争起来。他也想起了自己在大狸主人家的情景,为了赶走大狸,费了不少心机,到头来还是自己被主人叫来的猫贩子给卖到了酒店。

"要不这样,反正现在是不冷不热的时候,我倒不如离开六狸主人的家,就在这个小区里转悠,饿了,就来找六狸讨点吃的。这个主意还真不错。"

想到这里,白猫望了望六狸的主人,很有礼貌地鞠了一个躬,然后对六狸说:"我是不喜欢住在主人家的,我喜欢自由。食我也吃饱了,也不想打扰你们。你现在就将我送出去,我就在你们楼下的草坪上先逛逛,等我想好了目的地,就离开这里。"

白猫的话说得有礼有节,六狸也不便挽留,就直接走到大门口用爪子挠着门。

主人见状,几步走到门前,将门开了,白猫用目光与六狸道别,迈着细碎的步子离开了主人的家。

自此以后，市长就经常看到草坪上有一只白猫在闲逛。为此，他还真的吩咐家人，有时间或顺便的时候，给楼下的这只白猫带点猫粮下去。而自己也会在周末，带着猫咪和草坪上的白猫见面。他想，调任省会城市市长后，我要在人代会上将这个见闻讲出来，并以此为例，为建设爱心城市打响第一炮。

第三十三章　流浪的四狸

自从郭军发现自家的猫咪喜欢与猫头鹰混在一起,心里就一直嘀咕:"猫头鹰可是个报丧鸟。自己家最近会不会出什么事情?"想起爱人林玉近来的种种表现,心里就更加不安。于是,他决定将家里的猫咪带出去"放生"。

四狸清楚地记得,她是被主人开着车放到一个荒无人烟的地方的,等主人的车消失在她的视野中时,她内心五味杂存:"女主人喜怒无常,自己也整天提心吊胆,难道这算是一种解脱吗?"

不管怎么说,首先要面对现实。但现实又是什么呢?除了吃饱肚皮外,她已经没有了目标,心中一片迷茫。

有时候,四狸也会下意识地想起猫头鹰来。猫头鹰曾经给她带来短暂的快乐,但说句实话,也就是因为这件事,她开始过上流浪生活。

有一天夜里,雷电交加,暴雨倾盆。在远离人类居住的旷野上,连可以避雨的地方都没有。此时的四狸,真如落汤鸡一般,欲哭无泪。

她冒雨跑到了一棵树下,抖动着身躯,试图将身上的雨水抖去。但任凭她怎么抖,身上还是湿漉漉的。

就在这时,一只不知名的小动物跑了过来,也在这棵树下停了下来。

只见这个动物摇了摇头,将头上的雨水甩掉,并用爪子在脸上抹几下,然后对四狸说:"我已经不止一次地看到你在这里了。在远离人烟的地方,你待在这里,是有什么想法吗?"

四狸望了这只动物一眼,只见他体形细长,颈长头小,长着一条约占体长一半的大尾巴,尾毛蓬松。

"你是谁啊?"四狸问。

"我就是我。"这只动物转动着乌溜溜的小眼睛。

"我是说,我怎么没有见过你?你也是属于我们猫类吗?"四狸问。

"哦,原来是这个问题啊。我也属于猫科,但人类喜欢称我为黄鼠狼,还有的人称我为黄大仙。"这只小动物说。

"黄大仙?黄大仙是什么意思?"四狸问。

"黄大仙嘛,就是黄大神仙的意思。不仅有的人这样想,就连有的猫也是这样认为的。一年冬天,下了好大的雪,我正在雪地找食物,一只白猫追着我喊,说要与我分享食物。我说哪来的食物啊?他说,我有一个姐姐住在天上,叫神仙姐姐。只要我往天上喊一声'神仙姐姐,我饿了',天上就会掉下一只野鸭。哈哈哈哈。"黄鼠狼说完,仰起脖子哈哈大笑。

"听说过傻的,没有听说有这么傻的。呵呵。"四狸说。

"我刚才问你的问题你还没有回答呢。你待在这里好长时间了,难道对这里有什么想法吗?"黄鼠狼又问。

"我有什么想法?还能有什么想法哦,我是被主人从家里带出来放在这里的,我也不知道该到哪里去。现在只是在这个地盘上混日子,过一天,了一日。"说到这里,四狸的情绪显得有点低落。

"在这个地盘上混?哈哈,你以为你是猫王啊?还地盘呢。"黄鼠狼笑了。

"难道我说的不对吗?"四狸用诧异的眼光打量着面前摇头晃脑的黄鼠狼。

"什么叫地盘啊?现在,所有的地盘都是人类的。再说,只要有人类的地方,我们就活得如履薄冰。但你,却是个例外。"黄鼠狼说。

"你什么意思?我真的搞不清楚哦。"四狸对黄鼠狼说。

"我说的是这个意思,你们喜欢吃老鼠,我们黄鼠狼也喜欢吃。但自从人类使用了农药,田鼠就越来越少,就连虫子都越来越少。所以,像我们在野外生存的动物,族群越来越少。但你们猫就不一样了,因为人类喜欢养猫。所以,在冬天来临之前,你最好离开这里,免得饿死在这里。"黄鼠狼说。

"你的意思是想赶我离开这里?是这个意思吗?"四狸有点生气。

"哎呀,不是这个意思。我也不是这片土地的主宰,我有权利赶你吗?我说的是真话,一旦冬天来临,特别是到了下雪的季节,你吃什么?因为人类将我妖魔化了,说我是黄大仙,所以他们怕我,还追杀我。他们不怕我,我也愿意和人类生活在一起啊。如果真能与人类生活在一起,最起码,冬天,食物可以得到保障。"黄鼠狼说。

听了黄鼠狼的话,四狸沉默了一会说:"你的话好像有点道理。"

"不是有点道理,你可以想一想嘛,离人类越近的地方,食物就越丰富。是不是这个道理?"黄鼠狼问。

"是哦,我知道了,你的意思是,我不适合在野外生存,是这个道理吗?"四狸说。

"有点这个意思。但话又说回来,就像我,就喜欢在野外生存吗?我们当然也想住得离人类近一点,但风险很大啊,那可要冒生命危险的。你们猫就不一样了,人类一般不会对猫咪下狠手的,所以,你最好找一个离人类近一点的地方。"黄鼠狼说。

"那我想请教你,向哪个方向走离人类近一点呢?"四狸问。

"这里不是一大片荒地吗?据说是被一个很有钱的人圈起来搞什么开发的,可几年了,一直没有什么动静。你最好是顺着那边的一条路,一直往南,穿过一片农田,然后就是一个城乡接合部,那里原来住着很多人,后来房子都被拆了,也在搞开发。不过,你到了那里,就可以见到很多猫,他们都是因为主人家里拆迁而流浪的。"黄鼠狼说。

"谢谢你,黄鼠狼,感谢你的指点。"听了黄鼠狼的话,四狸有点动心了。

这时,雨已经停了下来。黄鼠狼说:"不用啦,其实,你现在就可以上路啦。跑一会儿,你身上的雨水就会干的。如果你长时间蹲在这里,是很容易感冒的。"

此时的四狸,也确实感到身上有一丝寒意,她告别了黄鼠狼,顺着一条小路,一路小跑起来。

天渐渐亮了,四狸身上的雨水也已经干了,但她不时地打着喷嚏,总觉得嗓

第三十三章 流浪的四狸

263

子眼痒痒的,快到响午的时候,四肢也觉得沉重起来。又饿又渴的她决定先找点吃的,然后再继续上路。

渴是好解决的,因为刚刚下了一场雨。但饿就不是那么容易解决的了,四狸找了半天也没有发现可以吃的东西,但肚子又很饿,不得不为此多花一些心思。

前面有一群蜻蜓在低空飞来飞去。四狸知道,这个东西是没有多少肉的,口感如同吃草一般,但没有办法,能吃的也许只有蜻蜓了。

但蜻蜓不是想吃就吃的,因为他们一直在低空飞舞着。于是,一场猫咪与蜻蜓的游戏开始了。

只见四狸立起身,在蜻蜓飞舞的地方等待着,当有一只蜻蜓靠近,她就迅速跳起来,用爪子向蜻蜓抓去。蜻蜓被抓下来后,四狸认真地吃着,连同翅膀一起吃下。吃完,再与蜻蜓周旋。

就这样,当四狸吃下了七八只蜻蜓的时候,已经被折腾得筋疲力尽。

肚子虽然没有吃饱,但四狸的确累得够呛,四肢都快抽筋了。她已经到了不得不休息的程度。

休息吧,地面上连一块干燥的地方都没有。出于无奈,她只能这样卧在湿漉漉的地上了。

大约睡到半夜,四狸被轻微的响动吵醒。她卧在原地一动不动,只是将眼睛睁开,就见不远处有两只黑色的老鼠向自己面前移动,他们边走边轻轻地说着话。

"老大,现在外面为什么会有那么多猫啊?"一只小一点的老鼠问。

"猫嘛,原来都住在人的家里,很少出来。但村庄拆迁以后,猫基本都已无家可归,所以在野外闲逛的猫就多了起来。"大老鼠说。

"哦,是的,这样的话我们的危险就越来越大。"小老鼠说。

"其实都是相关联的。我们的危险大了,猫的危险也就大了。为什么这么说呢?虽然我们和猫是死敌,但只要猫每天都有东西吃,我们的危险性就会小得多。为什么有的猫整天盯着我们?肯定是被饿极了嘛。"大老鼠说。

"老大,这个地方不会再有猫了吧?"小老鼠问。

"应该不会,猫住的地方一般都是离人类很近的。但我们也必须警惕,因为我们的天敌,除了猫,还有黄鼠狼和猫头鹰。"大老鼠说。

就在两只老鼠一问一答间,不知不觉就走到了四狸的面前。只见小老鼠停了下来,用鼻子在四狸的爪子上嗅了嗅,对大老鼠说:"老大,这是什么东西?上面还有翅膀。"

"翅膀?我看看。哦,这是蜻蜓的翅膀,没事的。"大老鼠说。

其实,两只老鼠看到的翅膀,的确是蜻蜓的翅膀,但这个翅膀被夹在四狸的脚丫里。因为当时四狸吃蜻蜓时,太累了,没有来得及清理就睡着了。

正当小老鼠想用嘴巴靠近蜻蜓的翅膀时,就觉得有一道黑影从天而降,瞬间将他拍倒在地。而此时的四狸,终于想起来,自己已经好长时间没吃过鼠肉了。

……

也不知走了多长时间,总之,四狸按照黄鼠狼所说的方向一直走着,走累了就休息一会儿,顺便找点吃的,吃饱了就睡上几个小时,然后再接着走。

此时的四狸,明显觉得天气冷了起来,就连以前身体灵巧跳动的蚂蚱和蟋蟀,行动也变得迟缓起来,想吃饱肚子已经不成问题,但每到夜里,那冷飕飕的小风,吹得她实在难以忍受。每当自己被冻得打战的时候,她的脑海里就会浮现出小时候在猫洞里的情景,虽然饿,但很温暖。

妈妈在哪里呢?会不会还在原来的主人家?四狸不知怎么脑海里就冒出这样一个念头。

"对了,去找妈妈!"四狸自言自语。

信念是什么?说起来好像虚无缥缈。但一旦有了信念,就会爆发出无穷无尽的能量。四狸自从有了找妈妈这个信念,心情好像忽然快乐起来,原来慢慢吞吞的步子也变得格外轻快。

天真的冷了下来,早晨的地面和枯萎的小草上,已经能够看到一层白白

的霜。

这一天下午,四狸走到一片废墟下,想在背风处休息一下。当她前爪踏进背风处的一块水泥板时,立刻就感到了前面这个空间有一点暖意。

先进去休息一下,睡一觉再走。四狸边想边走了进去。等她走进这个背风处时,就见一只大黑猫静静地卧在地面上,一动不动,甚至连眼皮都没有抬一下。

凭四狸的直觉,就能感觉到这只猫真的很怪,但究竟怪在哪里,又说不出来。

不管怎么怪,管不了这么多,先休息再说。想到这里,四狸在距离大黑猫的不远处趴了下来,眯上了眼睛。废墟里,不时传出秋虫断断续续的哀鸣。

这一觉,四狸睡得的确很香,当她醒来时,已经是日上三竿。

休息好的四狸,如充了电一般,她明显能感觉到体内有一股力量。她用爪子揉了揉眼睛,只见大黑猫还是趴在那里,一动不动。

她觉得有点奇怪,于是蹑手蹑脚地走到黑猫跟前,轻声地问道:"你怎么了,是不是哪里不舒服?"

大黑猫将眼皮稍微抬起了一点,眼睛露出了一条缝,低声地说:"请你不要打扰我,你走吧。"

"难道你有什么心事吗?"四狸又问。

大黑猫沉默了一会儿说:"你走吧,我需要安静。安静,知道吗?"

"这个我知道,我看你一直就这样趴着,还瘦成这个样子,是不是好长时间没有吃东西了?我去给你找点吃的吧?"四狸低声对大黑猫说。

"我已经十来天不吃东西了。你去吧,我真的需要安静。"大黑猫说。

"为什么不吃东西呢?"四狸感到大黑猫的话有点奇怪。

"我知道我不行了,吃与不吃都是一个样的。我想安静下来,然后在这里静静地离去。"大黑猫说。

"那你肯定是病了,吃点东西应该会好起来的。"四狸说。

"孩子,你不知道,我已经是十几岁的老猫了,我知道自己的时间不多了,所以特别选择在这里闭目养神,直到离开。"大黑猫说。

"对不起,那你应该是我的前辈了。我不解的是,你为什么要选择在这里静养呢?"四狸问。

"这里,曾经是我主人住了几十年的宅子。前年,这里拆迁了,我也跟着主一起入住,但主人住的地方与原来比起来,实在太小了。我现在老了,不想再给他们家添麻烦,于是就找到了这里。可以说,我十几年的记忆全部都在这里。"大黑猫有气无力地说。

听到这里,四狸的眼睛湿润了,她趴在大黑猫面前,用哽咽的声音说:"天越来越冷了,你需要我为你做点什么吗?"

"最多两天,我就会安静地离开这个世界,什么冷热,什么爱恨,什么饱饿,都会化为乌有,与我什么关系也没有。但我有一件心事一直放不下来。如果可能的话,就请你将我的思考传递出去吧。"大黑猫吃力地睁开眼睛说。

"你尽管说,我保证将你的思考传递出去。"四狸说。

"你看这么好的房子,说拆就拆了。这就说明,这里的人开始折腾了。人一旦开始折腾,猫咪们的好日子就到头了。所以,请猫咪们一定要保重自己。"大黑猫说完,闭上了眼睛。

见大黑猫不再说话了,四狸又问:"我去给你找点吃的吧?"

"谢谢你,不用,从现在开始,不要打扰我就行了,我想安静一会儿。"大黑猫说。

此时的四狸,心里无比酸楚,但又感到无能为力。只见她走到大黑猫的身边,用鼻子在他的爪子上嗅了嗅,然后无比伤心地与大黑猫说再见。

四狸离开废墟,想起那只即将离世的大黑猫,心情就会沉重起来。

天上的太阳很大,但已经感觉不到丝毫暖意,偶尔也会有一两只猫匆匆从她的前面跑过去,但四狸连打招呼的心情都没有。

一直走到傍晚,四狸才突然想起:在这里活动的猫咪好像已经多了起来,是不是这里离人类居住的地方近了? 想到这里,体内产生了好像一种力量,她的步子越来越大。

第三十四章　三狸的巧遇

三狸实在想不出来,钱校长那天晚上喝了多少酒。

如果不是因为酒喝得太多,也不至于被主人的老公遗弃。

他对具体的时间是没有概念的,但三狸清楚地记得,有一天,副市长刘菊花的老公钱校长过来了。

连三狸都看得出来,钱校长十分开心。

其实,钱校长开心的理由很简单,组织部门在学校宣布领导班子调整决定,他被免去学校校长职务,调任教育局副局长兼招生办主任。

钱校长的这次调动,与爱人刘菊花副市长在中间的"运作"密不可分。

为此,他专门利用周末的时间,从县城来到市里,对爱人表示感谢。

与老公钱校长的春风得意不同,这两天的刘菊花有点郁闷,主因是她原来想从这个城市调到另一个城市当常务副市长,却一直没有消息。

"有一得必有一失。"面对闷闷不乐的刘菊花,坐在沙发上的钱校长安慰起来。

"你得到的是多少？只是一个副局长啊,副局长算什么？才是副科级啊,如果我能调任常务副市长,那就是个有实权的副厅啊。"刘菊花听了老公的话,心里有点不高兴。

而此时的三狸,则坐在女主人的长沙发一边,谁说话就向谁望,因为他对副厅和副科更没有什么概念。

"哎呀,官当到多大才叫大？"不知什么原因,今天的钱校长,胆子好像比以前肥了许多,终于敢跟爱人顶嘴了。就连三狸也觉得,这个男人和以前有点不一样。

刘菊花听了老公的话,端起茶杯离开了沙发,向窗口走去。

走了一圈,刘菊花又回来了,再次坐到了沙发上,好像既是自言自语,也是说给老公听的:"我要去整容!"

"你本来就够漂亮的了,还要整容?整容干吗?"钱校长有点诧异。

"你不知道了吧?现在的官场,都流行整容,男的一般都找高级美容师除去脸上的皱纹和眼袋,这样就会显得年轻。"刘菊花说。

"难道整容就能当好官了?"钱校长有点不解。

"这个你就不懂了。官员整容,为的是塑造更亲民的形象。再说了,拥有年轻或英俊的脸庞,对仕途也是有帮助的嘛。"刘菊花坦言。

"你也想整?你想怎么整?别整得我认不出来啊。"钱校长说。

刘菊花站了起来,在老公面前转了一圈:"我其他地方还行,但臀部两边有点塌陷,整得圆润一点,这样的话,我的体型就会更加完美。"刘菊花说。

"自古以来,人们常说有粉要往脸上搽。你倒好,还要专门为屁股做整容。"听到这里,钱校长真想发火,但他有火也不敢发。

"你啊,简直就跟外星人似的。在官场,整容是一件稀松平常的事情,整哪里的没有。再说了,我去整个臀部,也就只有你知道,怕什么?"副市长刘菊花说。

"如果只有我知道,我建议你不要整。不管怎么说,整容就是整自己身上的肉,痛苦不说,还要给人家几万块钱。再说了……"钱校长显得吞吞吐吐。

"说你像外星人,还真是个外星人!整一个臀部几万块?说出去也不怕把人笑死,没有几十万能拿得下来?再说了,再说什么呀?"刘菊花看到老公吞吞吐吐的样子,脸上露出一丝不快。

此时的钱校长坐在沙发上,双手抱着头低声说:"屁股有什么好整的?整给谁看?只有鬼才知道。"

"你什么意思?"说这句话时,三狸看到女主人从沙发上腾地站了起来,连脸色都变了。"我跟你说这句话,是希望我去做整容的时候,你过来住几天,照看

一下猫咪。这倒好,我还没去做呢,你就开始疑神疑鬼!"

钱校长被老婆突如其来的阵势吓傻了,张口结舌,不知说什么好。

"我告诉你,我去香港整容的机票都订好了,你别再废话。自己不求上进,还对别人指指点点。"刘菊花气愤地说。

听到这里,钱校长满脸的尴尬,起身就向大门口走去。

"回来,我去香港要十来天呢,猫咪在家会被饿死的。你将猫咪带回去养着,等我回来的时候,再给我送过来。"刘菊花对老公下达了命令。

老婆的命令,哪敢违抗?钱校长只好走到沙发边,将三狸抱了起来,然后闷闷不乐地走出了门。

也许是受了太大的委屈,钱校长那天下午并没有直接回家,而是拎着便携式猫笼,来到了一家不大的小酒馆里,点了几个菜,一个人喝起酒来。

几杯下肚,钱校长便将猫咪从猫笼中抱了出来,并与三狸交流了起来。

"你啊,真是幸福,比我还要幸福。你睡懒觉,一睡就是半天,我老婆肯定不会责怪你。想当年,我就是想多睡一会儿,老婆不是大声喊,就是掀被子。"

说完,钱校长咕咚喝了一口酒,接着对三狸说:"你可以睡床、沙发和地板,我若触犯'母老虎',连地板都睡不上。"

酒喝得越多,好像记忆越清晰。钱校长和三狸说的都是对十几年前的回忆:"你肚子饿了,缠着我老婆的脚'喵喵'叫几声,老婆马上给你喂猫粮。我肚子饿了,无比温柔地提出来,她却给我一句,你不会自己去做呀!"

菜吃得不多,但酒已经下去半瓶。此时的钱校长,与三狸就如多年不见的好友似的,已经到了无话不说的地步:"你可以留着——长胡子,我敢吗?如果我留着——像你这样的长胡子,老婆——肯定会将我的胡子——拔光。"

而此时的三狸,就见表情呆滞的钱校长好像想起了什么伤心的事,苦苦思索着什么。

突然,他端起酒杯,对着三狸说:"你睡觉可以——打——呼噜,我——敢吗?我不敢!有一次,我晚上——睡觉打——呼噜,可能是声音太——大了,也许是老婆为——什么事情——心烦,一脚将我——踹到了床下。"

说完,他一口干了杯中的酒,眼泪哗地涌了出来。

"她现在——又想整容——说整就整——整——给谁看?我——看——多少?"

……

那天钱校长真的喝多了,三狸记得他喝完酒,就拎起猫笼跌跌撞撞地上了出租车,将自己留在了酒店里。他也曾跟着出租车追了一阵子,但很快,出租车就消失在视野中。

三狸真的傻眼了,既不知道回女主人家的路,更不知道该往哪个方向走。

"在这里等几天吧,看看主人会不会回来找他。"三狸的心里这样想。就这样,他在这家小酒店前等了两三天,只要有人进入酒店,他就会跑上去望一望。令他失望的是,来这里吃饭的,都不是他的主人。

三狸彻底绝望了,他凭借自己的记忆,想走回主人的家中,他穿大街走小巷,饥餐渴饮,走着走着就没有了方向感,不知怎么就走到了一条小河边。

天已经很冷,好像已经是深秋了,因为田野里已经没有了庄稼。

此时的三狸又饿又渴,他先到小河边喝了一点水,然后想找一点能吃的东西。可是他在河岸边和田野里什么能吃的东西都没有找到。有时候,他也会发现有一两只被冻得行动已经不便的蟋蟀,但他只是用爪子挠几下便放弃了。因为他在女主人刘菊花的家里吃过的好东西太多了,现在看到这样的食物,实在是难以下咽。

肚子虽然很饿,但千万不能委屈自己,等天黑了钓鱼吧。三狸这样想着,于是在夕阳照耀下的小河岸边打起盹来。

等三狸一觉醒来,圆圆的月亮已经斜挂在天上。他伸了个懒腰,打了个哈欠,几步就走到了河边。

三狸已经好长时间没有钓鱼了,他能够记得的一次钓鱼,就是在那个大雪天与妈妈花狸、白猫舅舅钓鱼时的情景,最令他难忘的莫过于兄妹几个轮流用爪子刨舅舅被冰冻住的尾巴,那是一个多么悲壮的夜晚啊!

三狸正回忆着过去,突然觉得尾巴被什么东西咬了一下,等他注意力高度集中的时候,水下又没了动静。就这样,隔一段时间就会有鱼咬他的尾巴,但都是轻轻地一碰就走了。三狸心里感觉到,这肯定是一条大鱼,在试探着他的耐心呢。

"为了吃饱肚子,我是有足够的耐心的。"三狸心里这么想着。

正当三狸心里想着大鱼的时候,一个黑影蹑手蹑脚地走到了水边。只见这个黑影先低下头来轻轻地喝了几口水,然后坐在原地,往三狸这边望着。

又来了一只猫。三狸正这么想,突然感到尾巴被什么东西狠狠地咬住了,还使劲地将他往水里拖。

三狸的尾巴被拖得几乎全部下了水,如果再这样僵持下去,真有被拖下水的危险。想到这里,三狸"喵"的一声大叫,四肢使足了力气,一瞬间便将咬他尾巴的怪物拖上了岸。

等怪物上岸,连三狸自己也惊呆了,这哪里是什么鱼啊?扁扁的怪物如石头一般,他在副市长家里见过。

这只怪物被三狸拖上了岸,倒使三狸十分的难为情。为什么呢?只见这只怪物将猫尾巴死死地咬在口中,并将头缩进了体内,任凭三狸的爪子怎么挠都无济于事。

折腾了半天,怪物还是那个样子,死死地咬着三狸的尾巴。

此时的三狸,也想叫正在河边钓鱼的那只猫来帮自己一把,但又不知该怎么说。

正在三狸犯难的时候,在河边钓鱼的那只猫咪好像也发现了什么异样,直接走到了三狸身边,并用爪子在怪物身上抓了几下。

"石头?你真有闲心,怎么跟石头玩上了?"这只猫咪说。

"这不是石头,这是甲鱼。"三狸苦笑着说。

"甲鱼?我怎么没有听说过?"这只猫说完,又伸出两只爪子,使劲地将甲鱼翻了过来。"怎么看怎么像一块扁扁的石头,你说他是甲鱼,那么他的头呢?"这只猫有点好奇。

"你仔细看啊,甲鱼的头正咬着我的尾巴,缩进了体内。如有可能,你就帮帮我,让甲鱼松开嘴巴。我好长时间没有吃东西了,正想钓鱼吃呢,没想到竟然钓上来这么一个东西。"三狸说。

"我也是第一次看到这种鱼,我来想想办法啊。"猫咪说完,坐在甲鱼边思考了起来。

"咬得疼不疼?"猫咪问。

"疼倒是不疼,只是咬住了我尾巴尖上的毛了,这家伙死活不松口。"三狸说。

"不疼就好办,你现在不要考虑尾巴上有什么东西,先拖着这个家伙跑几圈,看看他会不会松开嘴巴。"猫咪说。

三狸想,总之已经到岸上了,也就没有什么可怕的,先拉起这个东西跑几圈再说。想到这里,他迅速爬了起来,拖着甲鱼跑了起来。

也不知跑了多少圈,这只甲鱼还是死死地咬住三狸的尾巴。而三狸由于好长时间没有吃东西了,直跑得大汗淋漓,气喘吁吁。他累得不行了,只能垂头丧气地停下了脚步。

"这样,你在这里休息一会儿,我去钓鱼。等钓到鱼,吃饱了再跑,我就不相信这个家伙就永远不松口。"猫咪一边安慰三狸,一边向河边走去。

大约不到半个时辰,去钓鱼的猫咪就钓上来一条半斤来重的鲶鱼,她将钓上来的鲶鱼叼到了三狸的身边:"不管他,先吃饱了再说。"

三狸也毫不客气,两只猫咪就大口大口地吃起鱼来。

等鱼吃得差不多了,三狸的肚子也觉得饱了的时候,三狸下意识地动了一下尾巴。这一动可高兴坏了,他回头一望,不知在什么时候,甲鱼已经不见了。

"刚才这一幕,使我想起了一件奇怪的事情。"刚才去钓鱼的猫咪说。

"什么奇怪的事情?说来听听。"三狸也很好奇。

"记得小时候的一天夜里,天特别的冷,我和妈妈、舅舅一起到河边钓鱼,等我们钓完鱼的时候,发现舅舅的尾巴被河水冻住了,我们用爪子怎么刨都无济于事。"猫咪说。

三狸被眼前的这只猫咪说得一激灵,舅舅?是那只白猫舅舅吗?但他又觉得不太可能,也许,家家都有这样的故事。

"白猫舅舅真的很可怜,不知最后有没有被冻死。总之等妈妈将我们送回家再去找他的时候,舅舅已经消失了。"猫咪说到这里,叹了一口气。

"白猫舅舅?你家的舅舅也是白猫?"三狸觉得有点奇怪,天底下还真有这么巧合的事情?

"是啊,舅舅是白猫啊!他虽然是我的舅舅,但我们兄妹经常调侃他,因为他好吃懒做。"猫咪说。

此时的三狸,睁大了眼睛:"你是四狸?"

"你怎么能叫出我的名字?"这只猫咪也很奇怪。

"我记得妈妈说过,老四的两只前爪上有一撮白色的毛。你看看,是不是?"三狸一边说,一边用爪子抚摸着四狸的爪子。

"你是三哥?我也记得了,妈妈曾经说过,老三的脖子上有一撮白色的毛。"四狸高兴得眼泪都快下来了。

"真想不到啊,世界这么大,我们竟然在这里见面了。"三狸边说边用两只爪子抱住四狸,十分开心。

"你是怎么到这里的?"两只猫咪在地上开心地玩了一会儿后,三狸突然提出了这样的问题。

四狸沉默了一会儿说:"我的女主人可能有什么病,喜怒无常,喜欢我的时候喜欢得要命,不喜欢我的时候就将我往死里打。有一天,她用手机把我砸晕了,就把我放在外面的草坪上。等我半夜醒来,我发现了一只猫头鹰,这只猫头鹰想与我交朋友,我认为是不可能的。后来,猫头鹰就到主人家门前为我唱歌,被主人发现了,男主人就把我带到一个地方抛弃了。后来,我就开始流浪,一直到现在。"

"原来是这样啊。我的情况与你相似,又有点不一样。"三狸说。

"什么叫有点相似又有点不相似啊?说来听听嘛。"四狸问。

"我这个主人是个女的,对我很好,据说她是副市长,比村主任的官大多了。

前几天,她对她的老公说,要给屁股整容,不知怎么就惹得她的老公不高兴了。后来,她的老公带着我去酒店吃饭,也许是喝酒喝多了,就把我遗忘在饭店里了。我在那里等了几天也没有等到他,于是就四处跑,昨晚才跑到这里。"三狸的情绪显得有点低落。

"哎呀!就是那个副市长家嘛,我也在她家住过几天,你不记得了?六狸、大狸、五狸都是在她们家被抱走的。你们的运气比我好,我都死过几次了,都没有像你这个样子。还有什么比死更可怕?鼓足勇气,打起精神,跟我一起找妈妈去。"四狸安慰道。

"找妈妈?你知道妈妈在哪里吗?"听说找妈妈,三狸立刻就来了精神。

"据说,人类居住越密集的地方,就越有可能找到妈妈。你记不记得我们小时候住在老奶奶家?后来她家拆迁了,我们就和妈妈住到了外面的洞里过了一个冬天。再后来,我们又被那个男主人和小女孩带回了他们家,再后来,我们一起被送到了刘副市长家。记得吗?"四狸问。

"当然记得啊,我还记得电视播放过一段妈妈钓鱼的新闻呢。新闻里也说,妈妈还在原来的主人家。"三狸答道。

"那就好,我估计现在妈妈还在原来的男主人家。只要我们用心去找,就肯定能够找到。"四狸肯定地说。

第三十五章　冒名顶替

刘副市长从香港整形回来的第一件事，就是打电话给老公，叫他将猫咪送过去。可钱校长一直以忙为借口，支支吾吾。

大狸看在眼里，一直捉摸不透，主人这几天就跟失了魂的，一会儿苦思冥想，一会儿在屋里转着圈子，一会儿盯着他呆呆地望着，唉声叹气。

的确，钱校长真的是犯了大错。他那天晚上喝醉了酒后，自以为将老婆交给他的猫咪带回来了。他下了出租车，将便携式猫笼拎到屋里后，便深感支撑不住，倒头便睡。可他第二天醒来，发现猫笼里面并没有猫咪，这下他才真的傻了眼。

老婆整形回来了，打了电话叫把猫咪送过去，拿什么送？这只猫咪可是老婆的宝贝，被自己搞丢了，这可怎么办？

为此，他专门打了电话给弟弟钱二，商量对策。

钱二可是从业多年的猫贩子，专门倒腾猫咪。他主要做两件事，将收购上来的小猫咪卖给人家作宠物，将顺手牵羊来的老猫咪卖给酒店做菜。

钱二没到钱校长的家里前，还以为出了什么大事。当他听到只是丢了一只猫咪，便哈哈地笑了。

"你笑什么啊？我叫你帮我想想办法呢。"钱校长说。

"我给你两个建议，看哪一条适合。第一，我帮你去找一只颜色、大小都差不多的猫；第二，你告诉我丢猫的地点，我帮你去找，也许能找到。"钱二说。

"第一条肯定不行啊，那大小、颜色都差不多的猫到哪里找啊？第二条估计也难，那只猫咪又不是傻子，整天就坐在那里，等你去找。"钱校长低声说。

正在兄弟俩商量对策的时候,大狸从猫窝里走了出来。

此时的钱二,眼睛一亮:"嗨!着什么急啊?有了!"

"什么有了?你想到了什么好办法了?"钱校长望着钱二的脸,有点不解。

"肯定有好办法嘛。不过,咱丑话得说在前头,这年头,不管是找人做策划,还是请人干活,都是要付费的哦。再说了,我已经知道你升官了,调到教育局副局长的位置上去了,你还没有请我喝喜酒呢。"钱二一副嬉皮笑脸的样子。

"只要有好主意,你说吧,给多少钱?"钱校长当真了。

"一张老人头,行不?"钱二伸出一个手指头。

"蓝色的?没问题。"钱校长满口应承。

"十块?小气!我说的是红色的。"钱二说。

"行,没问题,现在就给你。"钱校长边说便从兜里掏出一张百元大钞,递到了弟弟的手里。

钱二也没客气,接过钱,对着门外的光亮望了一眼,笑了:"真的,不是假钞。哈哈。"

"钱都收了,有什么好办法,你快点说说啊!"钱校长有点着急了。

"你们知识分子,看问题都是只看远处,不看眼前。你看这个是什么?"钱二指着躺在地上玩得正欢的猫咪说。

"这是猫咪啊!"钱校长有点不解。

"我知道是猫咪。既然是一窝的猫咪,大小肯定差不多,需要确认的就是花色了。如果花色也一样,问题不就迎刃而解了吗?"钱二说。

钱二的话,真如醍醐灌顶,一语惊醒梦中人。

钱校长回忆起被自己搞丢的那只猫咪,不管花色、大小、叫声都一样。弄丢的三狸是一只公猫,而自己家的大狸也是一只公猫。可以这么说,就如一个模子复制一般。让大狸顶替三狸,真可谓天衣无缝。

"兄弟,我今晚请你喝酒。"钱校长大喜过望。

紧锁在钱校长眉头多日的疙瘩终于解开,他也没有食言,当晚就与弟弟钱二推杯换盏。钱二又提出请哥哥帮助介绍工作的事情,钱校长嫌他学历低,只

答应帮他在一所中学找一份门卫的差事,为此,钱二连干了三杯。

第二天,钱校长将大狸送到爱人刘菊花的住处,他也想看看爱人整形后的屁股究竟有多大的变化。他观察了半天,变化不是很大,只是比原来丰润了。

而爱人对这次整形是相当的满意,用她的话说叫作"丰润圆翘,球形上收"。为此,刘菊花还专门在他的面前展示了自己的美臀。

展示完毕,钱校长从猫笼里抱出了猫咪。也许是心里有鬼,他故意将猫咪送到了猫窝边,而不是直接交到爱人的手里。

大狸对这个环境似曾相识,因为他曾经在这里住过一个多月。他也认识屋里的这个女主人,但毕竟时间太长了,还是有点胆怯。

当刘副市长走到猫窝边,想抱起猫咪的时候,就见大狸一个箭步,冲到了钱校长的脚下,并警惕地望着女主人。

此时的钱校长真可谓心知肚明。

但刘菊花就觉得十分奇怪:"离开才十来天时间,这只猫咪就不认识我了?"

为此,刘菊花专门从冰箱里拿出了三狸平时最爱吃的食物——海虾,放到了猫咪面前。

海虾的味道很香,但大狸是第一次看到这种食物。他先是闻了闻,却又不知道从哪里下口。

刘菊花就更加奇怪了。如果在平时,她海虾刚拿出冰箱,猫咪就会跑过去仰着头"喵喵"地叫,这只猫今天怎么了?

"你将猫咪抱过来。"刘菊花对老公说。

老婆发话了,钱校长必须从命。他弯下腰,将还在用鼻子对着海虾嗅来嗅去的大狸抱了起来,送到了老婆的手里。

刘菊花接过猫咪,端坐在沙发上。她从头至尾、从背到腹仔细检查了一遍。最后得出的结论是:猫咪还是那只猫咪,怎么就这几天变成这个样子了?

当爱人仔细地端详着猫咪时,坐在对面沙发上的钱校长显得特别的紧张,因为他生怕被爱人看出什么破绽。

"这只猫咪离开我才几天,怎么就变成这个样子了?"刘菊花看完猫咪,抬头看着老公。

此时的钱校长,不知该怎么说。他局促不安地回答:"我也不知道啊?"

"你是不是给他喂了什么不该吃的东西?"刘菊花又问。

"正常喂的啊,喂的都是猫粮。"钱校长回答得语无伦次。

"那这猫咪怎么回事?"刘菊花在犹豫间松开了抱着猫咪的手。而她的手刚松开,猫咪就瞬间跳到了地板上,又箭一般地跳到了钱校长的腿上。

此时的钱校长,显得十分尴尬。

为了摆脱这种尴尬的局面,钱校长主动将猫咪抱到了刚才爱人放的海虾边。而此时的大狸也不再犹豫,大口大口地吃了起来。

"你究竟使了什么魔咒?让猫咪对我如此陌生?"刘菊花从沙发上起身,走到正在吃虾的猫咪身边站了下来,她深感困惑。

钱校长沉默着,他想了半天也没有想出什么好的解释方法。但当他坐在沙发上,看到爱人丰润的臀部从眼前掠过时,一下来了灵感。

"是不是你臀部整形惹的?"钱校长突然来了这么一句。

刘菊花听了这句话,也愣住了。她下意识地用双手摸了摸屁股,自言自语地说:"整了屁股,连整个人都不认了?"

"我看差不多,就是你整形整的。你想啊,每当你坐在沙发上时,猫咪总是紧贴着你的屁股躺着或坐着。由于你屁股的高度和猫咪眼睛的高度基本一致,他对你的屁股最为熟悉。屁股变化,它看得最清楚。"钱校长终于给自己找到一条充分、证据确凿的理由。

"真的是这样?有可能吗?"刘菊花将信将疑。

过了一会儿,刘菊花好像想起了什么,调转了话题:"对了,你刚刚上任教育局副局长,我也刚整形回来,今晚,你请我吃饭,给你庆贺。"

听了爱人的话,钱校长有点失态:"我请,我请,想吃什么你就点什么。"

不一会儿,男主人和女主人关上门,出去吃饭去了。而吃了海虾的大狸,此时也来了精神。他在屋里一会儿蹿到沙发上,一会儿顺着跃层别墅的楼梯爬上二层,到处"视察"。

当大狸走到二层的飘窗跟前时,被一只毛茸茸的玩具——小叮当哆啦A梦机器猫玩偶吸引了。而这个玩具,正是钱校长买给老婆的生日礼物。

大狸走近玩具,只见这个小东西圆圆的脑袋上,长着两颗快要挤到一块的小眼睛,红红的鼻子,张着大大的嘴巴,而嘴巴边各有三根放射状的黑色胡须。更为可爱的是,他正张开上肢,想和大狸拥抱呢。

大狸也是第一次见到世间还有这么一个可爱的东西,他从地板上轻松地跳上了飘窗的窗台,用爪子试探性地在玩偶身上挠了几爪子,见玩偶没动,他已经意识到,这只是一只玩具而已,胆子开始大了起来。

他先用嘴巴将机器猫咬起来,反复在窗台上摔着。后来嫌这种玩法还不过瘾,就干脆咬起来摇头晃脑,将玩偶在窗台上抛来抛去。

说来也巧,刘菊花今天特地开了楼上的窗子,连纱窗也开了,想让卧室更好地透透气。但老公来了后,她一直都在楼下谈猫咪的事情,后来就去吃饭,把关窗子的事情忘得一干二净。

大狸正玩得起劲的时候,脑袋一摇,竟然将玩偶甩到了窗子的栏杆上。当他想用爪子将其挠下来,可一使劲,玩偶竟顺着开着的窗子掉了下去。

而此时的大狸,还以为在钱校长的平房家里呢,见自己的玩具跑出窗外了,竟然一个箭步爬上了窗内的栏杆上,再一跃从窗子上跳了下去。

刘副市长卧室的楼层在四楼,猫咪从这十来米的高度跳下去,能行吗?

大狸从窗口跳出去的时候,当时也傻了眼,但他迅速调整了自己在空中的姿势,伸长前肢,关节微曲,而落点就选择在布做的玩偶机器猫身上,毫毛未损。再说了,猫咪本身就善于跳跃,尾巴可以起到在空中控制平衡的作用,四肢也有很厚的肉垫,可以减少对骨骼的损伤。

大狸落地后,仰起头向上面望了望,地面离窗台很高,肯定是回不去了。他索性将机器猫咬了起来,想找一条通向楼上的通道。可任凭他怎么找,家家户户都关上了门,实在找不到回主人家的路。

夜已经很深了,原来玩得很开心的大狸感觉累了,他干脆就在这个高档住宅小区的一片小树林里,爪子抱着机器猫,呼呼地睡了起来。

等大狸被冻醒的时候，已经是日上三竿。虽然是白天，但整个小区里静悄悄的。

大狸用爪子揉了揉惺忪的睡眼，然后又用爪子洗了洗脸，决定叼起机器猫去找主人。

其实，大狸已经注定没有办法找到主人了。因为在这个高档住宅小区里，居住的大部分是这个地方的政府官员。官员们白天不是上班，就是出差，而晚上的夜生活又极其的丰富。可以这样说，这个小区里一年四季都空荡荡的。

不知在这个小区里转了多少天，蓝脑袋白肚皮的机器猫已经成为灰黑色，但大狸一直舍不得将其扔掉。他希望奇迹发生，能在小区里遇到主人。偶尔也会看到打扫卫生的人，而打扫卫生的人连看都不看他一眼。

有一天，大狸忽然想起，在这里遇到主人是不可能的事情，因为他的主人是眼睛上贴着两片玻璃的钱校长，而那个原来的女主人，还不知道喜不喜欢他呢。

想到这里，他决定离开这个小区。

当他叼起机器猫，准备离开的时候，被远处传来的一声猫叫吸引了。"在这里多少天，也没有发现同类啊。"怀着一颗好奇心，大狸决定去见识见识这只猫。

大狸叼着脏兮兮的机器猫一路小跑，跑了不一会儿，他就在一幢连排别墅前的草坪上，看到了一只白猫。等大狸走近一看，就见一只秃尾巴白猫正在草坪上"喵喵"地叫着。

此时的大狸，简直不敢相信自己的眼睛：舅舅怎么会在这里？

舅舅可不是一只好猫，必须赶快离开。大狸想起了自己在钱校长家与舅舅相处时的情景，对这只白猫深感绝望。

白猫好像也看到了嘴里叼着玩偶的大狸，正当他想打招呼的时候，就见大狸已经掉头跑步离开了。

大狸一溜小跑，穿过小区内的小树林，不一会儿就跑出小区。

小区外面，就是一条八车道的柏油马路，马路上的汽车川流不息。大狸从来没有见过这个场景，心里有点紧张。

马路对面就是一片金灿灿的银杏林，但这么多的车，怎么穿过马路？正在

大狸思考的时候，所有汽车齐刷刷地停了下来。

大狸嘴里叼着黑乎乎的机器猫，小心翼翼地穿过马路上的一道道白线。等他过了马路，走进银杏林的时候，身后的汽车又"哗"地像潮水般开动起来。

找不到女主人，也回不去男主人钱校长的家，大狸要流浪了。但不管走到哪里，他都叼着那个脏兮兮的机器猫。在他的眼里，也许机器猫就是他的一个玩伴吧。累了，就抱着机器猫睡一觉，饿了，就放下它，找点吃的。

有一天，大狸在一座大楼前看到一个骑着电动车的男子，好像是自己的主人钱校长，于是他放下嘴里的机器猫，快步追了上去。

等追上这个男子时，他确认，这就是自己的主人，于是便"喵——喵——"地叫了起来。

主人连看都没看他一眼，直接将车骑进了院子。而门口的一个男子则毕恭毕敬地对着主人敬了一个礼，口中高呼"钱局长好"。等大狸想冲进院子时，只听门口的男子猛喝一声，将他挡在了门外。

"早就听说主人要升官了，现在终于如愿以偿。正是由于升官，才会这样对待猫咪吧？"大狸想到这里，不免有点寒心。

"算了，既然他不理我，我也没有必要去理他。"想到这里，大狸按照原路返回，将黑乎乎的机器猫玩偶叼了起来，顺着路边的银杏林向前走去。

大狸真可谓漫无目的，边走边玩。

天渐渐地冷了起来，到了傍晚，还会刮起一丝刺骨的小风，而正是这样的小风，将银杏树叶摇落了一地。大狸的脚下金灿灿的，如梦如幻。

有一天，大狸走进了有高有低的杨树林。杨树林的尽头，就是一条不宽的马路。

马路上连一个人影都没有，大狸穿过马路，向前一望，心里豁然开朗。

就见这里有一条小河，小河一头穿过一道桥梁，而另一头则伸向了远方。大狸清晰地记得，就在这条小河边，妈妈经常来这里钓鱼。而上次白猫舅舅骗他去找妈妈的时候，就是在这个地方遇到妈妈的。

第三十六章　善良的五狸

　　与姐姐四狸在酒店联手救出白猫舅舅后，五狸回来后听到最多的两个字就是"结婚"，这两个字有时候会在电话里听到，有时会在主人李耀华的口中听到，有时，罗紫玉也会来到李耀华的办公室，谈到结婚的事情。

　　十一长假，李耀华与罗紫玉真的结婚了。他们俩结婚，除了企业界的郭军和政界的副市长刘菊花，没有几个人知道。

　　作为人生中的头等大事，李耀华和罗紫玉将婚礼的举办地点选择了阿联酋的迪拜。他们要让迪拜高耸入云的金帆船、华丽恢宏的棕榈岛见证他们浪漫的爱情。

　　主人自从与罗紫玉相识后，陪她的时间变得少了。但五狸也清楚地知道，主人还是很爱她的，只是不像以前那样投入。

　　李耀华在与罗紫玉结婚前，他专门将负责打扫办公室卫生的中年妇人叫了进来，给了这个妇人600元现金作为加班费，目的是叫这位妇女每天到办公室来一下，喂一下猫咪。

　　而这位妇人的家就在企业附近，每天喂个猫咪，就拿到了这么多钱，当然高兴，于是满口应承。

　　五狸头两天也很清闲，妇人定时喂食，吃完就睡，每天都要睡十几个小时的懒觉。

　　到了第三天，五狸感觉睡得骨头都酸。于是就在主人办公室与会客室之间毫无目的地走来走去。走着走着，她就被一种奇怪的香味吸引了出去。

　　顺着腥味飘来的方向走过去，五狸来到了自动玻璃门的旁边。只见门边有

十来个大大的纸箱,而纸箱里正发出"吱吱"的轻微响声。

五狸跳到靠边的一只纸箱上,见箱子并没有封口,只是将对开的纸箱盖子虚掩着。她轻轻地用爪子将虚掩的纸箱盖挠起,跳了进去。奇怪的是,她刚跳进了纸箱里,刚才被他挠开的对开纸箱盖又合了起来,箱子内一片漆黑。

猫咪即使在漆黑的夜里也能看到物体,何况这个纸箱的盖子只是虚掩着,还透进一丝光亮。

五狸奇怪地看到,在箱子里还有三四个黑色的塑料袋。而袋子里明显有动物活动的声响,腥味就是从塑料袋里飘出来的。

她伸出爪子,在黑色的袋子上挠了几下。袋子破了,她看到一只只长着利爪的石头般的动物还被一层网包裹着。

五狸也算是见过世面的猫咪,他知道这里面装的是螃蟹,螃蟹的鲜香也勾引得她垂涎欲滴。但令她不解的是,这个螃蟹怎么都是青黑色?因为她以前吃的螃蟹都是红色的。

正当她对螃蟹的颜色感到奇怪时,就听到外面有一串脚步声向纸箱的方向走来。五狸屏住了呼吸。

五狸的判断没有错,脚步声走到纸箱边就停了下来,然后就是撕开塑料胶带和封上纸箱口的声音。

再后来五狸就听到一辆汽车开到了门口,她明显地感到自己所在的纸箱正被一个人搬上了汽车。

"按照董事长给的这份名单,这四十多份螃蟹起码要送一天。"这是一位男子的声音。

"你以为董事长就愿意送吗?明天是中秋节,不送没办法啊。政府领导、工商、税务、环保、国土、供电这些部门都要送。特别是媒体这一块,电台、电视台、报社一家都不能漏掉,不然,他们会到企业找你的麻烦。不仅要送一把手,连部门主任都要送。"五狸听得出,这是主人秘书的声音。

汽车发动机响起来后,五狸感到汽车已经上路行驶了。

"管不了那么多,先尝尝这黑螃蟹是什么味道。"五狸想到这里,便用爪子使劲地抓开包装螃蟹的塑料网,将一只被线绳捆住爪子的螃蟹挠了出来,她选择从没有被线绳捆住的螃蟹后面下口,只是轻轻几下,就将软软的、鲜鲜的蟹肉咬到了嘴里。

螃蟹的后部被咬破,这可疼坏了。只见他几经挣扎,大螯便挣脱了线绳的束缚。在翻过身来的瞬间,两只大螯便死死地夹住了五狸的一只爪子,疼得她"喵"的一声大叫。

可惜的是,汽车正行驶在高速公路上,坐在驾驶位置的司机和副驾驶位置的董事长秘书没有一个人在意商务车内纸箱里的动静。

五狸从来不知道螃蟹还有这么厉害,一阵剧烈的疼痛之后,她迅速将夹住她爪子的螃蟹高高举起,使劲地拍打了几下,这下可好,只见螃蟹的大螯已经脱离了螃蟹的身体,然后慢慢地从她的爪子上掉了下来。

这时,还剩下八条腿一只螯的螃蟹开始在纸箱内乱爬起来。

五狸为了能够获得美味,也开始机灵起来。她用两只爪子按住螃蟹,采取突然袭击的方式,在螃蟹的后面一口一口地咬起来。

等到螃蟹被吃掉一半的时候,螃蟹已将连动弹的力气都没有了。

螃蟹死了,吃起来就方便多了。不一会儿,一只几两重的螃蟹已经被吃完。

按照惯例,吃完美食后,五狸是一定要眯一会儿的。但在这颠簸的商务车内,五狸怎么也睡不着。再加上她想起自己被螃蟹夹住爪子时的疼痛,她感到与这么一群长着大钳子的怪物同处一箱,实在太危险。想到这里,她只是用爪子抓几下,就将纸箱挠出一个洞来。

被五狸挠出洞来的纸箱,与另一只纸箱的间隙很小。

当五狸从纸箱里爬出来时,才发现她的四周和上面,都是纸箱,没有半点出路。

就在这个空隙里待着吧,总比在箱子里面安全。五狸想到这里,索性就趴在了纸箱的空隙之间。

此时的她感到内急,想找一个地方大便。

但五狸是一个特别爱干净的猫,她是绝对不会在车内和房间内拉便便的。

在主人家或办公室的时候,她总是到人用的坐便器上解决便便问题。

不知过了多长时间,总之就在五狸内急得要命的时候,汽车停下来了。

五狸听到董事长的秘书正在给一个人打电话:"局长,明天就是中秋节,董事长叫我们给您送点螃蟹,都是三两以上的母蟹……哪里哪里,感谢您对我们企业的照顾……我们的车就在您的楼下……好,我在楼下等您!"

就在秘书打电话的时候,商务车的后门开了,紧靠后面的一个纸箱被司机搬了出去。

内急得要命的五狸趁机跳了下去,来到小区内的一棵小树下,用爪子在沙地上刨了个坑,然后眯着眼,酣畅淋漓地享受起拉屎给她带来的快感。

等五狸拉完屎,准备起身的时候,停在小区内的商务车开动了。

这下五狸傻眼了,她边跑边狂喊着:"我还没上车呢!你们怎么就开走了?"

但驾驶员和秘书根本就没有听见车外猫咪的叫声,所以车根本就没有停下来的意思。

为了能回家,五狸只好在车后面狂奔。

也不知跑了多长时间,汽车七弯八拐地不见了踪影,而此时的五狸感到身体如同散了架一般。

"不跑了,跑也是追不上的。"想到这里,五狸叹了口气。想到也许再也看不到自己的主人了,不禁黯然神伤。

望着周围林立的高楼和来往的行人与车辆,五狸一时没有了主意。"先走吧,离开人多的地方,也许会更安全。"想到这里,五狸迈开了疲惫的四肢,顺着路边的人行道走了起来。

不知走了多久,五狸突然看到一只黑猫躺在人行道边,用哀求的眼神望着她。她快步跑了过去,只见这只猫已经完全丧失了行走能力。

"你这是怎么了?"五狸问。

"被一辆电动车压的。"黑猫说。

"电动车为什么要压你?"五狸问。

"我怎么知道呢,我只是在路上好好地走着,突然就被后面来的电动车撞了。"黑猫说。

"需要我为你做点什么吗?"五狸关切地问。

"这样吧,请你将我移到小树林里。在小树林里面,我还能有生的希望。如果就这样躺在人行道上,说不定什么时候还要被压一次。如果真是这样,我的性命就难保了。"黑猫说。

听到这里,五狸用嘴巴轻轻咬住瘫痪在地的黑猫的前肢,使劲将他拖到路边的树林里。

将黑猫安顿好后,她又从小树林里逮了几只虫子,放到了黑猫的嘴边。"估计你好长时间没有吃到东西了,先吃一点吧。余下来我就没有办法帮你了,因为我还要赶路。"

"谢谢你!你还要赶路?准备到哪里去?"黑猫问。

"我也不知道该到哪里去。"

"你也是一直流浪吗?"黑猫问。

"我不是流浪猫,我今天上午以前还是住在主人的办公室里。上午,我爬到纸箱里吃螃蟹,后来司机将纸箱抱上车了,我就跟着车来到了这里。然后我下车有点事情,我的事情刚办完,车子就开走了,我也追了一会儿,但没有追上,所以就走到了这里。"五狸将自己到这里的来龙去脉说了一遍。

"哦,原来是这样,看来你比我幸福得多。"黑猫说。

"为什么要这样说?"五狸好奇地问。

"我原来也是住在主人家里,主人还是当地的一个大官。后来他的孩子和爱人都到国外定居了,家里只剩下主人和保姆。再后来,主人也到国外去了。他走之前,保姆就走了。我被关在屋内近一个月,什么能吃的东西都吃完了,差点被饿死。"黑猫说。

"那后来怎么出来的?"五狸问。

"后来,就在我奄奄一息的时候,几个人撬开了他们家的大门,进门后又是拍照又是摄像,然后开始在屋里找东西。一个男人看我饿得皮包骨头,先给我找了一点水喝,又给我找了几块饼干,我才缓过来。"黑猫说。

"后来呢?"五狸问。

"我听他们说,这个人是一个副市长,带了很多钱跑到国外去了。既然主人已经不回来了,我就趁着他们忙的时候,偷偷地溜了出来。然后就开始流浪,几个月后,身体刚恢复,就遭到了这次车祸。"说到这里,黑猫流下了伤心的眼泪。

听了黑猫的叙述,五狸开始同情这只黑猫。她想:"如果自己就这么走了,这只瘫痪的黑猫也许会被饿死在这里。所以,自己必须留下来,帮助这只黑猫渡过最困难的时期。"

"你先吃点东西吧,吃完了好好休息一会儿。这样也许对你的康复有好处。"五狸说。

"谢谢你!我就不客气了。"黑猫低下头吃起了五狸逮来的虫子。

等黑猫将虫子吃完,五狸与他道别。

五狸道别的目的,一是让黑猫安心地休息,二是自己可以有时间去多找一些吃的。

黑猫望着五狸远去的背影,依依不舍,但他又不好意思叫她留下来,毕竟只是一只路过这里的猫。

五狸离开黑猫,走了不远就发现路边有一条不宽的小河。如果能够钓一条鱼给黑猫吃,肯定对他身体的康复有帮助。想到这里,她慢慢走到了河边,蹲下来用尾巴钓起鱼来。

也许是这条小河里的鱼很少,五狸钓了半天,也没有鱼来咬她的尾巴。

天渐渐黑了,水下还是没有一点动静。

正当五狸心里有点着急时,她发现小河的对岸有了动静,有几个黑点正从水里向她坐的方向游了过来。

五狸屏住了呼吸,睁大了眼睛仔细地看着水面,前所未有的场景出现在了她的面前。

只见一只大老鼠带着三四只小老鼠,一会儿浮出水面,一会儿潜水,正向她的面前游来。五狸心里想:"难道这就是传说中的水老鼠吗?"

不管是什么老鼠,只要游到面前,必须拿下!五狸已经做好了准备。

此时的五狸，猫着腰，已经将一只爪子伸向了水面，就等着老鼠接近自己。

再说这几只水老鼠，真的如瞎子一般，直接就游向了五狸爪子下。

说时迟，那时快。当那只大的水老鼠刚将头浮出水面，就见五狸爪子与嘴巴并用，瞬间将其咬死在岸边。而那几只一同游过来的小水老鼠还没弄清楚怎么回事，也被五狸瞬间拿下。

鱼没有钓到，倒是逮了不少老鼠。五狸十分兴奋，衔着几只老鼠向黑猫躺着的地方走去。

黑猫看到逮虫子给自己吃的猫咪又回来了，嘴里还衔着几只老鼠，感到十分惊讶："你不是已经离开了吗？怎么又回来了？"

"你都成这个样子了，我能忍心离开吗？快点吃吧，多吃点老鼠，对身体有好处。"说完，五狸将一只大老鼠衔到了黑猫的嘴边。

看着眼前的老鼠，黑猫激动得热泪盈眶："很多人看我伤成这个样子，都绕着我走。你的心比人类善良多了。"

"人类有人类的难处啊。有一个老太太在等公交时摔倒在地，一个小伙子去扶了一把。后来这个老太太竟然说扶她的小伙子是肇事者，并告上了法庭。经法院裁决，小伙子为此赔偿了十几万元。这件事发生后，很多人倒地都没人敢扶。你又不是人，你也不会到法院告我。是不是？"五狸说。

"还有这么一回事？我真的是头一次听说。怪不得人们看到我受伤后，唯恐避之不及呢。"黑猫说。

"我原来也不知道，也是听主人说的。"五狸说。

"也许这就叫作自私吧？"黑猫问。

"唉，你吃东西吧，吃完休息，人类可气的事情多着呢。"五狸说。

……

从这一天起，途经这里的人们，就经常看到这只受伤的黑猫身边，多了一只黑白灰相间的狸猫。只见这只狸猫一会儿去找点食物给黑猫，一会儿趴在黑猫的身边一动不动。

狸猫陪着受伤的黑猫的事情,被几个经常路过这里的小学生发现了,他们常常给这两只猫带一点好吃的东西。就这样,黑猫的身体一天天康复起来。

天凉了,当树上飘飘洒洒地掉着绿色或金黄色的叶子的时候,人们发现,原来瘫痪了的黑猫,在狸猫的陪伴下,一瘸一拐地离开了这里。

第三十七章　老鼠该不该吃

　　王市长十一期间忙完儿子的婚事,接下来就更忙了。
　　六狸看得出,这两天男主人总是行色匆匆。
　　事实也是如此。因为他即将调到省会城市当市长,而身份也从正厅级一步就升到了副省级,还有什么事比这件事重要?此时的他,正在为升迁做最后的准备,密集地提拔一些他的部下。
　　这是周末,王市长还和往常一样,吃完早饭,就抱着六狸带着猫粮走到楼下,给正在草坪上转着圈子的白猫喂食。六狸被主人放下后,就很快和白猫打成一片,玩得特别开心。而王市长则眯着眼睛站在一边看着热闹。
　　此时的白猫,也想跟王市长套套近乎。只见他猫下腰,肚皮几乎贴近了草坪,向王市长的身边爬去。
　　就在这时,王市长的手机响了起来。他掏出手机,接听起来:"对,对……我在家里……有些话不好在电话里说。这样,你到我家里来一趟。"说完,便将手机装到了裤兜里。
　　时间不长,一个男子来到了主人身边,并与主人拉起呱来。
　　"市长,我的事情办好了没有啊?"
　　"办妥啦,你放心。我答应你的事情,怎么能不办妥呢?还是我原来答应你的位子,到县里先当几年副县长,后面的事情,只要你好好干,我肯定会接着帮你的。"
　　"我知道,我肯定会努力的。您调任省会城市后,路子就更宽了。对了,我

小孩舅妈的事,有可能吗?"

"我已经和教育局打了招呼,你直接跟教育局长联系就行了。"

"谢谢您,从农村中学先调到区中学,同样是中学教师,工资可翻了一倍呢。还有一件事,在刚才来的路上,一位地产老板给我打了电话,他想见您一面,不知有什么事情。"

"上午没有时间,我已经约了人了。这样,我下午有时间,就到我酒店的办公室去谈吧。你等我的电话。"王市长说。

"好!我现在就回去通知他。"男子说。

男子刚走,王市长的手机又响了起来。

"市长,忙完了吧?我在6006等你。"电话里传出的是一个女子的声音。王市长是心知肚明,6006就是酒店送给刘菊花副市长的金卡和房间号码。

主人见人心切,只回家拿了包就匆匆离开,却把六狸忘在了门外。

这样也好,可以在外面痛痛快快地晒一个太阳。六狸想到这里,将尾巴高高翘起,伸了一个长长的懒腰,打了一个哈欠,在草坪上躺了下来。

王市长走后,白猫的表演欲也去了一大半,他干脆也趴在草坪上,呆呆地望着什么。

一张不大的银杏叶子从树上飘落下来,正好落到了白猫的眼前。此时的他来了兴致,又在草坪上捡起一片银杏叶,然后肚皮朝上,并用树叶将眼睛遮了起来。

"六狸,你知道我看到了什么?"两只眼睛上盖着银杏叶的白猫问。

"看到了树叶。"六狸说。

"在你的眼睛里,看到的只有树叶。而在我的眼睛里,却看到了金灿灿的黄金。"白猫说。

"黄金对我们猫有用吗?说句实在话。黄金,对于我来说,还不如一只老鼠。"六狸说。

"你就是个馋猫,永远也改不了好吃的本性。"白猫说。

"猫活在世上,和所有动物一样,首先要解决吃的问题。你连起码的需求都顾不上,还整天梦想这样,梦想着那样,有意思吗?"六狸对舅舅刚才说的话有点生气。

"你说的话有点道理。我到现在,连黄金长什么样子都没见过。只听说黄金是黄的,就如同我眼睛上的树叶一般。"白猫说。

"我见过的黄金多了,主人家里多的是。常见的就是女主人手腕上的金手镯,脖子上的金项链,耳朵上的金耳环,还有就是金条。有一次,我见主人不在,就在金条上咬了一口,什么味道都没有。"六狸这样想,但没有说。

"黄金是黄的吗?"白猫问。

"也许吧。"六狸对这样的话题不感兴趣。

看到六狸无精打采的样子,白猫打了一个哈欠,趴在草坪上睡了起来。

哈欠是可以传染的。白猫刚打完哈欠,六狸就跟着打了一个,于是也懒洋洋地趴下,很快就打起呼噜。

时节已是深秋,晌午的太阳照在小区内的草坪上,暖融融的。银杏树上,不时飘下几张金黄色的扇形叶片。

六狸正睡间,隐隐约约听到草坪上有窸窸窣窣的响动。她懒洋洋地睁开眼,向传来声音的地方望去。就在不远处,有四只小老鼠和一只大老鼠在寻找着什么。

"冬天快到了,要趁着晴天,多找一些食物储藏起来。不然的话,冬天就要挨饿了。"大老鼠对小老鼠们说。

"这里都是小草,哪来的食物啊?"一只小老鼠问。

"你看到地上的这种黄色树叶了吗?这种树叶叫银杏叶。银杏树有雄雌之分。只要是雌树,这个时候的树下都会有银杏果。"大老鼠说。

"妈妈,你看是不是这个?"一只小老鼠抱起一个橘黄色的小果子。

"是的,就是这个,把它抱回洞里,过几天外皮就会烂掉,露出一个白色的坚果,坚果里面的果肉很香的。"大老鼠说。

"吱!"一只小老鼠突然尖叫了一声,"妈妈,前面好像趴着两只猫。"其他小老鼠都迅速退到了大老鼠的身边。

第三十七章 老鼠该不该吃

293

大老鼠循着小老鼠的指向望过去,的确是两只猫。她迅速将四只小老鼠挡在了背后:"距离太近了,你们千万别往前和往后跑,就躲在妈妈后面别动。记住,不管发生什么事情,你们都不要乱跑。"大老鼠很沉着。

没等大老鼠说完话,六狸已经悄悄地爬了起来,并向老鼠这边走来。

老鼠深知,这个时候带着几个小老鼠一起跑,肯定死路一条,倒不如来个缓兵之计,用情感打消猫咪想吃老鼠的念头。虽然这种想法很冒险。

"猫先生,你也看到了,我们连逃命的打算都没有,请你别乱来。"大老鼠显得很镇定。

正想偷偷袭击老鼠的六狸愣住了,下意识地停下了脚步。

"猫先生,你听我说,在这个小区里面,能够剩下来的老鼠真的不多,据我一年多的观察,整个区域里也就还有二十几只。你知道,每年的这个时候,人类定期投药灭鼠,百分之九十九的老鼠都被人类毒死了。能够像我这样活下来的,也算九死一生,真的希望你口下留情。"大老鼠哀求道。

"老鼠,你要听好了,自古以来,你们就是猫的敌人,这样求情就能管用了吗?"六狸说。

"敌人?世间没有无缘无故的爱,也没有无缘无故的恨。我真的不知道,我们什么时候侵犯过你们的利益了?如果没有,敌人一词从何谈起?"老鼠说。

"我记得主人讲过,人类要在动物中挑选十二生肖,开选的头一天晚上,我们猫让你们老鼠第二天叫醒一起去,结果你们耍了小聪明,没有叫我们,等到我们睡醒后,十二生肖都选完了,所以从此我们猫就恨上了老鼠。"六狸说得振振有词。

"人类选十二生肖与我们动物有什么关系?这些其实都是人类瞎编的。如果你连瞎编的话都信,那就说明你是一只没有主见的猫。"老鼠说。

"那我问你,我们为什么一直跟你们过不去?难道不是因为仇恨?"六狸反问。

"其实道理很简单,猫吃老鼠,主要是因为过去食物匮乏。你们吃我们,主要是为了填饱肚皮。但现在已经不存在挨饿的问题了,你们如果还这样一味地吃下去,不仅说明你们好杀生,也说明你们蛮不讲理。这样做的结果很明显,就是我们鼠类很快灭绝。如果我们真的灭绝了,对你们猫类有什么好处?"大老鼠说。

就在六狸与大老鼠谈话之间,白猫醒了。他听了大老鼠的话,感到十分可笑。

"怪不得在大多数老鼠已经死了的时候,你们还能繁衍生息,原来你真的能忽悠嘛。用人类的话说,简直就是花言巧语。"白猫边说边向大老鼠走去。

"白猫先生,我也恳求你别乱来。看在我身后的小家伙还很小的情况下,希望你饶了他们。"大老鼠再次恳求道。

"你就是叫我爷爷,我也要吃掉你。"白猫目露凶光,快步向大老鼠走去。

此时的大老鼠,示意身后的小老鼠往后退,然后说了一句:"白猫先生,请你站住。如果你实在想吃,我们能否谈一个条件?"大老鼠着急得几乎站立起来。

"难道你还想再搭上一瓶酒吗?那当然好啊!一边吃着你们的肉,一边喝着你们的酒,那也算猫生一大快事!"说完,白猫哈哈地笑了。

听到大老鼠要和白猫谈条件,六狸也快步走到了白猫的身边。

"两位猫先生,真的希望你们能放过我们。如果你们今天一定要吃,你们看能不能这样:我一个老鼠的重量比我身后的四只小鼠加在一起都要大,恳请你们将我吃掉,放过这四只小鼠。"说完,大老鼠前肢弯曲,跪倒在地。

"哈哈哈哈!到这个时候了,你还跟我谈这样的条件,简直不知死活。"白猫笑得露出了尖利的牙齿。

"白猫先生,我求你了!放过这几只小鼠。因为他们还小,来到这个世界还不到两个月。"大老鼠声泪俱下。

"连人类都说:老鼠过街,人人喊打!放掉你们这些老鼠,先问问人类答不答应。"白猫理直气壮。

"我知道人类恨我们,但这也只是过去的事情。主要是因为我们会跑到人类家中偷粮食等食品吃。青黄不接的时候,有时候也会在田野里糟蹋一些没有成熟的庄稼。但说一句实在的话,什么动物活在世上,不是以糊口为第一要

务?"大老鼠说。

"少废话,六狸,上,先消灭掉他们再说。"白猫说完,就冲向了大老鼠。六狸则站在原地,不知该怎么做。

大老鼠腾地站了起来。而身后的四只小老鼠,则吓得瑟瑟发抖,不知如何是好。

就在白猫跑到大老鼠身前,举起爪子的一瞬间,就见大老鼠回首将四只小老鼠推开,并大喊一声:"你们快点给我跑啊!"

白猫从来就没有见过这么不怕死的老鼠。再看那四只小老鼠,一动不动地站在原地,毫不畏惧。

此时的白猫,突然将爪子缩了回去。

六狸趁机大步走到白猫前,对大老鼠大声说道:"我数三下,你们必须消失在我的视线里,下次也不要再让我们碰到你!"

六狸说完,连一二都没说,只是喊了一句:"三!"

大老鼠闻听此言,带领四只小鼠迅速逃离。

白猫对六狸的做法有点不解:"奇怪,你不是整天惦记着要吃老鼠吗?刚才为什么要放过这几只老鼠?"

"唉,看到大老鼠和几只小老鼠,我忽然想起妈妈对我们的爱。有点不忍心吃了。再说,我们也不是非吃老鼠不可,只要有得吃,何必因为饱自己的口福而让老鼠一家骨肉分离呢?"六狸说出了自己的真实想法。

"见鬼,真的见鬼了!怪不得我会听到人说:猫鼠一家。原来此话不虚!"白猫对六狸的做法非常不满。

"舅舅,不是这个意思。人类说的猫鼠一家,指的是猫和老鼠沆瀣一气,共同做危害人类的事情。我之所以放他们走,是看到了老鼠身上伟大的母爱。她为了不让自己的孩子被吃掉,宁愿牺牲自己。老鼠虽然可恨,但这种精神难能可贵。"六狸说。

"如果按照你的逻辑,那咱们今后就可以吃素了,不用再吃老鼠了。"白猫阴阳怪气地说。

"也不是，如果真的就是一只老鼠，你可以照吃不误。但如果遇到这样有爱心、有气节的老鼠，最好还是放了他们。你想，如果我们真的吃了大老鼠，那四只小老鼠那么小，怎么办？"六狸问。

"全部吃掉！我当时最担心的是大老鼠跑了，根本就不怕小老鼠跑掉。"白猫说。

"就是啊，我也是这么想的，小老鼠开始都怕成那个样子。但后来你看到没有？看到大老鼠无所畏惧，他们的胆子也开始大了起来。"六狸说。

"就是啊，作为猫类，看到老鼠不逮是绝无仅有的事情，也是十分可耻的。"白猫显得很后悔。

"我也不知道刚才做得对不对，只是看到那只大老鼠为了子女的安危奋不顾身的样子，实在是有点不忍心吃他们。"

"好啦！不讨论这个问题了，趁着这么好的太阳，再美美地睡一觉。"白猫说完，伸了一个懒腰，顺势趴在地上，眯起了双眼。

看到白猫就地趴下，六狸也不声不响地趴下，打起盹来。

等六狸一觉醒来，太阳已经下山了。她"喵——喵——"地叫了几声，希望主人能够听到。她感到奇怪的是，主人到现在还没有回来。

六狸的叫声，没有唤来主人，倒把白猫吵醒了。

"天都黑了，你怎么还不回去？"白猫揉了揉眼睛，感到十分奇怪。

"主人到现在也没有回来，我怎么回到屋里去啊？"六狸说。

"哦，原来是这样啊。那我们先去吃点东西吧。"白猫说完，便起身向王市长经常投放猫粮的地方走去。而此时的六狸，也感到肚子饿了，懒洋洋地跟在白猫的身后走着。

也许是家里猫粮很多的缘故，王市长今早放了不少猫食，等白猫和六狸吃完，还剩下不少。

深秋，对于整天风餐露宿的白猫来说，真的无所谓。但六狸明显有点不适应，她觉得这个夜晚格外的冷。

大约到了半夜的时候，小区的路上走来一男一女两个人。六狸还以为是主

人回来了,快步向路边跑去。等她快到这两个行人面前时,才发现不是主人。

就在此时,就听走路的男子说:"这家主人被纪委协助调查了。"

"什么时候?"这是女子的声音。

"就是今天下午的事。"男子说。

"协助调查是怎么回事啊?"女子问。

"肯定是因为贪腐嘛。一种可能他就是被调查人,还有一种可能是他是证人。"

"你不是说要调到省会了吗?突然被调查,市里不是要地震了吗?"女子问。

"不一定。说严重一点,就是要被双规;说轻一点,或许周一就会上班。"男子说。

男子与女子对话的声音很低,到后来,六狸只能听到两只高跟鞋敲击地面的声响和两只皮鞋摩擦路面的沙沙声。

"双规是什么意思呢?"六狸想了半天也没有想明白。

管不了这么多,先睡觉再说吧。想到这里,六狸走到一个稍微有点背风的墙角处蜷缩起来。时间不长,就打起了呼噜。

第三十八章 三只猫巧遇黄鼠狼

太阳已经西下,大狸实在是太累了,他放下口中的宝贝玩具机器猫,先来到小河边喝了几口水,然后抱着机器猫睡起觉来。

其实,大狸来到河边,就想钓鱼充饥。但他知道,天刚刚黑,什么鱼都不会上钩的,钓鱼的最好时间是在半夜。

想着想着,大狸进入了梦乡。

大约半夜的时候,一只黄鼠狼蹑手蹑脚地跑到大狸身边,用鼻子嗅了嗅,退了回去。就在这时,大狸已经被黄鼠狼脚下轻微的响动惊醒,他迅速爬了起来,用警惕的眼光注视着黄鼠狼。

"我还以为你已经被冻死了呢,原来你还活着。"黄鼠狼说。

"什么意思?难道你想吃掉我?"大狸很生气。

"不是想吃你,因为我这几天看到了不少死猫,躺着的姿势和你一样。"黄鼠狼说。

"很多死猫?为什么?"大狸大惑不解。

"这个你就不懂了吧?深秋的时候,人类为了防止老鼠偷吃地里的种子,就会在田间放下很多老鼠药。有一些粗心的老鼠被毒死后,又被一些粗心的猫吃了,吃了死老鼠的猫必死无疑。所以,我也以为你是一只粗心的猫呢。"黄鼠狼解释道。

"哦,原来是这样啊。请你放心,我是从来不吃死掉的动物的。"大狸说。

"看来你很聪明嘛,出几个脑筋急转弯给你,看你能不能回答上来,答上来才是真正的聪明。"黄鼠狼说。

"可以啊,可以试一试。"其实,大狸的肚子已经很饿了,他真想现在就去钓鱼,但出于礼貌,就没有好意思拒绝。

"好!请听题:鱼缸里有五条鱼,死掉了一条。问:还有几条?"黄鼠狼问。

"五条,因为死鱼也是鱼。"大狸心里想,这样的急转弯也未免太简单了。

"请听题:一只饿猫从一只胖老鼠身旁走过,为什么那只饥饿的老猫竟然无动于衷地继续走路,连看都没看这只老鼠,为什么?"黄鼠狼问。

"因为这只猫视力不好,或者是瞎子,根本就没看见这只老鼠。"大狸说。

"请听题:哪一种动物像猫一样大小,却和老虎一个长相?"黄鼠狼问。

"和猫一样大小?却和老虎一个长相?"大狸思考片刻,然后脱口而出,"小老虎!"

见大狸对答如流,黄鼠狼说:"出一个难一点的考考你。请听题,有一只白猫掉到下水道里了,怎么爬也爬不上来。这时,正巧一只黑猫路过这里,把白猫救上来了。之后白猫对黑猫说了一句话,而说的这句话又被人听到了。白猫对黑猫说了什么?"黄鼠狼问。

"喵。在人类看来,不管猫说什么话,都是一个字——喵。"大狸答道。

"看来你真是一只聪明的猫,这道题如果还能答得出来,就证明你十分聪明。请听题:一只公壁虎和一只母壁虎趴在墙上谈恋爱。后来,母壁虎说了一句话,说完后,只听'叭'的一声,公壁虎掉了下来。问:母壁虎说了什么话?"黄鼠狼问。

"我们结婚吧?"大狸答道。

"不是。我们结婚,公壁虎说一百句也不会掉下来。"黄鼠狼说。

"难道是'我爱你'?可这样说也不会掉下来啊。"大狸用爪子挠着脑袋自言自语。

"终于把你难住了吧?"黄鼠狼问。

"别急,我再想一想。"大狸是一个不服输的猫。他沉思了半天,疑惑地问黄鼠狼:"是不是'抱抱'?公壁虎听到'抱抱'两个字,急忙张开两只前爪。两只前爪一旦离开墙面,肯定会掉下来的。"

"哈哈,看来你真是一只聪明猫。认识你很高兴,也打扰你好长时间,我该去找点吃的了。再见!"黄鼠狼说完,瞬间消失在夜幕里。

此时的大狸,由于做了几道脑筋急转弯,大脑清醒了许多。他衔着脏兮兮的机器猫,不紧不慢地走向河滩,然后将机器猫放在离自己的不远处,才安心地来到水边钓鱼。

虽然岸上有点冷,但当大狸的尾巴伸进水里的时候,小河水好像还比较温暖。

大狸的尾巴在水里不时地搅动一下,时间不长,他就觉得有鱼咬尾巴了。此时的他想将尾巴往上拎,可试了几次就是拎不动。大狸急中生智,只见他以迅雷不及掩耳的爆发力,瞬间将一条大鱼拖上了岸。

这是一条黑鱼,足有一尺来长。大狸端坐在地上欣赏着猎物。

就在这时,他发现身后有一阵响动,就见一只大黄猫正在起劲地撕咬着自己的玩具机器猫。大狸十分生气,龇着牙跑了过去。

"为了一个破玩具,值得这样吗?"大黄猫看到大狸十分生气的样子,丢下一句话,扭头便走。

大黄猫走了,大狸正想回去吃鱼,却看见一只白底黑花的大猫咬着鱼,顺着河边跑走了。而大黄猫也向那只白底黑花的猫追了过去。

也许是好长时间没有吃东西了,不然怎么会偷我的鱼吃呢?想到这里,大狸连追的打算都没有。好在自己跟着妈妈学了一手,再去钓。

大狸再次来到河边,稳稳地坐在水边,将尾巴伸进了水里。

不大一会儿,大狸就又感到尾巴被什么东西咬住了,他将尾巴使劲一提,一块又圆又扁的东西被他拉到了河滩上。

大狸仔细地看着自己钓上来的东西,在他的面前高高地举起两只大钳子摇晃着,不知该从哪里下口。

大狸知道,这是螃蟹。为了保险起见,他先用爪子迅速地在螃蟹背上挠一下。

而螃蟹的反应也十分的敏捷,就在大狸挠他的瞬间,两只钳子很快迎了上

去,就见其中一只钳子死死地夹住了大狸的爪子。

值得庆幸的是,螃蟹只是夹住了爪子上的毛,大狸两下就将其甩了下来。

螃蟹是个好东西,味美无比。但如何吃,大狸伤透了脑筋。

为了吃到螃蟹,大狸灵机一动,绕着螃蟹转起了圈子。

刚开始,大狸走到哪里,螃蟹就转到哪里。那一对高高举起的大钳子始终朝着大狸的方向。

但随着大狸围绕螃蟹转的速度越来越快,螃蟹的身体明显地笨拙起来。再到后来,任凭大狸怎么围绕着他转,螃蟹在原地一动不动。

机会来了。此时的大狸走到了螃蟹的后面,用一只爪子轻轻一抓,螃蟹就被他抓了个底朝天。

就在螃蟹费尽九牛二虎之力想翻过身来的时候。大狸一个箭步冲了上来,用一只爪子死死地按住螃蟹的肚子,另一只爪子迅速将螃蟹肚子上的脐子抓了下来。

被抓掉脐子的螃蟹也许是实在太疼了,一使劲竟然翻过身来了。

大狸站在一边,不紧不慢地咬起地上的螃蟹脐,仔细地嚼了起来,那松脆的壳和香鲜的蟹黄迅速在口腔弥漫开了。

美味也坚定了他要将螃蟹消灭掉的决心。

他一边回味着嘴里的蟹味,一边绕着螃蟹转了起来。

刚转了两圈,大狸在螃蟹身子上抓了一下,螃蟹再次来了个底朝天。

就在螃蟹使劲翻身翘起屁股的时候,大狸看准时机,迅速张开大嘴,露出尖牙,一口将螃蟹的后面咬了下来。此时的螃蟹就如被人类咬去一口的月饼,椭圆的身体缺了一块,两只大钳子则在支撑着颤抖的身体。

也许是这一口咬得太狠了,也许是螃蟹的壳太硬,总之大狸的牙齿就如被电击一般麻了一下,但并不妨碍他大快朵颐。

为了能吃掉这只螃蟹,大狸可谓费尽心机。天快亮的时候,这只螃蟹终于被大狸吃得一点肉都不剩。

吃完螃蟹,按照道理就该动身,但大狸却不知道该往哪里走。因为就在上一次白猫舅舅骗他说妈妈想他的时候,他一路狂奔后,就是在这里遇到正在钓鱼的妈妈和二狸的。是在这里等?还是主动去找?这可难坏了他。

干脆在这里等几天,如果实在等不到妈妈和二狸,再主动出去找。大狸有了这个想法后,干脆走到机器猫玩偶边,抱着机器猫躺了下来,不知不觉地睡着了。

……

再说三狸,他只是想钓一条鱼充饥,没想到却钓上来一只甲鱼。所幸的是,他在这里遇到了妹妹四狸。

他们吃完四狸钓上来的鲶鱼,一边回忆着过去,一边聊着如何去找妈妈。因为三狸清晰地记得:电视台曾经播放过一段妈妈钓鱼的新闻。这就证明,妈妈还在原来的主人家里。

三狸忽然想起,这条小河好像就是他们和妈妈钓过鱼的那条河,于是便问:"老四,你记不记得我们有一个白猫舅舅啊?"

"当然记得啊!那年冬天,我们一起去钓鱼,后来舅舅的尾巴被冻在了小河里。"四狸说。

"是啊,你想想,这条小河像不像我们跟着妈妈一起去钓鱼的那条小河?"三狸问。

"哦!你别说,还真的有点像,只是比那条小河宽了一点点。"四狸说。

"也许是季节的缘故吧。冬天雨水少,小河肯定就要比现在窄一些。你记得那天夜里很冷吧?天亮时还下了那么大的雪。"三狸一边回忆一边说。

"其实,那天夜里钓鱼倒不怎么辛苦,关键是那天下午我们去找妈妈的时候,那才叫辛苦呢。"四狸也回忆了起来。

"你这一说,我倒想起来了。当时是妈妈偷偷出去找舅舅,我们又出去找妈妈。唉,阴差阳错,可舅舅还是没有找到。"说到这里,三狸叹了一口气。

"告诉你吧,舅舅还活着。"四狸轻松地说。

"还活着?真的假的?"三狸的口气好像有点怀疑。

"你不相信吧？我说的是真话。有一次，我被主人带到饭店吃饭，恰好遇到了五狸。"四狸说。

"你不是在编故事吧？还有这么巧的事情？"三狸显得有点惊讶。

"编故事干吗？因为我的主人和五狸的主人是好朋友。他们在桌上吃饭，我就和五狸在下面聊天。我们正聊得开心的时候，就听外面有一只猫在惨叫。于是，我们就顺着声音跑了过去。你猜我和五狸看到了什么？"讲到这里，四狸故意卖了个关子。

"哎呀，你直接讲吧。我又不在现场，能看到什么哟。"三狸有点着急。

"就见白猫舅舅被关在一个铁笼子里，哭得稀里哗啦的。他说，这家酒店有一道特色菜叫龙虎斗，马上就要杀他了。于是我就和五狸将他救了出来。"四狸说。

"见到白猫就是舅舅？没看错吧？"事情有了结果，三狸又开始怀疑了。

"你知道舅舅有一个标志性的特点吗？"四狸问。

"不就是一只白猫嘛，有什么标志性的东西？"三狸也疑惑起来。

"并不是白猫都是舅舅，但只要是秃尾巴的白猫，就肯定是舅舅。因为就在那次钓鱼的时候，舅舅将大半截尾巴掉在了冰窟窿里。"四狸说。

"喔，原来如此。"听到这里，三狸才恍然大悟。

"我们只顾聊天了，既然要去找妈妈，现在确定一下方向吧。我敢断言，这条小河就是我们曾经钓鱼的小河，我清晰地记得，那家有个小女孩的男主人住得离这里不太远。但现在需要确定的是，我们沿着这条河往哪个方向走？一旦方向错了，肯定就会南辕北辙。"四狸说。

"这倒是，一旦走错了方向就麻烦了。要不，我们让自然的力量来决定？"三狸问。

"什么自然的力量？"四狸有点不解。

"这河滩上，这么多的贝壳。找一个大一点的贝壳向天空抛起来，贝壳外面朝上，我们就顺着小河往南走，如果是贝壳里面朝上，我们就往北走。行不行？"三狸问。

"好！就这么定。我们分头去找贝壳。"四狸说完，立马行动起来。

时间不长，三狸和四狸都找了几个贝壳走到一起，然后挑一个最大的贝壳向天空抛去，四狸和三狸眼睁睁地看到贝壳被抛了起来，在半空，或明或暗地旋转着，可当贝壳掉到河滩上，却不见了踪影。

"真的很奇怪，究竟掉到哪里去了？"四狸纳闷。

"我敢肯定，贝壳的外面肯定朝上，也就是我们应该往南走。"三狸说。

"为什么？"四狸不解。

"你想啊，贝壳外面的颜色和河滩泥土的颜色差不多，肯定比较难找。如果是贝壳里面朝上，白晃晃的肯定好找嘛。"三狸解释道。

"还是先找找吧。"四狸说完，几乎将头贴近了地面，又寻找了起来。

时间不长，就听四狸高喊着："三哥，还真被你说中了。你来看看，是不是这个？"

听见四狸在叫，三狸转身向后面望去，只见刚才被高高抛起的贝壳正严丝合缝地倒扣在河滩上，不注意就根本分不清贝壳与泥巴的颜色。"就是这个。既然说过了，就要兑现。那就往南走吧。"

这时，天已经快要亮了，三狸和四狸顺着河岸向南走去。也许是刚才说得太多的缘故，此时的两只猫咪，一声不吭。

不知走了多长时间，迎面跑来了一只黄鼠狼，见两只猫咪只顾走路，一言不发，感到有点奇怪："喂，你们是不是吵架了？怎么走得这么安静啊？"

"真是多管闲事。你们全家都吵架，我们也不会吵架。"四狸瞪了黄鼠狼一眼。

"那你们怎么不说话啊？"黄鼠狼又问。

"不说话怎么了？这叫默契。知道不？"三狸说。

"三哥，别跟这个白痴说话，耽误时间。"四狸说。

"站住！你说谁是白痴啊？我可告诉你，我的 IQ 是 180，比我黄鼠狼聪明的猫能有几只？"说到这里，他觉得这个话说得有点过了，又补充起来，"不过，我刚才倒是见识过一只聪明猫，智商和我不相上下。"

"什么阿Q180?"三狸问。

"大哥,没事学点外语好不好? IQ就是智商,知道不?"黄鼠狼说。

"还外语呢,方言有时候都听不懂。"三狸诚恳地说。

"这就对了,谦虚一点。如果你们想有所进步,就沿着河岸一直往南走,当你们看到一只猫怀里抱着布玩具时,就和他交个朋友。这只猫,智商真的很高,我不骗你们。"黄鼠狼说。

"谢谢你!我们也该赶路了。"三狸说。

"两只猫咪,再见!"黄鼠狼显得很有礼貌。

等黄鼠狼走远,四狸开始埋怨了:"三哥,黄鼠狼牛哄哄的,你理他干吗?"

"你要知道,黄鼠狼真的很聪明。再说,他们也是猫科动物哦。"三狸说。

就这样,三狸和四狸边走边聊,不一会儿,天就亮了。远远望去,他们可以隐隐约约看到远处的一座大桥,还有行走在大桥上的行人。

"人多的地方,就有可能找到妈妈。"三狸说。

走着走着,三狸和四狸被一股螃蟹的腥味所吸引,他们蹑手蹑脚地循着腥味的方向走到河滩旁的大堤上,就见一只猫正抱着一个黑乎乎的东西呼呼大睡。

"三哥,刚才黄鼠狼说有一只智商很高的猫,是不是就是他?"四狸问。

"按照黄鼠狼的说法,可能就是这个。"三狸说。

"把他叫醒,我们去考考他。"四狸说完,便向正在睡觉的猫走过去。

第三十九章　有情的猫与无情的人

"懒猫,太阳晒到屁股了!"四狸走到抱着玩具睡觉的公猫身边,大声喊道。

她这一嗓子,把睡得正香的大狸吓了一跳:"你这是干什么呀?"大狸责怪起来。

看到四狸冒犯了这只公猫,三狸连忙上前赔不是:"对不起,把你吓着了,都怪我妹妹不懂礼貌。"

"三哥,谁不懂礼貌啊? 难道不是太阳晒着屁股了吗?"四狸对三狸的说法很不满意。

而三狸就跟没听见妹妹说话似的,端坐在还在生气的公猫面前:"我们在路上听黄鼠狼说,你的智商很高,想拜你为师,你看行不?"三狸诚恳地说。

"黄鼠狼? 我怎么不知道?"大狸感到有点莫名其妙。

"是的,是黄鼠狼。他说,我们如果能够遇上你,就拜你为师,实在不行。交个朋友也行。"三狸说。

"还不知是不是冒牌货呢,又是拜师又是交朋友的。"四狸可能是受女主人林玉的影响,脾气也是好一阵坏一阵的。

"小母猫,你说谁呢?"大狸真的生气了。

"请你消消气,我妹妹不会说话,请你原谅。说真话,我们在路上遇到一只黄鼠狼,他说他的智商180,能跟他智商相比的,就是你了。所以真心想向你学习。"三狸说。

听完三狸的话,大狸忽然想起半夜遇到的黄鼠狼:"哦,半夜是遇到了一只黄鼠狼,他出了几道脑筋急转弯给我答,也真的夸过我智商高。但那是他夸的,

我并没有承认。"

"既然黄鼠狼说你智商高,那我也出几道脑筋急转弯考考你。如果你答对了,我们就拜你为师,如果答错了,你就拜我为师。"四狸说话直来直去。

大狸还是第一次见到这样蛮不讲理的猫。心里想:"这样的猫如果不教训教训,她今后肯定会吃亏。"想到这里,他说,"好吧,那你就出题吧,看看我能不能答上来。如果答上来了,你们就要拜我为师,如果我答不上来,我保证拜你为师。"

"君子无戏言?"四狸挑衅地问。

"一言为定!"大狸回答得斩钉截铁。

"好!请听题:有一头头朝北的牛,它原地向右转三圈,然后又原地向左转三圈。请问,这时候牛的尾巴朝哪?"四狸问。

"不管转多少圈,尾巴都是朝地。"大狸答道。

"请听题:有一头头朝北的牛转了一圈,然后头朝南拉屎。请问,这时候尾巴朝哪?"四狸问。

"头朝南拉屎,尾巴肯定朝北嘛。"大狸说。

"这个你也知道啊,真牛。请听题:五米长的跑道,一只大的红螃蟹和一只小的黑螃蟹赛跑,谁先到终点?"四狸问。

"肯定是黑螃蟹先到终点,因为红螃蟹不管多大,都是已经被煮熟了的死螃蟹。"大狸答道。

"请听题:事实证明,蚯蚓切成两段仍能再生,一只猫也这样做了,蚯蚓却死了,为什么?"四狸问。

"因为这只猫是用爪子将蚯蚓竖着剖开的。"大狸答道。

"真厉害!这么难的题目也答得出,佩服!佩服!"三狸说。

"三哥,别打岔,我出难一点的给他答。请听题:好马不吃回头草是什么意思?"三狸问。

"这个就太简单了,是因为后面没有草可吃了呗。"大狸说。

"你还真行啊,我真的要出难题给你了,请接招:十棵树栽五行,每行四棵,怎么栽?"四狸问。

"画个五角星,在角的顶点和边的交点栽上树。"大狸从容地回答。

"这么难的题目也能答出来,看来这只猫的智商非同一般。必须出一个刁钻一点的题给他答,不然真的要拜师了。"想到这里,四狸灵机一动,"请听题,白猫钓鱼,将尾巴钓没了。为什么?"

出完这个题,四狸咯咯地笑了:"答不上来了吧?哈哈,赶紧拜师吧。先拜我哥哥为师,然后你称我师姑就行了。"

大狸真的被这道题给难住了,他想起舅舅钓鱼将尾巴钓没的事情,干脆先蒙一把吧:"钓鱼时,尾巴被冰冻后掉在河里了。"大狸回答完,仔细地看着眼前这只小母猫的表情,只见这只猫满脸的惊讶,就连在一旁被称之为哥哥的公猫也张口结舌。

"这样难的题,你是怎么答出来的?"没有见过或经历过,肯定回答不出来,四狸感到十分吃惊。

"说句实话吧,我也只是瞎蒙的。"大狸说。

"瞎蒙能蒙得这么准确?"四狸问。

"是这样,当我听到这道题的第一时间,就想起了我有一个白猫舅舅。有一年冬天,妈妈带着我们兄妹六个还有舅舅去钓鱼,舅舅的尾巴被冰冻在小河里,所以我就按照自己所见到的情况回答你的问题。"大狸说。

还没等大狸说完,就见三狸和四狸的眼睛睁得圆圆的,上下打量着大狸。那个惊诧的表情,就如在脸上凝固了一般,显得十分古怪。

大狸觉得他们的表情十分恐怖,急忙后退一步:"你们……你们想干什么?"

"你是?"

"你是?"

三狸和四狸异口同声。当他们看到眼前这只猫的耳朵上有一撮并不起眼的白毛时,简直不敢相信自己的眼睛:"你是大哥?"

大狸见眼前这两只猫这样称呼自己,连忙定睛一看:"哎呀!你们是老三和老四啊!"说完,快步走到一起,拥抱着打起滚来。

太阳已经高高地挂在天上,大狸、三狸、四狸没完没了地叙说着过去。

当三狸和四狸说起想去找妈妈时,大狸就将自己如何被白猫舅舅骗来找妈妈,又真的在这里遇到妈妈和二弟在这里钓鱼的事情说了一遍。

听了大狸的话,三狸、四狸的意见和大狸基本一致:总之天也不冷,先在这里等几天再说。如果真的还能在这里碰上妈妈和二狸来钓鱼,省去许多麻烦,少走很多弯路。

就这样,他们晚上钓鱼,白天睡觉,希望能在这里遇上妈妈。

多少天过去了,也遇到过几只来这里钓鱼的猫,但就是没有看见妈妈。

天渐渐冷了起来,每天早晨,三只猫身上,都有了一层厚厚的白霜。

再后来,连到这里钓鱼的猫都少了起来。大狸想,也许他们已经找到了适合自己居住的洞穴,准备过冬了。

正当大狸、三狸、四狸一筹莫展时,一只路过这里的花猫给他们带来了好消息——就在离这里不远的城乡接合部,有一个成立时间不长的流浪猫救助站,流浪猫只要到那里,吃喝住都不用愁,很多猫都到那里去了。

兄妹三个不知道这个消息是否可靠,但在这里等妈妈肯定没有希望了。先到救助站住下来,再慢慢打听妈妈的住处。有了这个想法,大狸叼起黑乎乎的机器猫玩偶,和三狸、四狸跟着这只花猫上了路。他们一边走一边向小动物打听救助站的方位。

不到两天的时间,花猫、大狸、三狸和四狸就来到了城乡接合部,他们隐约记得,这个地方他们好像看到过。

再往前走,他们就看到住着一些人家。打听在这里活动的猫才知道,往前走一会儿,就到了。

时间已是下午,大狸、三狸、四狸终于走到了救助站。

所谓的救助站,就是在一堵没有完全拆清的墙头上,用很大的一块帆布盖了起来,这样做主要是用来防风挡雨。

救助站的门口,有一个长长的铁制食槽,里面放着不少猫粮。而在食槽边,放了几个水盆,水盆里面装着干净的水。

既然是救助站,那就先将肚子吃饱再说。想到这里,大狸示意三狸和四狸先吃点猫食再说,吃饱后再到里面报到。

好长时间没有吃猫粮,大狸、三狸、四狸吃得特别香,很快就吃饱了。

吃完猫食,大狸带着兄妹两个走进了帆布搭起来的救助站里。走进一看,就见墙根横七竖八躺着不少猫,他们正在休息。而一些没有休息的猫,正在场地中间打闹着。

大狸和三狸四狸真的走累了,他们找了一个靠墙的空隙处趴了下来。

而大狸走到哪里都忘不了自己的玩具,他将机器猫抱在怀里,呼呼地睡了起来。

大约到了傍晚的时候,大狸听到外面响起了"呜——呜——"的哨子声,就见原来还在打闹和休息的猫,一窝蜂地向外面涌去。一只猫边跑边说:"开晚饭的时间到了,冲啊!"

三狸和四狸也被哨子声惊醒,他们俩望望趴在地上无动于衷的大哥,也镇定了起来。

就在这时,一只年纪稍大的花狸向四狸和三狸的方向走了过来,她的身后面还跟着一只小公猫。

"怎么没有见过你们?你们是刚来的吧?"花狸问。

听到有询问声,大狸抬起头望了过去。他看到面前站着的这只母猫,心中一阵狂喜,腾地站了起来:"妈妈!"

"大狸?你怎么找到这里来了?"花狸也很欣喜。

"妈妈!我是三狸!"

"妈妈!我是四狸!"

花狸看到站在面前的三个儿女,喜极而泣:"老二,快过来!看看你的大哥、三弟和四妹。"

二狸听了妈妈的话,上前与兄妹们拥抱。而此时,没有去吃食的几只猫咪也围了过来,欢迎花狸两个子女的到来。

……

第三十九章 有情的猫与无情的人

311

在五狸的精心照料下，那只被电动车压伤双腿的黑猫已经行动自如。树上的树叶已经掉得差不多的时候，食物就越来越难找了。有时候，为了能吃饱肚子，他们要找上好长时间。

　　有一天，五狸与黑猫正沿着一条小路向前走，忽然，一个瘦瘦高高的人在自行车上跳了下来，就见他猫着腰，张开双手，向黑猫身边慢慢走来。

　　"他是猫贩子！赶紧后退！"见到这个架势，五狸大喊一声。

　　黑猫虽然不知道什么是猫贩子，但还是听从了五狸的叫声，瞬间向后退了几步。

　　被五狸称作猫贩子的这个人，正是钱二。不过，他现在已经不从事这个职业了，而是在一所学校做门卫。自从有了固定的收入，他就对过去贩卖猫咪这件事充满悔意。他想，一定要多救助一些流浪猫，通过做这样的善事，改变人们对他的看法，将来也好讨一个老婆。

　　"小猫咪，别怕。我以前的确是以贩卖猫咪为生，但现在不干这个了。只要你们听我话，我会将你们送到一个好地方的。"每次遇到猫怕他的时候，钱二总会这样自言自语。

　　但五狸还是不相信钱二的话，她拉了一下站在面前的黑猫："别信他的话，这个人是以卖猫为职业的。我们一旦到他手里，他就会将我们转手卖给饭店，做龙虎斗。"

　　五狸的话，只听得黑猫打了一个寒战："怪不得我原来的主人总是说龙虎斗好吃呢，原来就是用我们猫肉做的啊？"

　　"是啊，据说这道菜主要是猫肉和蛇肉，这些人真的无恶不作。有一次，我的舅舅已经被卖到了饭店，差点就被人给吃了。他被关在一个铁笼子里，是我和四姐将他救了出来。"五狸说。

　　黑猫在五狸的提醒下，又警惕地望着猫贩子，向后退了几步。而猫贩子好像并不死心，一步一步地想逼近这两只猫。

　　就这样僵持了好长时间，天快黑了，猫贩子好像也没有了耐心。就听他又自言自语地说:"我知道我的名声不好,你们怕我,才不要我送你们。只要你们愿意让我送,我对天发誓,绝不伤你们一根汗毛。如果伤你们一根汗毛,就让我这辈子找不到媳妇。"

钱二说完,两只猫咪还是和他保持着距离,四只眼睛警惕地望着他。

"算了,天快黑了,你们不要我送就拉倒。但我请你们听我的话:你们就顺着这条小路一直向西走,大约有十几里地吧,那里有一个流浪猫救助站。只要你们到了那里,吃、喝、住就不用愁了。我已经送过十几只流浪猫过去了。据算命的先生说,我再送两只过去,媳妇就会找上门来。看来,你们是真的不想成全我的美事了。"

钱二说完,回到了自行车旁。他也不管猫咪能不能听懂他的话,又对着两只猫咪说了一次:"顺着这条路一直往西啊,走到城乡接合部,你们再打听一下。"说完,他骑上了自行车,直到他骑了很远,五狸还见到他在车上回头看了他们一眼。

钱二以为猫咪听不懂他的话,其实,他说的话,猫咪们句句都懂。

"不管这个人说的是真假,我们顺着这条路往西走吧,走累了再找个地方休息。"黑猫对五狸说。

听了黑猫的话,五狸和黑猫就顺着这条小路向西走了起来。

天真的黑了,小路上不时有骑着自行车的人匆匆闪过。

就听一个骑车人对另一个骑车人说:"王市长好长时间没有在电视里露面了,这次据说被双规了。"

而另一个骑车人说:"这个家伙早该抓起来了,你看他在这里几年,市里的哪一条马路没有被他挖过?人们私下里都称他为'王挖挖',挖哪条路没有钱进他的腰包?"

等两个骑车人走远,五狸觉得刚才两个人的对话很奇怪,她问黑猫:"挖马路还能挖出钱来?"

"不是马路底下有钱,而是通过挖马路,施工的包工头就要向主管的人送钱。我的主人原来是副市长,没有跑到国外前,也通过一些工程搞了不少钱。

有一次我就听他说,有些事做得真是劳民伤财,但如果不做,自己的钱又从哪里来?"黑猫说。

"原来是这样啊!"五狸恍然大悟。

快到半夜的时候,黑猫和五狸走到了城乡接合部,这里的道路明显宽了起来。

"道路越宽越危险,我们靠边走。"见五狸大大咧咧地走在人行道上,黑猫提醒道。

就在黑猫提醒五狸从路边走的瞬间,就听见前面传来一声刺耳的刹车声,接着就是"砰"的一声撞击声。

"肯定出事了,我们快点跑过去看看。"黑猫对五狸说完,就跑了起来。

很快,他们跑到了出事地点:只见一辆警车横在马路上,一个人坐在离警车不远的马路上,而一辆电动车也被撞出很远。

车上下来一胖一瘦两个穿制服的人,就见胖子走到被撞的人身边大声说:"你找死啊,这路是你们家的吗?骑得那么慢?"

"骑得慢就该被撞?"坐在地上的男子惊魂未定,掏出手机打起电话。

"老婆,我被警车撞了……暂时感觉不到受伤的程度……但他们还对我骂骂咧咧……他们酒气熏天……肯定都喝酒了。"

两个男子见被撞的人给老婆打电话,还说他们喝酒了,哈哈地笑了起来。就听胖子说:"怎么?给老婆打电话就管用?我把我们领导的号码给你,你敢打吗?"

那个胖男人说完,瘦的男人又走上来,在被撞的男人身上踢了一脚:"小样,还给老婆打电话,我还以为你是在给市长打电话呢。"说完,又踢了一脚。

"你将前面的号牌和后面的号牌遮起来,走,别理他。"胖子低声对瘦子说。

瘦子在车里拿了什么东西,向车后走去。

"你这是典型的妨碍公务,如果不是我今晚有急事,非把你抓起来关两天不可!以后,骑车要长眼睛!"胖子说完,就坐到了副驾驶的位置。

"你们不能走,撞了人还想走啊?"被撞的男子说完,直接就躺到了警车前面。

在后面遮了号牌的瘦子走到警车前面:"不让我们走,你请我们吃饭还是喝酒?"说完,直接开了车门,坐到了驾驶室,将车启动起来。

"你们要想走,除非从我的身上压过去!"被撞男子坐在警车前大声喊道。

"要不,我将你送到火葬场去?"瘦子从车窗内探出头来说。

"不跟他一般见识,快一点倒车,然后再掉头。"胖子对瘦子说。

胖子刚说完,轿车马达就轰鸣起来。就见警车如箭一般向后退去。

警车退了不远,正在掉头的时候,就被后面疾驶而来的两辆警车和一辆120救护车堵住了退路。

五狸和黑猫真的很气愤,但又帮不上被撞的男子。当他们看到正想逃跑的轿车被堵住了后路时,心里想:"这下有好戏看了。"他们不约而同地快跑几步,来到了被逼停的警车边。

没有了退路,胖子先下了警车。

而后面的车上,迅速下来几个人,走在前面的是一个女的。

女人走到胖子面前,第一句就问:"被你们撞的人呢?"

当胖子仔细地端详着这个女人,一下就傻了:"刘……副市长,人……人……并无大碍,我带……您……您去。"

"不用了!"这个女人说完,对身后的人说,"先将这两个人铐起来,然后再去现场!"

就见走上四个人来,将一胖一瘦两个人用手铐铐了起来。

其中一个人对胖子说:"局长说了,先抓起来再说,别怪兄弟我不客气啊。"

而另一个人则对胖子低声说:"算你小子倒霉,怎么一下就撞了副市长的老公?你啊,适合去买彩票!"

看到原来趾高气扬的两个人被抓了起来,五狸和黑猫终于松了一口气。

"不看了,赶路要紧。"五狸说完,就和黑猫一起上了路。他们总觉得两个驾车撞人的男人十分霸道。五狸说:恶人必有恶报! 没想到这报应还来得这么及时!

第四十章　大结局

主人临走时放在外面的猫粮早就吃完了,六狸和白猫只能靠自己在小区内寻找食物。

"也许双规就是主人不再回家的意思?"六狸的大脑里时常冒出这个奇怪的想法。

有一天下午,白猫不知在哪里吃饱了肚子,懒懒地躺在草坪上。而六狸则无精打采地坐在草坪上若有所思。

原来,白猫总有讨好六狸的心态。既然她的主人已经不回来了,白猫从内心深处产生出了从未有过的平等意识,于是又唱起了他特别喜欢唱的歌曲——

　　蟑螂、螳螂、屎壳郎

　　郎里格朗格朗里格朗

　　饥了饿了可以尝一尝

　　郎里格朗格朗里格朗

　　屌丝只是过去的事

　　朗里格朗格朗里格朗

　　从今以后我就是猫王

　　喵喵,哈哈……

这几天,白猫一旦心情稍微好一点,就会唱这首歌。而只要他唱歌,就会遭到六狸的反对。说句实在话,白猫的歌声真是太难听。

白猫刚唱完,六狸又开腔了:"别唱啦!难道你不知道我在思考问题?"她生气地说。

六狸不让他唱歌,白猫也有点生气:"我怎么看你怎么像一个思考者。一只爱思考的猫,一定是一只有出息的猫。"他挖苦道。

听了白猫的话,六狸并没有接他的话茬,而是调转了话题:"我问你,主人已经好长时间不回来了。如果他真的不回来,我们就留在这里过冬天?"六狸问。

"我还没有思考过这个问题。你认为该怎么办呢?"白猫反问。

"我认为必须离开这里。你想啊,这里的人到处投放毒老鼠的药物,到了冬天,这里还能有食物吗?"六狸说。

"这的确是个问题。自从这里投放了鼠药后,好像连虫子都没有了。"白猫也开始思考起来。毕竟,冬天即将来临。

正当六狸和白猫考虑何去何从的时候,两个小区保安走了过来。

"就是这两只吧?"一个保安问。

"是的。不少人反映了,说这两只猫自从主人被双规后,一直在这里不弃不离,有时候这只白猫还会哀号。"一个保安答。

这时,两个保安蹲在草坪上,其中一个保安从一个纸盒里面拿出了一只炸鸡腿,并将鸡腿撕成两半,嘴里发出"喵喵"的唤猫声。

白猫闻到炸鸡腿的味道,毫无顾忌地跑了过来,而六狸则警惕地注视着保安对白猫的一举一动。当她看到两个人并没有恶意时,也小心翼翼地走了过来,放心大胆地吃了起来。

直到两只猫快吃完炸鸡腿的时候,两个保安只是轻轻一伸手,就将白猫和六狸抱在了怀里。

六狸用惊恐的眼神望着被保安抱在怀里的白猫,当他看到白猫若无其事地用舌头舔着刚吃了鸡腿的上唇时,心里也踏实下来。

两个保安抱着白猫和六狸走进值班室,将他们放在一个铁笼子里。

见到自己进了铁笼子,白猫又是咬又是抓地在里面躁动起来,他害怕自己和六狸又要被卖给当地的饭店,而六狸则在笼子里面不知所措。

他们在保安的值班室里提心吊胆地过了一夜,第二天一早,一个保安先将他们喂饱,然后将笼子绑在了自行车的后面,然后骑着车上了柏油马路。

白猫和六狸在笼子里"喵喵"地叫着,而保安就跟没有听到似的,不紧不慢地骑着车。

保安骑了半个多小时,在一个十字路口等红灯时,两只猫咪的叫声引起了走在路边两只猫咪的注意。而注意笼子里两只猫咪的正是五狸和黑猫。

绿灯亮了,保安不紧不慢地骑着车过了马路。而在他的身后,五狸和黑猫正在车后一路紧追。

五狸记得自己和四狸一次在酒店救舅舅时的情景,而骑车人后的铁笼子里,好像还是那只白猫,他正用爪子轻轻地拍打着铁丝笼子,发出"喵喵"的叫声。

五狸和黑猫紧跑了几步,她清晰地看到笼子里关着的正是白猫舅舅和另外一只不熟悉的猫。

"舅舅!舅舅!我是五狸,你这是要到哪里去啊?"五狸边跑边喊。

笼子里的白猫和六狸循声望去,只见一只黑猫和一只狸猫紧跟在车后拼命地跑着。白猫忽然记起,这只跑在前面的狸猫正是救过自己的五狸,于是他又哀号起来:"外甥女啊,你要紧紧地跟着这个人啊,他可能要将我卖给酒店做龙虎斗。我死了也就算了,笼子里还有你的妹妹六狸啊。呜……呜……"白猫一边哭一边将在笼子一边的六狸拉到了身边。

听到妹妹六狸也在笼子里,五狸更是心急如焚:"舅舅,你别哭啊,我只要还有一口气,就会紧跟着你们,寻找救你们的机会。"

听说自己要和舅舅一起成为酒店里的特色菜龙虎斗,六狸开始为姐姐担心起来,她也用爪子拍打着笼子:"姐姐,你别追了吧,如果我和舅舅被卖到饭店里,你这样追就太危险了,这不等于自投罗网吗?"六狸喊道。

"你放心吧,没事的。"五狸对着笼子里的六狸说。

五狸和黑猫紧跟着骑车人跑了大约半个小时,她气喘吁吁,而黑猫已经快跑不动了。他那两条被电动车压过的后腿肌肉已经疼得难以忍受,几乎是咬着牙对五狸说:"朋友,真的要抱歉了,实在跑不动了。我的后腿疼得受不了,但我会尽量跟着你们的。"

"没事的,你的腿受伤刚好,你不要追了,有我呢。"五狸边跑边说。

五狸说完,黑猫还跟着跑了几步。再后来,就见他在后面一瘸一拐地走着。"你先原地休息一下,不要再走了。"五狸关心地对黑猫说。

就在笼子里的六狸和白猫远远地看着受伤的黑猫的时候,骑车的保安下车了。他双手麻利地解开捆绑猫笼子的绳子。绳子解开后,用一只手将笼子拎了起来,向前面的一座平房走去。

五狸紧紧地跟着手拎猫笼的保安,她想知道这个人究竟想怎么处理白猫舅舅和六狸妹妹。

就见保安在一个坐轮椅的女子面前停下身来,然后问:"这里是流浪猫救助站吧?"

"是啊,这猫是你自己家的吗?"坐在轮椅上的女子问。

"不是,我是小区的保安。您别笑话,这两只猫是我们市市长家的。他被双规后,这两只猫一直不愿意离开他的家,而这只白猫动不动就在外面哀号。我看这两只猫对主人很有感情,舍不得让他们流浪,所以就送过来了。"保安说。

"不管是谁家的猫,到了我们这里都一视同仁。"坐在轮椅上的女人说。

此时的五狸,也站在坐在轮椅上的女人面前,仔细地端详着。她依稀记得,这个女人就是记忆中的女主人王玉秀。

就在这时,一个小女孩跑到了轮椅前说:"妈妈,妈妈,我们家的猫越来越多了。"

"是啊!你赶紧将叔叔手中的猫笼接下来,将两只猫咪放出来,先让他们吃点东西喝点水。"坐在轮椅上的女人说。

小女孩正要去接猫笼,就听保安说:"不要客气,我来。"说完,他很快就打开了猫笼上的盖子,而白猫和六狸顺势就跳了出来。

六狸出了笼子,先和五狸亲热地拥抱着,然后说:"这位女士好像是我们原来的主人哦。你看这个小姑娘,长高了。"六狸这样一说,五狸就知道自己的判

断是正确的。

保安和坐在轮椅上的女人说着什么,然后又将在路上一瘸一拐的黑猫送到这里后才离开。

临近中午的时候,小姑娘"嘟——嘟——"地吹响了口中的哨子,哨音刚落,就见从不远处帆布笼罩着的围墙里,跑出了一百多只各色各样的猫来,在倒满猫粮的食槽边吃了起来。白猫与黑猫也毫不客气,加入到了这些"吃货"的队伍中。

而五狸和六狸从来没有见过这么多的猫在一起,再加上刚到这里,只能傻傻地站在外围东张西望。

五狸看到,从围墙里最后走出的,是一只又胖又大的黄色花狸,她的身后,还跟着四只黑白灰相间的猫咪。

站在外围的五狸,一眼就认出了跟在花狸后面的四狸。她再定睛一看,原来走在前面的是自己的妈妈,而妈妈身后紧跟着的是四狸、三狸、二狸、大狸。

五狸对六狸惊喜地说:"妹妹,快过来。你看妈妈的身后,就是老大、老二、老三、老四啊。"说完,姊妹俩跑到了妈妈的身边,"喵——喵——"地叫个不停。

而此时的花狸,也认出了五狸和六狸。她坐在地上,不停地用爪子抚摸着五狸和六狸圆圆的脑袋,"喵喵"地叫着。

所有的猫咪都在吃着猫粮,只有这七只猫咪围拢在一起,"喵喵"地轻声叫着,好像在诉说着什么。

这一幕被小女孩看见了,她向坐在轮椅上的妈妈王玉秀使了一个眼色,便轻手轻脚地向这七只猫咪走了过来。当她走到花狸身边时,也如猫咪一般蹲了下来,仔细地在每一只猫脸上端详着。

"妈妈,你快过来看,这七只猫咪好像又齐了,都回来了。"小女孩轻声地对着妈妈喊。

坐在轮椅上的女人也感到十分惊奇,快速地来到猫咪身边,惊讶地说:"哎呀,圆圆,这几只猫咪,就是被村主任带人抱走的那几只啊!他们现在又团圆了。"

这些猫咪听见女主人的说话声,也立即围拢在女主人的身边,有的用脑袋顶着女主人的腿,有点用舌头舔着小女孩的手,就如久别重逢的朋友。"喵喵"地围着女主人叫着。

　　"这么多猫咪在一起,很可爱呀。如果有个一两千只猫,你就是个猫王了。哈哈。"小女孩笑着对妈妈说。

　　"不行的,猫咪一旦多了就会有很多危害,难以管理,还会携带寄生虫和病菌。"妈妈轻声地对着小女孩的耳朵说。

　　"那该怎么办啊?"小女孩问。

　　"你是小孩子,这件事不用你操心,下午你就会知道的。"妈妈说完,掏出了手机打起电话来:"你原来说留下原来我们家的五只,还有两只也回来了,要不要全留下? 好……好的。"

　　当一百多只猫吃完猫食回到围墙里休息的时候,就见女主人将猫粮抓在手里,一只一只地喂着面前的七只猫咪。而和五狸、六狸一起来的白猫和黑猫,则站在外围看着,一副十分好奇的样子。

　　等七只猫咪快吃完的时候,小女孩从住处拿来了一个大笼子,将七只猫咪一只一只装了进去。然后,小女孩又在笼子里放了干净的水和猫粮。

　　花狸和六只猫咪不知道主人想干什么,一副惶惶不安的样子。白猫不时地在笼子上抓几下,"喵"上几声,好像在与笼子里的猫说着什么。黑猫也在笼子外不安地转着圈子。

　　大约是下午三点的时候,女主人家的门口停下了几辆轿车和一辆商务车。首先从车上走下来的是扛着摄像机的电视台光头记者,接着,男男女女十几个人都陆陆续续地下了车。

　　小女孩圆圆惊奇地看到,她的爸爸李大伟也走在这群人中间。站在猫笼里的三狸,一眼就认出了走在前面的女主人——刘菊花副市长。五狸也认出了走在人群中的主人李耀华和罗紫玉。不知什么原因而大狸也开始躁动起来,不停地用爪子拍打着猫笼。

　　刘副市长首先走到坐在轮椅上的王玉秀面前,她弯下腰拉着王玉秀的手

说：""大姐，我们又见面了啊。当时我来看望你的时候啊，你们家还是低保户。后来，我在新闻里看到了，你们勤劳致富，喵喵面馆生意很火。还有啊，你为救助流浪猫做出了很大贡献，我今天特地代表政府来感谢你。"

王玉秀被刘副市长一通赞美的话说得有点不好意思，她红着脸说："感谢市长夸奖！餐馆和流浪猫救助，要感谢那些关心我们家和流浪猫的爱心人士。我只是做了一点力所能及的事情。"

"大姐，今天我们把这些猫全部拉走，你们不会有意见吧？"刘副市长又问。

"没有意见，还是政府想得周到。"王玉秀说。

"今天，虽然不是什么正式的会议，但我认为这个活动很有意义。正因为如此，我今天主动申请做这个活动的主持人。现在就请李耀华董事长说几句话。大家鼓掌！"刘副市长说。

李耀华拉着罗紫玉的手说："说一句实话，我是真的爱猫，家里的猫也与我们有着深厚的感情。但就在我和爱人结婚的时候，猫咪失踪了。农村城市化，城市家家户户大门紧闭。只要猫咪一不小心离开了家，就将永远流浪。于是，我就经常琢磨流浪猫的问题，因为在这个庞大的群体中，肯定有我家的那只猫咪。为了不让所有的流浪猫忍饥受冻，耀华化工决定先捐赠两百只木质猫舍，每个小区放五只，定点放置，专人喂养。这样就可以让流浪猫过上安定的生活。"

李耀华的话音刚落，大家都热情地鼓起掌来。

"来，小动物保护协会的志愿者也来说几句。给大家讲讲流浪猫对社会的影响，如何管理。"刘副市长边说边将一个圆脸的女青年拉到了前面。

"大家鼓掌！"刘副市长带头鼓起掌来。

"谢谢大家的掌声！流浪猫的问题如果不及时处理，可能比流浪狗的危害更大，好在已经引起了刘副市长和有关部门的重视。流浪猫的危害一是数量增长快，二是难以管理。他们以垃圾为食，携带了很多寄生虫和病菌，人靠近容易被抓伤。为了解决这些问题，我们将启动 TRN 项目，即捕捉、结扎、放养的英文缩写。流浪猫在实施 TNR 后，我们还会对猫咪打疫苗、除虫，保证能和人直接接触,这也意味着流浪猫管理进入规范化流程。"

女青年讲完,掌声再次响了起来。

"流浪猫救助,虽然是由我市的爱心人士发起,但从发起到行动,这里面有一个关键家庭和人物。这个关键家庭,就是坐在轮椅上的这位王大姐,圆圆小朋友,还有面馆的老板李大伟。你们家花狸钓鱼的新闻,在我市感动了成千上万人。下面请大伟也说两句。"刘副市长说。

"我的面馆是在爱心人士的帮助下才开起来的,首先要感谢爱心人士。今后,我这里将作为收养流浪猫的中转站,继续收养流浪猫。我的发言完了!"李大伟说完,自己带头鼓起掌来。

李大伟讲完,小动物保护协会的志愿者就开始在围墙里捕捉猫咪装进笼子。白猫和黑猫虽然与被小女孩圆圆关在笼子里的七只猫咪依依不舍,后来还是被志愿者抓走了。

除了花狸,六只猫咪被一起抱走后,又陆陆续续回来了,这件事让李大伟一家很高兴。再说,正是因为这几只猫咪所引起的新闻,才让拆迁户李大伟的困境受到全社会的关注。

等刘副市长、李耀华、小动物保护志愿者、媒体记者都离开李大伟家的时候,王玉秀将关在笼子里的七只猫放了出来。

大狸好像期待已久,他箭一般地冲了出去,不大一会儿就衔着一个黑乎乎的东西进来了。

圆圆好奇地用两个手指头拎起来一看,原来是机器猫哆啦Ａ梦。李大伟也觉得奇怪,猫咪为什么要将这个东西衔进来?他仔细地看着机器猫哆啦Ａ梦,只见后面有一个拉链。打开拉链后,里面露出一个信封,他就更加纳闷了。

他索性将牛皮纸信封打开,又见一张素白宣纸信笺上书写着两行工笔小楷:"时不可以苟遇,道不可以虚行。"旁边还有一行小字"祝你生日快乐"。落款为一个"钱"字。

"爸爸,这是什么意思啊?"圆圆歪着头问。

"这肯定是一个人过生日,另一个人送的几句话。大体意思是:机遇不能赖

着去求，勉强不来；道义的事不能虚情假意敷衍了事，应该真心实意地去做。这个'钱'字，肯定是写字的人姓钱。也就是说，一个人过生日，姓钱的人不仅送了这个机器猫，还写了这几个字。"李大伟解释道。

傍晚，屋外洋洋洒洒地飘起雪来，不久又刮起了大风。大风卷着大雪铺天盖地漫天飞舞，很快就覆盖了地面上的所有物体，世界一片洁白。

晚饭时分，李大伟家洋溢着节日的气氛。只见圆圆点起红烛，李大伟拿来了专门为猫咪特制的无糖蛋糕，并在蛋糕上写着"欢迎回家，生日快乐"八个字。他们将猫咪团聚的这一天作为猫咪们新的生日，一家三口唱起了生日歌，齐声为猫咪祝福。

也就在这一天晚上，猫咪们围绕在妈妈周围，讲述着自己这些天来的见闻。

看到孩子们团聚在一起，花狸的内心真不知是高兴，还是痛苦。自从主人家的房子被拆，花狸就感觉到这个世道在变。她在心里想："虽然孩子们都回到了自己的身边，但过去的时光肯定是一去不返了。"想到这里，她情不自禁地流下了眼泪……

2013 年 9 月 20 日—11 月 13 日初稿
2014 年 8 月 28 日定稿于北京